【紀元前3万5千年頃のヨーロッパ】

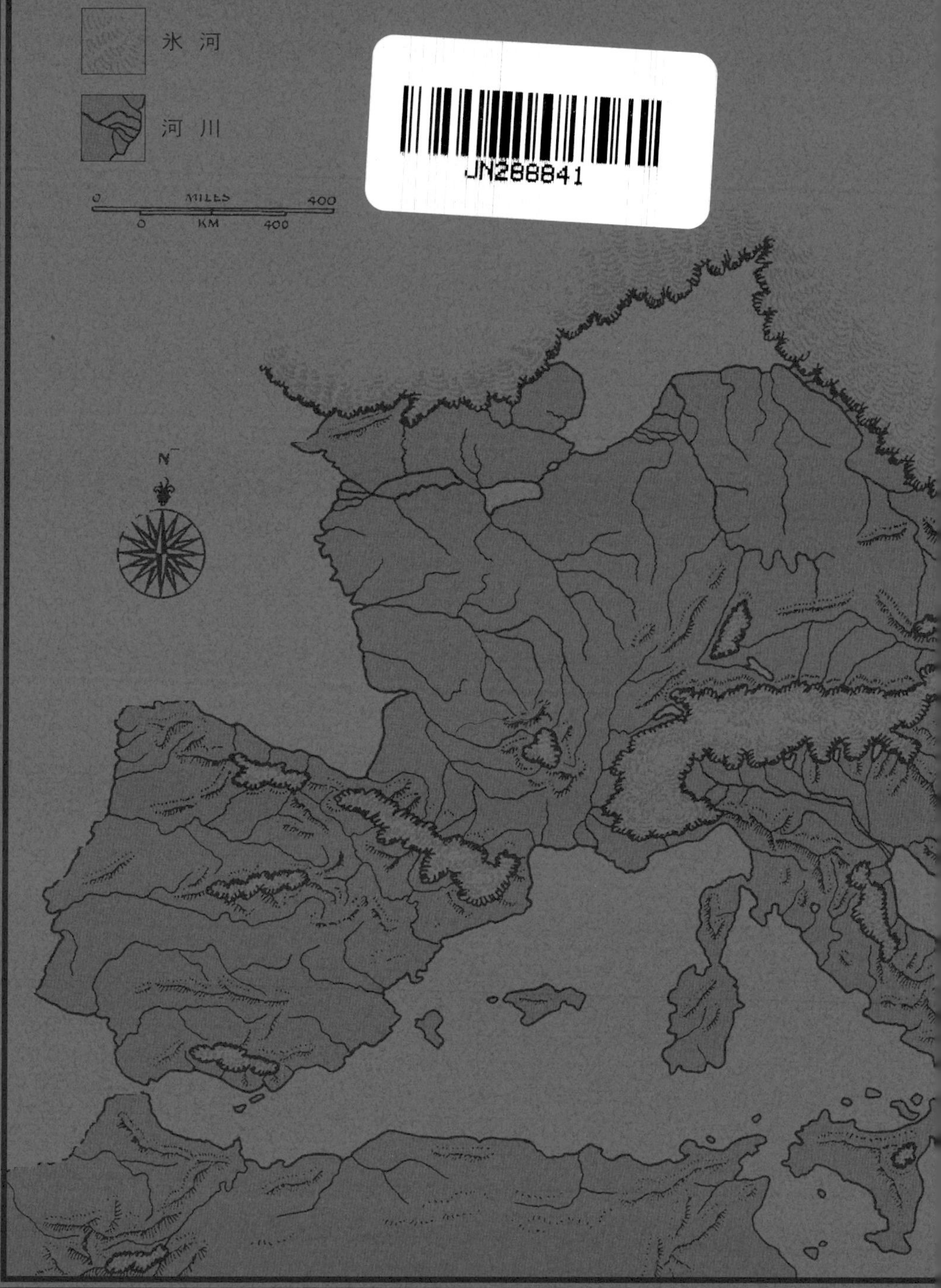

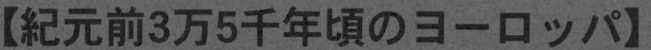

The Mammoth Hunters

マンモス・ハンター

ジーン・アウル 作　白石 朗 訳

上

集英社

エイラ―地上の旅人　5

マンモス・ハンター　上

ジーン・M・アウル作　白石朗訳

装丁◎坂川事務所
装画・挿画◎宇野亜喜良

第二部までのあらすじ

時は今から三万五千年前頃、最終氷河期のおわり。地震で両親を失くし、孤児となったクロマニオンの少女エイラは、ケーブ・ベアをトーテムとするネアンデルタールの一族に拾われ、育てられる。しかし、エイラが成長し、その個性を発揮しはじめるにつれ、一族の人々の一部に反感と憎しみが生まれ、ついに決定的な破局を迎える。心ならぬいきさつながら授かった最愛の子ダルクに後ろ髪を引かれながらも、エイラは一族に別れを告げ、自分と同じ種族につれあいを探すことを求めて、あてどない旅に出る。

（第一部「ケーブ・ベアの一族」）

北へ、かなたの本土へというほか、なんの道しるべもないエイラの旅は、死と背中あわせの過酷なものだった。去来するダルクへの思い、一族に対する愛憎の記憶を胸に、孤独と不安をふりきり、いくつかの川を渡り、エイラは野宿をくりかえしながら突き進む。やがて、凍土の合間に奇跡のように広がる肥沃な緑地にたどりついたエイラは、かっこうの洞穴を見つけ、いっときの安らぎを得る。そこは野生馬が群をなす美しい草原であった。

食をつなぐため、女手にあまる大きな獲物に落とし穴という奇手を使い、雌馬を倒したエイラは、親を失ったその子を不憫に思い、洞穴に連れ帰る。起居をともにするうち、まるでわが子のような情愛に目覚めたエイラは、長年の孤独がはじめて癒される思いで、ウィニーという名前を与え、互いに意思を通いあわせる術を会得する。

季節は巡り、子馬がみるみる成長してゆくなか、ふとしたきっかけで、馬が背に人を乗せて走ることができることを発見したエイラは、訓練の末、馬にまたがり、草原を自由に疾駆する喜びを知る。また、輓《ばん》馬として、倒した獲物を洞穴まで引いてゆくことも可能になり、狩りの手法も格段に進歩し、ウィニーは、なくてはならない狩りのパートナーとなる。

洞穴の中に食料の備蓄もでき、しばしのゆとりを得た頃のこと、トナカイを倒したエイラは、奔走する群のひづめに蹴散らされて深傷を負った一頭のケーブ・ライオンの子を見つけ、保護する。洞穴でエイラの手厚い看護によって蘇ったライオンは、ベビーと名づけられ、馬とライオンとエイラ、という奇妙な組み合わせの洞穴暮らしが始まる。エイラを支え、ライオンの子と馬とが、気心を通じ合わせて仲良く暮らす夢のような時間も束の間、日々成長する動物たちも、大自然の呼び声には勝てなかった。本能にめざめたウィニーはつれあいとともにエイラのもとを去り、ベビーも洞穴をあけることが多くなり、エイラは再び孤独に引き戻される。雄馬に従って洞穴を去ったものの、つれあいを失い、助けを求めるように身重のからだで再び洞穴に姿を見せたウィニー。成長期に群から外れたことで、自立の道を失ったベビー。エイラは、自然から引き離されて暮らした二頭のハンデを思い、行く末を案じるのだった。

エイラが北に進路をとっていた頃、遠くはるか西方から、生まれ育った故郷を離れて旅するふたりの若者がいた。

ジョンダラーとソノーラン。ふたりは、クロマニオンの血をひくゼランドニーという一族の兄弟だった。快活でざっくばらんな弟、めったに笑わず、どちらかといえば内向的な兄。性格も対照的なふたりだったが、深い絆に結ばれていた。ふたりの旅も、「母なる大河の果てを見きわめてみたい」という弟の無謀な旅を案じて、やむなく兄が連れそうという形で、旅の今後を巡っては、行く先ざきで意見の対立が起きていた。道すがら、ふたりは、屈強な男の一団と遭遇する。体格もさることながら、極端に突き出した後頭部の特徴から、自分たちの間で、「平頭」と呼び慣わしている種族であることを察する。だが、人間以下の低い存在として蔑まれている彼らが、衣服もまとっており、また、殺し合いになることを回避した気転などから、言葉はなくとも、意思を通じ合える相手であることに驚きを覚える。

さまざまな部族や女たちと遭遇する冒険の旅が続くうち、ある日、毛犀にひとり挑んだ弟ソノーランは、犀の角にかけられ、深傷《ふかで》を負う。シャラムドイの居留地で看護をうけるうち、ソノーランは美しい娘、ジェタミオと恋におち、一族の祝福を受けて縁結びの契りをかわす。彼らは、陸で狩りをするシャムドイ、船で漁をするラムドイと対をなす一族で、ジョンダラーも、母子ふたり暮らしの女性、セレニオに魅かれ、深く心を通わせる。だが、ジェタミオが産褥で急死し、胎児の命も奪われるという悲劇にみまわれたソノーランは絶望にうちひしがれ、自暴自棄になる。一族に別れを告げたふたりは、急流で遭難するなど慣れぬ渡河の旅に苦しむ。陸での狩りで、倒した大鹿を奪われまいと深追いした無謀な行動があだとなり、ソノーランは怒ったケーブ・ライオンに打ち倒される。

人の悲鳴とライオンの咆哮《ほうこう》を耳にして、ウィニーとともに駆けつけたエイラは、峡谷に倒れているふたりを発見する。それは、エイラにとって、生まれて初めて目にする、育てられた一族とはまったく別種の人間の姿だった。ひとりはすでにこときれており、ひとりは脚のつけ根に深い傷を負っていた。それは運命の糸に導かれた出会いであった。

そして、ケーブ・ライオンは、ベビーであったことにエイラは驚愕する。動物たちに荒らされぬようソーランの遺体を手早く埋葬したエイラは、重傷のジョンダラーを洞穴に連れ帰る。息を吹き返したジョンダラーは、最愛の弟を失ったことに慟哭《どうこく》し、悲嘆にくれる。
そんなジョンダラーにとって、群もなくひとりで暮らすエイラの生き方、看護で見せた薬師《くすし》としての卓抜した手腕、動物と対話し意のままに操る能力、火や道具を巧みに使う暮らしぶりなど、すべてが驚きの連続だった。ふたりを隔てる言語の壁も、起居をともにする看護生活のなかで、ジョンダラーの根気のよい指導によってのりこえていったふたりは、日々親しさを深めあってゆく。意識しあい、それがしだいに愛に変わってゆくことを感じた頃、エイラから、氏族の間で育てられた生いたちを物語られたジョンダラーは、激しく動揺し、嫌悪をあらわにするが、対話によって危機をのりこえたふたりは、男と女として、はじめて結ばれる。ふたりは将来のことを語り合い、小さな旅に出ることを思い立つ。

（第二部「野生馬の谷」）

主な登場人物

エイラ　大地震で両親を亡くし、ケーブ・ベアの一族に育てられるが、異人であるがゆえにさまざまな障壁が生じ、ついには追放される。自分と同じ種族を見つける旅の途中でジョンダラーと出会う。

ウィニー　エイラと行動を共にする馬。
レーサー　エイラと行動を共にする馬。ウィニーの子ども。
ベビー　エイラに育てられたケーブ・ライオン。

ケーブ・ベアの一族

クレブ　モグール（まじない師）。
ブルン　前族長。
イーザ　薬師《くすし》。エイラの義母。
ブラウド　族長。ブルンのつれあいの息子。
ダルク　エイラの息子。

ゼランドニー族

ジョンダラー　道具師。旅の途中でエイラと出会う。
ソノーラン　ジョンダラーの弟。旅の途中で、ケーブ・ライオンに襲われ死亡。

マムトイ族／ライオン簇《むら》

マムート　老呪法師《じゅほうし》。〈マンモスの炉辺〉の主。
タルート　簇長《むらおさ》。〈ライオンの炉辺〉の主。
ネジー　タルートのつれあい。
ダヌーグ　〈ライオンの炉辺〉の子。
ラティ　〈ライオンの炉辺〉の子。
ルギー　〈ライオンの炉辺〉の子。
ライダグ　〈ライオンの炉辺〉の子。
トゥリー　女長《おんなおさ》。タルートの妹。〈オーロックスの炉辺〉の主。
バルゼク　トゥリーのつれあい。
ディーギー　〈オーロックスの炉辺〉の子。
ワイメズ　道具師。〈狐の炉辺〉の主。
ラネク　彫り師。〈狐の炉辺〉に住む。
フレベク　〈鶴の炉辺〉の主。
フラリー　フレベクのつれあい。
クロジー　フラリーの母親。〈鶴の炉辺〉に住む。
トルネク　〈トナカイの炉辺〉の主。
トロニー　トルネクのつれあい。
マヌーブ　〈トナカイの炉辺〉に住む老人。
ヌビー　〈トナカイの炉辺〉の子。

マンモス・ハンター　上

誇りに思える男に成長したマーシャルと
助けてくれたベヴァリー、
そしてクリストファーとブライアンとメリッサに
愛をこめて。

謝辞

遺構で調査にたずさわり、先史時代のわれわれの祖先の手になる数々の遺物を収集してきた専門の研究者たちの著作や論文なくして、本書の物語を書きあげることは不可能だった。ここで、その研究者たちに深甚なる謝意を表したい。とりわけ数人の方々には、特別な感謝を捧げなくてはなるまい。その方々との話しあいや文通は楽しかったし、事実の羅列にとどまらず、意見や仮説までもがふんだんに盛りこまれた論文にも大いに楽しまされた。とはいえ、ここでひとつ明らかにしておかなくてはならない——わたしに数々の情報をもたらし、助力を申し出てくれた人は多いが、そのだれひとり、この物語で表明されている見解や意見に責任を負う立場ではない、ということだ。本書はあくまでもフィクション、わたしの想像力がつくりだした物語であり、登場人物も舞台設定も、そして文化的な描写も、すべてわが想像力の産物である。

まず最初に心からの感謝を、人類学教授にして卓越した旅行監督のデイヴィッド・エイブラムズと、人類学の学生にして人間ネットワークづくりの達人、フランスとオーストリア、チェコスロヴァキア、そしてソヴィエト連邦の遺構や博物館をまわるわたしたちの私的な調査旅行の計画を作成し、手配をすべておこなったうえ、旅に同行までしてくれたダイアン・ケリーのおふたりに捧げたい。

チェコスロヴァキアのブルノにある人類学研究所の所長をつとめるジャン・ジェリネク博士にも、たいへん感謝している。博士はわざわざお時間を割いて、ご高著『図解・人類進化の百科事典』（ロンドン／

ハムリン・パブリッシング・グループ刊）に掲載された、東ヨーロッパの遺構の出土品を数多く見せてくださった。

ワシントン州立大学のリー・ポーター博士と、アメリカ風アクセントをもつ博士を、われわれの滞在先であるキエフのホテルまで導いた運命の双方に感謝している。博士はキエフでマンモスの骨格化石を調査中だったばかりか、われわれがぜひ会いたいと願っていた当の人物と会合中でもあった。博士はあらゆる面倒な手続をこなして、その人物との面会の段どりをつけてくださった。

スミソニアン研究所・自然人類学部所属のJ・ロレンス・エンジェル博士には、多くの面で負うところが大きい。わたしの作品を誉めていただいたばかりか、激励のお言葉までかけてくださったこと。わたしに〝舞台裏〟を見せてくれ、ネアンデルタール人と現生人類の骨格の相違点と相似点について説明してくださったこと。また、わたしにさらなる情報と助力をもたらしてくれる人々を紹介してくださったことには、とりわけ感謝している。

ウクライナ地方の上部旧石器時代の専門家である寛大で親切なロシア人、ニネル・コルニェッツ博士には、急な依頼だったにもかかわらず特別なご尽力をいただき、深く感謝している。博士とともに、わたしたちはふたつの博物館で数々の遺物を見学した。博士からは、前々からの探求書であった一冊の本——氷河時代の人々がマンモスの骨からつくった楽器についての本——ばかりか、楽器の録音データまでいただいた。本はロシア語で書かれており、この面ではグロリア・イェディナック博士に深く感謝している。博士は、以前エンジェル博士の助手をつとめていた経験をもち、化石人類学の専門用語をふくめたロシア語に堪能で、この研究書の翻訳の手配をしてくれただけではなく、全体をチェックし、正確な専門用語で穴を埋めてくださったことには感謝しきれるものではない。またイェディナック博士には、ウクライナの現代の編み物の模様と、石器時代の遺物に見られるデザインを比較検討したウクライナ語の論文の翻訳でもお手数をかけていただいた。

ドロシー・ヤセック＝マチュリスには、ロシア語で書かれたマンモスの骨の楽器についての本を、正確で良質な翻訳で読ませてくれたことにたいへん感謝している。この翻訳は、はかりしれない価値のある資料となった。

つぎに感謝を捧げたいのは、『ウクライナ地方の氷河時代の狩人たち』（シカゴ大学出版局刊）の著者、リチャード・クライン博士だ。博士は親切にも、ウクライナ地方に住んでいた古代人類についての追加の論文や情報を、わたしに提供してくださった。

ハーヴァード大学ピーボディ考古学・民族学博物館の研究メンバーで、『文明の起源』（マグローヒル・ブック社刊）の著者、アレグザンダー・マーシャクには、とりわけ感謝している。氏からは、ウクライナ地方の上部旧石器時代の芸術や遺物を顕微鏡で調べた研究結果――〈現代人類学〉誌に発表された論文――のコピー（氷河時代の東ヨーロッパの人類にかんする未刊行書籍の抜粋）を提供していただいた。

ウィスコンシン大学人類学部に所属し、氷河時代のロシアにおける人類研究については、おそらく今日のアメリカでは第一人者といえるオルガ・ソファー博士にも、心から感謝している。ヒルトン・ホテルのロビーにおける博士との長時間におよぶ会話は、興趣つきない、すこぶる有益なものだったし、T・ダグラス・プライスとジェイムズ・A・ブラウン共編の『先史時代の狩猟民と採集民――文化的複雑性の誕生――』（アカデミック・プレス刊）所収の博士の論文、「上部旧石器時代における中央ロシア草原地帯から見た増大パターン」も大いに参考になった。

深甚な感謝を、『世界の狼たち』（ノイエス・パブリケーションズ社刊）の共編者ポール・C・パケット博士に。博士はわたしの電話に返事をするために休暇を中断したばかりか、狼一般のことや狼を飼い馴らせるかといった問題についての長時間の会話につきあっていただいた。

人類学者にして、講座〈アボリジニの生活スキル〉の講師、ジム・リグズには今回も感謝している。本書でもまた、わたしはジムに教えてもらった知識を活用することになった。

さらに、ごく短期間でぶ厚い原稿に目を通したばかりか、読者の視点から有益な意見を多々お寄せくださったお三方にも負うところが大きい。第一稿を読んで、たちまち引きこまれ、ここにはすばらしい物語があるといってくれたカレン・アウル。閲読が学年末という多忙な時期に重なったにもかかわらず、いつもの鋭い洞察力はいささかもそこなわれていなかった、詩人にして教師のドリーン・ギャンディ。そして今回もまた鋭敏な観察力を発揮してくれたキャシー・ハンブル。

担当編集者のベティ・プラシュカーには特別な感謝を捧げたい。わたしが全幅の信頼をおく感性のもちぬしであり、その意見や提案はひとつの例外もなく当を得たものだった。

言葉ではあらわせないほどの感謝を捧げたいのは、わが友人にして相談相手、ならぶ者なき敏腕エージェントのジーン・ナガーだ。今回もジーンは、わたしの途方もない期待をさらに上まわる活躍をしてくれた。

クラウン・パブリッシャーズ社の製作部門と美術部門のスタッフにも、衷心からの謝意を表したい。みなさんのご配慮と卓越した職人芸的なテクニックがあればこそ、今回もすばらしく美しい本が完成した。

わたしの秘書にして、事務所の助手をつとめるジュディス・ウィルクスにも感謝している。その知性をわたしは信頼しているし、ジュディスがますます増える一方の文書業務をさばいてくれているおかげで、わたしは執筆をつづけられるのだ。

そしてもちろん、レイ・アウルにも……。

1

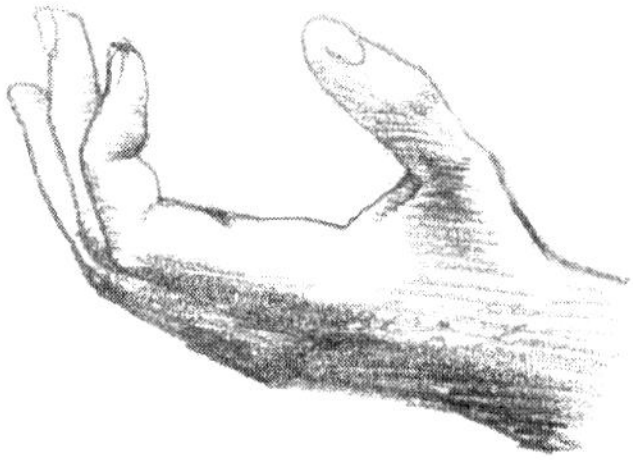

エイラは恐怖に身をふるわせて、かたわらに立つ背の高い男にしがみつき、近づいてくる見知らぬ人々の一群を見つめていた。ジョンダラーはエイラを守るように腕を体にまわしてくれたが、それでもふるえはおさまらなかった。

なんて体の大きな人だろう！　先頭で人々を率いている男を見つめ、エイラは思った。男の髪とひげは、ともに紅蓮の炎の色。これほど大柄な男は見たこともない。いまエイラを抱いているジョンダラーはたいていの男よりも背が高いが、近づく男とくらべたら小柄に思えるほどだ。しかも近づく赤毛の男は、背が高いだけではなかった。巨漢そのもの。熊のような大男だ。首はがっしりと太く、胸まわりは男ふたりがゆうにおさまりそうなほどで、はちきれんばかりの二の腕は並みの男の太腿ほども太い。

エイラは、ちらりとジョンダラーの顔を見あげた。そこに恐怖の色はなかったが、微笑には用心ぶかさがたたえられていた。近づいてくるのは見知らぬ人々。これまでの長旅の経験から、ジョンダラーは見知らぬ人々に注意をおこたってはならないことを学んでいた。

「見たことのない顔だな」大男は前置き抜きで、こういった。「あんたたち、どこの族《むら》の者だね?」

男の言葉がジョンダラーの言葉――ゼランドニー語――と異なっていることに、エイラは気づいた。しかし、以前にジョンダラーから教わった言葉のひとつだった。

「どこの族でもありません。おれたちはマムトイ族じゃありませんし」そういうとジョンダラーはエイラの体から手を離して一歩進み出ると、手のひらを上にむけて両手をさしだした。なにも隠していないことを相手に示す、友愛の挨拶のしるしだ。「おれはジョンダラー、ゼランドニー族の者です」

大男はジョンダラーのさしだした手をとろうとはしなかった。「ゼランドニー族? きき覚えがないな……。いや、待てよ。西の川べりに住む人々のところに、ふたりの旅人が身を寄せていたことがなかったか? そのとき、そんなような名前を耳にした気がするぞ」

「ええ、おれと弟はたしかに川べりの人々のところに身を寄せていました」ジョンダラーは認めた。

燃えさかる炎のような口ひげの男は、しばし深く考えこむ表情をのぞかせていたが、いきなりジョンダラーのところまで進み出てくると、この背の高い金髪の男を骨が折れそうなほどの力で抱きしめた。

「だったら、おれたちは身内同士だ!」大男は破顔一笑、いかずちのような声でいった。「ソリーはおれのいいとこの娘なんだから!」

ジョンダラーはいくぶん面食らいつつも、笑みをかえした。「ソリー! ソリーという名前のマムトイ族の女なら、弟の縁者のつれあいです! あんたたちの言葉を教えてくれたのも、そのソリーでした」

「そうとも! いったじゃないか。おれたちは身内だと」大男はジョンダラーが友愛のしるしにさしだした両手、さきほどは握ることを拒んだ両手を力強く握りしめた。「おれはタルート、ライオン族の族長《むらおさ》だ」

ほかの人々が全員笑みを見せていることに、エイラは気がついた。タルートと名乗った男は最初エイラに笑みを見せ、賞賛もあらわな視線をむけた。

「もう、弟さんといっしょに旅をしてはいないようだな」タルートはジョンダラーにいった。

ジョンダラーはふたたび、エイラの肩に腕をかけた。ひたいに一瞬かすかな皺が走って内心の悲しみをのぞかせたのを、エイラは見逃さなかった。それから、ジョンダラーは口をひらいた。「これはエイラです」

「ほう、なかなか珍しい名前だ。川べりの人々の一員か？」

唐突なこの質問にジョンダラーはあっけにとられ……すぐにソリーのことを思い出して、胸の裡《うち》でほほえんだ。ソリーはずんぐりと逞《たくま》しい体格の女で、いま川の土手に立っているこの巨漢と似かよっている点はほとんどなかったが、それでもふたりが〝おなじフリントから削りだされた〟ことは明らかだった。こうした率直な物言いの面でも、気どらない率直な性格でも、ふたりは共通していた。しかし、ここでどう話せばいいのか？　エイラのことは、人には説明しづらい。

「いや、エイラはここから四、五日旅をしたところの谷に住んでいたんです」

タルートは困惑顔を見せた。「そのような名前の女が近場に住んでいるという話はきいたことがないぞ。マムトイ族の一員だということはたしかなのか？」

「いや、マムトイ族でもありません」

「だとしたら、どこの一族だ？　この近辺に住んでいるのは、マンモス狩りをするわれらマムトイ族だけだぞ」

「わたしはどこの一族でもありません」エイラはあごをつんとあげ、気概をのぞかせながらいった。

タルートは鋭い目でエイラを値踏みした。女はマムトイ語を話してはいるが、声の調子や発音がどことなく……風変わりだ。不愉快な響きではないが、ふつうではない。ジョンダラーが話すマムトイ語には、遠方の言葉を話す者ならではの訛《なま》りがある。しかし、この女の口調には訛りという言葉では説明できないちがいがあった。タルートの好奇心が刺戟された。

「ともかく、ここは話をする場所ではないな」しばらくして、タルートはいった。「あんたたちをライオン簇に招かねば、つれあいのネジーから大目玉をくいそうだ。客人が簇に来れば、みな心がいくぶん晴れる。それに、もう長いこと簇はひとりの客人も迎えてはおらなんだ。ライオン簇はおふたりを歓迎するぞ、ゼランドニー族のジョンダラーと、一族のない女エイラよ。どうだ、簇に来てもらえるか?」

「きみはどう思う? 行ってみたいか?」ジョンダラーはエイラにたずねた。ゼランドニー語に切り替えたのは、エイラが相手の気分を害さないかという心配をせず、率直に答えられるようにとの気づかいからだった。「そろそろ、自分の同類たちと会ってみたくはないのか? イーザにそうしろといわれたんだろう? 自分の仲間を見つけろと?」

あまり気負っているように見られたくはなかったが、エイラ以外の人と話をしないで過ごした月日がかなり長くなっていたので、できれば簇をたずねたいというのがジョンダラーの本音だった。

「どうしたらいいの?」エイラは心を決められずに眉根をよせた。「簇の人はわたしをどう思うかしら? あの男の人は、わたしがどこの一族の人間かを知りたがっていたわ。でも、いまのわたしはどこの一族の者でもない。そんなわたしに、簇の人たちが白い目をむけてきたらどうすればいいと?」

「大歓迎されるに決まってる。嘘じゃない。おれにはわかるんだ。タルートはきみを招いたじゃないか。きみがどこの一族の人間でもないことも、この男には気にならなかったわけだよ。そもそも、簇の人に好かれるかどうか――いや、きみが簇の人を好くかどうかも――一回足を運んでみないことにはわからない。マムトイ族は、ほんとうならきみがいっしょに育ったような人たちだ。それに、長いこと身を寄せている必要があるわけでもない。いつまた旅立ってもいいんだ」

「いつ旅立ってもいいの？」

「もちろんだとも」

エイラは地面に目を落として、心を決めようとした。この人たちについて行きたい気持ちも、この人たちに引かれる気持ちもあったし、この人たちのことを深く知りたい好奇心もあったが、胃のあたりに恐怖が固くしこりをつくってもいた。顔をあげて、川べりに近い草原でたっぷりと生い茂る草を食んでいる毛足の長い二頭の草原馬が目にはいると、恐怖はさらにふくらんだ。

「ウィニーはどうなるの？ あの子はどうすればいいと？ もし簇の人たちがあの子を殺すといったら？ ウィニーが痛い思いをさせられるのは、ぜったいにいやよ！」

ジョンダラーは、ウィニーのことまで考えていなかった。ライオン簇の人はあの馬をどう思うだろうか？

「簇の人がなにをするか、おれにはまだわからない。だけど、あの子が特別な馬で、決して食べるための肉じゃないと話せば、いくらなんでも殺すような真似はしないと思うな」話しながらジョンダラーは、エイラとウィニーの絆に最初は驚かされ、やがて畏敬の念さえいだくようになったことを思い出していた。この人たちの反応を見るのもおもしろそうだ。「おれに考えがある」

タルートには、エイラとジョンダラーがゼランドニー語でかわしている会話の意味がわからなかったが、女が簇訪問に二の足を踏んでいることや、男が女の翻意をうながしていることは察しとれた。さらにエイラのゼランドニー語にも、先ほどマムトイ語を話していたときとおなじ、ふつうでない訛りがあることにも気づかされた。ジョンダラーにとってゼランドニー語は生まれついての母語《ぼご》だが、女にはそうではないようだ。

いまタルートは、この女が秘めている謎に内心舌なめずりしながら考えをめぐらせていた。生来、目新しいもの、奇異なものに引かれる性格である。解き明かせない謎を前にすると、いやがうえにも解明意欲にかきたてられた。しかし、ここでまったく新しい次元の謎が立ちあらわれてきた。エイラが、大きくかん高い音で口笛を吹いたとたん、枯れ草色の雌馬と、めったにお目にかかれないほど黒っぽい色の栗毛の若馬が速駆けで一同のなかに飛びこんできたかと思うと、エイラの前でぴたりと足をとめたのだ。それだけではない、エイラが体を撫でているあいだ、どちらの馬も微動だにしないではないか！ 大男タルートは畏敬のふるえを抑えこんだ。生まれてこのかた、こんな光景を目にしたことはついぞない。

もしやこの女は母なる大地の女神に仕える者、マムートなのか？ しだいに深まる畏怖とともに、タルートはそう思った。特別な力をそなえた者なのか？ マムートの多くは、動物たちを招き寄せて狩りの断をくだす魔力をもっている。しかしタルートは、動物たちを号令一下思うままに動かす人間に会ったことはない。だからこそ、この女は非凡な才をそなえている。いくぶん女を恐れる気持ちもあった——しかし、考えてみれば、こうした才が簇にどれほどの益をもたらすことか！ この才があれば、狩りがすこぶる容易になる！

タルートが最初の衝撃からなんとか立ちなおりかけたとき、エイラという女がふたつめの衝撃を見舞ってきた。なんと雌馬のぴんと突き立った剛《こわ》いたてがみをつかむと、ひらりと馬の背にまたがったのだ。驚きにぽかんと口をあけているばかりの大男タルートの目の前で、馬はエイラを背に乗せたまま速駆けで川のほとりを走っている。若馬も雌馬とエイラを追って走りだし、そのままひとりと二頭はさらに遠くの草原に通じる斜面をいっさんに駆けのぼっていった。驚きの光をのぞかせていたのは、ひとりタルートの瞳ばかりではなく、仲間の瞳もおなじだったが、とりわけて強い光をのぞかせていたのは十二歳の少女の瞳だった。少女は簇長ににじり寄ると、体をささえてもらうかのように寄りかかった。

「あの人、どうしてあんなことができるの？」少女は驚嘆と畏敬、それにわずかな憧れのいりまじった細い声でタルートにたずねた。「あの子馬、さっきはすぐそばまで来たわ。手を伸ばせばさわれそうなくらい……」

タルートはふっと表情をやわらげて、「だったら、あの女にきいてみればいいよ、ラティ。いや、ジョンダラーにきいてもいいかもしれん」といい、背の高い初対面の男に顔をむけた。

「おれにもよくわかりません」ジョンダラーは答えた。「エイラは動物たちとのあいだに独特な絆をもっています。ウィニーは、エイラがほんの子馬のときから育てた馬ですし」

「ウィニー？」

「エイラがあの雌馬につけた名前で、おれにはがんばっても、こんなふうにしか口にできません。だけどこの名前を口にするときのエイラの声ときたら、まったく馬そっくりですよ。子馬の名前はレーサー。こっちは頼まれて、おれが名前をつけました。ゼランドニー語で〝韋駄天《レーサー》〟――速く走れる者の意味です。なんでもいちばんになろうとして、骨惜しみしない者という意味もあります。そうそう、おれが最初に見たとき、エイラはあの子馬を産むウィニーを助けていましたっけ」

「さぞや見ものだったろう！　子を産もうとしている雌馬なら、ふつうはぜったいに人間を近づけないからな」男たちのひとりがいった。

馬に乗る場面をじっさいに見せたことは、ジョンダラーが望んだ効果をあげていた。そこでジョンダラーは、エイラの不安を話に出すいい機会だと思った。「おれが見るところ、エイラはあなたの簇をたずねてみたいようです。しかし、簇の人たちがあの二頭の馬を、狩るのが当然のふつうの馬としか思ってくれないんじゃないかと心配しているんですよ。二頭とも人に慣れてますから、あっけなく狩られてしまうでしょうし」

「そうなるだろうな。あんたならおれの考えもわかるだろうが、こんな気分を感じないでいられる者がいるかね？」

タルートは、こちらに引きかえしてくるエイラの姿を視界にとらえた。半人半馬の奇怪な動物のようだ。なにも知らされないまま、いきなりあの姿と出くわさなくてよかった。そんなことになったら……腰を抜かしてしまったにちがいない。つかのま、馬の背に乗るのはどんな気分だろうか、そんなことをしたら、おのれの姿も人に肝をつぶさせるのだろうか、という思いが頭をかすめた。ついで、ウィニーのような草原馬、体は小さめだが体格のがっしりした馬の背に自分がうちまたがっている場面を思い描くなり、タルートは声をあげて笑った。

「あの馬だったら、おれが乗るよりもおれが背中にかついだほうがよさそうだ！」タルートはいった。

ジョンダラーもふくみ笑いを洩らした。タルートがなにを思って笑ったのかは、説明されずともたやすく察せられた。口もとをほころばせる者や小声で笑う者があり、ジョンダラーは彼らの全員が馬に乗る自分たちの姿を思い描いていたことに気がついた。といっても、これは驚くにあたらない。ジョンダラー自身、最初にウィニーに乗ったエイラを見たときにはおなじことを思い描いたからだ。

　エイラは、小人数の人々が顔に浮かべたうろたえと驚きのいりまじった表情を目にとめていた。もし自分を待つジョンダラーがいなかったら、いっそこのまま馬を走らせて谷に引きかえしたいくらいの気持ちだった。自分の行動が容認しがたいといって他人から眉をひそめられたことなら、少女時代にいやというほど経験している。そのあと、ひとりで自由気ままに暮らしてきたいま、気質のままにふるまうことを他人にとやかく非難されるのだけはまっぴらだった。だからジョンダラーには、行きたければ簇に行くがいい、ただし自分は谷に引きかえすときっぱり申しわたす気にまでなっていた。

　しかしもとの場所に引きかえし、馬に乗った自分の姿を想像していまだに笑いをこらえきれていないタルートを目にすると、エイラの気が変わった。笑いはエイラにとって、かけがえのない貴重なものになっていた。洞穴熊《ケーブ・ベア》の一族と暮らしていたおりには、笑い声をあげることが禁じられていた。笑い声は、氏族の人々に不安で落ち着かない気分を味わわせてしまうからだ。声をあげて笑うことができたのは——それもまわりには秘密だったが——わが子ダルクといっしょのときだけ。ライオンのベビーや馬のウィニーからは、屈託なく笑うことの楽しさを教えられたが、あけっぴろげになっていっしょに笑うことのできる相手はジョンダラーがはじめてだった。

　エイラは、タルートといっしょになって気安げに笑っているジョンダラーに目をむけた。相手も顔をあげて微笑をのぞかせた。信じられないほどあざやかな青い瞳のもつ魔力が心の奥深いところを直撃し、ちりちりした感触の温かな輝きとなって反響したかと思うと、この男への深い愛情があらためて胸にこみあげてきた。あの人なしで、ひとり谷にもどることはできない。ジョンダラーと離れてひとり暮らすことを思っただけで、のどが強く締めつけられる気分になり、流すまいとしてこらえている涙が痛いほど熱く感じられた。

一同に近づいていくあいだ、エイラはジョンダラーが赤毛の男ほど頑健な体格ではないものの、背の高さだけを見ればほとんど差がないばかりか、ほかの三人の男よりも大柄であることに気づいた。いや、うちひとりは一人前の男ではなく少年だ。それに、いっしょにいるのは少女ではないだろうか？　気がつくとエイラは、この人々を横目でこっそりと観察していた――正面から目をむけたくなかったからだ。

体のわずかな動きの合図をうけてウィニーが足をとめると、エイラは片足を大きくふりあげて馬から滑り降りた。タルートが近づいてくると二頭の馬が落ち着かないそぶりを見せはじめたので、エイラはウィニーの体を撫で、レーサーの首に手をかけた。馬たちがエイラにふれてもらうと安心できるように、エイラも二頭の馬とのふれあいがもたらす心の安らぎを必要としていた。

「一族をもたぬ者エイラよ」タルートはいった。ふさわしい呼びかけの言葉かどうか自信はなかったが、このたぐい稀な才をもつ女性の呼び名はほかにないような気がした。「ジョンダラーから話をきいたのだが、あんたはもしわが簇を訪《と》うたなら、簇人《むらびと》たちが二頭の馬に手をかけるのではないかと恐れているそうだな。ならばこのタルートがライオン簇の簇長であるかぎり、雌馬とその子馬にはなんびとも手出しをしないとはっきりいっておく。あんたには簇に来てほしいし、来るのなら、二頭の馬もぜひ連れて来てほしい」タルートの笑顔がさらに広がって、低い笑い声が洩れてきた。「そうでもしないことには、おれたちの話をだれにも信じてもらえないからな」

エイラにも、簇を訪問することが前ほど重荷には感じられなくなっていたし、なによりジョンダラーが簇に行きたがっていることもわかっていた。ここで誘いを断わらなくてはいけない理由はない。それに、いまではこの赤毛の大男の晴れやかで豪放磊落《らいらく》な笑い声にも心引かれるものを感じていた。

「ええ、うかがわせていただきます」エイラは答えた。タルートは笑顔でうなずきながら、エイラという女のことに、思わず釣りこまれそうになる訛りや馬を巧みにあやつるわざに思いをめぐらした。一族をもたぬ者エイラ――いったい何者なのか？

前夜エイラとジョンダラーは急流の川べりで野宿し、この日の朝――ライオン簇の一行と出会う前に――そろそろ引きかえす潮時だと決めていた。川はかなりの幅があって、わたるにはかなり苦労させられそうだったし、どのみちいつかは方向転換して来た道を引きかえすことになるのだから、そんな苦労を背負いこむことはない。エイラがひとりで三年間を暮らしていた谷の東側に広がる草原のほうがずっと近づきやすかった。谷から遠まわりに西へ抜けていくのは困難で、三年のあいだもわざわざ足を運んだことはなく、地理もほとんどわからなかった。旅立ちのときには西を目ざしたふたりも、これといった旅の目的地もなかったため、結局は北にむかうことにした。そのあと東に進むことにしたが、エイラがこれまで狩りの旅で足を運んだ範囲よりもずっと遠くに来ていた。

探険の旅に出ようとジョンダラーがエイラを説きふせた裏には、旅をすることに慣れてほしいという願いがあった。いつかは故郷にエイラを連れて行きたかった。しかし故郷は、はるか西にある。住み慣れた安全な谷を離れて、見知らぬ土地に行き、見知らぬ人々のあいだで暮らすことに、エイラはこれまで乗り気ではなかったし、恐れてさえいた。長旅をつづけていたジョンダラーは一刻も早く故郷に帰りたかったが、冬のあいだはエイラとともに谷で暮らすことで妥協していた。故郷にもどるとなれば、すくなくとも丸一年はかかる長旅を覚悟しなくてはならず、どのみち旅立ちには晩春が望ましい。そのころになればエイラも、旅に同行することに同意してくれるはずだという読みもあった。それ以外の選択肢については、考えたくもなかった。

瀕死の重傷を負っているジョンダラーをエイラが見つけたのは、暖かな季節がはじまるころ。いまはその暖かな季節も幕を閉じかけている。ジョンダラーがどんな悲劇を経験したのかも、エイラは知っていた。エイラの手厚い介抱の甲斐あってジョンダラーはすこやかな体をとりもどし、そのあいだにふたりは恋に落ちた。とはいっても、生い立ちがまったく異なっていることが障壁となっており、その障壁を乗り越えるにはまだ長い道のりが待っている。いまもふたりは、相手の考え方やおりおりの気分について知識を深めあっている段階だった。

エイラとジョンダラーが野宿用の天幕をほどき、食料のたくわえやさまざまな道具類を馬の背に載せるようすを、待っているライオン簇の人々は驚きに目をみはり――興味をかきたてられもして――じっと見つめていた。荷物を背負子《しょいこ》や雑嚢に入れてもち運ぶ彼らの方法とは、まったくちがっていたからだ。逞しい馬の背にふたりで乗ることもあったが、いまエイラは自分の姿を見せていたほうがウィニーも子馬も安心するだろうと考えていた。ふたりはライオン簇の人々について、歩きはじめた。ジョンダラーは、みずからが考えだした長い端綱《はづな》を手にとってレーサーをみちびいていた。ウィニーは、目に見えるような指示を受けていないにもかかわらず、エイラにつきしたがってきた。

一同は幅の広い谷あいを川にそって数キロほど進んだ。谷の両側は斜面になっており、その上には草が生い茂った草原が広がっている。近くの斜面では、人の胸の高さほどの丈の草が熟した種子を重たげに垂らして揺れ、北方の巨大な氷河からときおり思い出したように吹きつけてくる冷たい突風の拍子にあわせて、黄金色の水面のように波打っていた。ひらけた草原の川に近いあたりには、ひねこびた松や樺が小さな木立ちをつくっていた。こうした木々は吹きすさぶ風に奪われた水分をすこしでも補給しようと、川の近くに根を張っている。冷たい風は一枚残らず葉が落ちた枝を揺らして吹いていたが、川のそばの葦《あし》や菅《すげ》はまだ緑色をたもっていた。

　少女ラティはときおり二頭の馬とエイラのほうをふりかえっており、そのせいで足どりが遅くなりがちだったが、それも川が曲がった部分にさしかかって、ほかの人々の姿が見えてくるまでだった。ラティは走りだした。客人が来たことを、まっさきに簇の人に伝えたかったのだ。ラティの大声に、簇人たちが顔をこちらにむけ、驚きに口をあんぐりとあけていた。

　やがてほかの人々も姿をあらわしてきたが、彼らは土手にあいている大きな穴から出てくるようにエイラには思われた。一種の洞窟だろう。しかし、こんな洞窟を目にしたことはなかった。洞窟は川に面した斜面から突きだしているように見えたが、自然のままの岩や地形がそなえている不規則な形ではない。土をいただいた屋根の部分には草が生えていたが、入口は形がそろいすぎていたし、なにがなし自然の造形とは異なる印象がある。というのも、入口が完全に左右対称のアーチになっていたのだ。

　いきなり、心の奥深いところに衝撃が走って、すべてが明らかになった。あれは洞窟ではないし、ここにいるのは氏族ではない！　ここの人々は、エイラにとって記憶に残るただひとりの母であるイーザとは似ていないし、それをいうならクレブやブルンとも似てはいない。あのふたりは筋骨逞しい短軀《たんく》で、大きな目の上に眉弓《びきゅう》という骨が張りだして、影をつくっていた。ひたいは斜めに傾斜し、突きでた下あごには尖った頤《おとがい》がなかった。ここの人々はエイラに似ていた。わたしは、こういう人々のあいだに生まれてきた……お母さんは……ほんとうのお母さんは、きっとこういう姿の女性だったはず……そう、この人たちは氏族のいう〝異人〟だ！　ここは異人の暮らす土地なんだ！　そうとわかると同時に、昂奮が奔流となって押し寄せ、同時に恐怖がちりちりと胸を刺した。

　ライオン簇の人々が冬のあいだ住むこの地に一同がたどりついたとき、不思議なふたりの客人——それ以上に不思議な二頭の馬——を出迎えたのは、驚きのあまりの静寂だった。一拍おいて、だれもがいっせいにしゃべりはじめた。

「タルート！　こんどはなにを土産にもってきた?」

「その馬はどこでつかまえてきた?」

「馬になにをした?」

なかには、エイラに質問してくる者もあった。「どうして馬が逃げない?」

「タルート、この人たちはどこの簇の出《で》だね?」

人々はてんでに口やかましくわめきながら群れあつまり、じりじりと前ににじり寄ってきては、エイラたちと馬にふれようとして手を伸ばしてきた。エイラは完全に圧倒され、頭が混乱した。大人数の人々には慣れていない。人々が話すことにも慣れていなかった。大勢の人がいっぺんにしゃべるとなればなおさらだ。ウィニーは首を大きく反らして頭を高くかかげ、しきりに耳をばたつかせながら、右に左に落ち着きなく動いている。怯えている子馬を守り、だんだんと包囲の輪をせばめてくる人々からすこしでも離れようとしているのだ。

ジョンダラーには、エイラが困惑していることや馬が落ち着きをなくしていることがわかっていたが、タルートやほかの人々にそれを理解させるのは無理だった。雌馬は汗をかき、尻尾をさかんにふりたて、おなじ場所を輪を描いてまわっていたが、突然我慢できなくなったのか、いきなり棹立ちになって恐怖のいななきをあげ、固い蹄を前に突きだして人々を追い払おうとしはじめた。

エイラは不安もあらわなウィニーに目をむけると、気持ちをなだめるための声、馬のいななきに似た声で名前を呼びかけ、ジョンダラーから言葉を教えてもらう前まで馬に意思を伝えるためにつかっていた手ぶりの合図を送った。

「タルート！　エイラの許しがあるまで、だれにも馬をさわらせないでください！　あの二頭を意のままに動かせるのはエイラだけです。どちらも気性は穏やかですが、雌馬はからかわれたり、子馬の身が危ないと感じたりすれば、なにをするかわかりません。怪我人が出てもおかしくないんです」ジョンダラーはいった。

「みなの者、さがれ！　この男のいうことをきいただろう」タルートが地響きを思わせる声で一喝すると、人々はたちまち静かになった。まわりの集団と二頭の馬が落ち着いたのを見はからって、タルートは先ほどよりも静かな声で話をつづけた。「こちらの女はエイラといってな。わが簇を訪ねてくれるのなら、二頭の馬にはだれにも手出しをさせないと約束をしてきたのだよ。それもライオン簇の簇長としての約束だ。こちらの男は、ゼランドニー族のジョンダラー、われわれとは縁つづきにあたる。弟さんが、なんとソリーと縁つづきでね」タルートは心得顔でにやりと笑い、こういいそえた。「タルートが客人を連れてきたぞ！」

人々がうなずいて、賛意を示した。輪をつくってその場に立っている簇の人々は、みんな好奇心を隠そうともせずにエイラたちを見つめていたが、馬が足を蹴りだしてもとどかない場所にとどまっていた。客人がいまこの場で簇を去って行っても、これだけ関心をかきたててくれれば、この先何年も語り草になるにちがいない。ふたりの旅人がこの地域にやってきて、南西の川べりに住む人々のもとに身を寄せているという話は、すでに〈夏のつどい〉で流れていた。マムトイ族はこの川べりに住むシャラムドイ族と交易をしている。ライオン簇の縁者であるソリーがシャラムドイ族の男を選んだことで、簇ではこの人々にさらに強い興味をいだくようになっていた。しかしその簇人たちも、シャラムドイ族に身を寄せていたふたりの男の片割れが、まさか自分たちの簇に来るとは思っていなかったし、いわんや馬を自在にあやつる魔力をそなえた女も同行しているとは予想もしていなかった。

「だいじょうぶか?」ジョンダラーはエイラにたずねた。

「ここの人たちのせいで、ウィニーとレーサーが怖がっているのよ。だれもが、いつでもあんなふうに全員いっせいにしゃべるの? 女も男もいっしょに? 頭がこんがらがりそう。みんな大声だし。あれで、だれがなにを話しているのかがわかる? こんなだったら、やっぱり谷に帰ったほうがよかったのかもしれない」エイラは雌馬の首を抱きしめて寄りかかるように身を寄せ、ウィニーを落ち着かせながら、逆に心の安らぎを得てもいた。

ジョンダラーには、エイラが馬にも負けないくらい動揺していることがわかった。騒ぎたてる群衆が迫ってくる光景に心底驚かされたのだろう。ここには、あまり長居をしないほうがいいかもしれない。それにエイラがまだ自分とおなじ種類の人間に慣れないうちは、いちどに話をするのをふたりか三人にしたほうがいい。しかし、慣れることができなかったら、自分はなにをすればいい? いや、とにかくもうこの簇にいるのだ。ここはひとつ、ようすを見るとしよう。

「たまに大声でしゃべることもあるし、何人もがいっせいに話すこともあるさ。だけど、たいていの場合はいちどにひとりしか話さないな。それに、いまではもうみんな、馬に気をつけてくれると思うよ」ジョンダラーにそう話しかけられながら、エイラは馬の背の両側に馬具でくくりつけてある荷物の籠をおろしはじめた。この馬具は、皮紐を工夫してエイラがつくった品だ。

エイラが忙しく仕事をしているあいだに、ジョンダラーはタルートをわきに引っぱって行き、二頭の馬もエイラもちょっと気が立っていて、簇人に慣れるまでにいくらか時間が必要だ、と低い声で説明した。

「だから、馬とエイラをしばらくそっとしてやったほうがいいと思います」

タルートはもっともな話だとうなずき、簇の人々のなかにわけいって、それぞれに話しかけはじめた。簇人たちは三々五々散って、それぞれの仕事にもどっていった。食べ物を用意したり、皮仕事をしたり、道具をつくったりしながら、あからさまではなく、こっそりとようすを見守るためだ。簇人たちも落ち着かぬものを感じていた。客人にはいつでも興味をかきたてられたが、類を見ないほどの魔力をふるう女のこと、この先も思いがけないことをやってのけるかもしれない、と思っていたのだ。

エイラとジョンダラーが荷ほどきをしているあいだ、近くに残ったまま食いいるようにようすを見ていたのは子どもたちだけだった。しかしエイラは、子どもたちのことは気にならなかった。一族のもとを去ってから、もう何年も子どもたちの姿を目にしていない。だから子どもたちが興味をもっているのとおなじくらい、エイラも子どもたちに興味を引かれていた。エイラはウィニーから馬具をはずし、レーサーの端綱もとり去った。それからウィニーの体をやさしく叩いたり撫でたりし、レーサーにもおなじことをした。子馬の体をたっぷり掻き、愛情をこめて首を抱きしめたのち、ふっと顔をあげると、うっとりした顔でレーサーを見つめているラティと目があった。

「さわりたい、馬?」エイラはたずねた。

「いいの?」

「こっち、来て。手伝って。手本、見せてあげる」エイラはラティの手をとり、半分大人になりかけた子馬が冬にそなえてまとっている長い被毛に手を押しあてた。レーサーが首をめぐらせて少女の顔のにおいを嗅ぎ、鼻づらをすり寄せた。

少女の感謝の笑みは、エイラにとって贈り物だった。「この子、わたしのことが好きみたい!」

「この馬、体、掻かれるのも好き。ほら、こんなふうに」エイラはいいながら、被毛のうちでもとりわけ馬が痒がる場所を少女に教えてやった。

レーサーは関心をむけられたことがうれしいらしく、そのことを体の動きで表現している。それにラティも大喜びしていた。少女はそもそも最初から、この子馬に引かれていた。エイラはジョンダラーを手伝おうとして、レーサーとラティに背中をむけたため、もうひとりの子どもが近づいてきたことに気づかなかった。あらためてふりかえったエイラは、その子を目にして小さな悲鳴を飲みくだした。顔から血の気が引いていくのがわかった。

「ライダグにも馬をさわらせてやっていい?」ラティがいった。「この子は言葉がしゃべれないけど、わたしには気持ちがわかるの」

ライダグをはじめて見た人は、例外なく驚いた顔を見せる。ラティはこの反応に、もうすっかり慣れっこになっていた。

「ジョンダラー!」エイラはかすれたささやき声を出した。「あの子……わたしの息子に生き写しだわ! ダルクにそっくり!」

うしろに顔をむけたジョンダラーは、驚きに大きく目を見ひらいた。そこに立っていたのが、霊がいりまじった子どもだったからだ。

平頭——エイラのいつもの言い方にしたがうなら氏族——は、たいていの人間にとっては動物と同等の存在であり、たいていの人はこうした子どもを、動物と人間が半々にまざりあったという意味をこめて〝畜人《ちくじん》〟と呼ぶのがつねだった。エイラから最初にこうした人獣半々の息子を産んだことがあるときかされたとき、ジョンダラーは茫然とした。そうした子を産んだ女は、たいてい仲間からのけ者にされる。その女が懲りずに邪《よこし》まなけだものの霊を呼び寄せて、その結果ほかの女たちも畜人を産み落とすかもしれないという恐れゆえのことだ。畜人がこの世にいることさえ認めたがらない向きもあるくらいだ。だから、その畜人の子がこの簇にいるとは、予想さえしていなかった。頭を殴られた気分だった。いったいこの少年はどこから来たのだろう？

エイラと少年は、まわりのことが目にはいらないようすで見つめあっていた。氏族の血が半分まじっているにしては華奢な体格だ――エイラは思った。ふつう氏族の者はみな骨太の頑健な体をもっている。ダルクでさえ、ここまで痩せてはいなかった。持病があるんだ――薬師《くすし》としての修練を積んだエイラの目はそう見抜いた。生まれついての病だろう。それも胸の奥にあるあの力強い筋肉、収縮をくりかえして動悸を打ち、全身に血をめぐらせているあの臓器の病にちがいない。しかしそうした事実は考えることもなく、知識の蔵《くら》にたくわえられていくだけ。いまエイラは少年の顔や頭をつぶさに目で調べていき、自分の息子と似ている点や異なっている点をさがしていた。

知的な光をたたえた茶色の大きな目は、ダルクに似ていた。年端もいかぬ子どもには似つかわしくない老賢の智恵をたたえているようにさえ見える――息子に会いたい気持ちが胸を刺し、のどに熱いものがこみあげてきた――しかし少年の瞳には、ダルクの瞳にはなかった痛みや苦しみの色があった。それも、体の痛みや苦しみだけではない。同情で胸が張り裂けそうだった。じっくり観察をした結果、少年の眉の部分はそれほど張りだしてはいない、という結論を出した。エイラが一族のもとを去ったとき、ダルクはまだ三歳の幼子だったが、そのときでさえ目の上の骨の隆起はかなり目だつほどになっていた。ダルクの目や突きだした眉弓は氏族全員に共通していたが、ひたいの部分はこの少年に似ていた。氏族の者のひたいは平坦で、頭頂部にかけて傾斜をつくっているが、ダルクやこの少年のひたいは――エイラのひたいとおなじく――高く秀でており、頭のてっぺんは丸く盛りあがっている。

エイラは、もの思いにふけりはじめた。いまごろダルクはもう六歳になっているはず。男たちが狩り道具の練習に行くときには、いっしょに行ける年齢だ。しかしダルクに狩りの手ほどきをするのは、ブラウドではなくブルンだろう。ブラウドのことを思い出すと、怒りに頰がさっと火照った。ブルンがつれあいとのあいだにもうけた息子ブラウドは、エイラ憎しの気持ちを胸にふつふつと溜めこんだあげく、腹いせに赤ん坊をとりあげて、ついには一族からエイラを追放した――そのことは決して忘れられない。エイラは目を閉じ、思い出という刃物が心を切り裂いていく痛みをこらえた。もう息子には二度と会えないとは、ぜったいに考えたくなかった。

エイラは瞼《まぶた》をひらいてライダグを見つめ、深々と息を吸いこんだ。

そういえば、この子は何歳なんだろう？　小柄だけれど、年はダルクとあまり変わらないはずだ……そう思いながら、エイラはまたふたりを比較していた。ライダグの肌は白く、黒っぽい髪は巻毛だが、氏族の人々の茶色いもじゃもじゃとした髪にくらべると、色あいはもっと薄くて、柔らかい。しかしダルクとライダグのいちばん大きなちがいはというなら――エイラは思った――頤《おとがい》と首だ。エイラの息子は母親ゆずりの長い首のもちぬしだ。氏族の赤ん坊なら、のどに食べ物が詰まることは決してないのに、ダルクはおりおりにそういう目にあっていた。また引っこんではいたが目立つ頤があった。この少年は、氏族に似かよった短い首と、前に突きでた下あごのもちぬしだ。そこまで考えたところで、エイラは少年がしゃべれないという先ほどのラティの言葉を思い出した。

いきなり天啓の瞬間がおとずれ、この少年の暮らしぶりがすっかり見とおせた。なるほど、五歳の女の子が地震で家族をうしない、言葉を明瞭に発音する能力のない氏族に拾われて、彼らがつかっている手ぶりの言葉を学んでいくのは大変な苦労がともなう。しかし、話す力をもたないまま言葉を話せる人々のあいだで暮らすことには、前者とはまったく異なる苦労があるはずだ。幼いころの歯がゆい気持ちが思い出されてきた。自分を迎えいれてくれた人々と心を通わせられない歯がゆさ。それ以上に歯がゆかったこともある——ふたたび言葉を話す力を身につける前、自分の思いをジョンダラーにわかってもらうのが大変だったことだ。話をする力を身につけられなかったら、いまごろどうなっていただろう?

エイラは少年に手ぶりをしてみせた。ずっと幼いころ、最初に習い覚えた簡単な挨拶の手ぶりだった。目に一瞬だけ昂奮の光が閃いたが、少年はすぐ首をふって、怪訝な顔つきを見せた。氏族の手ぶりによる会話術を学んでいなくとも、氏族記憶のわずかな痕跡が残っているにちがいないことが、これでわかった。ほんの一瞬とはいえ、少年は先ほどの手ぶりの意味を理解していたにちがいない。

「ライダグにも、馬をさわらせてやってもいい?」少女ラティがくりかえした。

「いいわ」エイラはそういって、少年の手をとった。こんなに痩せていて、さわるだけで体が折れそうだ——そう思ったとたん、それ以外の部分もすっかり察しとれた。この子は、ほかの子どもたちとちがって走ることもできない。男の子なら当たり前の荒っぽい遊びの仲間入りもできない。この子にできるのは、そばで見ていることだけ——かなわぬ願いに胸を焦がしながら。

エイラは、ジョンダラーでさえ見たこともないほどやさしい表情で少年をそっと抱きあげ、ウィニーの背中に乗せた。それからウィニーにあとをついてくるよう手ぶりで合図し、エイラはゆっくりした足どりで簇をまわりはじめた。人々は話をやめ、仕事の手をとめて、馬にまたがったライダグを見つめた。これまで話には出ていたが、川べりでエイラたちと出会ったタルートらをのぞいては、人間が馬の背に乗っているところを見たことのある者はひとりもいなかった。そもそも、そんなことができると考えた者さえひとりとしていなかったのだ。

いかにも母親らしい大柄な女がひとり、土手にある妙な形の住居から出てきたかと思うと、馬に乗っているライダグをじっと見つめた。馬の蹄は、思わずひやりとするほど女の頭に近い地面を蹴立てていた。女はとっさに、馬から少年を助けようと駆け寄った。しかしいざ近づいた女は、無音のままそこで展開されているドラマに気がついた。

少年の顔は、こぼれんばかりの驚嘆と喜びの念をたたえていた。ほかの子どもたちとおなじことをしたくても、体が弱いせいだったり、あるいはほかの子どもとちがう体をもっているせいでいっしょになれず、羨ましい思いを噛みしめながら見ていただけという場面を、この子はいくたび経験してきたのか？　人から褒められるようなことをしたい、人に羨ましがられたいという思いに、いったいいくたび胸をやるせなく焦がしたことか？　そしていま、馬の背にうちまたがった少年は、生まれてはじめて簇じゅうの子どもたちのみならず、大人たちからも注目され、羨望の視線をむけられていた。

住居から出てきた女はエイラに目をむけて、こんなことを考えていた。あの女は、ほんとうにたちまち息子のことを理解したのだろうか？　やすやすと息子を受け入れたのだろうか？　ライダグを見ているエイラの顔の表情に目をとめた女は、そのとおりであることを悟った。

エイラは自分を見つめている女の視線に気がついて、笑みをかえした。女も笑顔を見せて、エイラに近づいてきた。

「あんたのおかげで、ライダグがとってもうれしそうよ」女はそういいながら、エイラが馬の背から抱きかかえておろした少年に両腕を伸ばした。

「お礼、いりません」エイラはいった。

女はうなずいた。「あたしはネジー」

「わたしの名前、エイラです」

ふたりの女はたがいに顔を見かわしながら、相手を慎重に見さだめていた。といっても、そこには敵意はみじんもない。これから先もつきあえる相手かどうかを調べているだけ。

エイラの頭のなかにはライダグのことでたずねたい質問がいくつも渦まいていたが、口に出すことはためらわれた。たずねても礼を失しないのかどうかが見きわめられない。ネジーは少年の母なのか？　もしそうなら、いったいどんないきさつで、霊のまじりあった子どもを産み落としたのか？　そう考えると、ダルクが生まれて以来ずっと頭に巣食っていた疑問がまたぞろ頭をもたげてきた。新たな命はどのようにして生まれるのか？　赤ん坊が体内で育っていることを女が知る手がかりといえば、自分の体が変わったことだけだ。それにしても、赤ん坊はどうやって体のなかにはいってくるのか？

クレブとイーザは、女が男のトーテムの霊を飲みこんだときに、新しい命が宿ると考えていた。ジョンダラーは、母なる大地の女神が男と女の霊をまぜあわせて、それを女の体に植えつけたときに女が身ごもるという考え。しかしエイラはエイラで、自分だけの考えをいだいていた。自分の特徴のいくつかと、氏族の特徴のいくつかが息子に受けつがれていることを目にとめたエイラは、みずからの体内に新しい命が宿ったのは、ブラウドから媾合《まぐわい》を強いられてからだったことに思いいたったのだ。

いまでも思い出すだに身がふるえるひとときだった。痛みが激しかったからこそ忘れられなかった。しかしそのことでエイラは、男が体の一部を女の体に突き入れる場所が、赤ん坊の出てくる場所でもあることから、その行為が女の体内に新しい命を宿すきっかけなのではないかと考えるようになった。ジョンダラーにも話したが、おかしな考えだと一蹴され、命をつくるのは母なる大地の女神にほかならないといわれただけだった。そのときには信じられなかったエイラも、いまはちょっと考えなおしていた。姿形《すがたかたち》はまったく異なるものの、エイラは氏族とともに、その一員として育ったという背景がある。強いられた媾合は苦痛でしかなかったが、ブラウドは一族の男としての権利を行使しただけだ。しかし氏族の男が、いったいどうすればネジーのような女に強いることができたのだろう？

そこまで考えたとき、またべつの小人数からなる狩猟隊が簇に帰ってきた騒ぎで、エイラのもの思いが断ち切られた。ひとりの男が頭巾をうしろに引きさげながら近づいてきた。エイラもジョンダラーも、ともに驚きに目を見ひらいた。男は褐色の肌だった！　深みのある褐色の肌をもつ人間！　レーサーの毛の色とほとんどおなじだったが、そのレーサーも馬にしては珍しい毛色である。ふたりとも、これまで肌が褐色の人間を見たことがなかった。

髪の毛は黒く、かなりきつい縮れ毛だった。そのせいで、黒ムフロンの毛皮の帽子をかぶっているかのように見えた。両の瞳もまた黒。男が瞳を楽しげにきらめかせて笑みをのぞかせると、浅黒い肌ときわだった対照をなす輝くように白い歯と薄紅色の舌がのぞいた。簇への客人がはじめて自分を目にすると、決まって驚くことを男は心得ていたし、そればかりか相手のうろたえぶりを楽しんでもいた。

しかし、それをのぞけば、ごくふつうの男だった。中肉中背で、エイラよりも二、三センチ背が高いかどうかという程度。しかし、その大きくない体には活力がみなぎっており、最小限に切りつめられた動作と、ごく自然にただよわせている自信の念もあいまって、いかにも自分の求めるものを心得ており、それを手に入れるためには一瞬の時間も無駄にしない男だという印象がつくりだされていた。エイラに視線がとまると、男の目にまた新しい輝きが宿った。

その目つきを見て、ジョンダラーは男がエイラに心を引かれたことを察しとり、思わず知らず眉をくもらせた。しかし、金髪のエイラも褐色の肌の男も、ジョンダラーの渋面には気づかなかった。エイラは男の髪や肌の風変わりな色あいにすっかり目を奪われ、子どものように無邪気な驚嘆の念もあらわに目を見ひらいているばかり。男は男でエイラの美しさだけではなく、この反応からうかがえる天真爛漫なあどけなさにも引き寄せられていた。

ふいにエイラは自分がまじまじと男を見つめていたことに気がつき、恥ずかしさに頬を朱に染めながらうつむいて、地面に目を落とした。男と女が真正面から見つめあうのは当たり前のことだ——そうジョンダラーから教わってはいたが、氏族のあいだでは他人をじろじろ見ることは不作法であるばかりか、場合によっては相手を侮辱する行為でもあった。じろじろ見るのが女であればなおさらだった。だからいまエイラがこれほどうろたえたのは、生まれ育ちのせいだった——つまり、子ども時代のエイラがもっと人々に受けいれられるよう、クレブとイーザがくりかえし叩きこんだ氏族の習慣のせいだったのである。

しかし、エイラがはた目にもあらわに狼狽したことも、浅黒い肌の男の興味をかきたてただけだった。女たちから特別な関心をむけられることは、男にとって珍しくなかった。女たちはまず最初に人と異なる姿形に驚き、つぎはほかにどんなちがいがあるのかと興味をもつ。それればかりか男は、〈夏のつどい〉にやってくる女のだれもが、この自分がほかの男と変わらないことを、体で実地に確かめたがっているのではなかろうか、と夢想することさえあった。それをいやだと思ったことはなかったが、いまのエイラの反応にも男は心を引かれていた——エイラが男の肌の色に興味を引かれたのと同様に。思わず息をのむほど美しい大人の女が、年端もいかぬ内気な少女のように顔を赤らめるところなど、めったに見られるものではない。

「ラネク、もうわれらの客人たちと顔をあわせたのかね?」タルートがこちらに近づきながら、声をかけてきた。

「いや、まだですが……早く近づきになりたくてたまりませんね」

ラネクと呼ばれた男の口調に気になるものを感じて顔をあげたエイラは、欲望をいっぱいにたたえた深みのある黒い瞳を正面からのぞきこむことになった——その瞳には、そこはかとないユーモアの光もあった。男の瞳はエイラの奥深くまで、これまでジョンダラーしかふれたことのない場所にまで触手を伸ばしてきた。それに応じて、ふいにぞくぞくとしたふるえが全身に走り、エイラの唇から小さな悲鳴が洩れ、灰青色の瞳をもつ目が大きく見ひらかれた。ラネクという男が前に進みでてきて、いましもエイラの手をとり、しきたりどおりに名乗ろうとしたその瞬間、ふたりのあいだに背の高い男が割りこんできた。男は不興もあらわな渋面で、両手をさっと前に突きだしていった。

「おれはゼランドニー族のジョンダラー。この女は、旅の連れのエイラだ」

ジョンダラーはなにかで気分を害している——エイラにははっきりとわかった——それも、この肌の浅黒い男にまつわることで。もとより、人の姿勢やしぐさから内面の思いを読みとることに長《た》けているうえ、自分自身のふるまい方の指針にジョンダラーを注意深く観察してもいる。しかし、しぐさを利用して意思を通じあっている氏族の人たちとくらべると、もっぱら言葉にたよっている人々のしぐさにはそこまでの意味がないこともしばしばであり、エイラは自分の目をまだ完全に信頼するにいたってはいなかった。氏族以外の人々の内心は読みとりやすいが、いまジョンダラーが突然その態度を変えたように、読みとりにくい場合もあった。ジョンダラーが怒っていることまではわかるが、エイラにはその理由がさっぱりわからなかった。

ラネクという男はジョンダラーの両手を握り、強くふった。「おれはラネクだ、わが友。マムトイ族のライオン族ではただひとりにして、ならぶ者なき彫り師だ」男は謙遜の笑みでいい、言葉をつづけた。「こんなに美しい人を旅の道連れにしていたら、この人に目を奪われる者が出てくるのも当然だろうね？」

こんどはジョンダラーがうろたえる番だった。ラネクの人なつこい率直な態度に接すると、棘々《とげとげ》しい態度をとった自分が愚かしく思えた。同時に、すっかり心に住みついてしまった痛みとともに弟のことが思い出されてきた。死んだ弟のソノーランもまた、こんなふうに人なつこく自信にあふれた男だったし、旅の道々で見知らぬ人々と出会えば、兄に先んじて声をかける男だった。自分が愚かしいことをしでかすと、ジョンダラーはいつも自分に舌打ちしたくなる。例外はなかった。それに、新しくだれかと知りあったときには、つきあいのはじまりを幸先のいいものにしたいとも思っていた。それなのにさっきの自分ときたら、どう見ても不作法だった。

しかし瞬時に怒りが芽ばえたことは、われながら不意をつかれた驚きだった。きりきりと胸を突き刺してくる嫉妬という感情は、ジョンダラーにとって目新しい——いや、長いこと経験していなかったので、まったく予想外の——感情だった。そんな感情はたちどころに封じこめてもおかしくなかった。しかし背が高くて顔だちのととのった男であるジョンダラー、意識せずとも他人を引き寄せる不思議な魅力をもち、毛皮の寝床では絶妙なわざのもちぬしであるジョンダラーは、もっぱら自分の注目をめぐって女たちが嫉妬しあうことのほうに慣れていたのだ。

ほかの男がエイラを見つめたからといって、なぜ気にしなくてはいけない？　ジョンダラーは思った。ラネクの言葉はもっともだ。エイラのように美しい女なら、男から見つめられて当然ではないか。それにエイラには、好きな相手を選ぶ権利もある。自分はエイラがはじめて会った同類の男だが、それだけでエイラがこの先もずっと自分だけに魅力を感じると決まったわけではない。エイラのほうはジョンダラーがラネクに笑顔を見せてはいても、それと裏腹に肩のあたりの緊張が抜けきっていないことを目にとめていた。

「ラネクは彫り師としての腕をいつも謙遜するんだよ――ほかの道での腕前については打ち消すようなことはないのにね」タルートはそういいながら先に立って歩きだし、土手から生えてでもいるように見える土でつくられた住居にむかいはじめた。「ほかの点はともかく、そのあたりだけはワイメズに似ているな。ワイメズは道具づくりの匠《たくみ》としての腕前を認めたがらない――自分の炉辺の息子が彫り師としての腕を話すときとおなじでね。ラネクはマムトイ族すべてを見わたしても、いちばん腕のいい彫り師だよ」

「ここには腕のいい道具師がいるんですか？　フリントの匠が？」ジョンダラーは期待の念もあらわにたずねた。自分が得意とするわざについて知識の豊富な人間に会えるかもしれないという期待の前に、瞬時に燃えたった嫉妬の炎はたちまち吹き散らされた。

「ああ、おまけにとびきりの腕前だよ。ライオン簇は有名でね。右に出る者のない彫り師がいて、だれにも負けない道具づくりの匠がいて、おまけにいちばん年寄りのマムートがいるからさ」簇長タルートはそういった。

「その簇長ときたらあまりにも図体がでかいんで、本音がどこにあってもなくても、だれしもみんな前にひれ伏してしまうくらいさ」ラネクが皮肉っぽく笑いながらいった。

タルートは笑みをかえした。彫り師としての腕前を褒められると、いつも軽口にまぎらわしてしまうラネクの癖を知っていたからだ。だからといってタルートが簇自慢を控えるかといえば、そんなことはなかった。簇長としてタルートは自分の簇に誇りをいだいており、それをまわりに知らせることをためらわなかった。

エイラはふたりの男が、それとなく心をかわしあっているようすに目をとめていた。年かさの男は雲つくような大男であり、燃えるような赤毛と薄青い目のもちぬし、もうひとりは黒髪に褐色の肌、引き締まった体格のもちぬし。外見はこれ以上考えられないほどかけ離れているのに、ふたりが深い敬愛と忠誠という絆で結ばれていることはエイラにもわかった。ふたりはともに〈マンモスを狩る者〉の異名をもつマムトイ族であり、ライオン簇に住む者だ。

一同は、先刻エイラが目にとめたアーチ状の出入口に近づいていた。出入口は、大きな川に面した土手の斜面に押しこまれているかに見える土の塚のようなもの——いくつもの塚がつながっているのかもしれない——の内側に通じているようだ。そこから人が出入りしていることにも、エイラは気がついていた。それが洞窟か、そのたぐいの住居だということまでは察しがついたが、いま見たところではどうやらすべてが土でつくられているらしい。土はつき固められており、あちこち——とりわけ地面に近い下の部分と側面——に雑草が生い茂っていた。そのせいで背景にすっかり溶けこんでおり、出入口以外は、まわりの土手とこの住居とを目で区別することはむずかしかった。

さらに目を凝らすと、土の塚の丸くなった頂点の部分が物置になっており、風変わりな道具や品物がしまわれていることも見てとれた。ついでアーチのすぐ上に飾られている品物が目にとまったとたん、エイラは息をのんだ。

飾られていたのは、洞穴《ケーブ》ライオンの頭蓋骨だった！

2

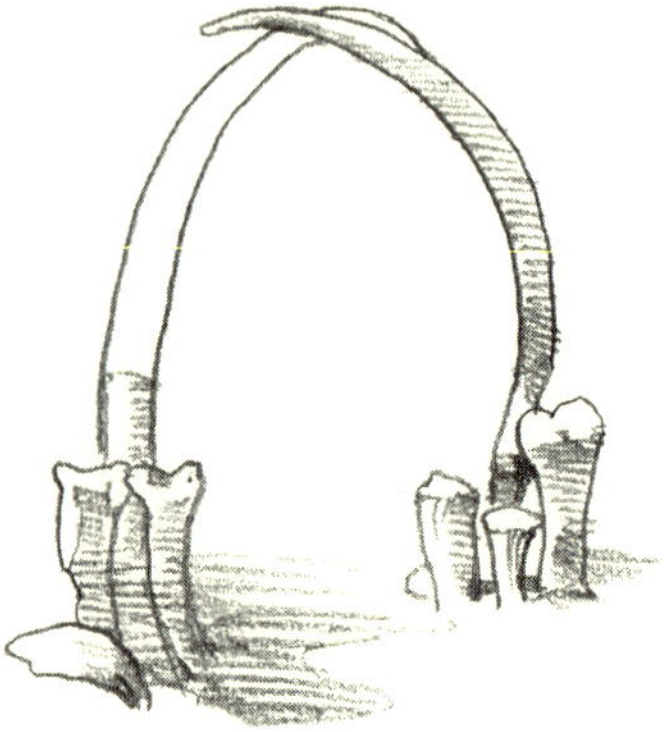

エイラは切り立った岩壁の小さな裂け目に身を隠し、迫りくる巨大な洞穴《ケーブ》ライオンの鉤爪を見つめていた。鉤爪がむきだしの太腿に四本の平行した傷を抉《えぐ》っていくと、エイラは苦痛と恐怖に声をふりしぼった。偉大なるケーブ・ライオンの霊がおまえを選びだし、自分がおまえのトーテムであることをしめすために傷をつけたのだ——あとになって、一族のまじない師であるクレブはそう説明した。大の男でさえ歯を食いしばらなくては耐えられない試練だが、当時エイラはわずか五歳だった。足もとで小刻みに大地が揺れ動く錯覚に吐き気がこみあげてきた。

いまエイラは頭を強くふって、よみがえってきた思い出をふり払った。

「どうかしたのか?」ジョンダラーが、エイラの落ち着かないようすに目をとめてたずねた。

「あの頭蓋骨が見えたから」エイラは入口の上の飾りを指さした。「選ばれたときのことを……ケーブ・ライオンがわたしのトーテムになったときのことを思い出してしまって……」

「われらはライオン簇《むら》だからな」前にも口にした言葉だったが、タルートはこのときも誇らしげだった。客人ふたりがジョンダラーの一族の言葉で話をしているときには内容がわからなかったが、客人たちが簇の護符に興味を示していることはわかった。

「エイラにとって、ケーブ・ライオンは大事なものなんです」ジョンダラーは説明した。「自分はケーブ・ライオンの霊に導かれ、守られてきた――といってます」

「だとすれば、ここは居ごこちのいいところになるはずだぞ」タルートは喜びを感じながら、輝くような笑みをエイラにむけた。

エイラはライダグを抱いているネジーに目をとめて、またしても息子を思った。「ええ、そう思います」住まいに足を踏みいれる前にエイラはいったん足をとめて入口のアーチをしげしげとながめ、それが非の打ちどころのない左右対称の形をしていることがわかると、笑みをのぞかせた。わかってみれば単純な仕掛けだったが、エイラにはこれまで思いつかなかった。二本のマンモスの大きな牙――一頭のマンモスの牙か、大きさの似かよったマンモスからとった牙だと思われた――が、頂点で先端をふれあわせる形で地面にしっかりと固定され、マンモスの中空になった足の骨の一部が継手になって二本の牙をつなぎあわせていた。

入口にはずっしりとしたマンモスの皮の帷《とばり》がかかっていた。かなり高い入口だったので、大男のタルートも帷をわきに寄せるだけで、頭をかがめることもなく室内にはいっていけた。アーチの先は広々とした玄関になっており、正面には、ここにもまたマンモスの牙でつくった左右対称のアーチがあり、皮の帷がかかっていた。踏みこんでいった先は円形の広々とした部屋で、ぶ厚い壁がそのまま迫りあがり、低い丸天井につながっていた。

歩きながらエイラは、左右の壁に目をむけた。壁はマンモスのさまざまな骨を組みあわせてつくったモザイクのように見えた。壁の掛け釘には外衣がかけられ、棚には貯蔵容器や道具類がならんでいる。タルートは部屋の奥の帷をわきに寄せ、その先にはいっていき、客人のために帷を手で押さえていた。

エイラはまた足を前に進め……驚きに思わず足をとめた。見たこともない品物や見なれぬ光景、強烈な色彩が押し寄せ、わけがわからないまま気圧《けお》されてしまったのだ。目に見えた光景のほとんどが理解できず、エイラはかろうじて自分にも理解できる光景だけに目をすえた。

いま一同がいる部屋の中心近くには大きな炉があって、長い棒に突き刺した大きな動物の後半身の肉がその上で調理されていた。炉の左右に子マンモスの足の骨がまっすぐ地面に突き立てられ、その膝関節部分に刻みこまれた溝に棒の両端が載せてある。棒には鹿の大きな枝角を細工した把手がとりつけられ、ひとりの少年がまわしていた。先ほどエイラのそばにとどまって、ウィニーを見ていた子どもたちのひとりだった。気づいたエイラが笑みをむけると、少年もにこりと笑みをかえしてきた。

やがて室内の薄暗さに目が慣れてくるにつれ、エイラは土を突き固めてつくられた、この小ぎれいで居ごこちのよい住居がかなり広いことに気がつき、またもや驚かされた。奥ゆきが二十五メートル弱、幅が六メートル近くある細長く伸びた住居には、床の中央にいくつもの炉が一列にずらりとならび、いま目にしている炉はそのいちばん手前のものだった。

炉はぜんぶで七つ——エイラは足にこっそり指を押しつけ、ジョンダラーから教わった数をあらわす言葉を頭のなかで念じながら数えていった。

室内が暖かいことにも気づかされた。住居が半地下になっているせいだろう、炉の炎はこれまでエイラが慣れ親しんだ洞穴内での焚火よりも、あたりをずっと暖かくたもっていた。たしかに、かなりの暖かさだった――部屋のずっと奥のほうには、かなり薄着の人もちらほらと見うけられた。

しかし、奥へ行けば暗くなるかといえば、そんなことはなかった。天井は奥までずっと三メートル半ほどの高さをたもち、それぞれの炉の上に煙抜き穴があって、この穴から外の日の光が射しこんでいたからだ。マンモスの骨からつくられた垂木――衣服や道具や食べ物が吊りさげられている――が天井の左右から突きでていたが、天井の中央部分はトナカイの枝角をたくさん組みあわせてつくられていた。

エイラは唐突にあたりに満ちている芳香に気づき、気づくなり口のなかに唾が湧いてきた。マンモスの肉だ！　一族の洞穴を去って以来、肉汁たっぷりの柔らかなマンモスの肉を口にしていなかった。それ以外にも、なにやらおいしそうな香りがただよっている。よく知っているにおいもあれば、なじみのないにおいもあったが、いくつもの香りが渾然一体となって押し寄せ、エイラは自分が空腹であることを思いだした。

この奥ゆきのある住まいの中央部分の炉の横を走っている、よく踏み固められた通路を案内されていくあいだ、エイラは左右の壁から幅の広い腰かけが突きだしており、その上に毛皮の敷物が載せてあることに目をとめた。くつろいだようすで腰かけにすわり、話に花を咲かせている人たちもいた。その前を歩いていくあいだ、エイラは人々の視線を肌に感じていた。両側の壁のそこここには、やはりマンモスの牙を組みあわせたアーチ状の出入口がある。あの出入口の先にはなにがあるのだろう？　そう思ったが、たずねることがためらわれた。

ここは洞窟、それも大きくて居ごこちのいい洞窟に似ている――エイラは思った。しかし、牙でつくったアーチや、長く大きなマンモスの骨を利用してつくられた大柱や支柱、壁などを見れば、だれかが見つけた洞窟だとは考えられなかった。ここは、この人たちがつくった住まいなのだ！

いちばん手前の部分――肉が焙られていたところ――は、ほかよりも広かった。そして、タルートが客人を招きいれた四番めの部屋も、やはりほかより広かった。壁にそって、なにも敷かれていない寝床がいくつかあった。つかわれていないことは、ひと目でわかる。この寝床を見れば、ここのつくりがわかった。

いちばん下の床部分の土を掘るときに、床よりすこし下の部分の土を残して左右両側の壁ぎわに幅広の段をつくり、適切な場所にマンモスの骨をあてがって土が崩れないように補強したのだろう。この段の上にもマンモスの骨がおいてあり、骨の隙間には枯れ草が敷蒲団代わりに敷きつめてあった。これは、マンモスの毛をはじめ、ふかふかした物を詰めた柔らかい皮の蒲団を上に載せるためだった。さらに毛皮が数枚重ねられ、土の段が見るからに暖かく、居ごこちのよさそうな寝台や寝椅子になっていた。

ジョンダラーは、案内されたこの炉辺がつかわれていないのだろうか、と考えていた。なにもない、がらんとした空間のわりには、人が暮らしている気配はあった。炉では炭があかあかと燃えていたし、寝床のあちこちには毛皮や皮が積みあげられ、棚には干した薬草が吊ってあった。

「客人には、ここ、〈マンモスの炉辺〉で寝起きしてもらうことになっていてね」タルートが説明した。「ただしマムートが反対しなければの話だ。おれからきいておこう」

「さしつかえないに決まっておろう、タルート」

その声は、だれもいないかに見える寝床からあがった。ジョンダラーがあわてて身をひるがえすと、積みあげてある毛皮の山のひとつがもぞもぞと動いた。つづいて輝く双眸《そうぼう》が見えてきた――その目のもちぬしの顔には模様があった。刺青の山形模様は右頬の上のあたりからはじまり、年齢も想像できないほど年老いた皺だらけの顔の上で線や縫い目のようになっている。ジョンダラーが冬毛を生やした動物の毛皮かと思ったものは、老人の白いひげだった。老人はあぐらをほどいて、細長いすねをまっすぐに伸ばすと、床から一段高くなっている寝台のへりから垂らした。

「そう驚いた顔をするでないぞ、ゼランドニー族の男よ。そちらの女は、わしがここにいることに気づいておるしな」老人はその高齢ぶりをみじんも感じさせない力強い声でいった。

「ほんとうかい、エイラ？」ジョンダラーはたずねたが、エイラはその声も耳にはいっていないようすだった。エイラと老人はおたがいに視線をしっかりとあわせていた。それこそ、おたがいの魂の奥底まで見とおさんばかりの目つきで。それからエイラは老マムートの前の地面にすわりこむと、足を組み、深々と頭をさげた。

ジョンダラーは困惑し、ついで気恥ずかしさを感じた。いまエイラは、手ぶり言葉をつかっている——氏族の人々が思いを通じあうのに手ぶり言葉をつかっているという話は、前にエイラからきかされていた。あんなふうにすわるのは、氏族の女たちが自分の意見を表明する許しを願いでるときに見せる恭順と崇拝の姿勢だ。これまでにあんな姿勢をとるエイラを見たのはただ一回、ジョンダラーになにか大事な話をするとき、ほかの方法では思いを伝えられないときだった。いいかえるなら、ジョンダラーが教えた言葉では、自分の気持ちをとても表現しきれないときだ。手ぶりや身ぶりを多用する言葉のほうが、いったいどうして話し言葉以上に、相手に意を伝えることができるというのか？ ジョンダラーはそう思っていたが、氏族の人々がじっさいにこの身ぶり言葉で話しあっていると知って、さらに驚かされたものだ。

しかしいまジョンダラーは、エイラがそんなことをしなければいいのにと思っていた。人前で平頭の合図をしているエイラを見ているだけで、顔が赤く火照ってきた。ほかの人に見られる前にエイラに駆け寄り、早く立てといってやりたかった。エイラがとっている姿勢を見ると、なにやらいたたまれない気分になった。母なる大地の女神ドニに捧げてしかるべき恭順と崇拝の意を、あの老人に見せているかに思われた。この姿勢をジョンダラーはこれまで、自分とエイラのあいだだけの秘密だと、他人の前では見せない姿勢だと思いこんでいた。ふたりきりのときにかぎっては、この姿勢も自分にとって意味をもつ。しかしいまはエイラが簇の人にいい印象を与えることを望んでいたし、簇の人々からエイラが好意をもたれてほしいと思っていた。エイラの出自を知られてほしくない気持ちもあった。

マムートは鋭い一瞥をジョンダラーにむけると、またエイラに視線をもどし、しばしその姿を見つめていた。それから老人はおもむろに上体を前にかたむけ、エイラの肩をそっと叩いた。

エイラは顔をあげ、こまかな皺や柔らかそうなひだが筋をつくる顔にある、叡知をたたえたやさしげな両目を見あげた。右目の下に刺青があるせいで、ほんの一瞬だが目玉が消え失せて黒々とした眼窩《がんか》だけがのぞいているように見えた。そのせいだろう、心臓がひとつ搏《う》つあいだだけ、エイラは目の前にいるのがクレブだと思いこんだ。しかし一族の年老いた聖なる男、イーザとともにエイラを育て、エイラをいつくしんでくれたクレブはすでに死に、イーザもまた世を去った。だとしたら、いま自分のなかに強い感情を引き起こしたこの老人はいったい何者なのか？　どうしていま自分は、氏族の女のように、この男の前にすわっているのか？　それだけじゃない……どうしてこの人は、このしぐさへの氏族の応え方を知っていて、わたしの肩を叩いたのだろう？

「立つのだ。またあとで、ゆるりと話そう」マムートはいった。「いまはまず体を休めて、腹に食べ物を入れるといい。これは寝台――体を横たえて眠るところだ」一段高くなった場所を指さし、説明しなくてはエイラがわからないと思っているのか、そう話しかけた。「あちらには、よぶんの毛皮と蒲団もある」

エイラはよどみないしぐさで立ちあがった。鋭い目をもつ老人は、この動作が何年もの修練の賜物であることを見てとっていた――これで、目の前の女について増えつつあった知識が、またひとつ増えた。これだけの短い顔あわせで、老人はエイラとジョンダラーについて、すでにライオン簇のだれにも負けない知識を得ていた。しかしそれも当然、老人にはほかの者にない特異な経験という強みがある。いま老人はエイラの出自について、この簇のだれよりも深い知識を得ていた。

こんがりと焙られたマンモスの肉が、さまざまな根や野菜、果物などといっしょに大きな骨盤の皿に盛りつけられて、夕方近くの日ざしを浴びながらの食事を楽しむために外へと運びだされた。マンモスの肉はエイラの思い出どおりの濃厚な味で、柔らかかったが、最初に料理がならべられたときには、ちょっとした苦労をすることになった。食事時の作法を知らなかったからだ。氏族では、ある種の食事の席では――格式が重んじられるような場合はとくに――女たちは男たちとの同席を許されなかった。とはいえ、ふだんの食事では家族がそれぞれいっしょにすわりはしたが、そういう場合でも男が先に料理を供されると決まっていた。

だからエイラはマムトイ族が客人を迎えたときには、食べ物のいちばんいい部分を最初にさしだすことで客人への敬意をしめすことも知らなかったし、母なる大地の女神への崇敬の念を示すために、まず女がだれよりも先に料理に口をつける習慣があることも知らなかった。食べ物が運ばれてきたとき、エイラはうしろにさがってジョンダラーの陰に隠れ、ほかの人のふるまいをこっそりと観察しようとした。一同はうしろにさがってエイラが食事をはじめるのを待ち、一方エイラは彼らのうしろに立とうとして、ひとときあたりが混乱した。

そのうちエイラのそぶりに気がついた簇の者が出てきた。彼らはいたずらっぽい笑みを見せ、これをねたにしてふざけはじめた。しかしエイラには、すこしも笑えなかった。自分は場ちがいなふるまいをしているにちがいない。助けを求めてジョンダラーを見ても無駄だった。ジョンダラーもまた、エイラに前へ出ろとうながすだけだったからだ。

そんなエイラを見かねたのか、マムートが進み出てきて助け船を出した。エイラの腕をとると、マムートはマンモスの肉の厚切りが盛られた骨の皿のところに引っぱっていった。「おまえさんが最初に食べる決まりなのだよ、エイラ」

「でも、わたし、女!」エイラはあらがった。

「だからこそ、おまえさんがみなに先んじて食べることになっておるのだ。この食事は、われらから母なる大地の女神への捧げ物だ。だから、女神に代わって女がもてなしをうけたほうがいい。いちばんおいしいところを食べるがよい——おまえさんのためではなく、女神ムトを嘉《よみ》するために」老人は説明した。

エイラは最初驚きながらマムートの顔を見つめたが、すぐ感謝の気持ちがこみあげた。マンモスの牙からつくられた浅く湾曲した皿を手にとり、いちばんおいしそうな厚切りはどれかと目を真剣に凝らす。ジョンダラーはそんなエイラに、〝それでいい〟といいたげに笑顔でうなずいた。ほかの人々が前に進み出て、めいめいの料理をとりはじめた。ひととおり食べおわったエイラは、ほかの人々にならって皿を地面においた。

「さっきは、きみがおれたちに新しい踊りを教えてくれてるのかと思ったよ」すぐうしろから、こんな声がきこえた。

ふりかえったエイラは、褐色の肌の男の黒い瞳をまっすぐにのぞきこんでいた。〝踊り〟という単語の意味はわからなかったが、男の満面の笑みはいかにも親しげだった。エイラは笑いかえした。
「そうやってにっこり笑うとすごくきれいだ――前にそういわれたことはあるかい？」
「きれい？　わたしが？」エイラは声をあげて笑い、信じられない思いに頭をふった。

以前ジョンダラーから、ほとんどおなじ言葉をかけられたことはあるが、エイラ自身はそんなふうに考えてはいなかった。一人前の女になるずっと以前から、エイラは自分を育ててくれた氏族の人々よりも痩せていたし、背も高かった。ひたいはまっすぐ切り立ったよう、口の下には妙な骨が突きでており――この骨のことは頤《おとがい》というのだと、前にジョンダラーから教わった――氏族の人たちと容貌がちがいすぎているため、エイラはずっと自分は図体ばかり大きく醜い女だと思いこんでいた。

褐色の肌の男ラネクは、うっとりとエイラを見つめていた。子どものような無邪気な笑い方。まるでおそれが、ほんとうに笑えることを口にしたみたいじゃないか。こんな反応は予想外だった。はにかみ屋をよそおった笑みなのか、それともすべて心得た誘いを笑いに隠しているのか。しかしエイラの灰青色の瞳にはいささかの底意もなかったし、顔をのけぞらすしぐさや、長い髪をうしろにかきあげる動作からは、はにかみ屋をよそおっているふしも、人の目を意識したわざとらしさも感じられなかった。

それどころか、エイラは動物を思わせる自然でなめらかな身のこなしを見せていた。馬か、あるいは……そう、ライオンを思わせた。エイラには後光が射しているような、いわくいいがたい雰囲気がある。ラネクにはその正体が見きわめられなかったが、エイラはひとかけらの曇りもない天真爛漫で裏表のない雰囲気でありながら、深い謎を秘めてもいた。まるで赤ん坊のように邪気がなく、すべてに心をひらいている反面、女らしさそのものにほかならない――一点非の打ちどころのない、息をのむほどの美しさをそなえた、この背の高い女は！

ラネクは興味と好奇心のおもむくまま、エイラの全身にじっくりと目を走らせた。自然に波打つゆたかな長い髪は、光沢のある黄金色だ。たとえるなら、風が吹いているときの枯れ草の野原の色。大きな目はちょっと左右の間隔があり、上下の睫毛は髪よりもわずかに黒っぽい。ラネクは彫り師としての鋭い観察眼でもって、精妙にととのった顔の形や、ほどよく筋肉のついた見事な体の線を見つめていった。両目がゆたかな乳房や誘っているかのような腰のあたりをとらえたとき、その目に浮かんだ表情にエイラは思わずどぎまぎさせられた。

エイラは頬を赤らめて、顔をそむけた。ジョンダラーからは人の顔を正面から見ても無礼にはあたらないときかされているが、いまでも他人から見つめられると落ち着かない気分になる。無防備な裸にされているかのように思えるからだ。ジョンダラーにむきなおっても、見えたのは背中だけだった。しかしそのたたずまいは、本人の言葉以上に雄弁だった。ジョンダラーは怒っている。でも、どうして？ わたしのしたことが気にさわったのだろうか？

「タルート！ ラネク！ バルゼク！ だれかが帰ってきたぞ！」そう大声で叫ぶ者があった。

だれもがうしろに顔をむけた。数人の人々が斜面のてっぺんを越え、こちらにむかって降りてくるところだった。ネジーとタルートのふたりが丘をのぼりはじめると、一行から若い男がひとり離れて、ふたりのほうに走りはじめた。三人は丘の中腹で出会い、固く抱擁をかわした。ラネクも走りだして、近づく一群の人々のひとりを出迎えた。タルートたちほど熱烈な歓迎ぶりではなかったが、ラネクもまた心からの情愛に満ちたしぐさで年かさの男を抱きしめていた。

ほかの簇人《むらびと》たちが自分たち客人を食事の席に置き去りにして、もどってきた親戚や友人を出迎えに行ってしまうようすを目にして、エイラはなぜとはなく胸にぽっかりと穴があいた気分になった。簇人たちはみなおしゃべりをしたり、楽しげに笑ったりしている。わたしは、一族のない者エイラ。どこに行くあてもなく、帰るところもなく、抱擁と口づけで出迎えてくれる人々もいない。わたしを愛してくれたイーザとクレブはもう死んだし、愛した人々にとっていまの自分は死人だ。

イーザの娘のウバは、エイラにとって実の妹同然の存在だった。血の絆はなくとも、ふたりは愛で結ばれていた。しかしそのウバもいまエイラを見たなら、心と頭をともに閉ざしてエイラを締めだそうとするはずだ。自分の目を信じることを拒むだろうし、そもそも自分の目を信じないだろうから、エイラの姿が見えるはずもない。ブラウドからかけられた死の呪いのせいだ。その呪いをかけられたから、エイラは〝死んだ〟のである。

そもそもダルクは、わたしを覚えているだろうか？　エイラは思った。わが子はブルンが率いていた一族のもとに残してこなくてはならなかった。たとえ息子を盗みだせたところで、そこから先はふたりきりで生きていかなくてはならなかった。自分の身になにかあったら、幼い息子がひとり残される。それを考えると、ダルクは一族のもとに残してくるにしくはなかった。ウバはダルクを愛していたから、きっとちゃんと育ててくれているはず。一族のみんながあの子を愛していた。例外はただひとり、ブラウド。しかし、ブルンがあの子を守ってくれるだろうし、狩りも教えてくれるだろう。やがてダルクは強く勇敢な男になる……投石器の腕前もわたしと肩をならべるほどになって……見事な駿足を披露し……そして……。

そのときふいにエイラは、ライオン簇の人々のなかでひとりだけ、丘の斜面を駆けあがっていかなかった者がいることに気がついた。ライダグが住居である土廬《つちいおり》の出入口で、片手をマンモスの牙にあてがってひとり立ち、楽しげに笑いながら引きかえしてくる人々の群れを目を丸くして見つめていた。エイラはまず自分の目で、ついでライダグの目を通して人々を見つめた——おたがいの体に腕をまわしている人々、子どもを抱きかかえている人々、抱きあげてほしくて、しきりに跳ねまわっている子どもたち。あの子は息づかいが荒くなっている――エイラは思った――きっと気を昂らせすぎているにちがいない。

　ライダグにむかって歩きだしたエイラは、ジョンダラーもおなじ方向に歩きはじめたのを見てとった。

「あの子を丘のほうに連れていってやろうと思っていたんだ」ジョンダラーはいった。エイラとおなじく少年に目をとめ、おなじことを思っていたらしい。

「ええ、お願い」エイラは答えた。「これまで見なかった顔の人がまた大勢来たら、ウィニーとレーサーが落ち着かなくなるかもしれない。だから、わたしは馬のところに行くわ」

　エイラが見ていると、ジョンダラーは黒髪の少年をひょいとかかえあげて肩車をしてやり、大股でライオン簇の人々のところにむかいはじめた。するとジョンダラーとほとんどおなじくらい背丈のある若い男――先ほどタルートとネジーがあたたかく迎えた男――が少年に両腕を伸ばした。男はうれしさを満面に見せながら、ライダグを自分の肩にかつぎあげて、土廬にむかって歩きはじめた。あの子は愛されているんだ――エイラは思い、かつての自分も氏族の人とちがっていたにもかかわらず、愛されていたことを思い出した。

　そんな一同をじっと見ているエイラにジョンダラーが気づき、笑みを送ってきた。人の気持ちがよくわかって心くばりのできる男であるジョンダラーへの熱い思いが胸にこみあげてきて、ついさっきまで自分をみじめに思っていたことが恥ずかしくなってきた。いまのわたしは、もうひとりではない。わたしにはジョンダラーがいる。名前の響きが愛しかった。ジョンダラーと、ジョンダラーにむける思いで、胸がはちきれそうになった。

　ジョンダラー。記憶にあるかぎりでは、最初に会った異人の男。エイラと似た顔だちで、おなじような青い瞳の男。ただし、エイラの瞳よりもずっと青い。本物だとは思えないほど深い青の瞳だ。

ジョンダラー。エイラがはじめて会った、自分よりも背の高い男。声をあわせて笑った最初の男、ともに悲しみの涙にくれた最初の男だ。あのときジョンダラーは、世を去った弟を思って泣いていた。

ジョンダラー。トーテムからの贈り物として、自分のもとにつかわされた男。エイラはそう信じていた。あのときエイラは一族のもとを去って、とある谷に住みつき、そろそろ自分とおなじ異人をさがすのに疲れを感じはじめていた。

ジョンダラー。エイラに氏族の手ぶり言葉ではなく、ふたたび口で話す言葉を教えた男。ジョンダラー、道具をつくることも、子馬の体を掻いてやることも、子どもを抱きあげて肩車をしてやることもできる鋭敏な手をもつ男。ジョンダラー、エイラにみずからの――そしてジョンダラー自身の――肉体の歓びを教えてくれた男。エイラを愛している男。そしてエイラが、これほど深い愛が存在するとは思えなかったほど深く、深く愛しているただひとりの男。

エイラは川べりに歩いていくと、屈曲部をまわってレーサーに近づいた。レーサーは成長しきれていない小さな木に、長い綱でつながれていた。エイラは、いまもまだ慣れることのできない感情に押しつぶされそうになりながら、手の甲で目もとの涙をぬぐった。つづいてエイラは、首に皮紐で吊るしてある小さな革のお守り袋に手を伸ばした。袋のなかの小さな物体を指先でまさぐりながら、エイラはトーテムに祈りを捧げた。

「偉大なるケーブ・ライオンの霊よ、クレブはいつも、力のあるトーテムとともに暮らすのは容易ではないといっていました。そのとおりでした。試練はどれも乗り越えるのが大変でしたが、決まって苦労をした甲斐のあるものでした。この女、つまりわたしは力あるトーテムの守りとその贈り物に感謝しています。裡《うち》なる贈り物、わたし自身が学んで身につけた贈り物についても、またわたしが愛をむけられる贈り物——ウィニーやレーサーやベビーといった贈り物、そしてとりわけジョンダラーという贈り物を授けてくださったことに深く感謝します」

エイラが子馬の体に手を伸ばして静かな挨拶の口笛を吹くと、ウィニーが近づいてきた。エイラは雌馬の首に頭をもたせかけた。ぐったりと疲れを感じていた。たくさんの人々と会うことに慣れていないし、いろいろな出来ごとがめまぐるしく起こることにも慣れていない。なにより、口で言葉をしゃべる人々はものすごく騒がしい。そのせいで頭痛に悩まされていた。こめかみがずきずきと疼き、首や肩が固く凝っていた。ウィニーが首を寄せてきたうえに、レーサーまでが近づいてきて横腹を押しつけてきた。二頭のあいだでエイラは押しつぶされそうになったが、それもいやではなかった。

「もうたくさん！」やがてエイラはそういって、子馬の横腹を平手で叩いた。「こんなふうにわたしをはさむには、おまえは大きくなりすぎたわ、レーサー。ごらんなさい！　ほら、こんなに大きくなって。もうお母さんとほとんどおんなじ大きさじゃない！」レーサーの体を掻き、つづいてウィニーの体も撫でて軽く叩いてやったとき、その毛皮に乾いた汗が残っていることがわかった。「おまえも大変な思いをしたのね？　あとで体を揉んで、鬼なべなの苞《ほう》で毛を梳《す》いてあげる。でも、いまは人がこっちに来るから、おまえもまた人からじろじろ見られるかもしれない。でもね、慣れてしまえば、そんなにいやなことでもないと思うの」

自分では気づいていなかったが、いつしかエイラは自分だけの言葉をつかっていた。動物たちだけと暮らしていたあいだに、自分でつくりあげた言葉だった。氏族の身ぶりと、やはり氏族の人たちが話していた数すくない言葉のいくつかを組みあわせ、そこに動物の声の物まねや、息子とふたりきりのときに口にのぼらせていた意味のない言葉を混ぜあわせた言葉だった。ほかの人からは、手ぶりはまず目につかないだろうし、エイラがかなり奇妙な声――うめき声やうなり声、単純な音をくりかえすだけの声――を洩らしているだけだと思われるのがせいぜいで、まさか言葉を話しているとは思われないはずだ。

「もしかしたら、ジョンダラーがレーサーの毛を梳いてくれるかもしれないし」そこまで話したところで、いきなり不安が頭をかすめた。エイラはまたしてもお守りの袋に手をかけて、いまの思いをまとめようとした。「偉大なるケーブ・ライオンの霊よ。いまではジョンダラーも、あなたが選びし者になっています。あの人の足にも、わたしとおなじようにあなたの鉤爪の痕があるのです」

それからエイラは自分の思いを表現するため、身ぶりだけの太古からの言葉に切り替えた――霊界に語りかけるときにふさわしい言葉だ。

「偉大なるケーブ・ライオンの霊よ。選ばれし者となった男は、トーテムのことを知りません。試練のことも、力あるトーテムのもたらす辛苦のことも知りませんし、贈り物のことも学びについても知りません。そういったことを知っている女、このわたしにしても、試練が容易には乗り越えられないことを知りました。ですから、この女はいまケーブ・ライオンの霊に願いあげます……あの男に代わって願いあげます……」

エイラは言葉を途切らせた。自分がなにを願いたいのか、われながらはっきりしなかったからだ。ジョンダラーに試練を与えないようにしてくれと願いたかったわけではない。そうした試練からはまちがいなく恩恵がもたらされるし、ジョンダラーがその恩恵から遠ざけられるのは本意ではない。いわんや、試練を容易にしてほしいと思っているわけではない。あの苦しい体験をしてはじめて、ほかにふたつとない才を身につけて洞察を得たエイラなればこそ、苛烈をきわめる試練には、それに見あうだけの恩恵があると固く信じてもいた。エイラは考えをまとめ、手ぶりの言葉をつづけた。

「この女は偉大なるケーブ・ライオンの霊に願いあげます。どうかお選びになった者がその力あるトーテムの値打ちを知ることに、またいくら苦しかろうとも試練が必要であると知ることにお力添えをお願いします」そう語りおえると、エイラはようやく手を落とした。

「エイラ?」

その声にふりかえると、立っていたのは少女ラティだった。「どうしたの?」

「なんだか……忙しかったみたいで。だから、じゃましたくなかったの」

「もうおわり、だから、大丈夫」

「タルートがあなたに、馬といっしょに来てくれないかっていってるの。タルートはもう簇のみんなに、あなたから許しが出ないかぎり馬にはなにもするなと申しわたしたわ。馬を怖がらせたり、脅かしたりしてはいけない、とね……タルートのほうが簇の人を脅かしてるみたいに思えたけど」

「ええ、いま行く」エイラはそういうと、にっこりと笑ってたずねた。「馬。乗ってみたい?」

ラティが顔をほころばせた。「乗ってもいいの? ほんとうに?」

こんなふうにほほえむと、少女はタルートそっくりになる――エイラは思った。

「あなたがウィニーに乗ってるところ、見れば、ほかの人たちが怖がること、たぶんなくなるから。いらっしゃい。ここの岩の上、立って。手伝ってあげる」

川の屈曲部をまわりこんでエイラが姿をあらわし、つづいて少女を乗せた雌馬と元気いっぱいの子馬が出てくると、たちまちあたりは静まりかえった。すでに人間が馬に乗っているところを見ていた者は――みな内心の畏れは消えていなかったが――はじめて見る者がこれを現実とは信じられないという表情をのぞかせるのを見て、楽しげににやついていた。

「ほらな、トゥリー、いったとおりだろうが！」タルートが黒髪の女にいった。体が大きなところはタルートに似ているが、髪の毛や瞳の色は異なっている。その横にいちばん奥の炉辺にいた男バルゼクが寄りそって女の腰に腕をまわしていたが、女はそのバルゼクよりも上背があった。そばには、おなじ炉辺のふたりの少年――十三歳と八歳――がおり、さらにふたりの六歳になる妹――エイラが先ほど会った少女――もいた。

土盧の前まで来るとエイラはラティを地面におろし、それからウィニーの体を撫でて、やさしく叩いてやった。ウィニーは鼻孔を大きくふくらませていた。またしても、嗅ぎなれない人間のにおいを嗅ぎつけたからだ。ラティは、ひょろっとした体格の赤毛の若者のもとに駆けよった。タルートと変わらないくらいの身長で見た目もよく似ていたが、まだ十四歳ほどだろうか、若いせいもあって体格は華奢だった。

「こっちに来てエイラに会ってよ」

ラティはそういいながら、少年をエイラと馬のもとに引っぱってきた。少年はラティに引っぱられるがままやってきた。ジョンダラーが足早に近づいてきて、レーサーをなだめていた。

「わたしの兄さんのダヌーグよ」ラティが紹介した。「長いあいだ旅に出ていたけど、フリントさがしのこつをすっかり身につけたから、これからは簇で暮らすことになるの。そうよね、ダヌーグ？」

「すっかりというわけじゃないよ」ダヌーグという少年は、いささか恥ずかしそうにいった。

エイラはにっこり笑って、「こんにちは」といい、両手をさしのべた。

これで少年は、またいちだんと恥ずかしげな顔になった。〈ライオンの炉辺〉の息子として、本来なら客人には自分から歓迎の言葉をかけなくてはならないのに、いまダヌーグは動物を意のままにあやつる能力をそなえた美しい女を前にして、すっかり言葉をうしなっていた。ダヌーグはさしだされた手をとり、もごもごと歓迎の挨拶をつぶやいた。この瞬間を狙ったかのように、馬が鼻息も荒々しく跳びはねた。まさか、この人の手を握ったので馬が機嫌をそこねたのだろうか——ダヌーグはそう思い、あわてて握手の手をほどいた。

「ウィニーにおまえのことを知ってほしかったら、この子の体を撫でてやって、体のにおいを嗅がせてやるといいぞ」少年のきまりわるそうなようすを見てとったジョンダラーが、わきから口ぞえした。十四歳というのはむずかしい年ごろだ——大人になりきってはいないが、もう子どもではない。「フリントさがしのこつを習っているという話だったな?」

ジョンダラーは馬の体の掻き方の手本を見せてやりながら、少年が気づまりな思いをせずにすむよう心安げに語りかけた。

「ああ、おれはフリント職人だから。小さなころから、ずっとワイメズに教えてもらってるんだよ」少年は誇らしげにいった。「ワイメズはとびっきりの道具づくりの匠《たくみ》なんだ。でも、ほかのわざも身につけろといわれてね。原石の見立て方とかだよ」

よく知っていることが話題になったせいで、ダヌーグは生来の熱意を顔に出してきた。

ジョンダラーは、心からの関心に目を光らせた。「おれもフリントの道具づくりだよ。それも、いちばんの匠じきじきに教えを受けたんだ。きみくらいの年には、師匠が見つけたフリント鉱床のそばで師匠といっしょに暮らしていてね。そのうち、きみの師匠にも会ってみたいな」

「その役目はおれにまかせろ。だっておれは、その道具づくりの炉辺の息子なんだから。ワイメズがつくった道具はみんながつかうけど、だれよりも先につかうのはおれだ」

うしろからラネクの声がしてジョンダラーがふりかえると、一同はいつしか簇人全員にかこまれていた。褐色の肌をもつラネクの横に、そのラネクがあたたかく出迎えた男が立っていた。ふたりはほとんど変わらない背丈だったが、ジョンダラーにはそれ以外に似かよっている点を見つけられなかった。年かさの男の髪は直毛で、ところどころ白いものの混じる薄茶色、瞳はふつうの青で、遠境の人々に通じるラネクの顔だちとは似ても似つかない。この男の炉辺の息子を授けるにあたって、母なる大地の女神がほかの男の霊を選んだのだろうか――ジョンダラーは思った。それにしても、なぜこれほど色のちがう霊を選んだのか？

「これが、ライオン簇の〈狐の炉辺〉のワイメズ、マムトイ族が誇るフリントの匠だ」ラネクは、ことさらにまじめくさった口調でいった。「ここにいるのがわれらの客人、ゼランドニー族のジョンダラー。見たところは、あんたの同類らしいな」

ジョンダラーにはこれが、なにかをほのめかしている言葉に思えたが……なにをほのめかしているのかはわからなかった。ユーモアだろうか？　それとも皮肉？　言外の意味があることだけは確かだ。

「そしてその美しき旅の道づれ、エイラだ。一族をもたぬ者だが、見てのとおりの器量よしであるばかりか――謎めいたところもある女性でね」そう紹介をつづけるラネクの笑顔に、エイラの目が吸い寄せられた。白い歯と浅黒い肌がきわだった対照をなしているなかで、黒い瞳がなにやら訳知りな光をたたえていた。

「簇にようこそ」ワイメズは、飾りたてたラネクの言葉とは正反対に、ごくあっさりした挨拶をした。

「きみも石で道具を？」

「ええ、フリント道具をつくります」ジョンダラーは答えた。

ないがね」

「ちょうど手もとに、質のいい石がいくつかあるぞ。まだ掘りだしてきたばかりで、まったく乾かしてい

「ちょうど荷物のなかに石槌がありますし、使い勝手のいい穴あけ具もあります」ジョンダラーはすぐに興味をかきたてられて答えた。「穴あけ具はつかってますか?」

道をおなじくするふたりが、たちまちその道の話題で熱っぽく話しはじめるにおよび、ラネクはエイラに困ったような視線をむけて、話しはじめた。「だからいわないことじゃない。道具師がいる炉辺で暮らすと、なにがいちばん困るかを知ってるかい? 寝床の毛皮にしじゅう石の小さなかけらがはいりこんでくるけど、そんなことじゃない。いちばん困るのは、きこえてくるのが石の話ばっかりだってことだ。ダヌーグが道具づくりに興味を見せてからは、なおさらひどくなってね……毎日、石、石、石……その話ばかりきかされるんだ」

口では不満たらしくいっているが、にこやかな笑みが本心をうかがわせていた。それに、みんなこの文句は以前にもきいたことがあるらしく、だれひとり真剣にとりあってはいなかった。しかし、ダヌーグだけは例外だった。

「あんたがそんなに困ってるなんて、おれは知らなかったよ」少年はいった。

「案じるな」ワイメズが少年にいった。「ラネクは別嬪《べっぴん》さんの前でいい顔を見せたがっているだけだ――わからんのか?」

「本音をいえば、おれはおまえに感謝してるんだよ」ラネクがダヌーグにいった。「おまえが来る前は、ワイメズはどうもおれを道具師に仕立てあげたかったらしいからね」これはダヌーグの気持ちを軽くするための発言だった。

「だが、おまえがわしの道具に興味を寄せているのも、ひとえにマンモスの牙を彫る道具としての興味でしかないとわかって、あきらめたさ——この簇に帰りついてすぐにね」ワイメズはそういうと、にやりと笑っていい添えた。「寝床に石のかけらが飛びこむのが災難だと思っているんなら、こんどは牙のかけらを食べ物に入れて食べてみるといい」

顔だちの似ていないふたりの男は、笑顔を見かわした。それを見てエイラも、ふたりが邪気のない言葉の応酬でふざけあっているだけだとわかり、ほっとひと安心した。さらにエイラは、ふたりが髪の毛や目の色が異なり、ラネクが遠方の地を思わせる顔だちをしているにもかかわらず、ふたりの笑顔や身ごなしが似ていることにも気がついた。

いきなり、一族の住まいから大声がきこえてきた。「いちいち口出ししないでくれよ、ばあさん！　こいつはフラリーとおれだけの話なんだから」

男の声だった——いちばん奥からひとつ手前の炉辺、六番めの炉辺の男の声だ。エイラは、先ほど声の当人と会ったことを思い出した。

「なんでフラリーは、あんたを選んだんだろうね、フレベク！　こんなことなら、最初から許すんじゃなかったよ！」女が金切り声で男に怒鳴りかえした。と、つぎの瞬間ひとりの老女が、声をあげて泣いている若い女を引きずるようにして出入口から飛びだしてきた。そのあとから、困惑顔の男の子がふたりでてきた。ひとりは七歳くらい。もうひとりは二歳ほどの幼児で、尻を丸だしにして親指をしゃぶっている。「なにもかもあんたのせいじゃないか」フレベクという男が老女にいった。「フラリーはあんたの話をききすぎるよ。いいかげんで口出しをやめてくれ」

だれもが喧嘩から顔をそむけた。数えきれないほどこの手の喧嘩を見せつけられて、うんざりしているのだ。しかしエイラひとりは、驚きに目を丸くしていた。氏族の女なら、あんなふうに男に歯向かって噛みつくことはぜったいにない。

「フレベクとクロジーはいつも、ああやって喧嘩をしてるの。気にすることはないわ」トロニーがいった。五番めの炉辺、〈トナカイの炉辺〉の女だ——エイラは思い出した。そのひとつ手前が〈マンモスの炉辺〉、エイラとジョンダラーが寝起きする場所。トロニーという女は、胸もとに男の赤子を抱いていた。

　エイラはこのとなりの炉辺の若い母親と前にも顔をあわせており、好感をもっていた。トロニーのつれあいのトルネクが、母にしがみついている三歳の子どもを抱きあげた。この女の子は母親の乳房という持ち場を赤ん坊に奪われたことを、いまもまだ根にもっているらしい。ふたりは見るからに心から愛しあっている男女だった——いがみあっている男女ではなく、このふたりが炉辺の隣人になったことがエイラにはありがたかった。食事をとっているとき、この一家といっしょに暮らしているマヌーブという老人がエイラに近づいてきて、トルネクが子どものころは自分が炉辺のあるじだった、自分はマムートのいとこの息子にあたる、と話していた。さらにマヌーブは、自分は四番めの炉辺で過ごすことが多いとも話し、エイラはこれにもうれしい気持ちにさせられた。昔から、年寄りがことのほか好きだったからだ。

　しかし、反対側でとなりあっている三番めの炉辺については、なにがなし落ち着かないものを感じていた。ラネクが住んでいるからだ。ラネクはそこを〈狐の炉辺〉と呼んでいた。エイラはこの男をきらいではなかったが、ラネクがそばにいるとジョンダラーが妙なふるまいを見せる。とはいえ〈狐の炉辺〉はふたりしか住んでいない小さな炉辺で、奥ゆきのある土盧のなかでもあまり場所をとっていない。そんな事情でエイラは、二番めの炉辺に住むネジーとタルート、それにライダグのほうを近しく感じていた。それにタルートがあるじをつとめる〈ライオンの炉辺〉にいるほかの子ども――ラティとルギーにも好意を感じていた。ルギーはネジーの末娘で、ライダグとほとんどおなじ年齢だ。そしてダヌーグと会ったいま、エイラはこの少年にも親しみをおぼえていた。

タルートが大柄な女をともなって近づいてきた。バルゼクとその子どもたちもいっしょにいる。エイラは、このふたりがつれあいなのだろうと見当をつけた。

「エイラ、おれの妹に会ってくれ。〈オーロックスの炉辺〉のトゥリー、ライオン簇の女長《おんなおさ》だ」

「簇にようこそ」トゥリーという女は、作法どおりに両手をさしのべた。「女神ムトの名において、あなたを歓迎します」

簇長《むらおさ》の妹である女長として、トゥリーはタルートと同等の地位にあり、自分の果たすべき責務をきっちりとわきまえていた。

「よろしく、トゥリー」エイラは相手の顔を正面から見ないようにしながらいった。

怪我でふせっていたジョンダラーがようやく立ちあがれるようになったとき、エイラは自分よりも背の高い男がいることを知ってかなり驚かされたが、自分より背の高い女性がいるとわかって、それ以上の驚きを感じていた。氏族とともにいたころ、エイラはだれよりも背が高かった。しかし女長トゥリーはただ背が高いだけではなく、筋骨逞《たくま》しい力を感じさせる体格のもちぬしだった。体格でこの女性を上まわるのは、ひとり兄タルートだけだ。身ごなしには、ずぬけた身長と逞しい体格のもちぬしだけがそなえる存在感があるうえ、女性としても母親としても、さらには簇をたばねる長としてもおのれに自信をもち、みずからの生活のすべてを一手に握っている者ならではの押しも押されもしない堂々たる風格にあふれていた。

トゥリーは客人の言葉の風変わりな訛りが気にかかっていたが、ここにきてもっと気がかりなことがあった。単刀直入な物言いが当たり前となっている一族の人間らしく、トゥリーはためらいもせずにその話をもちだした。

「あなたたち客人が来て〈マンモスの炉辺〉に寝泊まりするのを知らなかったものだから、帰ってくるときにブラナグも誘ってきたの。こんどの夏が来たら、ブラナグはうちの簇のディーギーとつれあいになるの。ブラナグがここにいるのは三、四日だから、ディーギーはそのあいだすこしでも、きょうだいたちと離れてふたりきりで過ごしたいと思ってるはずよ。あなたは客人だからディーギーが頼みこめる筋じゃないけど、あの子は〈マンモスの炉辺〉でブラナグと過ごしたいと思ってるわ——もちろん、あなたがいいといってくれればだけど」

「あそこ、広い炉辺です。寝台もたくさん。わたし、かまいません」自分の住まいでもないのに許しを乞われたことにとまどいながら、エイラはそう答えた。

こうして話しているあいだに、土盧からひとりの若い女が出てきた。そのすぐあとから若い男が出てくる。エイラはいったん目をそらし、あわててあらためて女の姿に目を丸くした。年齢はおなじくらい、がっしりした体つきで、身長はエイラよりもわずかに高い！　黒っぽい栗色の髪の毛、たいていの人々が愛らしいといいそうな人好きのする顔だち。あとから出てきた若い男が、この女に心を奪われていることは教えられずともわかった。しかしエイラは女の体の特徴には、あまり関心をむけていなかった——いまエイラは魂を奪われたように、若い女の衣服をただひたすら見つめていた。

女は脚絆《きゃはん》と、髪の毛とほとんどおなじ色あいの皮のチュニックを着ていた——丈が長く贅沢な飾りをふんだんにあしらったチュニックは、赭土《あかつち》のような黒っぽい赤だった。チュニックは前が左右にわかれる形で、いまはベルトで締められている。赤は氏族にとって、聖なる色だった。エイラの所持品で赤い色に染められているのは、イーザの小袋だけだ。そこには、特別な儀式でもちいる特別な飲み物をつくるのに必要な根がおさめてあった。いまでもその小袋は、癒しの術をおこなうのに必要なさまざまな乾燥薬草を入れた薬袋《やくたい》の奥底深くにしまってある。すべてが赤い皮でつくられたチュニック？　エイラにはわが目が信じられなかった。

「すごくきれいな服！」きちんと紹介もされていないのに、思わずエイラの口から言葉がついて出た。

「気にいってくれた？　わたしたちがつれあいになる〈縁結びの儀〉に、わたしが着る晴着よ。ブラナグのお母さんからもらったんだけど、とにかくみんなに見てほしくって」

「こんなすてきな服、見たこともない！」エイラは目を大きく見ひらいたままいった。

若い女はうれしそうな顔になったが、「あなたがエイラという人ね？　わたしはディーギーで、この人がブラナグよ。あと二、三日で、故郷《くに》に帰らないといけないの」と話すときには、悲しげな顔になった。

「でも、夏になったらいっしょになれる。そうしたら、タルネグ兄さんのところに住むつもり。いま兄さんはつれあいとその家族と暮らしているけれど、そのうち自分で簇をもちたいと思っているの。だから、わたしに早くつれあいをもて、そうすればおまえを女長にできるからって、ずっとやかましくいっていたのよ」

エイラはトゥリーが笑顔で娘のディーギーにうなずきかけているのを見ながら、先ほどのトゥリーの頼みごとを思い出した。「あそこ、広い炉辺、つかっていない寝台、たくさん。〈マンモスの炉辺〉で、ブラナグといっしょに過ごしたいのでしょう？　ブラナグも簇の客人。マムートが許せば、の話。あそこ、マムートの炉辺だから」

「マムートの最初のつれあいは、わたしのお祖母さんのお母さんよ。あの炉辺に泊まったことはなんべんもあるし。マムートは許してくださるでしょう?」ディーギーは老人を見ながらいった。「しかし、ゆっくり眠れるとはかぎらんぞ」

「もちろんだとも。ブラナグとともに泊まるがよい、ディーギー」老人はいった。この言葉にディーギーが期待の笑みを見せ、マムートは言葉をつづけた。「簇に客人が来たうえに、丸々一年留守にしていたダヌーグが帰ってきた。おまえの縁結びも決まり、ワイメズは交易の旅を上首尾におえて帰ってきた。となれば、今宵はみなが〈マンモスの炉辺〉にあつまって、ひとしきり土産話に花を咲かせるだろうて」

だれもが笑みを誘われた。予想どおりの言葉とはいえ、高まる期待にはいささかの変化もなかった。みんなで〈マンモスの炉辺〉にあつまるとなったら、それぞれが経験談を披露したり、物語をきかせあったりするほか、いろいろな楽しみがあると決まっている。だから、だれもが夜のつどいをいまから楽しみにしていた。ほかの簇の新しい知らせもききたいし、もう知っている話もあらためてきいてみたい。そのうえ人々は、この簇の人々の冒険譚や日々の暮らしぶりに客人がどんな反応を見せるのかを楽しみにしていたし、客人たちからどんな話がきけるのかと楽しみに思ってもいた。

ただしジョンダラーはそういったつどいの席がどんなものかを知っていたし、気がかりに思ってもいた。もしやエイラは生い立ちをあらかた話すのだろうか? 話をしたあとでも、ライオン簇の人々は自分たちに親切に接してくれるだろうか? ちょっとエイラをわきに引っぱって、ひとこと注意しておこうかとも思ったが、そんなことをしても怒らせて不安にさせるだけだ。エイラはいろいろな点で、マムトイ族に似ている——あけっぴろげで、おのれの心をあけすけに打ち明ける性質だ。だから注意をしても、ろくなことにはならない。エイラは嘘をつくことを知らない女だ。いちばんいいのは、エイラが話すのを控えることなのだが……。

3

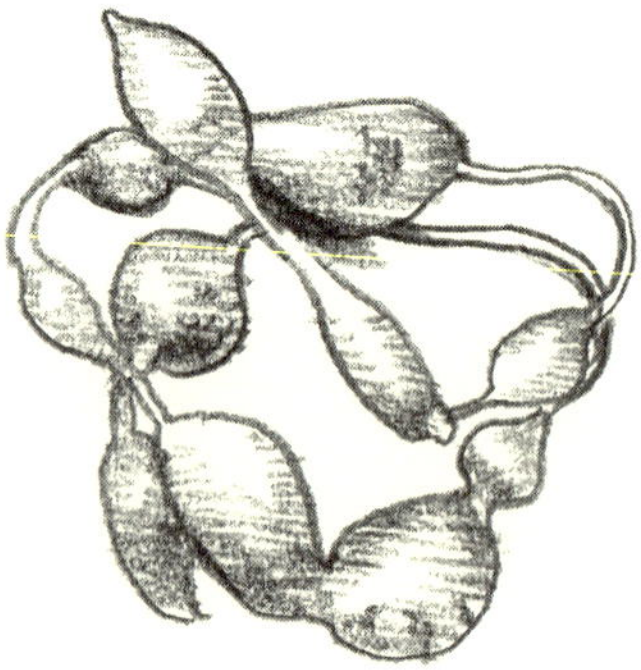

その日の午後を、エイラはウィニーの体を揉みほぐし、柔らかい皮と乾燥させた鬼なべなの棘《とげ》の多い穂先をつかって毛を梳《す》くことについやした。馬にとってもエイラ自身にとっても、心なごむひとときだった。

その横ではジョンダラーが、やはり鬼なべなでレーサーの体の痒い箇所を親しみをこめて掻いたり、毛足の長い冬の被毛をととのえてやったりしていたが、大人になりきれない子馬はじっとしているよりも、遊びたそうなそぶりだった。被毛の奥の柔らかくて保温性の高い下毛が前よりもずいぶん伸びているのに気づいたジョンダラーは、もうすぐ寒い季節が訪れることを思い出し、そこから思いはどこで冬越えをしたらいいかという方向にむかった。エイラがマムトイ族のことをどう思っているのかは、まだはっきりしない。しかし、二頭の馬と簇人《むらびと》たちがおたがいに慣れてきていることだけは確かだ。

エイラも馬の緊張がほぐれていることを察していたが、自分が土廬《つちいおり》で過ごす夜のあいだの馬の居場所が気がかりだった。二頭はエイラとともに洞穴で過ごすことに慣れている。ジョンダラーは、馬なら外にいることに慣れているのだから心配ないと、くりかえしエイラをなだめていた。思案の末、レーサーを出入口の近くに綱でつなぎとめておくことにした。子馬を連れずにウィニーが遠くまで行くことはぜったいにないし、身の安全が脅かされたら、ウィニーはわたしを起こすはずだ――エイラはそう思った。

あたりが暗くなると、風が冷たくなった。エイラとジョンダラーが住まいに足を踏みいれるころには風花がちらちらと舞いはじめていたが、半地下になった土盧の中央部分にあって、人があつまっている〈マンモスの炉辺〉はぬくぬくと暖かかった。先ほどの食事で手をつけられずに冷めた料理が運びこまれ、ここに足をとめては食べていく人も多い。澱粉質をたっぷりとふくんだ塊芋《ほどいも》や人参《にんじん》、ブルーベリー、焙ったマンモスの肉の薄切りなどだ。簇《むら》の人々は野菜や果物を手でつかみあげるか、そうでなかったら二本の棒を巧みに操《あやつ》って口に運んでいたが、幼い子どもを例外として全員が肉を食べるための小刀を持参していた。だれかが大きな肉の厚切りを歯ではさみ、そのまま小刀を上にひとふりして、口にはいるぶんだけを器用に切っていくようすに、エイラは目を奪われた――よく鼻を削ぎ落とさないものだ、と感心しながら。

人々は小さな茶色い水袋――さまざまな動物の膀胱や胃袋を加工してつくられたもので、水を洩らさない性質をもっている――をまわしては、うまそうに中身を飲んでいた。タルートがその飲み物をエイラにすすめた。どことなく不快な発酵性のにおいがする液体は、飲んだときにはわずかに甘かったが、焼けつくようなあと味が舌に残った。エイラは二回めのすすめを断わった。エイラの口にはあわなかったが、ジョンダラーはこの飲み物を楽しんでいるようだった。

人々は話をしたり笑ったりしながら、ある者は段に腰かけ、ある者は床に敷いた毛皮や蒲団の上に席をとった。エイラが会話のほうに顔をむけて、耳をそばだてていると、あたりのさざめきがそれとわかるほど低くなった。ふりかえると老マムートが、小さく火の燃えている炉のうしろに黙りこくったままたたずんでいた。会話が残らずやんで全員の目があつまると、マムートは火のついていない小さな松明《たいまつ》を手にとって、燃えている炎にむけてさしだし、火をつけた。人々が期待に固唾をのんで待つなか、マムートは火のついた松明で、背後の壁の窪みにある小さな石の灯《あか》りに火をつけた。マンモスの脂にひたして乾燥させた苔の灯心の先に、まず〝ぱちぱち〟と火花が散ってから炎があがり、灯りのうしろにあるマンモスの牙の小さな彫り物が見えてきた——豊満な乳房をもつ、むっちりとした女体をかたどった彫刻だった。

　一回も見たことがなかったが、エイラには彫像の正体がすぐにわかった。ジョンダラーが〝ドニー〟と呼んでいる物だ。説明によれば、母なる大地の女神の霊を封じこめてあるらしい。いや、その一部だろうか。すべての霊をおさめるには小さすぎるように思えるが……いや、そもそも霊はどのくらいの大きさなのか？

　そこから思いがただよい、べつの儀式のことが思い出されてきた。いまもお守り袋に入れて肌身離さずもち歩いている、あの黒い石を授けられた儀式だ。あの黒い石くれ——二酸化マンガン——には、エイラの一族だけではなくあらゆる氏族全員の霊がこめられている。石を授けられたのは薬師《くすし》になったときだ。あのときエイラは、みずからの霊の一部を交換にさしだした。エイラがだれかの命を救ったとしても、その人が助けに見あうだけの価値あるものを返礼としてさしだす責任を負わずにすむように。そのようなことは、すでにあった。

　いまでも頭にひっかかっているのは、死の呪いをかけられたとき、みんなの霊を返してこなかったことだ。薬師イーザが死んだときには、クレブがみんなの霊をいったんイーザからとりあげた。イーザといっしょに霊が霊界に行ってしまうことのないようにだ。しかし、エイラの場合にはだれもとりあげなかった。いまわたしは氏族のすべての人々の霊をもち歩いているのだから、ブラウドは全員に死の呪いをかけたとはいえないだろうか？

わたしは死んでいるのだろうか？　前々からくりかえし感じていた疑問が、またぞろ頭をもたげてきた。死んでいるとは思えなかった。死の呪いの力は、人の信じる気持ちに左右される。愛する人からおのれの存在を認められず、行き場をなくしたら、その人間は死んだも同然だ。しかし、なぜ自分は死ななかったのか？　どうして自分はあきらめなかったのか？　もっと大きな疑問もあった——もし自分がほんとうに死んでいたら、氏族の人になにが起こったのだろう？　わたしの死は、愛する人々に災いをもたらしたろうか？　それも氏族の全員に？　皮の小袋にこめられた責任の重さがまざまざと実感できた——氏族全員の運命が、首に吊りさげられているような気分だった。

規則正しい音に、エイラはもの思いから引きもどされた。マムートが枝角の槌《つち》状の部分を手にし、幾何学模様や線が描きこまれたマンモスの頭蓋骨を叩いていた。その拍子の奥から不思議な質をともなった音がきこえたような気がして、エイラは目と耳を集中させた。頭蓋骨内側の空洞で音に複雑な振動がくわわっているが、楽器の内側から響いてくる共鳴音だけがその正体ではない。老いたる咒法師《シャーマン》が模様で区分けされた骨太鼓の異なる場所を叩くにつれ、音の高さや音色が複雑かつ絶妙に変わっていく。そのため見た目には、マムートが骨太鼓から言葉を引きだしているようにも、さらにはマンモスの頭蓋骨にしゃべらせているようにも見えた。

老人は胸の奥底から低く深い声をあげて、詠歌を歌いはじめた。きちんとした抑揚をともなう短調の調べだった。太鼓と声が複雑にからみあう音の模様を編みあげはじめると、部屋のそこかしこから唱和する声があがりはじめた。ひとつひとつの詠歌はちがっていながら、すべてがあわさると一定の様式がつくられていく。やがて部屋の反対側から、拍子を刻む太鼓と同様の音があがってきた。エイラがそちらに目をやると、ディーギーがおなじような骨太鼓を叩いていた。ついでトルネクが槌形の枝角の撥《ばち》で、マンモスの肩の骨を叩きだした。肩の骨には等間隔で何本も赤い線が引いてあり、山形模様がつくられていた。骨太鼓の深い共鳴をともなう音と、肩胛骨《けんこうこつ》から出されるかん高い音が、土廬の室内を美しくもそら恐ろしい音で満たしていった。エイラの体がいつしか、音にあわせて揺れ動いていた。気がつくとほかの者も、この音にあわせて体を動かしている。しかし、音は唐突にやんだ。

静けさには期待感がみなぎっていたが、やがてその期待感も薄れて消えていった。簇としての正式な儀式が予定されていたわけではない。簇の人々がたがいに肩を寄せあい、みんながいちばん得意なこと——すなわち話をすること——をしあって楽しい夜を過ごす、気のおけないあつまりというだけだ。

まず最初にトゥリーから、話に折りあいがついたので、ディーギーとブラナグの〈縁結びの儀〉を夏におこなうことになったという発表がなされた。だれもが予想していた話だったが、それでもみなの口からは縁結びを諾《うべな》い、祝う言葉が出た。若いふたりは喜びに満面の笑みを見せている。つづいてタルートが、交易の旅の首尾を話すようにとワイメズをうながした。ワイメズの話から、塩と琥珀《こはく》、それにフリントが交易の材料になっていることがわかった。ジョンダラーが興味深く話をきいているあいだにも、質問をしたり、意見を述べたりする者がいた。しかしエイラは話がよく理解できず、あとで質問してみようと思った。そのあとタルートはワイメズに、ダヌーグの修業の進み具合をたずねた。当の少年ははにかんでいるばかりだった。

「ダヌーグはなかなかの腕のもちぬしだよ。手先もずいぶん器用だ。あと二、三年も修業を重ねて場数を踏めば、すばらしい道具師になれる。向こうの連中は、ダヌーグを手放したがらなくてね。じつに多くを学んできた。一年にわたる旅の値打ちはあったな」ワイメズはそう一同に知らせた。人々から、さらなる賞賛の言葉が出てきた。そのあとひとしきり、人々があちこちで話に花を咲かせたのち、タルートがジョンダラーにむきなおった。あちこちから、昂奮のざわめきが洩れてきた。

「ゼランドニー族の男よ、よかったら、いかにしてわれらマムトイ族のライオン簇の住まいに腰をおろすことになったのか、そのあたりの話をきかせてはくれまいか」タルートはいった。

ジョンダラーは例の茶色い水袋を手にとって発酵性の液体をひと口飲むと、期待に顔を輝かせている人々をひとわたりざっと見わたしてから、エイラににっこりと笑みをむけた。前にもこういう席で話をしたことがあるんだわ！　エイラは多少の驚きを感じながら思った。ジョンダラーが物語を披露するにあたって、調子や声をととのえようとしていることも察しとれた。エイラは話をきき洩らすまいとして、腰を落ち着けた。

「話せば長い話だ」ジョンダラーがいうと、人々はしきりにうなずいた。長い話こそ、いまの彼らが望むものだった。「おれの一族はここからずっと遠く離れたところ、遠く遠く西に行った土地、ベラン海にそそぐ母なる大河の源流よりもさらに西にある。おれたちも、ここのみんなとおなじように川のそばで暮らしてる。しかし、その川が流れていく先は〈西の大海原〉だ。

ゼランドニー族は、すばらしい一族だよ。あんたたちと変わらず、おれたちも〈大地の子ら〉だ。ここではムトと呼んでいるものを、おれたちはドニと呼んではいるが、なに、どちらも母なる大地の女神であることに変わりはないね。おれたちも狩りや交易をしているし、ときには長い旅に出ることもある。で、おれは弟と旅に出る決意を固めたんだ」

つかのまジョンダラーは目を閉じた。ひたいが悲しみに曇った。

「弟の……ソノーランは……いつもよく笑う男で、冒険をなによりも愛していた。そしてまた弟は、母なる大地の女神の寵児でもあった……」

ジョンダラーの悲しみはあまりにも生々しかった。これが物語を盛りあげるための演技でないことは、だれもがわかっていた。ジョンダラーがひとことも説明せずとも、人々には悲しみの理由がわかっていた。というのもこの一族にも、母なる大地の女神の寵児は若くして召されてしまうという言い習わしがあるからだ。ジョンダラー本人には、ここまで内心をあらわにするつもりはなかった。つきあげてきた悲しみに、ジョンダラーは驚きと気恥ずかしさを感じた。しかし、人はだれしも愛する人をうしなう悲しみを知っている。この簇の人々は、自分たちに危害をおよぼさない旅の客には好奇心をかきたてられ、親切に手をさしのべる。しかしジョンダラーが思わず知らず感情をあらわにしたことで、簇の人々はそれ以上の同情と親愛をむけるようになっていた。

ジョンダラーは深呼吸をひとつして、話を再開させようとした。「最初に旅をしようといいだしたのは、ソノーランのほうだった。おれはおれで、途中までつきあい、せいぜい縁者の住まいにまで行ったら引きかえそうと思っていたんだが、じきに考えを変えて、弟にさいごまでつきあうことにした。おれたちは、小さな氷河をわたった。ドナウ川——母なる大河——の源流になっている氷河だよ。で、その川が海に流れつくところまで旅をしようという話になった。だれもが行きつけっこないといったし、おれ自身にしてからが半信半疑だったが、それでもおれたちは先に進みつづけた——いくつもの支流をわたり、たくさんの人と会いながらね。

あるとき……というのは最初に迎えた夏のこと……おれたちは足をとめて狩りをした。で、獲物の肉を乾かしているとき……気がついたら、槍をかまえた男たちにまわりをとりかこまれていた……」

ジョンダラーは語りの調子をとりもどし、冒険譚で簇じゅうの人々をとりこにしていった。相手に気をもたせて話の先をききたい気持ちにさせる才をそなえた、一流の語り部だった。人々はうなずき、低い声であいづちを打ち、話の先をうながし、おりおりには昂奮の叫び声さえあげていた。言葉を口でしゃべる人々というのは、ただ話をきいているときでも声を出さずにはいられないらしい──エイラは思った。

エイラもまたほかの人々同様、すっかり話に釣りこまれてはいたが、ふっと気がつくとジョンダラーの話にききいっている人々の顔をながめわたしていた。大人たちは幼児を膝に抱きあげている。もうすこし年上の子どもたちは寄りあつまってすわり、目をきらきらと輝かせて、不思議な魅力をもっている客人をじっと見つめていた。とりわけ話に夢中になっているようすを見せていたのはダヌーグだった。魂を奪われたような顔で、前に身を乗りだしている。

「ソノーランは谷に降りていった……雌ライオンがいなくなったので、もう大丈夫だと思ったんだな。そのとき……突如としてライオンの吠え声があがった……」

「で、どうなったの？」ダヌーグがたずねた。

「そこからあとの話はエイラにまかせよう。そのあとなにがあったか、おれはよく覚えていないのでね」

全員の目が自分にあつまってきて、エイラはぎくりとした。こんな展開は予想もしていなかった。そもそも、こんな大人数を前にして話をしたことはいちどもない。ジョンダラーはそんなエイラに笑みをむけていた。人と話すことに慣れさせたかったら、エイラを話すほかない立場におくのがいちばんいいと、ふいに思いついたのだ。人から経験談を乞われるのがこれでさいごになるはずはないし、馬を意のままにあつかう才能を目のあたりにした記憶が生々しいいまなら、簇人たちもライオンの話をすんなり信じるはずだ。すばらしい話になることはわかっている。しかも、簇人からすればエイラの謎がまたひとつ増えるような話だ——それにライオンの話で簇人たちが満ちたりてくれれば、エイラも生い立ちの話をもちださずにすむかもしれない。

「なにがあったの?」話の先を知りたい一心のダヌーグが、エイラにたずねた。その妹ルギーは、長らく住まいを留守にしていた兄に遠慮があって近づけずにいたが、昔いっしょに人々の話をきいたときのことをふと思い出して、兄の膝の上に乗った。ダヌーグは期待のまなざしをエイラにむけたままだったが、心ここにあらずの笑みでルギーを迎え、うしろから抱きかかえた。

エイラは自分を見つめている人々全員の顔を見まわし、口をひらいた。しかし、口のなかが干あがっていた。手のひらは汗で湿っているというのに。

「そうよ。それからどうなったの?」ラティがたずねた。この少女はライダグを膝にのせて、ダヌーグのそばにすわっていた。

ライダグの大きな茶色の瞳には、昂奮の光がたたえられていた。少年は口をあけて話の先をせがむ声を出した。しかし、ライダグの出した声を理解した者はひとりもいなかった——たったひとり、エイラをのぞいては。いや、言葉がわかったわけではない。内心が読みとれたのだ。似たような声は前にも耳にしたことがあるし、そういう声を出すことを学んだ経験もあるからだ。氏族の人々も言葉をまったく話せないわけではなく、ただ発音の能力に限界があるだけだ。そこで氏族の人々は口で話す言葉の代わりに、奥が深くて、かつわかりやすい手ぶりによる言語を編みだして心を通わせあうようになった。口で話す言葉をつかうのは強調したいときだけだった。ライダグが話の先をききたがっていることはわかったし、ライダグにはいまの声がその意味であることもわかった。エイラは笑みを見せると、まっすぐライダグにむかって語りかけた。

「そのとき、わたし、ウィニーといっしょにいた」

エイラはそう語りはじめた。雌馬の名前を口にするときには、いつも馬の静かないななきをまねるのがエイラの流儀だった。土盧のなかの人々は、しかしエイラが馬の名前を口にしたとは思っていなかった。人々はいまの声を、物語を話すときのすばらしい色づけだと思っていた。だれもが顔をほころばせ、賞賛の言葉をつぶやき、この調子でつづけてくれとうながしてきた。

「もうすぐ子馬が生まれそうなとき。お腹、とても大きくなってた」エイラはそういいながら両手を自分の腹の前にまわし、馬が産み月を迎えていたことをあらわした。人々はよくわかったしるしに笑顔を見せた。「わたし、毎日ウィニーに乗ってた。ウィニー、外に出なくちゃならなかったから。でもそんなに遠くではなく、そんなに速くも走らなかった。いつも東に走ってた。東に走るの、簡単だったから。簡単すぎて、目新しいこと、ひとつもなかった。ある日、わたしたちは東ではなく、西に行ってみた。知らないところを見るため」

エイラは自分の言葉をまっすぐライダグにむけながら、話をつづけていった。

ジョンダラーは知っている言葉をいくつか教えてくれたし、そのなかにはマムトイ語もあった。しかし、最初に話すことを覚えた言葉であるゼランドニー語ほどには、まだ流暢に話せない。だからエイラの話しぶりには、どこがどうとは説明できないながら妙なところがあったし、単語をさがしだすのもひと苦労で、そのことが恥ずかしくも思われた。しかし、他人に自分の胸の裡《うち》をまったくわかってもらえない少年のことを思うなら、ここは全力を出すしかない。なぜなら……その少年から乞われたからだ。

「そのとき、きこえてきた……ライオンの声」なぜそんなことをしたのか、われながらわからない。ライダグが顔を期待に輝かせていたからかもしれないし、ライダグがエイラの話をよくきこうとして顔をめぐらせていたからかもしれない。あるいは、語り部としての才がそなわっていたためかもしれない。〝ライオンの声〟といったあとに、ライオンの恐ろしい咆哮《ほうこう》を本物そっくりにまねたのだ。あつまった人々は最初、恐怖の小さな悲鳴をあげ、つぎに不安げなふくみ笑いを洩らしたのち、笑顔で賛嘆の言葉を口にしはじめた。動物の声をまねる才となったら、エイラの右に出る者はない。この物まねで、エイラの物語に予想もしなかった生彩がくわわった。ジョンダラーもまた、感心しきりにうなずき、笑みを見せていた。

「男の叫びもきこえた」そういってジョンダラーを見るエイラの目に、悲しみの色があふれた。「わたし、その場でとまった。なにをすればいいだろうか、と。ウィニーは、赤ちゃんがいて、お腹大きいし」幼い子馬のかん高い声をまねると、ラティの顔に輝かしい笑みがのぞいた。「馬のこと、心配だった。でも男の人、叫んでる。またライオンの声。わたし、耳をすました」ここでエイラは、ちょっとおどけたような調子のライオンの声を巧みにまねた。「それがベビー。馬が危なくないとわかって、わたしは谷に降りていった」

人々がいぶかしげな顔を見せた。〝ベビー〟という単語になじみがないせいだろう。しかし、もしここではない場所に生まれていたなら、ライダグには意味が通じたかもしれない。前にジョンダラーにも話したが、これは氏族の言葉で赤ん坊を意味していた。

「ベビーはライオン」エイラは説明しようとした。「わたしの知りあい。ベビーは……息子のようなもの。わたしは谷に降りて、ライオン、追い払った。ひとりの男が死んでいた。もうひとりの男、ここにいるジョンダラー、大怪我をしていた。ウィニーの力を借りて、わたし、住んでいた谷に帰った」

「なんだと！」あざけるような声があがった。エイラがそちらに目をむけると、声をあげたのは先ほど高齢の女と口喧嘩をしていたフレベクという男だった。「まさか、怪我をした男のそばにいたライオンを追い払ったとでも?」

「ふつうのライオンじゃない。ベビー」エイラはいった。

「なんのことだ……いったいなにをいってる?」

「ベビーは氏族の言葉。子ども、赤ちゃんのこと。わたし、ライオンにその名前つけて、いっしょに暮らした。ベビーは知りあいのライオン。馬も知ってる。だから、ベビーを怖がらない」エイラはうろたえていた。不穏な雰囲気は感じられたが、なにがわるかったのかはまったくわからなかった。

「ライオンと暮らしていただと? おれは信じないね」フレベクはせせら笑った。

「信じない?」ジョンダラーは怒気もあらわにいった。あの男はエイラを嘘つきだとして非難している。しかしジョンダラーは、この話が真実であることを身をもって知っていた。「エイラは嘘なんかついてないぞ」いいながらジョンダラーは立ちあがり、皮のズボンの腰を締めている皮紐をほどくと、片側だけをずらした。赤黒く醜い傷痕で見るも無残なありさまになった太腿とそのつけ根があらわになった。「おれはライオンに襲われたんだ。エイラはライオンをおれから追い払ってくれた。そればかりか、エイラはすぐれた薬師なんだ。あそこにエイラがいなかったら、おれも弟につづいて、あの世に旅立っていたはずだな。話はまだある。おれは、エイラがライオンの背に乗っているところをこの目で見たんだ。馬に乗っているときとおなじようにね。どうだ、おれのことも嘘つき呼ばわりするか?」

「ライオン族の客人を嘘つき呼ばわりするのはもってのほかよ」トゥリーがフレベクをにらみつけながら発言した。手のつけられない騒ぎになる前に火種を消そうというのだろう。「その傷を見れば、あなたが大変な怪我をしたことはわかるし、わたしたちみんな、あの女の人……エイラが……馬に乗っているところを見てる。だから、あなたやエイラの話を疑う理由はひとつもないわね」

　張りつめた静寂。エイラはわけがわからず内心首をかしげながら、簇人ひとりひとりを順番に見つめていった。〝嘘つき〟という言葉は知らなかったし、フレベクが話を信じないと発言した理由もわからなかった。エイラは、体の動きで心を通わせあう人々のあいだで育った。氏族の言葉は手ぶりにとどまらず、姿勢や表情で意味のちがいや微妙な陰影のひだを伝えあう。いわば全身をつかうので、嘘をつくのは無理だ。せいぜい話さずにすませることくらいで、これは人々の内面を重んじる意味からも大目に見られてはいたが、結局のところ話さずとも知られてしまうのがつねだった。エイラ個人は、嘘をつくすべを身につけなかった。

　そんなエイラでも、雰囲気がおかしいことは察せられた。いきなり噴きだしてきた怒りや敵意が――人々が声高に叫んだかのように――はっきりと感じられたばかりか、人々がそれをあえて口に出すまいとしていることもわかった。タルートは、エイラが褐色の肌をもつラネクを見つめ、すぐに目をそむけるさまを見てとった。ラネクの顔を見たことで、タルートは張りつめた場の雰囲気をやわらげ、ここをふたたび話を楽しむ場にもどす策を思いついた。

「すばらしい話だったな、ジョンダラー」タルートはよく響く声でいい、フレベクににらみを利《き》かせた。

「長旅の話は、いつきいても胸が躍る。さて、またべつの者の長旅話をきいてみたいとは思わぬか？」

「ええ、ぜひともきかせてください」とジョンダラー。

　人々がほっとして肩の力を抜き、だれもが笑顔を見せた。ラネクの旅の話はだれもが好きな話だったが、まだきいたことのない人といっしょにきける機会はほとんどない。

「これはラネクの話だ……」タルートがはじめた。

エイラは期待の視線をラネクに向けて口をひらいた。「浅黒い肌の男の人、ライオン簇に住むことになったいきさつ、ぜひ知りたい」

ラネクはエイラに笑顔を見せたが、そのまま自分と炉辺をともにするワイメズにむきなおった。「たしかにおれの話だが、あんたから話してもらえるかな」

ジョンダラーはまた腰をおろした。座の風向きの変化が――それにエイラがラネクに関心を示していることも――自分には好ましいのかどうか、われながらさだかではなかったが、ろくに隠そうともしていない敵意にさらされるよりはましだし、話をききたい気持ちもあった。

ワイメズはすわりなおしてエイラにうなずきかけ、ジョンダラーに笑みを見せてから、おもむろに語りはじめた。「石についての勘があることのほかにも、わしらにはいろいろ共通するところがあるようだね。わしもまた、若い時分に長旅をしたよ。最初に東を目ざしてから南へとくだっていき、ベラン海を越えてさらに南に進み、その先のもっと大きな海の岸にまで出た。この〈南の大海原〉には、ほかにもさまざまな名前がある。海岸にそって、多くの一族が居をかまえているからね。わしは〈南の大海原〉の東の端まで行き、そこから南の海岸にそって西に旅をした――ここよりも気候が暖かくて雨が多く、森がたくさんある土地を抜けてね。

さて、旅の一部始終を話そうとは思わん。それはまた機会をあらためたい。ここではラネクのことを話そう。そうやって西への旅をつづけているあいだには、たくさんの人々と会い、あちこちに身を寄せては新しいことをいろいろと学びもした。しかし、やがて旅心に火がついて落ち着かなくなって、ふたたび旅をつづけることになった。というのも、自分がどこまで西に行けるかを確かめたかったんだ。

そんな旅が数年つづいたころ、わしはある土地にたどりついた。きみが〈西の大海原〉と呼んだ海に近いところではないかと思うが、〈西の大海原〉が〈南の大海原〉とつながっている狭い瀬戸をわたったところだよ。何人かの人に会ったが……その人々の肌は黒かと見まがうばかりに濃い茶色をしておった。そこでわしはひとりの女と会って、強く心を引かれた。最初は、自分とちがうから引かれたのだと思う……いかにも遠い土地に来たと思わせる服や肌の色、なによりきらめく漆黒の瞳にね。笑顔にもたまらない魅力があり……踊るようすやふだんの身ごなしときたら……ああ、あれほど心をときめかせるおなごはひとりとしておらなんだ」

ワイメズの語り口はそっけなく朴訥《ぼくとつ》だったが、人の心をすっかり奪ってしまう話だったため、それ以外の小細工は必要ではなかった。それでも愛する女のことに話がおよぶと、さしものどっしりとした体格の静かで控えめな男もそれとわかるほど態度を変えた。

「女がつれあいになってくれるといったとき、わしはその土地で女と所帯をかまえるつもりだった。それ以前から……年端もいかぬ子どものおりから、わしは石細工に興味をもっていてね。その土地では、鋭く尖った槍の穂をつくるすべを身につけた。土地の連中は、石の両側を削り落としていたんだよ。きみならわかるだろう?」さいごの質問は、直接ジョンダラーにむけられたものだった。

「ええ。両面から打ち欠《か》くんですね。斧とおなじに」

「しかし、彼らのつくる穂先はじつに鋭く尖っていてね。腕達者ぞろいだったよ。わしも手もちの品を見せたし、彼らの暮らしぶりにしたがっていて、なんの不満もありはしなかった。母なる大地の女神のお恵みで、つれあいが男の子をなしてからは、なおさらだった。女は彼らの習わしどおり、わしに子の名をつけてくれといった。わしが選んだのがラネクという名だった」

これで合点がいった——エイラは思った。ラネクの母は褐色の肌の女だったのだ。

「では、どうしてこちらにもどってこようと思ったんです?」ジョンダラーがたずねた。

「ラネクが生まれてから数年ばかりして、厄介ごとがもちあがったんだ。わしが身を寄せていた肌の黒い人々は、もともとはさらに南の地から来た一族でね。となりあう簇のなかには、狩場をわけあうことに不満なところもあった。暮らしぶりもいろいろとちがっていた。一時はわしの説得で両者が顔をあわせて、話しあう寸前にまで漕ぎつけはしたんだ。ところが、ともに血気盛んな若い衆が、話しあいではなく力で片をつけようといいだしてね。ひとりが殺されると、仕返しにまた死人が出て……さいごは簇そのものを襲いあうようにまでなった。

わしらもよく守りを固めたとは思うが、なにぶん多勢に無勢でね。こうした小ぜりあいがしばらくつづいて、わしらの仲間はひとり、またひとりと打ち倒されていったさ。しばらくすると、肌の色の薄い人影が目にはいっただけでも、人々は怯えて憎しみをいだくようにさえなった。むろんわしは彼らの仲間だったが、人々はわしを信用しなくなったばかりか、ラネクにも白い目をむけるようになった。ラネクの肌の色はほかの人々よりも薄いし、顔だちも異なっているからだ。そこでわしはラネクの母親と相談し、わしらが簇を出ることになった。つらい別れだったよ。家族がばらばらになり、たくさんの友にも別れを告げるのだからね。しかし、そのまま身をおいていては危なかった。血気盛んな者のなかには、出ていくわしらを引きとめようとする向きもあった。それでも手引きしてくれる者もおり、わしとラネクは夜の闇にまぎれて逃げだしたわけだ。

わしらは北を目ざし、瀬戸を目ざして旅をつづけた。そこまで行けば小舟をつくる人々が住んでいるし、人々が小舟で海をわたっていることも知っていたからね。その人々からは、いまは季節がわるいし、そもそもいちばんいい季節でも、舟で瀬戸をわたるのは難儀だと諭《さと》された。それでも、わしらは遠く離れなくてはならないと感じていたので、危ないのを承知で賭けてみることにした。

これが、まちがいのはじまりだった」ワイメズは感情を抑えた声で淡々といった。「小舟がひっくりかえり、わしとラネクだけが岸にたどりついた――いや、ラネクの母親の荷物のひとつも流れついていたな」ここでひと息入れてから、また話をつづける。「それでもまだ、故郷《くに》ははるか遠くだった。それから長い歳月が流れて……ようやくわしらはここにたどりついた。ちょうど〈夏のつどい〉のときだったな」

「留守にしていたのは何年ですか？」ジョンダラーがたずねた。

「十年だよ」ワイメズはにっこりとほほえんだ。「わしらが帰って、簇は大騒ぎになった。わしが帰ってくると思っていた者はひとりもいなかったところに、ラネクという息子まで連れ帰ったんだからね。妹のネジーはわしと会ってもわからないくらいだったが、それも当然、わしが旅立ったときには、まだほんの子どもだったからね。ちょうどネジーとタルートが〈縁結びの儀〉をあげたばかり。ふたりはトゥリーとそのふたりのつれあいや子どもらの力を借りて、ライオン簇をつくろうとしていたところだった。みんな、わしらに簇の一員になれと誘ってくれたんだ。ラネクはいまなおわしの炉辺の息子だが、ネジーはラネクを縁組で自分の息子にしてくれたばかりか、ダヌーグが生まれたあとにも、わが子同然に世話をして育ててくれたのだよ」

ワイメズが話をやめても、ここで話がすべておわったとみんなが理解するまでには一拍の間があった。だれもが、ほかの話もききたがっていた。簇のほとんどの人々はワイメズの大冒険譚のあらかたを耳にしてはいたが、それでもまだ披露していない旅の逸話がありそうだったし、なによりワイメズは昔披露した話でも、そこにひねりを加える才をそなえていたからだ。

「だってネジーは、なれるものなら全員の母親にだってなりたがるような人だもの」ワイメズ帰還のときのことを思いかえしながら、トゥリーはいった。「あのときディーギーはまだ乳のみ子だったのに、それでもネジーはいつまでも飽きずに遊んで相手をしてくれたものよ」

「ネジーなら、おれには母親以上のことをしてくれたぞ！」タルートが茶目っけもたっぷりに笑いながら、大きく張りだしたネジーの尻を叩いた。それからタルートは効き目の強い飲み物をおさめた水袋を手にとり、ひと口飲んでから、ほかの人にまわした。

「困った人だね！　つれあいなんだから、おまえさんには母親以上のことをしてやるに決まってるよ！」ネジーは怒ったふりをしていたが、笑いをこらえているのは明らかだった。

「そいつは約束かい？」タルートはいいかえした。

「いいたいことはわかってるくせに」トゥリーは、兄がつれあいと交わすいささか露骨な応酬にはとりあわず、タルートに話しかけた。「ネジーはライダグさえ、手もとから離そうとしなかったんですもの。あんなに病気が重いのだから、なにも連れてこなくたってよかったのに」

　エイラはすぐに話題になった子どもに目をむけた。いまのトゥリーの言葉に、ライダグが胸を痛めていることはわかった。いくら悪気のかけらもない言葉であれ、自分がそこにいないかのように話をされるのをいやがっていることも、エイラには読みとれた。そんな目にあっても、ライダグにはどうすることもできない。自分の気持ちを伝えられないからだ。そしてトゥリーは深く考えもせず、ライダグは話ができないのだから、心になにか感じることもないと決めてかかっているらしい。

　エイラはライダグのことをたずねてみたかったが、さしでがましいと思われるかもしれないと思って黙っていた。代わってジョンダラーがたずねてくれたが、これは自分の好奇心を満足させたいという気持ちからの言葉だった。

「ネジー、ライダグのことをきかせてもらえるかな？　エイラもことのほか興味をもっていると思うし——

——もちろん、おれもね」

ネジーは身をかがめ、ラティの膝からライダグを抱きあげると、自分の膝にすわらせながら、考えをまとめていた。

「あれは、あたしたちが大角鹿《メガセロス》を追って狩りをしていたときだったわ。ほら、大きな枝角を生やした大きな鹿よ」ネジーはそう語りはじめた。「鹿の群れを追いこむために柵をつくろうとしたのさ。大角鹿を狩るには、柵に追いこむのがいちばんだから。で、その狩りのために野宿をしていたら、天幕のすぐそばにひとりの女が身を隠していることに、まずあたしが気づいたの。妙なこともあるな、と思ったわ。そもそも平頭の女なんてめったに見かけない——ましてや、ひとりでいるところなんて、ぜったいに見かけないから」

エイラは一語もきき洩らすまいとして、前に身を乗りだしていた。

「じっと見つめてるあたしの姿が目にとまっても、女は逃げるそぶりひとつ見せないのよ。あたしが近づいていくと、ようやく逃げようとしたけどね。そのとき、女が身ごもってるってわかった。それなら、お腹がすいてるだろうと思って、隠れ場所の近くに食べ物をおいてあげたのさ。あくる朝になったら、その食べ物がなくなってたから、天幕を畳む前に、また食べ物をおいてあげたよ。

あくる日にも二、三回は女の姿を見たような気がするけれど、はっきりとはわからない。その夜、焚火のそばでルギーに乳をやっていたら……また女の姿が見えた。あたしが立ちあがって、そばに行こうとしたら、女はまた逃げだしたけど、それがいかにも大儀そうだったから、陣痛がはじまってるってわかったのさ。でも、どうすればいいかもわからなかった。だって助けてあげたいのに、向こうは走って逃げていくばかり。おまけにあたりは暗くなってくるし。それでタルートに話したら、男たちに声をかけて、女を追ってくれたのさ」

「そのあとが、また妙な話でね」ネジーの話に、タルートがおのれの果たした役割を添えはじめた。「ぐるりととりかこんで、うまく女を罠に追いこむしかないとは思ったが、とりあえず足をとめろと叫びかけたら、どうだ、女はそのまま地面にへたりこんで、おれたちが行くのを待っていたんだ。おれのことをそれほど怖がっているふうでもなかったし、おれがこっちに来いと手招きをしたら、立ちあがって、すなおにあとをついてきたんだ。なんというか、どうすればいいかもわかってて、おれに怪我をさせられたりしないこともわきまえているといった、そんな感じだったな」

「でも、女が歩けただけでも、あたしには不思議だった」ネジーがつづけた。「だって、ものすごく苦しんでたから。あたしが手助けしようとしてることだけは、すぐ察してくれたけど、どのくらい助けてあげられたのかはわからない。それどころか、赤ちゃんを産み落とすまで息があるかどうかも怪しく思えたわ。でも、女はいっぺんも悲鳴をあげたりしなかった。ようやく明け方近くなってから、男の赤ちゃんが生まれたっけ。ひと目で、霊がまじりあった子どもだとわかって、それはもう驚いたわ。まだ生まれたての赤ちゃんでも、はっきりしたちがいがあったからね。

　女がもう息もたえだえになっていたから、生きる気力がすこしでも出ればと思って、赤ちゃんが生きてるところを見せてあげたの。女も見たがってたみたいだし。でも、そのときには手おくれだったみたい。血が出すぎたせいだね。なんというか、そこでもう女がふっとあきらめたみたいな感じだった。女は日の出前にこと切れてたわ。

　だれもが、赤ん坊は母親のもとに残して死ぬにまかせたほうがいい、といった。でも、どうせルギーに乳をあげなきゃならなかったし、お乳もたくさん出てたしね。それにこの子を抱きあげると、なにもしなくても乳に吸いついてきたんだよ」

いいながら、ネジーはライダグを守るようにうしろから抱きしめた。

「この子に持病があるのはわかってる。だったら、あの場においてきたほうがよかったのかもしれない。でも、たとえわが子だとしたって、いま以上にはこの子を愛せないとも思う。この子を育てたことを、あたしはすこしも悔やんじゃいないわ」

ライダグは茶色の大きな輝く目でネジーを見あげてから、細い両腕をその首にまわし、胸もとに顔をもたせかけた。ネジーは少年を抱きしめて、その体をそっと揺らしはじめた。

「この子は言葉をしゃべれないから動物だという人もいる。でもね、この子は人の話をちゃんとわかってるんだよ。〝畜人《ちくじん》〟なんかでもないし」ネジーは怒りの顔つきでフレベクを見やった。「この子が霊のまじりあった子どもとして生まれてきた理由なんて、母なる大地の女神にしかわからないことさ」

エイラはこみあげる涙を必死でこらえていた。ここの人々が、涙にどういう反応を見せるかはわからない。氏族の人々は、エイラの目が水をたたえると決まってうろたえていた。いま目の前の女と子どもを見ていると、思い出で胸がはちきれそうになってきた。息子を抱きたい気持ちで胸が痛くなり、イーザの死があらためて悲しく思えてくる。ライオン族の人にとってのライダグのように、氏族の人から〝自分たちとちがう〟と見られていたエイラを、それでも迎えいれて母親がわりになってくれたイーザ。しかしいまなによりも痛切に思っていたのは、自分がどれほど心を深く揺り動かされたかを伝えるすべが自分にも欲しい、ということだった。それにライダグのために……そればかりか自分のためにも、ネジーにどれほど深い感謝の思いをいだいているかも伝えたい。われながら首をかしげてしまうが、ここでネジーになにかしてあげられれば、イーザへの恩返しになるような気がしてならなかった。

「ネジー、ライダグにはわかってる」エイラは静かにいった。「この子は動物じゃない、平頭じゃない。この子は氏族の子、この子は異人の子」

「動物じゃないのはわかってるわ」ネジーは答えた。「でも、氏族というのはなんのことだい？」

「人々……ライダグのほんとうのお母さんのような人々。あなたたちは平頭と呼ぶ、あの人たちは氏族といってる」エイラは説明した。

「〝あの人たちは氏族といってる〟って……どういうこと？　あの連中は口がきけないんじゃなかった？」

トゥリーが口をはさんできた。

「たくさんの言葉はしゃべれない。でも、話はできる。手をつかって話す」

「なんで知ってるんだ？」フレベクがたずねた。「どうしてそんなにいろいろ知ってる？」

ジョンダラーは深々と息を吸いこみ……そのまま息を殺して、エイラの返答の言葉を待ちうけた。

「前に氏族といっしょに暮らしてた。氏族とおなじようにしゃべってた。言葉、つかわずに。ジョンダラーと出会う前のこと」エイラは答えた。「氏族、わたしの一族」

その言葉の意味がはっきりとわかっていくにつれて、驚きに打たれた静けさが広がってきた。

「じゃ、おまえは平頭どもと暮らしていたのか？　あの穢《けが》らわしいけだものといっしょにいただと！」フレベクは嫌悪もあらわに怒鳴ると、うしろに跳びすさった。「この女がまともにしゃべれないのも、これでよくわかった。連中といっしょに住んでいたんなら、この女も同類だな。連中はみんな、ただのけだものさ。もちろん、ネジー、あんたが育ててる霊がまじりあったやつもな」

簇人全員が騒然となった。心中フレベクに与《くみ》する者もいたかもしれないが、それでもフレベクの言葉は明らかに言いすぎだった。客人への礼儀の一線を踏みこえていたばかりか、簇長《むらおさ》のつれあいを人前で侮辱したのである。しかしフレベクは、〝霊のまじりあった畜人〟を受け入れて育てている簇の一員であることが、ずっと前から引け目に感じられてならず、そのうえ前々からずっといがみあっているフラリーの母親との最前の口論できつい言葉をかけられて気が立っていた。だから、その鬱憤《うっぷん》をだれかにぶつけずにはいられなかったのだ。

タルートが大音声で、ネジーとエイラを守る言葉を述べ立てた。トゥリーもすかさず簇の名誉を守る言葉を口にする。クロジーは意地わるい笑みを見せながら、フレベクにお説教を垂れつつ、フラリーを叱りつけていた。ほかの者も、口々に自分の考えをいいたてている。エイラはいっそ両手で耳をふさいで騒ぎを頭から締めだしたい気持ちをこらえ、ひとりずつ順番に顔を見まわしていった。

いきなりタルートが、響きわたる大声で一同に静粛を呼びかけた。全員が瞬時に黙ったほどの大声だった。ついで、マムートが叩く太鼓の音がきこえてきた。太鼓の音には、人々の心を落ち着かせて鎮める効果があった。

「おれが考えるに、だれかが話をするのなら、まず最初にエイラの話をきくべきだと思うな」タルートの言葉にあわせて、太鼓の音が低くなった。

人々がいっせいに前に身を乗りだした。これまで以上にしっかりと話をきいて、この謎めいた女のことをすこしでもわかりたい一心だった。エイラのほうは、ここにいる騒がしくて不作法な人々にこのうえ話をしたい心境かどうか、自分でもわからなかったが、こうなっては仕方ない。顔をちょっと上にむけながら、エイラは思った——ききたいというのなら、話をしよう。しかし、あしたの朝にはここを旅立つことにする、と。

「覚えてない……小さかったときのこと、覚えてない」エイラは話しはじめた。「覚えているのは地震……それと洞穴《ケーブ》ライオンのことだけ……ライオン、わたしの足に傷痕をつけていった。イーザ、川べりでわたし、見つけたと話していた……そのときわたしは……どういえばいいのですか、マムート？　起きていなかった？」

「気をうしなっていた……かな」

「イーザ、川べりで気をうしなっていたわたし、見つけた。そのときのわたし、いまのライダグとおなじか、もうすこし小さかった。五歳くらい？　ケーブ・ライオンの爪にひっかかれて、足に怪我をしてた。イーザ……薬師だった。わたしの足、治してくれた。クレブ……クレブはモグール……マムートみたいに……聖なる男……霊の世界に通じている人。クレブ、氏族の話し方を教えてくれた。イーザとクレブ……氏族のみんな……わたしを世話して育てた。わたしは氏族じゃないのに、みんな、わたしの面倒を見てくれた」

エイラは頭をしぼって、ジョンダラーから教わったここの人たちの言葉についての知識を総動員しようとしていた。フレベクの発言のなかでは、なにをおいても〝まともにしゃべれない〟という言葉が心外だった。ちらりと見ると、ジョンダラーは眉根に皺を寄せていた。なにかに気をつけろと無言で語りかけてくる顔だ。ジョンダラーがなにを心配しているのかは、完全にはわからないが、たぶんすべてを打ち明ける必要はないといいたいのだろう。

「わたし、氏族のなかで育った……しかし、そこを去った……わたしのような異人を見つけるため。わたし、そのとき……」エイラはいったん言葉を切り、この場にあてはまる言葉を頭のなかでさがした。「十四歳。イーザから、異人は北に住んでると教わってた。長い長いあいださがしたけれど、ひとりも見つけられなかった。それから谷を見つけて、そこに住みつき、冬越えの支度にかかった。肉を食べるために馬を殺したとき、小さな馬、見つけた。殺した馬の子ども。わたしはひとりぼっち。子馬、赤ちゃんのようなもの。わたしは、子馬を世話して育てた。そのあと傷ついた子ライオン、見つけた。そのライオンも連れて帰った。でも、ライオンの子は大きくなって、出ていき、つれあいを見つけた。洞穴にひとり住んで三年たったとき、ジョンダラー、やってきた」

エイラはここで話をやめた。だれも口をひらかなかった。まったく飾りけのない素朴な言葉で語られたエイラの話は、とうてい信じがたい中身でありながら、しかし疑う余地はまったくなかった。この説明は人々の疑問に答えを出したが、それ以上の疑問を新たにかきたてもした。この女がほんとうに平頭に拾われて育てられたなんて、そんなことがありうるのか？　あの連中はほんとうにしゃべれるのか？　しゃべれるというのが言いすぎなら、心を通わせあえるのか？　そこまで人間味があるのか？　そこまで人間とおなじなのか？　それならエイラはどうだ？　平頭に育てられたのなら、この女を人間だといえるのか？

つづく沈黙のなかでネジーと少年を見つめているうちに、エイラは氏族と暮らしはじめた最初の日々のある出来ごとをふっと思い出した。それまで手ぶり言葉はクレブに教わっていたが、エイラが自分で習い覚えた手ぶりがひとつだけあった。赤ん坊に見せる動作、子どもが世話をしてくれる女にいつも見せている動作だった。いまエイラは、自分がその動作を最初にイーザにしてみせたとき、あの薬師がどう感じたのかを思い出していた。

エイラは前に体を伸ばし、ライダグに語りかけた。「きみに言葉をひとつ、教えてあげたい。きみが手で話せる言葉を」

ライダグは目に興味と昂奮の光をたたえて、すっと背中を伸ばした。いつもどおり、この少年は話し言葉をすっかり理解していたし、手ぶりの言葉についての話が出たことで、心の奥底のなにかを静かに揺り動かされたような気分を感じてもいた。全員が真剣に見守るなか、エイラは手ぶりでひとつの意味のある言葉をつむいだ。ライダグはとまどったように眉をひそめ、その動作をまねようとした。そのときだった――ライダグの心の奥底深く埋もれていた部分から、ひとつの記憶がよみがえってきた。そのことが、少年の顔にはっきり出ていた。ライダグが手の動きを正しく直すのを見て、エイラはほほえみ、それでいいとうなずいてみせた。ライダグはネジーにむきなおって、おなじ動作をくりかえした。ネジーがエイラに目をむけた。

「この子はあなたに〝お母さん〟と話しかけてる」エイラは説明した。

「お母さん？」ネジーはそういうと瞼《まぶた》を閉じて涙をこらえながら、生まれ落ちたそのときからずっと世話をしている子をぎゅっと抱きしめた。「タルート！　いまのを見てたかい？　いまライダグが、あたしを〝お母さん〟って呼んだんだ。こんな日が来るなんて……ライダグから〝お母さん〟って呼ばれる日が来るなんて、夢にも思わなかったよ」

4

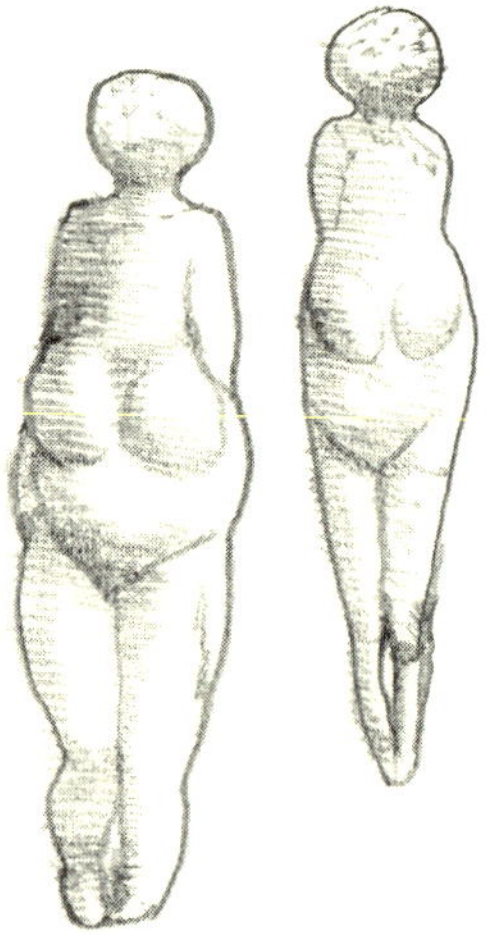

簇人《むらびと》の雰囲気がだいぶん穏やかになってきた。みな話すべき言葉をうしない、どう考えればいいかもわからなかった。天から降ってきたようにいきなり簇にあらわれたこの旅人は、いったい何者なのか？　ずっと西の土地から来たという男のほうは、まだしも信じられる。しかし、この近くの谷で三年も過ごしたと話した女のほうは？　しかも女はもっと驚くべきことに、その前は平頭の群れと暮らしていたという。女の語った話に、人々はそれまで慣れ親しんでいた信念の枠組みすべてを揺るがされたように思っていた。それでもなお、女の言葉を疑うこともできなかった。

生まれてはじめて、声にならない言葉を発したライダグを、ネジーは目をうるませたまま寝台に運んでいった。ほかのみなは、これを物語のつどいがおわったしるしだと受けとり、それぞれの炉辺へともどっていった。エイラはこの隙をついて、こっそりと一同から離れ、パーカ——これは頭巾のついた外衣用の毛皮のチュニックだ——を頭からかぶって外に出ていった。

ウィニーがエイラに気づいて、低い声でいなないた。エイラは闇を手さぐりし、雌馬の鼻息の音をたよりに先に進んでいって、馬のいる場所にたどりついた。

「なにか困ったことはない？　居ごこちはいい？　レーサーはどう？　居ごこちがあまりよくないのは、わたしとおなじかも」エイラはそう思いながら、馬たちといっしょにいるときにだけつかう内輪の言葉でおなじことを話しかけていた。ウィニーは頭をさっとふりあげて、軽く足踏みをしてから、エイラの肩に頭をもたせかけてきた。エイラは長い毛におおわれた馬の首に両腕をまわし、長いあいだともに暮らす唯一の相手だった馬の体にひたいを押しつけた。レーサーが割りこんできた。ひとりと二頭はしばしそうやって体をくっつけあい、目新しい経験ばかりだったきょう一日でたまった疲れを、ひととき癒していた。

二頭が心配ないとわかると、エイラは川べりに歩を進めた。土廬《つちいおり》から外に出て、人々と距離をおくと気分が晴れやかになってきた。深々と息を吸いこむ。夜気はひんやりと乾燥していた。毛皮で縁どりされた頭巾をうしろに押しやると、髪の毛のあちこちで〝ぱちぱち〟という音とともに小さな火花が散る。エイラは首を伸ばして、天をふり仰いだ。

新月は、自分とつながれた地球という巨大な朋友から顔をそむけ、煌《きら》めく瞳をはるかな深みにむけていた。夜の闇できらびやかに輝く無数の光点は、かぎりない自由を約束しているような錯覚を人に与えるが、そのじつ果てしない宇宙がいかに空虚かを教えてくれるだけ。空高くに刷毛《はけ》ではいたような薄雲がかかって、光の弱い星々を隠してしまっていたが、もっと歴然とした光をはなつ星々はこの雲のおかげで淡い白の暈《かさ》をまとい、漆黒の夜空に身近でやさしい雰囲気を与えていた。

いまエイラは、相反する感情の板ばさみになって苦悶していた。ここにいるのは、これまでずっとさがしてきた異人たちだ。自分はああいった人々のあいだに生まれてきた。あの地震さえなかったら、彼らのような人々にかこまれて、なに不自由なく自分の家で育ったはず。しかし、自分は氏族に育てられた。氏族の生活習慣は知っているが、ここの人々のふるまいは奇妙にしか思えなかった。とはいえ、もし氏族の人々がいなかったら、ここまで育たなかったのも事実。氏族のもとにはもどれないが、ここが自分の居場所だという気分はまったくなかった。

ここの人たちはやかましく、秩序に敬意を払うことをしない。イーザなら、不作法な人々だといってはばからないだろう。たとえば、あのフレベクという男。自分の番でもなく、許しも得ないまま いきなり大声でわめきたててきた。それをしおに、全員がいっせいにわめいたり、しゃべったりしはじめた。てっきりタルートは簇でいちばんえらい人間だと思っていたのに、そのタルートもみんなにいうことをきかせるには怒鳴らなくてはならなかった。ブルンだったら、大声を張りあげる必要はなかっただろう。エイラがブルンの大声を耳にしたのは、迫りくる危険を一族の人々に警告したときにかぎられた。一族の人々はつねに、族長としてのブルンの一挙手一投足をどこかで意識していた。だからブルンはちょっとした合図を出すだけで、たちどころに全員の注目をあつめることができた。

ここの人々が氏族の人々を平頭呼ばわりしたり、動物呼ばわりしたりすることも不愉快だった。氏族も人間だということが、ここの人々にはわからないのか？　多少はちがうところもあるかもしれないが、人間であることに変わりはない。ネジーにはわかっている。ほかの簇人がなにをどういおうとも、ネジーはライダグを産み落とした女が人間であり、女が産み落としたのがごくふつうの赤ん坊だとわかっている。ただし、そのライダグは霊がまじりあった子どもだ——エイラの息子とおなじである。氏族会で会ったオダの娘もそうだった。ライダグの母親は、どうして霊がまじりあった子どもを身ごもり、産み落とすことになったのだろう？

霊！　赤ん坊をつくりだしているのは、ほんとうに霊なのか？　氏族の人々は、男の守護トーテムの霊が女の守護トーテムの霊を打ち負かしたときに赤ん坊が女の胎内に宿ると信じているが、そのとおりなのか？　それともジョンダラーやここの人々が信じているように、母なる大地の女神が男と女の霊を選びだして組みあわせ、それを女の胎内に植えつけるのだろうか？

女の胎内で赤ん坊が育つきっかけをつくるのは、霊ではなく男だと考える人が、どうしてわたしのほかにいないのか？　男がその体の一部分を――ジョンダラーがいうところの〝男根〟を――つかって、赤ん坊が育つきっかけをつくるのではないのか。そうでなくて、男と女があんなふうにひとつになる理由がどこにあると？

例の薬について説明をしてくれたとき、イーザはこの薬によってトーテムの力を強められているせいで、長いあいだ子どもが胎内に宿ることを防げたと話していた。そのとおりなのかもしれない。しかし、ひとりで暮らしていたあいだはあの薬を飲まなかったし、そのあいだ赤ん坊がひとりでに宿ることもなかった。ジョンダラーがやってきてから、ようやく黄蓮《おうれん》と蓼《たで》の一種であるアンテロープセージの根をさがそうと思いたったくらいだ……。

そう、ジョンダラーからひとつになることが痛くないと教わってから……男と女がひとつになることが、どれほどすばらしいのかを教えてもらってから……。

イーザの秘薬を飲むのをやめたらどうなるのだろう？　赤ん坊がこの身に宿るのか？　ジョンダラーの赤ん坊が？　ジョンダラーが男根をわたしにおさめたら……赤ん坊が出てくるあの道に……？

そんなことを考えたせいで顔は熱く火照り、乳首がちりちりと疼きはじめた。きょうはもう手おくれだ――エイラは思った――朝方、例の薬を飲んでしまっている。しかし、あしたの朝はふつうのお茶にしたらどうだろう？　そうすれば、ジョンダラーの赤ん坊が育ちはじめるだろうか？　だからといって、先に延ばさなくてもいい。なんなら今夜ためしてもかまわない……。

エイラはひとり顔をほころばせた。あの人に体をふれてほしいだけじゃないの？　そう自分に語りかける。あの人に口と口を重ねてほしいだけ……それから……。エイラの体が期待にぞくっとふるえた。そのまま目を閉じ、ジョンダラーによって引きだされる甘美な感覚を体が思いだしていくにまかせた。

「エイラ？」いきなり大きな声がきこえた。

その声にエイラは跳びあがった。近づくジョンダラーの足音はきこえていなかったし、その口調もいまのエイラの気分とはそぐわないものだった。ぬくもりが感じられない声だ。なにか気がかりなことがあるのだろう。この簇に来て以来、ずっとジョンダラーはなにかを気にしている。なにを気にしているのかがわかればいいのだが……エイラは思った。

「ええ」

「こんなところでなにをしてる？」ジョンダラーは嚙みつきそうな剣幕だった。

そういえば、わたしはなにをしていたのだろう……。「夜風にあたりながら……さわやかな空気を吸って……あなたのことを考えていたの」と、そんなふうに説明するのが精いっぱいだ。

ジョンダラーが期待していた答えではなかったが、どんな答えを期待していたのかは本人にもわかっていなかった。あの褐色の肌の男があらわれて以来、胃のあたりでは怒りと不安が固いしこりになっており、ジョンダラーはそのしこりを消そうと必死だった。エイラはあの男に興味をもっているようだったし、当のラネクはいつもエイラを見つめている。ジョンダラーは怒りをおさめよう、あれには深い意味などないのだから勘ぐりはよせ、と自分にいいきかせていた。エイラにはほかの友人も必要だ。自分が最初に知りあった男だからといって、エイラがほかの男と知りあいになろうとしないとはかぎらない。

それでもエイラがラネクに生い立ちをたずねたあのとき、ジョンダラーは燃えあがるような怒りに顔が熱くなると同時に、凍てつくような恐怖に体がふるえもした。なんの興味ももっていないのなら、どうしてあの男のことをもっと知りたがる？　ジョンダラーはこの場でエイラを連れ去りたい衝動にあらがい、そんなことを思った自分がいやになった。エイラには友人を選ぶ権利があるし、エイラとラネクはただの友人だ。まだおたがいに話をして、見つめあっただけにすぎない。

エイラがひとりで土盧を出ていったとき、ラネクの黒い瞳がその姿を追っていることに気づいたジョンダラーは、すぐにパーカを身にまとってエイラのあとから外に出てきた。川べりにたたずむエイラの姿が目にとまるなり、自分でもなぜかわからないが、エイラがラネクのことを考えているにちがいないと思いこんだ。だからエイラの答えに最初あっけにとられたものの、すぐに肩の力を抜いて顔をほころばせた。

「おれがたずねれば、嘘いつわりのない正直な答えがかえってくることもわかっていたのにな。夜気にあたって、さわやかな空気を吸っていた――ああ、きみはなんてすばらしい女なんだ！」

エイラも笑みをかえした。自分がなにをしたのかはわからないが、どうやらそれでジョンダラーは笑顔をとりもどし、声にも喜びの響きがもどってきたようだ。同時に先ほど体に感じていたぬくもりももどってきて、エイラはジョンダラーに身を寄せた。あたりはすっかり夜の闇で、かろうじておたがいの顔が見える程度の星明かりがあるばかりだったが、ジョンダラーはエイラの身ごなしから胸の裡《うち》を読みとっておなじように応じた。つぎの瞬間エイラは男の両腕に抱きしめられ、口に口を重ねられていた。これまで感じていた不安や心配が、たちまち念頭から消しとんでいった。こうしてジョンダラーといっしょにいるかぎり、どこへでも行き、だれとでも暮らし、どんなに奇妙な習慣でも学ぼう。

ややあって、エイラはジョンダラーの顔を見あげた。「前に、あなたたちの合図をたずねたときのことを覚えてる？　あなたにさわってほしいとき、あなたの男根を体におさめてほしいとき、あなたにどうやって知らせたらいいかときいたでしょう？」

「覚えているとも」ジョンダラーは微苦笑を洩らした。

「あのときあなたは、ただ口づけをするか、言葉でいえばいいといったわ。だからわたし、いまそういっているの。男根の準備はできてる？」

真剣で一途なエイラが、たまらなく愛しかった。ジョンダラーは身をかがめてふたたびキスをして、その体を思いきり抱き寄せた——青い瞳も、青い瞳にあふれている愛の光までもがエイラにはっきりと見えるほど。「エイラ……おれの愉快なエイラ……美しいおれの女。おれがどれほどきみを愛しているか、きみは知ってるのかい？」

しかしこうやってエイラを抱きすくめながら、ジョンダラーはちらりとうしろめたい気分を感じていた。これほど愛しているのなら、なぜエイラの行動に気恥ずかしさを感じた？　フレベクという男が嫌悪もあらわにエイラから跳びすさって離れたときは、エイラをここに連れてきたことを死ぬほど恥じ、エイラと同類だと思われることを死ぬほど恥じた。そのあとすぐ、そんなふうに感じた自分を蔑《さげす》んだ。おれはエイラを愛している。愛しているのなら、その女を恥じたりするはずがないではないか？

あの褐色の肌をもつラネクはまったく恥じてはいなかった。あの男が白い歯をきらめかせ、黒い瞳を輝かせてエイラを見るときの目つき……声をあげて笑い、お世辞めいた言葉を口にし……からかうような言葉をかけるあの男。いま思い出すだけでも、ラネクに殴りかかりたい気持ちを抑えるのがひと苦労だった。思い出すたびに、その衝動と戦わなくてはならなかった。エイラを深く愛していればこそ、エイラがほかの男を求めるかもしれない、エイラを恥じたりしない男を求めるかもしれない……そう考えるだけでも耐えがたかった。これほど深く人を愛せるとは思ってもいなかったほど、エイラを深く愛している。しかし……愛しているのなら、いったいなぜ自分はエイラを恥じたのか？

ジョンダラーはまた唇を重ね、相手が痛がるほど強く抱きすくめながら、前よりも熱いキスをした。やがて狂おしいほど熱っぽく、のどや首すじにも口づけをしていった。「きみにわかるか……愛をあきらめていた男が、ようやく心から愛することができるとわかったときの気分が？　エイラ……おれの愛がどれほどのものか、きみには感じられるか？」

熱に浮かされたような真剣そのもののジョンダラーに、エイラは恐怖に胸を刺された。自分を案じたわけではない——ジョンダラーを案じているがゆえの恐怖だった。ジョンダラーのことは愛している——言葉につくせないほど。しかしいまジョンダラーが感じている愛とは、いくぶん異なっているようだ。自分が感じている愛はここまで強くはないし、ここまで相手に強く迫る一途な愛ではない。いまのジョンダラーは、ようやく手に入れたものをうしなうことを恐れているかのようだ。トーテムは——強大なトーテムならなおさら——そうした恐れを察し、試練を与えるすべを知っている。いまエイラは、ジョンダラーの胸にこんこんとあふれだしている激しい感情をそらす方法はないものか、と頭をしぼった。

「あなたの準備ができてるのが感じられるけど……」エイラはいたずらっぽく笑いながらいった。

しかしジョンダラーはエイラの思惑と異なり、軽口に軽口で応じてはこなかった。それどころか熱烈な口づけをし、あばら骨が折れそうなほど力強く抱きしめてくる。やがてその手がエイラのパーカの内側にもぐりこみ、チュニックの奥に忍びこんできて胸のふくらみをさぐり、ズボンの帯の結び目をほどこうとしはじめた。

ここまで欲望をあらわにして激しく求めるジョンダラー、ここまで性急に体をまさぐるジョンダラーははじめてだった。いつもはもっと穏やかで、エイラの欲望にもっと気をくばっているのに。ジョンダラーはエイラ自身よりもずっとその体のことを知りつくしているし、知識とわざをつかって楽しむことを心得てもいる。しかし今夜のジョンダラーは、激しい欲望につき動かされていた。なにが起きているのかもわからないうちに、エイラはすべてをジョンダラーにゆだね、男のほとばしらんばかりに強烈な愛に押し流された。ジョンダラーの体がエイラを激しく求めているのにも負けないほど、エイラも求める状態になっていた。エイラはみずから帯をほどいてズボンを脱ぎ捨てると、やはり服を脱ぐジョンダラーに手を貸した。

気がつくとエイラは、川の土手に近い固い地面にあおむけになっていた。靄《もや》におおわれてうっすらと光るおぼろな星がちらりと見えたが、すぐに目を閉じる。上にのしかかっているジョンダラーは、がむしゃらに唇を唇に押しつけ、舌で口のなかをつつき、さぐっていた。熱く固く脈打っている部分が求めてやまないものを、舌で見つけだそうと思っているかのようだった。エイラは口をあけ、両足もひらいて双方でジョンダラーを迎えると、手を下に伸ばして、誘いかけるようにうるおっている肉体の深みに男を導いた。愛しい男がはいってきた瞬間、エイラは切ないあえぎ声を洩らした。同時に、首を締められているようなうめき声がきこえた。ついで肉の棹が自分の内側を満たしていくのが感じられ、おのれの体がジョンダラーを締めつけるのも感じられた。

われを忘れそうになりながらも、ジョンダラーはあらためてエイラの体が秘めているすばらしさに驚嘆していた。なんという相性のよさだろうか。おれの大きさにあつらえたような深さだ。とろけそうに熱いエイラの襞に、すっぽりとすべてがつつみこまれたそのとき、まだひとつになったばかりだというのに、ジョンダラーはたちまち頂点に突きあげられた。つかのま、これまでの習慣で鍛練された自制の力を発揮してもちこたえようとしたが、流れに身をゆだねることにした。ジョンダラーは一回、二回と深く突き入れ……三回めに突き入れたそのとき、名状しがたいおののきが全身を貫いていくと同時に、体の奥底からすばらしき絶頂の瞬間が押し寄せてきたのを感じながら、大声でエイラの名前を呼んだ。

「エイラ！　おれのエイラ！　エイラ！　愛してる！」

「ジョンダラー……ジョンダラー……ジョンダラー……」

これでさいごと数回動かしたのち、ジョンダラーはのどからうめき声を洩らしながら、顔をエイラの首すじに埋めて女体を抱きしめ、ぐったりと静かに横たわった。エイラは背中に小石が食いこむのを感じたが、気にとめもしなかった。

ややあってジョンダラーは身を起こし、ひたいを暗く曇らせながらエイラを見おろした。「すまなかった」

「どうしてあやまるの？」

「早すぎたからだよ。きみにちゃんと準備をさせてやれなかったし、歓びを与えてもやれなかった」

「用意ならできていたし、ちゃんと歓びも感じたわ。だって、わたしからたのんだのじゃなくって？　あなたの歓びはわたしの歓びよ。あなたが愛してくれていることに、あなたがそこまで深く思ってくれていることに、わたしは歓びを感じたもの」

「でも、おれといっしょに歓びをともにしたわけじゃない」

「そんな必要はなかったもの。あなたの気持ちとわたしの気持ちはちがうし、歓びもまたちがうの。それに、毎回感じなくてはいけないもの？」

「そういわれればそうだな」ジョンダラーは顔をしかめ、エイラに口づけをして、また話をつづけた。「それに、今夜はまだおわったわけじゃない。さあ、体を起こして、いっしょにおいで。ここは冷える。温かな寝床に行こう。ディーギーとブラナグはもう寝所の帷《とばり》を引いているぞ。夏までずっと離れ離れになるから、熱く燃えているんだよ」

エイラはほほえみ、「さっきのあなたには負けるかもしれないけど」といった。暗くてよく見えなかったが、ジョンダラーが顔を赤らめている気がした。「愛してるわ、ジョンダラー。あなたのすべてが好き。あなたのすることすべてが。それこそ、あなたの熱く燃えるも……」エイラはそこでかぶりをふった。「いいまちがえた。どういえばしっくりするかしら?」

「〝熱く燃えているところ〟も、といいたかったのかな?」

「ええ、あなたの熱く燃えているところも大好き。そう、これでいい。あなたの言葉のほうが、まだマムトイ語より上手にしゃべれるわ」エイラは間をおいた。「フレベクは、わたしのしゃべり方がおかしいといってたわね。あの人たちの言葉が、わたしにも話せるようになる?」

「おれだって、マムトイ語はそれほど達者に話せるわけじゃないさ。幼いころから自然に身につけた故郷《くに》の言葉じゃないのでね。それにフレベクは、どうせ騒ぎを起こしたかっただけさ」ジョンダラーはいい、エイラを助け起こした。「どうしてどこの洞窟にも、どこの族にも……それをいうなら、どこの人のあつまりにも……悶着を起こすのが好きなあの手のやつがいるんだろう? あまり気にしないことだ。どうせ、だれもあんな男のことは気にしてない。きみは上手に話してる。きみが言葉を覚える速さには驚かされっぱなしさ。あっというまに、おれよりも上手なマムトイ語を話すようになってるだろうな」

「言葉で話すことを身につけないとね。もうそれ以外になにもないのだから」エイラは静かにいった。

「わたしが慣れ親しんで育った言葉をつかう人々には、もう知りあいがひとりもいなくなったことだし」

つかのま、寂寥感《せきりょうかん》に胸がうつろになっていくような感覚をおぼえて、エイラは瞼《まぶた》を閉じた。

その気分を無理にふり払うと、エイラはズボンを穿《は》きはじめたが、すぐにその手をとめて、「待って」といい、また脱ぎはじめた。「ずっと昔はじめて女になったとき、イーザから男と女のことにまつわる氏族の女の心得を、すっかり教えてもらったの。でもイーザは、わたしがつれあいを見つけることも、そんな心得をわきまえておく必要もないと思っていたみたい。異人はまたちがう考え方をすると思う——だって、男と女のあいだの合図もちがってるんですもの。でも、今夜は異人の住まいで過ごす最初の夜だから、ふたりの歓びのあとで身を清めておかなくてはならない気がするの」

「というと……?」

「川で体を洗うのよ」

「なにをいうんだ! 水は冷たいぞ。あたりは暗いし、どんな危険がひそんでるかわかったものじゃない」

「そんなに遠くへは行かないわ。ここの岸に近いところだけよ」エイラはそういってパーカを投げだし、内側に着ているチュニックを頭から脱ぎ捨てた。

水はたしかに冷たかった。ジョンダラーは土手から見ていたが、一回だけ水にちょっとだけ身をひたし、水の冷たさをみずから確かめた。エイラがこういった場合の儀式をおこなうといいだしたことで〈初床の儀〉のさいの清めの儀式を思い出し、自分も軽く身を清めてもいい、と思ったのだ。水からあがったとき、エイラはふるえていた。ジョンダラーは両腕で抱きしめて、冷えた体を温めてやった。ジョンダラーのパーカについている毛足の長いバイソンの毛皮に水気を吸ってもらってから、エイラはジョンダラーの手を借りてチュニックとパーカを身につけた。

ふたりで土盧に引きかえしていくあいだ、エイラは生まれ変わったような気分だった。全身がちくちくと小さく疼いている。ふたりが住まいにはいっていくと、あらかたの人々がもう夜にそなえて床についていた。炉の火は灰をかぶせた埋み火にされ、話し声も低く抑えられている。最初の炉にはまだマンモスの肉が載せてあったが、まわりにはだれもいなかった。ふたりで静かに通路を歩いて〈ライオンの炉辺〉を通ると、ネジーが起きあがって、ふたりを引きとめた。

「あんたにひとことお礼がいいたくてね」ネジーは壁にそってならぶ寝台のひとつをちらりと見ながら、そういった。エイラがその視線の先を追うと、大きめの寝台の上に三つの小さな寝姿が見えた。ラティとルギーが、ライダグとおなじ寝台で寝ていた。もうひとつの寝台には、すでにダヌーグがすっかり眠りこんで大きく手足を伸ばしている。三つめの寝台ではタルートが長身をゆったりと伸ばして寝そべり、片肘をついて上体を起こした姿勢でネジーを待っていた。そのタルートから笑顔をむけられたエイラは、どう応じればいいのかもわからないまま、うなずいて笑みをかえした。

ネジーが赤毛の大男のとなりに引きかえしていくと、ふたりは寝ている人を起こさないよう静かに歩くことを心がけながら、つぎの炉辺にむかった。エイラはふとだれかの視線を感じて、壁に目をむけた。一段奥まった闇のなかから、一対の輝く瞳と笑みの形にほころんだ口もとがふたりにむけられていた。と同時にジョンダラーの肩のあたりが緊張するのがわかって、あわてて目をそらす。低い忍び笑いの声をきいたようにも思ったが、反対側の壁ぞいにある寝台のどれかから、いびきがきこえてきたのを勘ちがいしたにちがいない。

四番めの大きな炉辺に行くと、寝台のひとつにぶ厚い皮の帷がおろされて、通路とへだてられていた。

しかし、話し声や人が動く気配はその向こうからも伝わってくる。エイラはこの奥ゆきのある住まいにならぶ寝台のほとんどに、似たような帷がそなわっていることに気がついた。帷は頭上のマンモスの骨を利用した垂木に結びつけてあったり、両側の柱に縛ってあったりする。しかし、すべての寝台に帷がそなわっているわけではない。エイラたちの寝台の反対側にあるマムートの寝台は、外からも丸見えのままだった。マムートは寝そべっていたが、まだ眠りこんでいないことはエイラにもわかった。

ジョンダラーは炉で燃えている炭に木の枝を押しつけて火をつけると、手をかざして火をかばいながら、ふたりの寝台の頭側に近い壁にまで運んでいった。壁の窪みの部分に、上面を皿状に削られた平らでぶ厚い石がおいてあった。皿の部分には、半分ほど獣脂がたたえられていた。撚《よ》った蒲《がま》の穂先の灯心にジョンダラーが火をともすと、この石の灯《あか》りのうしろにある小さな女神像が火明かりに浮きあがった。それからジョンダラーは寝台の横で帷をおさえていた紐をほどいた。帷がおりると、ジョンダラーはエイラをさし招いた。

エイラは隙間に身をくぐらせて、柔らかな毛皮が積まれた寝台にあがっていった。帷でさえぎられ、揺らめく柔らかな火明かりにつつまれて寝台のまんなかにすわっていると、まわりから切り離されたふたりだけの安全な世界にいる気分が味わえた。まだ小さかったころに見つけた小さな洞穴のことが思い出された。ひとりになりたいときは、よくその洞穴にもぐりこんだものだ。

「とてもいい考えね」エイラはいった。「こんなふうに帷を閉めるなんて、わたしだったらぜったいに思いつかなかったわ」

ジョンダラーはエイラの横で身を横たえた。喜んでいるエイラのようすがうれしかった。「帷をおろすのが気にいったのかい?」

「もちろん。まわりに人がいるのはわかってるけど、ふたりきりの気分が味わえるもの。ええ、とっても気にいったわ」エイラは輝くような笑みを見せた。

ジョンダラーはエイラを引き寄せて横たわらせ、軽い口づけをした。「きみは笑うと、ほんとうにきれいになるね」

エイラはこみあげる愛を感じながら、ジョンダラーの顔を見つめた。人を引きつけてやまない目は、いつもは鮮やかな青だが、いまは火明かりを浴びて紫色に見える。毛皮の上には、長く伸びた金髪が広がっていた。しっかりと突きでた頤《おとがい》と、高く秀でたひたい。氏族の男たちの頤のないあごや、傾斜しているひたいとはまったくちがう。

「どうして、ひげを切り落としてしまったの？」エイラはそういって、ジョンダラーのあごにぽつぽつと突きでている短いひげに手を走らせた。

「どうしてかな？　ひげがないほうに慣れているんだよ。夏はこのほうが涼しいし、痒くもならない。冬のあいだは伸ばしておく。外に出たとき、顔が冷たくならないからね。ひげがあったほうがよかったかな？」

エイラは困惑に眉根を寄せた。「わたしがなにかいえる話じゃないわ。ひげは男のもの、切るも切らないもその人の好きよ。わたしがきいたのは、あなたに会うまで、ひげを切り落とす男の人に会ったことがなかったから。あなたこそ、どうしてどちらがいいかをわたしにきいたの？」

「きみに喜んでもらいたいからさ。ひげがあったほうが好きというのなら、これからまた伸ばすよ」

「どっちでもいいの。ひげが大事なんじゃない。あなたが大事なんだもの。あなたはわたしに喜ばせて……まちがったわ」エイラは自分への怒りもあらわにかぶりをふって、自分の言いまちがいを正した。

「あなたはわたしを喜びに……わたしに歓びを与えてくれるんだもの」

　ジョンダラーは、言葉さがしに苦労しているエイラを笑顔で見つめていた。エイラがはからずも、ふたつの意味をもつ〝よろこび〟という単語を口にしたところにも笑みを誘われた。「きみに歓びを与えたいよ」そういうとふたたびエイラを引き寄せ、唇を重ねる。エイラは横向きになって男に体をすり寄せた。

ジョンダラーは寝がえりをうって上体を起こし、エイラを見おろした。「はじめてのときとそっくりだな。ほら、女神像《ドニー》がおれたちを見ているところもおんなじだよ」

　それからジョンダラーは、マンモスの牙でつくった母なる大地の女神像が火明かりに浮かびあがっている壁の窪みを見あげた。

「今夜もはじめてだわ……異人の住まいでの」エイラはそういって目を閉じた。期待がこみあげ、同時にこの瞬間が聖なるものであることが意識されてきた。

　ジョンダラーは両手でエイラの顔をつつみこんで左右の瞼に口づけをしてから、これほど美しい女には会ったことがないとの思いを新たにしながら、その顔をつくづくと見つめた。エイラの顔だちには異郷の地を思わせるところがあった。頬はゼランドニー族の女よりも高く張っているし、目と目のあいだもいくぶん広い。目をかこむ上下の睫毛は、秋の草原を思わせる豊かな金髪よりもいくぶん黒い。あごはしっかりしており、頤はわずかに尖っている。

　エイラののどのくぼんだ箇所に、まっすぐの小さな傷痕があった。そこに唇を押しあてると、エイラの体が快楽にふるえるのがわかった。ふたたび顔を見られるところまで体を起こし、すっきりと高い鼻の頭に唇をつけ、わずかに吊りあがってかすかな笑みの形をつくるふっくらした唇の端に口づけた。

　エイラの体から緊張の気配がつたわってきた。蜂鳥とおなじように一見まったく動いていないようでありながら、目には見えずに肌で感じられるだけのかすかな昂奮のおののきが満ちている。エイラは目を閉じたまま静かに横たわり、ただ待っていた。エイラが欲しい。ジョンダラーはこの瞬間を心ゆくまで味わいつつ唇を重ね、口をひらいて舌を突きだすと、エイラの口に滑りこませた。エイラの舌が応えるのが感じられた。今回はせっかちにつつきまわしたりせず、ただやさしく舌でさぐるだけで、すんなりとエイラの舌を受けとめることができた。

ジョンダラーが体を離すと、エイラが目をあけて笑みを見せた。まず自分がチュニックを脱いでから、エイラがチュニックを脱ぐのに手を貸す。それからそっとエイラの体を横たえると、ジョンダラーは片方の固くなっている乳首を口にふくんで吸った。たちまち全身を貫いた強烈な感覚に、エイラは口から小さなあえぎを洩らし、同時に足のあいだが熱くうるおいはじめたのを感じた。この人に乳首を口で吸われると、どうしてさわられてもいない場所にまで快楽の疼きが引き起こされるのだろう……エイラはそんなことを思った。

乳首を舌先でつつき、甘噛みをくりかえすうちに、エイラが体を押しつけてきたので、ジョンダラーは力いっぱい乳首を吸った。エイラの口から愉悦の声があがった。もう一方の乳房に手を伸ばし、たわわなふくらみや固くしこった頂点を手でそっと愛撫していく。早くもエイラの息が荒くなっていた。ジョンダラーは乳房から口を離して、首すじとのどに口づけをくりかえしながら、耳にたどりついた。耳たぶをそっと噛み、熱い息を耳の穴に吹きこみ、そのあいだも両手で腕や乳房をやさしく愛撫しつづけた。エイラの全身がわななないていた。

ジョンダラーは唇を重ねると、ゆっくりあごに舌をすべらせ、そこからのどのまんなか、両の乳房の谷間、さらに臍《へそ》にも舌を這わせた。男根がふたたび大きくなり、引き紐式のズボンを内側から強く押しあげていた。ジョンダラーはまずエイラの引き紐をほどいて、長いズボンを足から引き抜くと、ふたたび臍に唇を押しあてて、さいごの目的の場所をめざした。柔毛が感じられた……ついで、熱い肉の裂け目がはじまっている箇所。小さく固い珠を舌先がかすめたとたん、エイラの体がびくんと跳ねた。ジョンダラーが舌の動きをとめると、エイラがせつなげな声をあげた。

ジョンダラーは自分の引き紐をほどいてズボンを引きずりおろし、欲望にはちきれんばかりになっている自身をあらわにした。エイラは上体を起こし、男のものに手を伸ばすと、先端から根もとまでゆっくりとしごいた。熱く……つややかな表面の奥から、みっしりとした固さが手につたわってきた。はじめて目にしたときには大きさに怯える女も多かったのに、最初のときでさえエイラが怯えを見せなかったことが、ジョンダラーにはうれしかった。エイラが上体をかがめ、顔を近づけていく。つぎの瞬間、ジョンダラーは温かい口のなかにすっぽりとくるみこまれていた。エイラの顔が上下に動くと、ジョンダラーの身内にこみあげてくるものがあった。先ほど、いちばん強烈な衝動を解放していてよかったと思う。そうでなかったら、いま自制することは無理だったかもしれない。

「こんどこそきみに歓びを与えたいんだ」ジョンダラーはそういって、そっとエイラを押しのけた。

エイラは暗い輝きをはなつ、大きくひらいた瞳でジョンダラーを見つめて唇を重ね、小さくうなずいた。ジョンダラーはその肩に手をかけて、ふたたびエイラを毛皮の上に横たえると、またしても口やのどに口づけを見舞いはじめた。エイラの体に歓びのふるえが走る。ジョンダラーは両の乳房を両手でくるみこむと、左右から寄せあい、敏感な乳首のあいだで口を往復させ、胸の谷間にも口づけを浴びせた。やがて、舌がふたたび臍に達した。臍を中心に、しだいに半径を大きくして舌の軌跡を描くうちに、舌先が柔らかく盛りあがった叢《くさむら》をとらえた。

ジョンダラーはエイラの両足のあいだに身を沈めると、まず両足を左右に押し広げ、ついでエイラの襞を左右の手で押しひらいてから、甘露の美味をじっくりと味わいはじめた。エイラが全身をふるわせて上体を浮かし、嬌声をあげると、ジョンダラーの胸に新たな気力がふるい起こされてきた。エイラに歓びを与えること、おのれのわざへのエイラの反応を感じとることを、ジョンダラーはこよなく愛していた。これは、ひとつのフリントから質のいい刃物をつくりだすことに通じる。いまでもエイラに最初に歓びを味わわせたのが自分だと思うと、格別喜ばしい気持ちになった。それまでエイラは無理じいされたときの苦痛しか知らなかったが、ジョンダラーはそんなエイラの奥底から、母なる大地の女神がその子らにひとしく与えた歓びの賜物を呼び覚ますことに成功したのだ。

ジョンダラーはゆっくりと探索を進めていった。快感の宿る場所はもう知りつくしている。わざを心得た両手や舌で、その部分をじらすように刺戟しながら、内側にもぐりこんでいく。エイラがその部分をジョンダラーに押しつけるような動きを見せはじめた。あえぎ声はいっときもやまず、頭をしきりに左右にふり動かしている。エイラの準備がととのっていることはわかった。ジョンダラーが固い肉の珠をあらわにして愛ではじめると、エイラの息づかいがますます荒くなり、そそりたった男根はこれまで以上にエイラを求めていきりたった。エイラがひときわ大きな声をあげ、ジョンダラーは熱いうるおいを手に感じた。エイラが手を伸ばしてきた。

「ジョンダラー……ああっ……ジョンダラー！」

すでにエイラは、忘我の境にあった。すべてが頭から吹き飛び、念頭にあるのはジョンダラーのことだけ。ジョンダラーが欲しい。ジョンダラーに満たされたくてたまらない。愛しい男がのしかかってくると、エイラは手を貸して導いた。エイラのなかに滑りこんだ瞬間、ジョンダラーはあの言葉につくせない絶頂に突きあげられそうになった。しかしその衝動は退いていった。ジョンダラーはふたたび、深くまで突き入れた。エイラが男のすべてをつつみこんだ。

離れるほど引き抜いてから、ふたたび奥まで突き入れる。くりかえし、くりかえし。歓びを一刻も早く引きだして、おわらせたい気持ちもあったし、永遠にこのひとときがつづいてほしい気持ちもあったが、もう待ちきれないことはわかっていた。渾身の力で突きあげるたび、その瞬間が近づくのがわかる。揺らめく火明かりが体に浮きあがった汗をぬらぬらと輝かせるなか、ふたりの動きがひとつに溶けあった。ふたりはふたりだけの足運びを見つけ、生命の律動にあわせて動きつづけた。

荒い息をつぎながら、懸命に相手の動きにあわせ、高みをめざし、脈打っていくうちに、すべての意思とすべての思いとすべての感情が一点に寄りあつまってきた。つぎの瞬間、まるで不意討ちのように絶頂がおとずれた。ふたりの力を超えた爆発のさなか、ふたりは天空の頂点に達し、愉悦の痙攣とともに砕け散った。ふたりはひとつに溶けあおうとするかのように、しばし踏みとどまろうとしたが、すぐ大いなる力に身をゆだねた。

ふたりはじっと動かずに横たわり、息をととのえようとしていた。灯りが〝ぱちぱち〟と音を立てて炎が小さくなり、ふたたび明るくなったかと思うと、それっきり火が消えた。ややあってジョンダラーが身を転がして、エイラのとなりに横になった。夢とうつつのあわい、あの仄暗《ほのぐら》い場所にいる気分だった。しかしエイラは、まだ目を覚ましていた。闇のなかで目を見ひらき、耳をそばだてて。人間のたてる物音をこうして耳にするのは、もう何年ぶりだろうか。

近くの寝台で話をしている男と女の低い声……そのすこし先からは、眠りについている呪法師《じゅほうし》のしゃがれたような浅い寝息がきこえてきた。となりの炉辺からは男のいびきがきこえたし、第一の炉辺からは、拍子を刻むようなうめき声やなまめかしい声がきこえてきた。タルートとネジーが歓びをわかちあっているにちがいない。ほかの方向からは、赤ん坊の泣き声がきこえた。ついで、だれかがやさしくあやす声がきこえ、泣き声がぴたりとやんだ。エイラは思わず顔をほころばせた。赤ん坊が乳房にありついたにちがいない。さらに遠いところから、低く抑えた怒りの声がふいにあがったかと思うと、すぐ静かになった。それよりもずっと遠いところからは、激しい咳の音もきこえた。

谷でひとり孤独に暮らしていたころ、いちばんつらい思いを噛みしめなくてはならないのは夜だった。昼間ならば、あれこれと仕事を見つけて自分を忙しくさせておくこともできた。しかし夜になると、洞穴のがらんとした空虚な雰囲気がずっしりと重くのしかかってきた。最初のうちは、自分の息づかいが耳について、そのせいでよく眠れなかったくらいだ。氏族のもとで暮らしていたころは、夜になってもいつもそばにだれかがいた。氏族のいちばん厳しい罰は、みんなから引き離して、ひとりにさせることだった——だれからも避けられ、追放され、死の呪いをかけられることだ。

エイラは、それがいかに厳しい罰かをいやというほど知り抜いていた。いまは、それ以上に苦しみがよくわかる。こうして闇に身を横たえて周囲の人々の物音を耳にし、となりにいるジョンダラーの体のぬくもりを感じていると、ここの人たち——エイラ自身が異人と呼ぶ人々——と会ってからはじめて、自分のいるべき場所にいるという実感がこみあげてきた。

「ジョンダラー?」エイラは小声でいった。

「ん?」

「もう寝た?」

「いや、まだ起きてる」ジョンダラーは寝ぼけた声だった。

「ここの人たちはみんないい人だわ。あなたのいうとおりよ。わたしはここに来て、あの人たちと会う必要があったのね」

この言葉に、ジョンダラーの眠気がたちまち吹き飛んだ。エイラが自分とおなじような人々と会って、その人々のことを知るようになれば、むやみに彼らを恐れることもなくなるだろう……そう前々から思っていたのは事実だ。ジョンダラーが旅に出てから、もう何年もたっている。故郷への道のりは長く、幾多の困難が待ちうけているはずだから、エイラ本人が旅を望む気持ちになってもらわなくては困る。しかし、エイラにとっては谷がわが家になっていた。生きていくのに必要なものはすべて谷にあったし、エイラはひとりで立派に暮らしていた。人間の仲間こそいなかったが、代わりに動物たちを友として。エイラは谷を離れたがらなかった。それどころか、ジョンダラーに谷にとどまってほしがっていた。

「きみならわかってくれると思ったよ」ジョンダラーはエイラに納得してもらおうと、やさしい口調でいった。「ここの人たちのことを、もっと深く知るようになればね」

「ネジーを見ているとイーザを思い出すの。ねえ、ライダグのお母さんは、どうしてあの子を身ごもったのだと思う？」

「母なる大地の女神が女に霊のまじりあった子どもを授けたわけなんて、だれにわかる？　女神のわざは、いつだって人間には謎なんだ」

エイラはしばし黙りこんでから、こう話した。「霊のまじりあった子を授けたのは母なる大地の女神ではないと思うの。その女の人は、異人とまじわったんじゃないかしら」

ジョンダラーは眉を曇らせた。「新しい命が宿るのには男がかかわっていると、きみが考えてるのは知ってる。だけど、どうして平頭の女が男とまじわったりする？」

「いきさつはわからない。でも氏族の女がひとりで旅をすることはないし、異人に近づいたりはしないわ。男たちは、異人の男が女に近づくことをきらってる。氏族の考えでは、赤ん坊は男の守護トーテムの霊によって授かることになっているから、異人の男の霊が近づくのをいやがるのよ。そもそも氏族の女たちは、異人の男を恐れているし。氏族会のたびに、異人にちょっかいを出されたとか、痛い思いをさせられたっていう話がかならず出てくる――そういう目にあうのは、女のほうが多いわ。

でもライダグのお母さんは、異人を怖がっていなかった。ネジーの話だと、二日もみんなのあとを追っていたというし、合図をされるとタルートのところに自分から来たというじゃない？　ふつうの氏族の女なら、逆に逃げたはずよ。それなのにタルートを怖がらなかったということは、以前に異人の男を知っていたのかもしれない。その男にやさしくしてもらったか、そうでなくても痛い思いをさせられなかったのね。だいたい、だれかに助けてもらうほかないというとき、異人に助けを求めようと考えたのには、どんな理由があると思うの？」

「ネジーが子守りをしているのを見たからで、ほかに理由はないかもしれないぞ」ジョンダラーは思いついたことを口にした。

「そうかもしれない。でも、それだと女の人がひとりだった理由がわからないわ。わたしが思いつくのはたったひとつ、その人が呪いをかけられて氏族から追放されていた、ということ。氏族の女が呪いをかけられることはめったにないわ。自分たちの仲間を呪うことはほとんどないの。呪いをかけられたとしたら、その裏には異人の男がらみのなにかがあって……」

エイラはしばし黙りこみ、考えをめぐらしながらつづけた。

「ライダグの母親は、よほどわが子を産み落としたかったのね。前に異人の男と知りあっていたとしても、異人の集団に近づくにはかなりの勇気が必要だったはずだもの。だけどわが子をひと目見て、その子の顔形が自分とはちがうことを目のあたりにし……力つきたのね。霊のまじりあった子どもをきらうことでは、氏族もおなじだから」

「どうしてその女が、前に異人の男と知りあいだったとわかるんだ?」

「だって子どもを産むのに、わざわざ異人に近づいてきたのよ。つまり、氏族の人に手を貸してもらえるあてはなくて、ネジーとタルートなら助けてくれるかもしれない、と考えたということ。身ごもったあとで会ったのかもしれない。でも、わたしはその女には、歓びをわかちあう相手の男がいたと思う……あるいは、女と媾合《まぐわい》をしたい気持ちのはけ口にされていただけかもしれないけど。とにかく、その女は霊がまじりあった子どもを産んだのよ」

「きみは、男が女の体に新しい命を宿させると考えているけど、それはどうしてだい?」

「ちょっと考えれば、あなたにもわかるはずよ。きょう、簇に帰ってきた少年……ダヌーグのことを考えてみて。年はずっと若いけど、タルートにそっくりよ。だから思うの……ネジーと歓びをわかちあったときに、タルートがダヌーグの命を宿させたんだ、と」

「じゃ、あのふたりが今夜歓びをわかちあっていれば、また子どもが生まれるというのか?」ジョンダラーはたずねた。「男と女はしじゅう歓びをわかちあっているぞ。歓びは母なる大地の女神からの賜物、おりにふれ歓びをわかちあうことは女神を嘉《よみ》することだ。しかし、賜物をわかちあうたびに女が子をなすかといえば、そんなことはない。男が女神の賜物をありがたく思い、女神を心から嘉すれば、女神はその男のつれあいである女の霊と男の霊をまぜあわせてくれるかもしれない。男の霊がまざるんだから、ダヌーグがタルートに似ているように、子どもが似るのも当たり前だよ。しかし、それを定めるのは、あくまでも女神なんだ」

エイラは闇のなかで眉をひそめた。これは、まだ答えのわからない疑問だった。「どうして、そのたびに女の体に子どもが宿らないのかはわからない。赤ちゃんが宿るためには、それまでに何回か歓びをわかちあわなくてはいけないのかもしれないし、わかちあうべき時があるのかもしれない。男の守護トーテムの霊がことのほか強くなって、女の守護トーテムの霊を打ち負かしたときでなくてはならないとか。女神が決めているのかもしれないし、女神が男を選んで、その男根にいつも以上の力をみなぎらせるのかもしれない。女神がどう選んでいるのか、あなたにはわかる？　霊がどのようにまざりあうのかを知ってる？　霊は、男と女が歓びをわかちあったとき、女の体のなかでまざりあうんじゃない？」

「そんな話はきいたこともないな……でも、それも考えられるとは思うよ」ジョンダラーはいい、闇のなかで顔をしかめた。そのあとジョンダラーは、眠りこんでしまったかとエイラが思ったほど長いあいだ黙っていたが、おもむろに口をひらいた。「きみの考えが正しいとしたら、おれたちは女神の賜物をわかちあうたびに、きみの体のなかに赤ん坊を宿させているかもしれないんだぞ」

「ええ、そうね」エイラはそう考えるだけでうれしくなった。

「だったら、あんなことはもうやめないと！」ジョンダラーはそういって、いきなり体を起こした。

「どうして？　あなたに宿してもらう赤ん坊なら、わたしは欲しいけど」エイラの声には失望があらわだった。

ジョンダラーはまた寝ころがって、エイラを抱きしめた。「おれだって、きみに子をなしてほしいさ。だけど、時期がわるい。故郷までは相当な長旅だ。一年、いや、それ以上かかってもおかしくない。赤ん坊を身ごもったままそんな旅をするのは、きみにとってはえらく危ないことなんだから」

「それなら、わたしの谷にもどればいいだけのことじゃない?」エイラはたずねた。安全に子どもを産むという理由でいったん谷に帰ったら、ふたりはもう二度と谷から出られなくなるのではないか——ジョンダラーはそんなふうに思っていた。

「それもあまりいい考えには思えないな。赤ん坊を産むとなったら、ひとりでは無理だ。ところがおれは、手助けのやり方を知らないから、やはり女手がいる。いいか、子を産むときに死んでしまう女だっているんだぞ」ジョンダラーの声が悲しみに締めつけられた。いまの話の場面を、それほど遠くない昔に目のあたりにしたことがある。

たしかに、この人のいうとおりだ——エイラは思った。息子を産んだときには、あわや命を落としかけた。イーザがいたからよかったようなものの、そうでなかったらわたしはもうこの世の人ではないはず。いまは赤ん坊を身ごもったりしてはいけない——たとえそれが、愛しいジョンダラーの子であっても。

「ええ、あなたのいうとおりだわ」胸のつぶれそうな失望を感じながら、エイラはいった。「子を産むのは並大抵のことではないし……そんなときには……わたし……やっぱり女の人にそばにいてほしいし」

ここでもまた、ジョンダラーは長いこと無言だった。「エイラ」そう口をひらいたときには、緊張のために声がしゃがれていた。「そういうことなら……おれたちは……ひとつの寝台で寝ないほうがいいかもしれない。だけど、賜物のわかちあいは、母なる大地の女神を嘉することでもあるんだぞ」と、思わず言葉がほとばしった。

歓びをわかちあうことをあきらめる必要はないと、ジョンダラーにどう打ち明ければいいのか? 秘薬のことは他言してはいけない、とくに男にはぜったいに話すなと、イーザから念を押されていた。「そのことは心配しなくてもいいと思うの。ほんとうに男が子どもを宿させているのかどうかはわからないし、そもそも母なる大地の女神が選んで決めることなら、いつ決められてもおかしくないでしょう?」

「たしかに。だから心配なんだ。賜物をわかちあうのをやめたら、女神を怒らせるかもしれない。女神は嘉されることをお望みだからね」

「ジョンダラー……女神は、好きなときに選ぶのよ。その時になったら、あらためて決めればいい。わたしは、あなたが女神を怒らせるのはまずいと思うの」

「ああ、そのとおりだ」ジョンダラーは、いくぶん安心した声でいった。

　エイラはわずかにうしろめたい気持ちに胸を刺されながらも、子どもが宿るのを防ぐ秘薬をこれからも飲みつづけようと思った。しかし、その夜エイラは、自分に赤ん坊がいる夢を見た。金色の長い髪をもった赤ん坊もいたが、ライダグやダルクに似た赤ん坊もいた。さらに夜明け近くには、まったくちがう種類の夢を見た——この世のものとも思えない不吉な夢だった。

　夢のなかでは、エイラにふたりの息子がいた。だれからも兄弟だと思われないような兄弟。弟は、ジョンダラーのように金髪で背が高い。兄の顔は影になっていて見えなかったが、エイラにはダルクだと知れた。兄と弟は、なにもない荒涼とした草原、風が吹きすさぶ草原の左右から、しだいに相手に近づいていく。激しい不安がこみあげる。なにか恐ろしいことが起こるにちがいない、わたしはそれを防がなくては——エイラは思った。ついでエイラは、兄弟の片方が相手を殺すつもりでいることを察して、すさまじい恐怖に体を刺し貫かれた。ふたりが間あいを詰めていく。エイラはふたりのもとに駆け寄ろうとしたが、粘りけのある厚い壁に囚われて先に進めなかった。ふたりは手を伸ばせばとどくほど近づき、どちらも相手に打ちかかろうとするかのように、両の腕《かいな》を高々とふりあげていた。エイラは絶叫した。

「エイラ!　エイラ!　どうしたんだ?」ジョンダラーは女の体を揺さぶってたずねた。

なんの前ぶれもなく、マムートがジョンダラーの横に姿をあらわした。「目を覚ますがよい、子よ。目を覚ませ！　おまえさんが見たのは、ただのしるし、ただの知らせだ。目を覚ませ、エイラ！」

「でも、どちらかが死んでしまう！」夢がもたらした恐怖からいまだ覚めやらず、エイラはそう叫んだ。

「その考えは見当はずれだぞ、エイラ。どちらかが……兄弟のひとりが死ぬという意味ではないのかもしれん。夢が秘めるまことの意味をさぐるには、おまえさんはまだまだ学ばねばならん。おまえさんには〈ちから〉、それもすこぶる強大な〈ちから〉があるが……いまだ修練されてはおらん」

あたりがはっきり見えるようになると、エイラはふたりの人間が不安そうに自分を見おろしていることに気がついた。ふたりとも背の高い男だ。片方は若くて、ととのった顔だち。もうひとりは老賢者そのものの雰囲気。ジョンダラーは炉から燃えている木切れをもってきて高くかかげ、その光でエイラの目を覚まさせようとしていた。エイラは上体を起こし、笑みを見せようとした。

「気分は楽になったかな？」マムートがたずねた。

「ええ……はい。起こしてしまって申しわけありません」エイラは、この老人には理解できない言葉であることとさえ忘れて、ゼランドニー語で答えていた。

「のちのち、ゆるりと話をしようではないか」マムートはやさしげな微笑を見せて、寝台に引きかえしていった。

ジョンダラーとふたりでまた寝台に身を横たえながら、人がいる寝台の帷がまたひとつおろされていくのが目にとまり、エイラはこんな騒ぎを起こした自分がいささか恥ずかしくなった。ジョンダラーに身をすり寄せ、肩の下の窪みに頭をあずける。男の体のぬくもりとその存在感が、心からありがたく思えた。眠りこみかけたそのとき、エイラはふっと瞼をひらいた。

「ジョンダラー」と小声でささやきかける。「どうしてマムートは、わたしがふたりの息子をもっている夢を……息子のひとりがもうひとりを殺す夢を見たとわかったのかしら？」

しかし、ジョンダラーはすでに眠りこんでいた。

5

エイラはぎくりとして目を覚まし、そのあとじっと横たわったまま、耳をすましていた。また、大きな叫び声がきこえた。だれかがひどく苦しんでいるような声だ。不安になったエイラは、帷《とばり》を横にのけて外に目をむけた。六番めの炉辺に住む老女のクロジーが通路に立ち、まわりの同情を引こうという狙いがあるのだろう、いかにも悲しげに両腕を大きく広げていた。
「あいつは、あたしの胸を刺そうとしてるんだよ！　あたしはあいつに殺されるんだ！　あいつは娘をけしかけて、あたしにたてつかせる気だよ！」クロジーはいまにも死にそうな金切り声をはりあげ、両手の拳を胸もとに引き寄せた。足をとめて、そのようすに見いっている者もいた。「血をわけた娘をくれてやったのに……あたしが身を痛めて産んだわが娘を……」
「くれてやった？　よくいうよ、あんたになにかをもらった覚えはないね！」フレベクが叫びかえした。
「フラリーの花嫁料はちゃんと払ったじゃないか」

「あれっぽっち！　フラリーみたいな女なら、もっとはずむ男はいくらでもいたさ」クロジーが叫びかえした。恨み節に変わりはなかったが、先ほどの苦痛の悲鳴にくらべると、いささか嘘くさい響きになっていた。「あの子はふたりの連れ子といっしょに、あんたのつれあいになったんだよ。母なる大地の女神さまに贔屓《ひいき》をかけてもらってるしるしじゃないか。なのにあんたは花嫁料をしぶって、あの子の値打ちをさげたんだ。あの子ばかりか、子どもたちの値打ちもね。いまのフラリーをごらん！　早くも女神のお恵みをかけてもらってる。そうとも、あの子をあんたにやったのは、親切心からだよ……あんたを哀れに思ったからこそさ……」

「いくらフラリーが女神のお恵みを二回も受けていたって、クロジーまでいっしょについてくるのはごめんだって、ほかのみんなが思ったからよ」すぐ近くから、そんな声がきこえた。

だれの声だろう？　エイラはそう思いながら、声のほうに顔をむけた。きのう、美しい赤のチュニックを着ていた娘ディーギーが、エイラに笑顔をむけていた。

「のんびり朝寝坊をしようと思っていたのなら、あきらめたほうがいいわね」ディーギーはいった。「あのふたりの喧嘩が、いつもより早めにはじまったし」

「いいえ。起きるところ」エイラはそう答えて、まわりを見まわした。寝台はすでに無人になっていて、自分とディーギー以外は周囲にはだれもいなかった。「ジョンダラー、もう起きてる」エイラは自分の服を手にとって身につけはじめた。「わたし、目を覚ました、あの女の人が痛がってるのかと思って」

「だれも痛がってなんかいないわ。すくなくとも、目に見えるところにはひとりもいないみたい。でも、あれじゃフラリーがかわいそう」ディーギーはいった。「諍《いさか》いのあいだに立つのも楽じゃないわね」

エイラはかぶりをふった。「どうしてふたり、いつも怒鳴りあってる？」

「わたしにもよくわからない。思うにふたりとも、フラリーの気にいられたいんじゃないかな。クロジーは年をとってきて、フレベクに自分の力をだんだん切り崩されるのが気にくわない。でもフレベクも強情なの。フラリーのつれあいになる前は、ろくに身分らしい身分もなかったし、いまの新しい立場をうしないたくないのね。そりゃ、たしかに花嫁料はしぶかったけど、フラリーのつれあいになったことで、フレベクの身分も大いにあがったから」

客人が興味もあらわにしていたため、ディーギーはエイラが着替えをしている寝台に腰かけて、この話題をつづけた。

「でも、クロジーも本気でフレベクを追いだそうとしているわけじゃないと思う。たしかにフレベクは、ときたまいやみな男になるけど、クロジーも本心では気にいっているんじゃないかな。ふたりめのつれあいは、なかなか見つからなかったの――あのお母さんもいっしょに引き受けていいという人はね。フラリーの最初のつれあいや、そのあとのいきさつは、みんな知っているし、だからこそだれもクロジーという苦労を背負いこみたくなかったのよ。クロジーは好きなだけ、大事な娘をくれてやっただのなんだのと叫んでいればいい。でも、その娘の値打ちをさげたのは、あの人なのよ。わたしなら、あんなふうに板ばさみになるのはまっぴら。でも、わたしは運がいいわ。ブラナグとつれあいになって、兄さんのタルネグと新しい簇《むら》をつくるはずだけど、ふたりでどこかの簇に身を寄せることになっても、トゥリーならどこでも歓迎されるに決まってるもの」

「お母さん、いっしょに行く?」エイラは首をかしげた。女がつれあいの男の一族のもとに行くのなら話はわかるが、そのとき自分の母親を連れていった話はきいたこともない。

「来てくれたらうれしいけど、でも母さんは来ないでしょうね。こっちに残るほうを選ぶに決まってる。

それも無理はないわ。だって、ほかの簇に行ったらただの母親でしかなくなるけど、自分の簇にいれば女長《おんなおさ》ですもの。でも、きっと母さんを恋しく思うことになるだろうな」

エイラは真剣に話にききいっていた。といっても、ディーギーの言葉の半分はわからなかったし、残りの半分も正しく理解できているという自信はまったくなかった。

「お母さんや、一族の人と別れるの、寂しい」エイラはいった。「でも、もうすぐ縁結びになる？」

「ええ、そのとおり。夏になったらね。〈夏のつどい〉で。母さんがようやく段どりぜんぶをととのえてくれたし。母さん、花嫁料をすごく高く決めたの。だから、あっちが出してくれないんじゃないかって心配だったけど、でも出すといってくれて。ああ、もう待ちきれない気分。ブラナグがすぐに帰らなくちゃいけないことだけが残念でならないわ。でも、向こうはブラナグを待ってるし。あの人も、すぐに帰ると約束してるから……」

ふたりの若い女は肩をならべて、仲よく土盧《つちいおり》の出口まで歩いていった。そのあいだもディーギーはひっきりなしにしゃべり、エイラは熱心にききいった。

出入口手前の土間までくると空気がひんやりとしていたが、いざ出入口のアーチにかかっている厚い帷を横にひらくと寒風が吹きこんできて、エイラも気温の低下をはじめて実感した。身を切るほど冷たい風がエイラの髪の毛をうしろになびかせ、ずっしりと重いマンモス皮の帷をばたつかせ、突風が帷を外にあおりあげた。夜のあいだの粉雪が、すべてを薄く覆っていた。強い横風が積もっている粉雪を舞いあげては、地面の窪みや穴に落としこみ、降り積もった小粒の水晶のような雪を風がたっぷりとすくいあげては、広い場所に舞い散らしていく。顔に小さくて固い氷の粒がふりかかってきて、エイラは痛みを感じた。

それでも住まいのなかは暖かかったんだ、とあらためて気づく。それも洞穴とはくらべものにならないほど。外に出るからといって毛皮のパーカまで着こんできたが、土廬に身をおくかぎり重ね着の必要もなさそうだ。と、そこにウィニーのいなきがきこえた。ウィニーも、いまだに綱でつながれたままの子馬のレーサーも、人々とその活動からできるかぎり遠ざかろうとしていた。エイラは馬たちのほうに足を踏みだし、いったんふりかえってディーギーに笑みをむけた。ディーギーは笑みをかえし、いいなずけのブラナグをさがしにいった。

エイラが近づくと雌馬は安心したらしく、小さく鳴いたり頭をふったりして歓迎の意を示した。エイラはレーサーの綱をほどいて、二頭の馬を川べりまで連れていき、屈曲部をまわりこんだ。簇が見えない場所に来たことで、ウィニーもレーサーも落ち着いたようすを見せはじめ、しばしたがいに愛情を見せあったのち、乾ききって固くなった枯れ草をのんびりと食みはじめた。

土廬に引きかえす前に、エイラは灌木の茂みの横で足をとめて、ズボンの腰紐をほどいた。しかし、小用のときにどうすれば脚絆《きゃはん》を濡らさずにすませられるのかがわからない。これを身につけはじめて以来、この問題に悩まされどおしだった。服は夏のあいだに自分でつくった服だ。ジョンダラーが着ていてライオンが引き裂いた服をそっくりつくりなおしたが、そのあとまねをして自分用につくったのである。しかし、いざ身につけたのは、ジョンダラーと探険の旅に出発してからだった。自分とおなじような服を身につけたエイラの姿にジョンダラーが大喜びしていたので、それまでの楽な皮の外衣――氏族の女のふだん着――をやめようと思いたったのだ。しかし、生きていくうえでの基本ともいうべきこの場面に、服をどうしたらいいかもわからない。こんなことをジョンダラーにききたくはなかった。男であるジョンダラーが、女の身のまわりのことを知っているはずがないではないか?

エイラは足にぴったりと張りつくようなズボンをおろした。そのためには、靴も脱がなくてはならなかった。モカシン型の靴は上が長く伸びており、ズボンの下の部分をつつみこむつくりになっている。それからエイラは足を広げ、いつものようにしゃがんで用をたした。そのあと片足で立ってズボンを穿《は》こうとして波ひとつ立てずに流れていく川が目にとまり、気が変わった。パーカとチュニックを頭から脱ぎ、首にかけていたお守り袋をとると、土手を降りて川にむかった。清めの儀式をさいごまでおこなわなくては。もとより、朝の水浴びは好きだった。

川にはいったら口をゆすぎ、顔と手を水で洗うつもりだった。ここの人々がなにで体を清潔にしているのかはわからない。薪にする枯れ木が氷の下に埋もれて焚きつけがめったに見つからないときや、冷たい風が洞穴に吹きこんでくるとき、川がぶ厚い氷におおわれて飲み水の調達にさえ四苦八苦するようなときは体を洗わずにすませることもあったが、それ以外は体を清潔にたもっておくことを好んでいた。それに心の奥底では、儀式のことを考えてもいた。異人の洞窟――ではなく土廬――で一夜を明かしたのだから、清めの儀式をさいごまでやりとげなくてはならない、と思っていたのである。

エイラは川面に目を投げた。川は中央のあたりでは淀みなく流れていたが、川辺に近い水たまりや流れが淀んでいる部分には薄膜のような氷が張っており、川べりでは白く凍っている部分もあった。白茶けた枯れ草がわずかに生えている土手の一部が川に突きだして、川と土手のあいだに静かな水たまりをつくっていた。このわずかな地面に生えている木といえば、灌木と見まがうほど小さな樺が一本だけだ。

エイラは水たまりに近づいていき、表面をおおっているなめらかな氷を割って足を踏みいれた。凍りつくような水の冷たさに全身がぶるっとふるえ、口から小さな悲鳴が洩れた。それからエイラは小さな樺のすっかり葉が落ちた枝をつかんで体をささえながら、水に身を沈めていった。ひときわ冷たい風が剝《む》きだしの肌に強く吹きつけてきて、寒さに鳥肌が立ち、風にあおられて髪が顔にかかった。かちかちと鳴る歯を力いっぱい食いしばり、さらに深いところを目ざす。腰のあたりまで水につかったところで、エイラは顔に水をかけ、その冷たさにまたしても音を立てて息を吸いこみながら、ひと息にしゃがんで首まで水に沈めた。

　小さな悲鳴を洩らしたし、体もふるえてはいたが、冷たい水を浴びるのには慣れていたし、こうして川で水浴びするのはじきに無理になってしまうにちがいない。水からあがると、エイラは体の水気を手で払い、すばやく服を身につけた。そのあと川から斜面をあがっていくあいだに、寒さでかじかんだ肌に、ちくちくとした痛みとともにぬくもりがもどってきて、エイラは生まれ変わって新たな生気がわきあがってくる気分を味わった。ほどなく、疲れたような太陽がどんよりした空に姿をあらわしてきたのを目にして、思わず口もとがほころんだ。

　簇に近づいていったエイラは、土廬まわりのよく踏み固められた部分のへりでいったん足をとめ、そこかしこで数名ずつ固まって、それぞれの仕事を進めている人々をながめやった。

　ジョンダラーは、ワイメズとダヌーグのふたりと話しこんでいた。三人のフリント道具師の話題は、きくまでもなくわかった。そこからあまり離れていない場所では、四人の人々が、マンモスのあばら骨を皮紐で縛ってつくった四角い枠に鹿皮を広げて固定してあった紐をほどいていた。鹿皮はすっかり柔らかくなって、弾力性をそなえ、ほとんどまっ白になっていた。そのそばではディーギーが同様の枠に張られた鹿皮を、やはりあばら骨の先端を丸く削った道具で力いっぱいつつくことで引き伸ばしていた。皮を乾かすあいだに手をくわえることで柔らかくする方法こそ知ってはいたが、マンモスの骨の枠組みにぴんと張って皮を伸ばす方法ははじめて目にした。エイラは興味をかきたてられて、この作業のこまかな部分にまで目を凝らした。

見ると、皮の輪郭にそって列をなすように小さな切りこみがいくつも入れられ、その切りこみに紐が通されていた。その紐を枠組みに縛りつけて、皮をぴんと張る仕掛けだ。枠組みは土盧の外壁に立てかけてあり、ひっくりかえすだけで皮を裏と表の両側から伸ばせる。ディーギーはあばら骨の伸ばし棒に体重のすべてをかけて、広げられた皮を丸い棒の先端で伸ばしていた。いまにも細長い伸ばし棒が皮を突き破ってしまいそうに見えたが、強い弾力性のある皮が破けることはなかった。

それ以外にも何人か、エイラになじみのない仕事を忙しそうに進めている者や、マンモスの死骸の不要な部分を地面の穴に投げこんでいる者がいた。あっちにもこっちにも、骨や牙が散らばっていた。だれかの呼ぶ声にエイラが顔をあげると、タルートとトゥリーのふたりが、反り返った大きなマンモスの牙をかついで簇に引きかえしてくるところだった。牙といっても、まだ頭蓋骨についたままの品だ。ここでつかわれている骨の大半は、狩りで殺した獲物から得たものではない。ときおり草原で見つかった骨もあるにはあるが、大半は川が急に曲がっている箇所にあつまった骨の山から運ばれてきたものだった。川が曲がっているところには、急流で運ばれてきた動物の死骸がたまりやすいのである。

ついでエイラは、自分からあまり離れていない場所に立って簇のようすをながめている人影に気がついた。ライダグだった。笑顔を見せながら近づいていったエイラは、相手も笑みをかえしてきたのを見て驚かされた。氏族の人々はほほえまない。氏族の特徴をもった顔が歯をのぞかせるのは、敵意をあらわすときか、極度の不安や恐怖を感じているときだけだった。だから、一瞬ライダグの笑顔が場ちがいに思えたのだ。しかし氏族のもとで育ったのではない少年は、この表情が親しみを示すものだと学んできたらしい。

「おはよう、ライダグ」エイラはそう口でいいながら、手を動かして氏族の挨拶をし、そこに子どもに話しかけるときの手ぶりを組みこんだ。今回も、この手ぶり言葉を理解した光がライダグの目にきらめいた。この子は覚えているんだ！　先祖の記憶が残っているんだわ！　エイラは思った。ライダグは手ぶり言葉をすでに知っている。あとは、記憶を掘りだしてあげるだけでいい。わたしとはちがう。わたしは一から学ばなくてはならなかった。

生まれながらに先祖からの記憶がたくわえられている氏族の子どもたちには、手ぶり言葉の習得もたやすいが、エイラにはむずかしいとわかったときのクレブとイーザの狼狽ぶりは、いまもまだ覚えていた。氏族の子どもたちは一回だけ実例を見せられれば、手ぶりを覚える。しかしエイラは一生懸命に学び、ひとつひとつを記憶しなくてはならなかった。氏族の人々のなかには、エイラを愚か者あつかいする向きもないではなかったが、やがて成長したエイラがすばやく覚えるすべを身につけると、氏族の人々からもどかしく思われることもなくなった。

しかしジョンダラーは、言葉を覚えるエイラの能力に驚いていた。おなじ仲間の人々とくらべると、エイラがみずから鍛練した記憶力は驚異的なものであり、それゆえ学習能力も飛躍的に増大していた。たとえばエイラがこれといった努力をしているふうもなく、新しい言葉をやすやすと身につけていくことに、ジョンダラーは目を丸くしていた。しかし、その能力を身につけるまでの道のりは、決して平坦ではなかった。すばやく物事を覚えるすべこそ身につけたものの、エイラには氏族記憶というものがいまだにすっかり理解できてはいない。異人には、氏族記憶はまったく理解できない。これこそ、彼らと氏族のあいだの根本的な差異だった。

あとから出現してきた異人にくらべ、氏族は大きな脳をそなえていた。氏族は後続者に知性で劣っていたわけではなく、知性の種類がちがっていたのである。彼らは、それぞれの脳にたくわえられていた記憶から学んだ。この記憶はいくつかの面で本能に似ていたが、より意識的なものだった。記憶は大きな脳の奥にたくわえられ、彼らは生まれながらにして、先祖がたくわえた知識を残らずそなえていた。だから生きるために必要な知識やわざを学ぶ必要はなく、ただ思い出すだけでよかった。子どもたちは、すでに知っていることを思い出すようにうながされることで、この方法を身につけていく。大人たちはみな、たくわえられた記憶を引きだす方法を心得ていた。

氏族の者はなんでもやすやすと思い出したが、その反面なにか新しく理解することには多大な努力が必要だった。ひとたびなにか新しいことを学べば——あるいは新しい概念を理解するとか、新しい信念が受けいれられるとかした場合——彼らはそれを決して忘れず、次世代に受けついだ。それで氏族は学びもしたし、ゆっくりとであれ変化してもいた。イーザはエイラに薬師《くすし》のわざを教えながら、両者のちがいについて——完全ではないにしても——理解するようになっていた。イーザからは奇妙な少女に見えたエイラが、記憶を呼びだすことにかけては氏族の足もとにもおよばないのに、それ以上のことをみるみる覚えていった姿を目のあたりにしたからだ。

ライダグがなにかいった。とっさには理解できなかったが、すぐにわかった。わたしの名前ではないか！　いまライダグは、昔はあれほどなじみ深かった方法、すなわち一部の氏族の人々が話すときの流儀で名前を口にしたのだ。

氏族の人々とおなじく、ライダグも言葉を正確には発音できなかった。声を出すことはできる。しかし、まわりでいっしょに暮らしている人々が話している言葉のうち、いくつかの大事な音を発音できないため、彼らの言葉をおなじように話すことは無理だった。エイラが経験不足から発音に苦労しているのも、おなじ音だ。氏族の人々とそれ以前の人々の発声器官に限界があったからだが、この限界があればこそ氏族はゆたかで深みのある文化を担《にな》う思考をあらわすため、表現力に富む深遠な手ぶり言語の大系を築きあげた。ライダグは自分がともに暮らしている異人を理解していたし、言語がどういうものかも理解していた。この少年はただ、自分の思いをまわりの人々に伝えられないだけだ。

そしていま、この少年は、ゆうべネジーにしてみせた手ぶりをした――エイラを〝お母さん〟と呼んだのだ。エイラの鼓動が速くなってきた。この手ぶりをさいごに見せてくれたのは、息子のダルクだった。つかのまライダグがダルクそっくりに見えてきて、目の前に息子が立っていると思いこみかけた。ダルクだと信じたかった。いますぐ抱きあげて両腕で抱きしめ、息子の名前を呼びかけたくて胸が痛いほどだった。エイラは目を閉じ、全身がわななくほど意志の力をふりしぼって、息子の名を呼びたい衝動を抑えこんだ。

ふたたび目をあけると、ライダグがすべてを知りつくした老賢者のような、それでいて切ない願望をたたえた瞳でエイラを見つめていた。自分がエイラを理解していること、エイラも自分を理解してくれているとわかっていること……その思いがあふれているような目だった。いくら望んでも、ライダグはダルクではない。自分がディーギーではないように、ライダグはダルクではない――あくまでもライダグだ。ようやく自分を抑えることに成功すると、エイラは深々と息を吸いこんだ。

「もっと言葉、覚えたい？　ほかの手ぶり言葉、知りたくない？」エイラはライダグにたずねた。

ライダグは気負いこんだようにうなずいた。

「きみは、ゆうべ〝お母さん〟という言葉、覚えた……」

ライダグは、ネジーを――いや、エイラをも――深く感動させた手ぶりをしてみせた。

「これは知ってる？」エイラはそういいながら、挨拶の手ぶりをした。見るとライダグは、あと一歩で思い出せる知識を思い出そうとする真剣な顔になっていた。「これは挨拶。〝おはよう〟とか〝こんにちは〟の意味。これは——」エイラは先ほど自分が実演した手ぶりを再現した。「——年上の人が子どもに話しかけるときの動き」

ライダグは顔をしかめて、おなじ手ぶりをし、それから驚くほど晴れやかな笑顔をエイラにむけてきた。つづいて、ふたつの手ぶりをし、ちょっと考えてから三つめの手ぶりをして、もの問いたげな顔をエイラにむけた。自分が意味のあることをしたのかどうかがおぼつかないのだろう。

「そう、それでいいのよ、ライダグ！　わたしは女、お母さんとおなじ女、いまのはお母さんへの挨拶。ちゃんと覚えられたじゃない！」

ネジーは、エイラとライダグがいっしょにいることに目をとめていた。ライダグが病弱であることも忘れてはしゃぎすぎて、ネジーに胸がつぶれるほど心配をかけたことがなんどかあった。だからネジーは、いつでもわが子の所在や行動に目を光らせていた。いつしかネジーは、客人の若い女とライダグがいるところに引き寄せられるように近づいていった。ふたりの行動を観察して、なにをしているのかを確かめたかった。エイラは近づくネジーに気がつき、その顔に好奇心と不安がまざりあった表情がのぞいているのに目をとめ、大きな声で呼び寄せた。

「いま、ライダグに氏族の言葉、教えてたところ——この子のお母さんの仲間たちの」エイラは説明した。「ゆうべの言葉とおなじように」

ライダグはいつも以上に歯を大きくのぞかせた晴れやかな笑みをむけ、きっぱりとした動きで手ぶりをネジーにしてみせた。

「これはどういう意味?」ネジーはエイラに顔をむけた。

「ライダグはいった――『おはよう、お母さん』と」エイラは説明した。「おはよう、お母さん？」ネジーは、ライダグのきっぱりとした動作に多少似ていなくもない手ぶりをした。「これで、『おはよう、お母さん』という意味になるのかい？」

「ちょっとちがう。ここ、すわって。手本、見せるから。これが――」エイラはいいながら、手を動かした。「――『おはよう』の意味。それをこうすると――」先の手ぶりにわずかな変化を添える。「『おはよう、お母さん』になる。この子、わたしにむかってこうしたら、〝お母さんみたいな女の人〟の意味。あなたは、手をこう動かせば――」エイラはまた、先ほどの動作をいくぶん変化させた手ぶりを実演した。「――『おはよう、子ども』という意味。それから、これ――」エイラはまたべつの変化をくわえた手ぶりをした。「――『おはよう、わたしの息子』の意味。わかる？」

エイラがもういちど相手によって異なる一連の挨拶の手ぶりをするあいだ、ネジーは食いいるように見つめていた。それからネジーは、いくぶん気恥ずかしさを感じながら、あらためて自分の手を動かした。ネジーの合図にはなめらかさが欠けていたが、エイラにもライダグにも、この女性が『おはよう、わたしの息子』といいたがっていることは明らかだった。

ネジーの肩ほどの背丈の少年は、細く痩せた両腕をネジーの首にまわした。ネジーはライダグを強く抱きしめ、奔流のようにこみあげてきた涙をこらえようと、目をしばたたいた。ライダグまでも目をうるませているとわかって、エイラは驚いた。

ブルンが統《す》べる一族では、感情が高まると目に涙があふれてくるのはエイラひとりだった。とはいえ、感情の強さはここの人たちとなんら変わらない。息子ダルクは、エイラとおなじように発音することはできたし、口で話す能力もそなわっていた――やむなく一族のもとを立ち去ったとき、ダルクがどんな声で叫びかけてきたかを思い出すだけで、いまでも胸が引き裂かれる気分になる——それでもダルクは、涙を流して悲しみをあらわすことはしなかった。ライダグの場合には氏族の母親とおなじく口で話すことはできないが、両目に愛の気持ちがこみあげてくると、目もとが涙でうるむのだ。

「これまでは、この子に教えてやれなかった——おまえにあたしの話がわかってるのは知ってるんだよ、とね」ネジーはいった。

「手ぶり言葉、もっと覚えたい？」エイラは静かにたずねた。

ネジーは少年を抱きしめた手をほどかず、ただうなずいた——いま言葉を口にすれば、こらえていた涙が抑えようもなく流れるのではないかと思ったからだ。エイラはふたたび、いくつかの手ぶりとその変化形を実演していった。ネジーもライダグもちゃんと覚えようとして、真剣に見つめていた。それがおわると、またべつの手ぶり言葉。やがてネジーのふたりの娘——ラティとルギー——や、トゥリーの末息子のブリナンとその幼い妹で、ルギーやライダグとおなじくらいの年齢のトゥジーが、なにをしているのかと興味を引かれて近づいてきた。そこにフラリーの七歳になる息子、クリサベクもやってきた。たちまち全員が、夢中になれる新しい遊びに思えること——〝手をつかって話す〟こと——に夢中になっていた。

しかし簇の子どもたちのほとんどの遊びとちがう点は、ライダグが優位に立てることだった。エイラの教え方が追いつかないほどの覚えぶりだった。エイラが一回手本を見せるだけで、ライダグはたちまちそれを変化させ、微妙な陰影やわずかな意味のちがいを表現していった。やはり、すべての知識が最初からライダグの奥に埋もれていたのだろう、とエイラは感じた。ほんの小さな出口をつくってやるだけで、たくわえられていた知識がひと思いに噴出し、ひとたび解き放たれたあとは、もうもとにはもどせない、といった感じだった。

これがさらに胸のときめく楽しいひとときになったのは、ライダグと年の変わらない子どもたちが手ぶり言葉をいっしょに学んでいたからだ。ライダグは生まれてはじめて、自分の気持ちを充分に表現することができるようになったし、いくら言葉を覚えてもまだ足りない顔を見せていた。いっしょに育ってきた子どもたちは、ライダグがこの新しい方法で流暢に〝話している〟という事実を、すんなり受けいれた。子どもたちはこれまでにもライダグと心を通わせた経験があり、この少年が自分たちとは異質であり、口で言葉を話すのが不得手なことを知っていた。大人なら、これだけを見てライダグには知性がないと決めつけるところだが、子どもたちにはそうした先入観はない。しかもラティは何年も前から、いかにも姉らしく、ライダグが話す不明瞭なかたことを簇の大人たちに通訳してもいた。

全員がひととおりのことを学ぶと、子どもたちは本腰を入れてこの新しい遊びで楽しもうとエイラのそばを離れていった。エイラはライダグがほかの子どもたちのまちがいを正していることを目にとめた。子どもたちも、手ぶりや身ぶりの言葉の意味が正しいかどうかをライダグに確かめていた。少年は仲間たちのあいだで、新しい地位を得たのだ。

ネジーとならんですわったまま、エイラは子どもたちが声にたようならない合図をすばやくやりとりするようすを見守っていた。異人の子どもたちが氏族の子どもたちとおなじように話し、同時に大声で叫んだり笑ったりしているこの光景をイーザが目にしたらどう思うだろうか、と考えると自然に口もとがほころんだ。根拠はなかったが、あの老薬師ならきっと理解してくれるはずだ、と思った。

「あんたのいうとおりみたいだね。ライダグにとっては、あれが〝話す〟ことなんだ」ネジーはいった。「あの子がこんなに早くなにかを学んだのははじめて。ぜんぜん知らなかったわ——へい……じゃない、あなたはあの人たちのことをなんと呼んでたっけ？」

「氏族。自分たちのことは、氏族という」エイラは答えた。「意味は……家族……人々……人間たち。〈洞《ケー》穴熊《ブ・ベア》の一族〉……これは〝偉大なるケーブ・ベアを讃える人々〟の意味。あなたたちはマムトイ族、〝女神を嘉《よみ》するマンモスを狩る者たち〟の意味」

「氏族……あの人たちがこんなふうにして話をしてるなんて、ぜんぜん知らなかったし、手を動かすだけで、こんなにもいろいろ話せるなんて、ちっとも知らなかった……あんなに楽しそうなライダグもはじめて見たし」

そういうと、ネジーは口ごもった。なにかいいたいことがあって、言葉をさがしているのだろう……エイラはそう感じ、ネジーに考えをまとめる時間を与えることにした。

「それにしても、あんたがあっという間にあの子を受けいれたことが驚きよ」ネジーはつづけた。「霊がまじりあった子どもだというだけで、あの子をいやがる人もいるし、たいていの人はあの子のそばにいるだけで、居ごこちのわるい気分になる。でも、あんたは最初からあの子のことを知ってるみたいだった……」

なにをいうべきかわからず、エイラはなにも答えずに、ひとしきり年かさの女を見つめてから、肚《はら》をくくった。「あの子によく似た子ども、知ってた……わたしの息子。わたしの息子、ダルク」

「あんたの息子！」ネジーの声には驚きこそあったものの、ゆうべ平頭やライダグのことを話題にしたときにフレベクがあからさまににじませていた嫌悪感は、影も形もなかった。「じゃ、霊がまじりあった子どもがいるのかい？　その子はいまどこに？　なにかあったのかい？」

エイラの顔が悲しみに翳《かげ》った。谷でひとり暮らしていたときには、息子への思いは心の奥底にしまいこんでいた。しかしライダグを見たことで、埋められていた思いが目を覚ました。ネジーの質問をきっかけに、悲しみに満ちた記憶と感情が表面に躍りでてきて、不意討ちを食らわせた。いまエイラは、その記憶や感情に正面からむきあわなくてはならなくなった。

ネジーは同朋たちと変わらず、あけっぴろげで率直な性格のもちぬしであり、いまの質問もとっさに口をついて出たものだった。しかし、相手の気持ちを思いやる感性にも恵まれていた。「ごめんね、エイラ。あたしったら、てっきり……」

「あやまらなくてもいい、ネジー」エイラは目をしばたたいて涙をこらえた。「息子の話を出したときから、きかれるの、わかってた。でも……ダルクを思うと……胸が痛い」

「いいんだよ、無理して話をしなくたって」

「ダルクのこと、話さずにいられないときもある」エイラはいったん言葉を切り、それから一気にしゃべりはじめた。「ダルクは氏族のところにいる。イーザ……というのは、ライダグにとってのあなたのような人……わたしのお母さん……そのイーザが死ぬ前、わたしにいった……北に行け……仲間の人々をさがせ、と。氏族ではなく、異人を。そのときダルク、まだ赤ん坊だった。だからわたし、旅に出なかった。ダルクが三つのとき、ブラウドに追い払われた。でも、異人がどこに住んでるのかも知らなかったから、どこに行けばいいかもわからなかったし、ダルクを連れて旅に出るの、無理だった。だからウバに……妹のウバにあずけた。ウバはダルクが大好きで、面倒を見てくれる。いまではウバの息子」

エイラは口をつぐんだが、ネジーはなんといえばいいのかもわからなかった。もっと質問したい気持ちはあったが、客人の若い女が息子のことを――惜しみない愛情をそそいでいながら、生き別れになった息子のことを――口にするときの悲しげな顔をここまで見せられて、このうえ苦しませたくはなかった。エイラは自分の話をつづけた。

「ダルクと別れて、もう三年。あの子はいま……六つ。ライダグとおなじくらい?」

ネジーはうなずいた。「ライダグが生まれてから、まだ丸七年はたってないね」

エイラは口をつぐみ、深く思いをめぐらせる顔をのぞかせてから、また言葉をつづけた。「ダルク、ライダグに似てるけど、ちがうところもある。ダルクの目もと、氏族に似ていて、口のあたり、わたしに似てる」寂しげな笑み。「反対ならよかった。ダルク、言葉をつくり、しゃべれる、でも氏族、しゃべれない。ライダグ、話せればいいけど話せない。ダルクは力もち」エイラの目に遠くを見るような光が浮かんだ。「走るの速い。だれにも負けない。いつの日か韋駄天《レーサー》になる、ジョンダラーがいったような人に」それからエイラは悲しみに満ちた目でネジーを見あげ、「ライダグ、体弱い。生まれつき。ここ、弱い……?」といって自分の胸をさし示した。いいたいことをあらわす言葉を知らなかったからだ。

「そう、たまに息が苦しくなるんだよ」ネジーはいった。

「わるいの、息するところじゃない。わるいのは血……ちがう、血じゃない……どきどきするところ……」エイラは拳を胸に押しあてた。単語を知らないため、いいたいことをいえないもどかしさがつのった。

「心臓だね。マムートはそういってる。そうだよ、ライダグは心臓が弱いんだ。でも、どうしてわかったんだい?」

「イーザは薬師、癒し手。氏族一の薬師。イーザ、わたしを娘みたいにして、薬師のわざ、教えた。だから、わたし、薬師」

ジョンダラーがエイラを癒し手だといっていたことを、ネジーは思い出した。平頭たちが癒しの術までも考えていたとは驚きだが、話を最初にきいたときには平頭たちは話もできないと思いこんでいた。そもそもずっとライダグのそばにいたこともあって、ネジーはライダグが話すことこそできないが、多くの人が信じているような愚かしい動物などではないことを知っていた。たしかにエイラはマムートではないが、だからといって癒しのわざをなにも知らないと決めてかかるのはまちがっている。

見つめあっているふたりの女の上に、ふっと影がさした。ダヌーグだった。

「エイラ、マムートが話したいことがあるので、よかったらちょっと来てほしいといってるよ」ダヌーグはそういった。

エイラもネジーも話に夢中になっていたため、この背の高い若者が近づいてきたのにまったく気づいていなかった。

「ライダグは、あんたに教えてもらった手遊びで大喜びしてる」ダヌーグはつづけた。「ラティがいってたけど、ライダグはおれに、いくつか手の言葉を教えてくれとあんたに頼んでみたらいい、といってるんだ」

「ええ。いいわ。教えてあげる。だれにでも教えてあげる」

「あたしも手の言葉を教わりたいね」ふたりして立ちあがりながら、ネジーはいった。

「朝に?」エイラはたずねた。

「ええ、あしたの朝。でも、起きてから、まだなにも食べてないんだろう? あしたの朝は、とりあえずなにか口に入れてからにしたほうがいいね」ネジーはいった。「いっしょについておいで。あなたとマムートのふたりが食べられるものを用意するから」

「おなか、ぺこぺこ」エイラはいった。

「おれもおなじだな」ダヌーグが口を出した。

「おなかがすいてないときがあるの？　あんたとタルートのふたりがかりなら、マンモス一頭もぺろりとたいらげちゃうんじゃないかい？」ネジーは、立派な体格の息子を自慢に思う気持ちに目を輝かせていった。

ふたりがダヌーグといっしょに土盧にむかうと、それを食事の合図だと受けとったのか、ほかの面々もあとから住まいにはいってきた。一同は出入口をくぐってすぐの部屋で外衣を脱いで、壁の釘にかけた。毎日のごくありきたりな朝食だった。自分の炉辺でこしらえる者もいれば、いちばん手前の広い炊《かし》きの炉辺にあつまる者も多かった。ここには大きな炉があるほか、小さな炉がいくつかある。冷めきったマンモスの残り肉を食べる者もいれば、肉や魚と根や青物を入れて、草原から採取してきて荒挽きした穀類でとろみをつけた汁を飲んでいる者もいた。しかし、それぞれの炉辺で料理をつくろうとそうでなかろうと、大半の人々は食事をおえると、いったんこの集会室ともいうべき炉辺で熱いお茶を飲んでから、また外に出ていった。

エイラはマムートのとなりにすわって、人の動きを興味深くながめていた。多くの人々がいっせいにしゃべったり笑ったりする騒がしさはあいかわらず驚きだったが、これにも慣れてきた。しかしそれ以上に驚きだったのは、女たちが男たちのあいだを気軽に歩きまわっていることだった。はっきりした身分の差もなければ、料理をつくったり、ふるまったりする順番も決まっていないらしい。幼い子どもの世話をしている男女はともかく、それ以外はだれもが好き勝手に自分の料理をとっていく。

ジョンダラーが近づいてきた。両手に椀――把手は見あたらず、水は洩れないが、なにやら弾力性のある素材でできている――をもったまま体のバランスをうまくとり、慎重な身ごなしでエイラの横の草を編んだ筵《むしろ》に腰をおろした。見ると、椀は対照的な色あいの糸蘭《いとらん》の繊維を山形模様になるように編みあげてつくった品だった。なかには、熱いハッカ茶がはいっていた。

「きょう、ずいぶん早く起きたね」エイラはマムトイ語でいった。

「きみがあんまりぐっすり寝てるものだから、起こすにしのびなくてね」

「だれか、怪我したみたいな声、あげてて、それで起きた。でもあとでディーギーに教わった、その人……クロジー、いつも大声でフレベクと怒鳴りあってる、と」

「ずいぶん派手に喧嘩していたな。外にいても声がきこえたぞ」ジョンダラーはいった。「フレベクは厄介ごとを引き起こすたちかもしれないが、それも無理はないと思う。あのばあさんときたら、懸巣《かけす》も逃げだすような金切り声を出すんだから。まったく、あんなばあさんといっしょに住める人間がいるのか？」

「だれか、傷ついて痛がっている……と思う」エイラは考えこみながらいった。

　ジョンダラーは合点のいかない気分でエイラを見つめた。だれかが怪我をしたと勘ちがいした話を、またぞろ話しているとは思えなかった。

「そのとおりだぞ、エイラ」マムートがいった。「古傷はときに痛みを訴えるものだからな」

「ディーギー、フラリーをかわいそうに思ってます」そういって、エイラはマムートにむきなおった。ふだんは無知がはからずも露呈することを恐れているエイラだったが、マムート相手ならなんの不安もなく質問することができた。「花嫁料とは、なんですか？　トゥリーがディーギーに、とても高い花嫁料をつけたと、ディーギーからききました」

　マムートは即答せず、ひとしきり考えをまとめるあいだ黙っていた。というのも、エイラに正しく理解してほしかったからだ。エイラは期待のこもった顔で、白髪の老人を見つめていた。

「簡単に答えることもできなくはないが、通りいっぺんに見ただけではわからない深い意味があるな。このわしも、花嫁料については長いあいだずっと考えていた。あますところなく理解し、おのれや仲間の人々に説明するのはそう簡単ではない——たとえ、ほかの人から答えを求められる立場にある者にとっても、やはりむずかしいことに変わりはないな」そういってマムートは目をつむって眉を寄せ、精神を集中させた。「どうだろう、身分というものは理解できるかね?」

「はい」エイラは答えた。「氏族では、族長がいちばん高い身分、つぎは選ばれし狩人、そのつぎがほかの狩人たち。モグールも高い身分、でもちょっとちがう。モグールは……霊の世界を知る者」

「では、女は?」

「女たち、つれあいの身分をもちます。でも、薬師の女、またちがう特別な身分です」

エイラの言葉にジョンダラーは驚いていた。これまでにもエイラから平頭についてたくさんのことを教わっていたが、それでも彼らが身分のちがいという複雑な考え方を理解しているとは、にわかには信じられなかった。

「そうだろうと思っていたよ」マムートは静かにいい、説明をつづけた。「われらは、あらゆる命の創りぬしであり、あらゆる命をはぐくむ母なる大地の女神を崇《あが》めておる。人間、獣、草、水、木、岩、そして大地。女神は命を産み落とし、そのすべてを創った。われらは狩りの許しを得るためにマンモスの霊を、あるいは鹿の霊を、あるいはバイソンの霊を呼びだすが、そのときには彼らに命を与えたのが女神の霊であることを肝に銘ずるのだよ。そしてまた、女神がわれらに食べ物として与えたマンモスや鹿、バイソンに代わって、女神の霊が新しいマンモスや鹿やバイソンを生みださせることもな」

「おれたちはそれを、母なる女神の命の賜物と呼んでいます」夢中になって話にききいっていたジョンダラーがいった。マムトイ族の習慣とゼランドニー族の習慣をくらべることが、たまらなくおもしろく思いはじめていた。

「ムト、つまり母なる大地の女神は、生命の霊がいかにして女神にとりこまれるのか、また女神によって大地に呼びもどされた命に代わる新たな命がいかにつくられ、いかに産み落とされるのか、そういったことどもをわしらに教えるために女を選んだ」聖なる老人は話をつづけた。「子どもたちは成長するあいだ、こういったことを昔話やおとぎ話、それに歌などから学んでいく。しかし、もうおまえさんはその域を過ぎておる。なるほど、わしらは老いてもなお人の話をきくのが好きだが、なにより大事なのは話を動かしている流れを見きわめ、話の奥にひそんでいるものを見さだめることだ。それをしてはじめて、われらの習わしの多くについて、その理由もわかるだろう。われらにとって、身分はその者の母親による。そして花嫁料は、われらがその値打ちをあらわす方法なのだよ」

エイラは話にすっかり釣りこまれたまま、大きくうなずいた。前にジョンダラーから母なる大地の女神についての説明をされたことがあったが、マムートはもっと筋道立った、わかりやすい説明をしてくれている。

「男と女の縁結びが決まると、男とその簇は女の母親とその簇にたくさんの贈り物をする。女の花嫁料を決めるのは――すなわちどのくらいの贈り物が必要かを決めるのは、女の母親か、簇の女長だ。ときには女がみずから、花嫁料を定めることもあるが、その場合でも女の一存では決められん。むろん、値打ちを低く見られたがる女はいないが、だからといって女が相手として決めた男とその簇ではまかなえないほどの花嫁料、できれば出したくないと思われるほど莫大な花嫁料を定めることは禁じられておる」

「女といっしょになるのに、どうして品物を贈るんですか?」ジョンダラーがたずねた。「女を……そう、塩やフリントや琥珀《こはく》といった交易の品あつかいすることになりませんか?」

「女の値打ちはそれ以上のものだ。花嫁料、それは男がひとりの女とともに暮らすという栄誉に浴するためにさしだす代償だよ。花嫁料が気前よくふるまわれれば、だれもが恵みにあずかり、女は高い身分を得ることになる。自分といっしょになりたがっている男や自分の属する簇から、自分がどれほど高い値打ちがあるとみなされているかを、まわりに話すこともできる。男の簇にとっても名誉だ。簇が栄えており、花嫁料を出す余裕があることをまわりに示せるからね。女の属する簇にとっても栄誉になる――簇が尊重され、大事に思われていることを示すとともに、女をうしなったことの埋めあわせにもなるからだ。若い女のなかには、生まれ育った簇を出て、新しく興《おこ》される簇にはいったり、男の属する簇の者となる者もいる。しかし、いちばん大事なのは、簇の男がひとりの女と身を固めたいと思ったときに、たんまりと花嫁料をふるまえば、それで簇の豊かさをまわりに誇示できることだな。

　子どもたちは母親の身分をもって生まれてくるから、たくさんの花嫁料はその子どもたちをも利する。花嫁料は、たしかに贈り物の形をとるし、新しく炉辺をかまえる若いふたりの支度をととのえるためにもつかわれるが、まことの値打ちは花嫁料によって定まる身分にある。女はみずからの簇やほかの簇によって高い身分を認められ、女はその身分を、つれあいや子どもたちに与えてゆくのだね」

　エイラはいまひとつ釈然としなかったが、話がわかりはじめたジョンダラーはしきりにうなずいていた。こまかい部分やこみいった部分まで完全におなじではなかったにしろ、親族の関係やその値打ちについてのおおまかな考え方は、ゼランドニー族のそれと大差はなかった。

「では、女の値打ちはどうやって決まるのです？　ふさわしい花嫁料は、どのように決めるんですか？」

ジョンダラーはたずねた。

「花嫁料はいろいろなことがらを勘案して決められる。男はいつも、自分に出せる範囲でもっとも身分の高い女をさがすことを心がける。というのも、母親のもとを出た男には、つれあい――すでに子をなして母親になっているか、いずれ子をなして母親になる女――の身分が与えられるからだ。すでに母親となる力を見せている女のほうが高い値打ちをもっているから、子のいる女をつれあいに望む者はたいそう多い。また男が、将来のつれあいの値打ちをさらに高めようとすることも珍しくはないな。なぜなら、まわりまわっておのれを利するからだよ。また、高い値打ちをもつひとりの女を、ふたりの男がつれあいに望んだ場合には――このふたりの男が手を組み、女が同意すれば――ふたりが用意した花嫁料をひとつにあわせ、結果として花嫁料をさらに増やすことさえある。

また、ひとりの男がふたりの女をつれあいにすることもある。わけても多いのが、姉妹が離れ離れになりたがらない場合だな。その場合、男は姉妹のうち身分の高いほうとおなじ身分を与えられ、まわりから好意の目で見られるようになり、これでまた身分があがるわけだ。男は、自分はふたりの女と、将来の子どもたちをまとめてやしなう力があることを示せる。女の双子ともなれば、格別な天恵であると考えられており、ふたりが離れ離れになることはめったにない」

「弟のソノーランがシャラムドイ族の女と縁を結び、その結果マムトイ族のソリーという女と縁つづきになったんです。そのソリーが以前、自分は――あくまでも合意のうえで――〝盗まれた〟といってました」ジョンダラーはいった。

「われらはシャラムドイ族と交易をおこなってはいるが、それぞれの習わしは異なっていてね。ソリーは高い身分をもつ女だ。そのソリーがほかの一族のもとに行くとなれば、わしらからすれば、ただ値打ちある女をひとり手放すだけにとどまらない――向こうは向こうで、かなりの花嫁料をさしだしてはきたよ。しかし、ソリーは母親から値打ちを受けつぐことになるし、その値打ちをつれあいと子どもたちに与えることになる……つまり、ソリーといっしょに、われらはいずれマムトイ族の仲間うちでやりとりされる値打ちをもうしなうことになる。これだけの穴となると、とても埋めあわせをつけられん。われらは大きな損をしたことになる――いいかえるなら、ソリーのそなえていた値打ちがわれらから盗まれたようなものだ。しかしソリーはシャラムドイ族の男を愛しており、つれあいになることを心から望んでおった。だからわれらは厄介を避けるために、ソリーが〝盗まれる〟のを黙認したわけだ」

「ディーギー、いってた……フラリー、お母さんのせいで花嫁料が低くなったと」エイラはいった。

老賢者はすわりなおした。この質問がどの方向を目ざしているのかがわかったし、そうなれば簡単に答えられる話ではない。ほとんどの人はそれぞれの習わしを理屈ではなく直観で理解しているだけだし、マムートのように理路整然と説明できる人間はいない。またマムートとおなじ地位にある多くの者も、ふだんはあやふやな物語にくるまれている考え方を、明快に説明するのをいやがる。それぞれの文化のもつ価値観をあからさまに、そしてつぶさに説明してしまうと、自分たちにそなわっている謎めいた雰囲気や力が剝ぎとられるのではないか、と考えているからだ。さしものマムートでさえ、そんなことをするとなると落ち着かない気分になった。しかしマムートは、すでにいくつかの結論に達していたし、エイラにからんで心に決めていることもあった。エイラにはできるだけ早いうちに、ここの文化の土台を理解し、種々の習わしに通じてほしかった。

「母親は、自分の子であれば、だれの炉辺に身を寄せてもかまわないのだよ」マムートはいった。「その場合――といっても、ふつうは母親が年をとってからのことだが――おおかたの母親は、おなじ簇に住む娘のもとに身を寄せる。女がほかの炉辺にうつれば、つれあいもいっしょにうつるが、母親の簇に引きかえしてもいいし、望むなら姉妹のだれかのもとに身を寄せてもかまわない。男はふつう、自分のつれあいが産んだ子、自分の炉辺の子のほうに親しみを感じている。なによりいっしょに住んでいるのだし、教え導いたのも自分だからだ。しかし、男の跡継《あとつぎ》はその姉妹の子だ。だから年老いた男の面倒を見るのは、姉妹の子になる。年寄りはおおむね歓迎されてはいるが、あいにくすべての年寄りが歓迎されるわけではない。クロジーがなした子はフラリーただひとり。だから、フラリーが行くところ、クロジーもついていく。クロジーはこれまで苦難つづきだったせいもあって、年をとっても気性が穏やかになるということがなかった。自分が手にいれたものは決して手放さないし、そんなクロジーとひとつ炉辺で暮らしたいと思う男はいなかった。だから、フラリーの最初のつれあいが死んだのちは、娘の花嫁料をさげつづけるほかなかったが、それでまた人に噛みつくくせがますますひどくなったということだな」

エイラは話がわかったというようにうなずき、懸念に顔を曇らせた。「イーザから、ある年寄りの女の人の話、ききました。わたしが拾われる前、ブルンの一族と暮らしていた女の人。ほかの一族の出《で》。つれあいは死に、子どもはいなかった。値打ちなし、身分なし。でもいつも食べ物を与えられ、いつも火のそばにいた。クロジーにフラリーという娘、もしいなかったら、あの人はどこに行ってました?」

この質問に、マムートはしばし考えこんだ。エイラには、嘘いつわりのない充分な答えを教えてやりたかった。「そうなったら、クロジーはみんなの厄介者になっていただろうな。親族縁者のない者でも、たいていはどこかしらの炉辺に縁組で身を引きとってもらえる。しかしクロジーはみんなから煙たがられているから、引き受け手もそうそうは見つからんだろう。どこの簇に行っても食べ物には不自由しないだろうし、寝泊まりの場所も見つかるだろうが、そのうちかならず簇から立ち退きを迫られるだろうよ。フラリーの最初のつれあいが死んだあとで、彼らの簇から追いたてられたようにね」

老いたる呪法師《じゅほうし》は顔をしかめて、話のしめくくりにかかった。

「そもそもフレベクという男も、人から好かれているとはいいかねる。母親の身分はかなり低かったし、役に立つ仕事の腕があるわけでもなく、人に誇れるのは酒《ボウザ》に目がないことくらいか。だから、最初からフレベクにはたいした身分や値打ちはなかった。フレベクの簇の人々はクロジーが来ることをいやがり、フレベクが簇を出ていってもかまわない、という態度でね。おまけに、花嫁料はいっさい出さないとまでいってきた。フラリーの花嫁料が低かった裏には、そういう事情があったのだよ。彼らがこの簇に身をおいていられるのは、ひとえにネジーのおかげだ。ネジーがつれあいのタルートにたのんで、クロジーたちをかばう発言をさせてね。それで、彼らがこの簇に受けいれられたんだ。そんなことをしなければよかったと考える向きも、この簇にはあるがね」

エイラは話を理解したしるしにうなずいた。いまの話で、事情がいくぶんすっきりと見えてきた。「マムート、まだききたいことが……」

「ヌビー！　ヌビー！　大変だわ！　この子が息をつまらせてる！」突然、女の悲鳴が響きわたった。

ヌビーという三歳の少女が唾を飛ばしながら激しく咳きこみ、懸命に空気を吸いこもうともがいていた。まわりを何人もの人が立ってとりかこんでいる。ひとりが少女の背中を叩いたが、効き目はなかった。まわりに立っている者も助言を口にしようとしていたが、苦しげに咳きこんではあえぐ少女の顔が血の気をうしなって青ざめるのを目のあたりにして、なすすべもなく立ちつくすばかりだった。

6

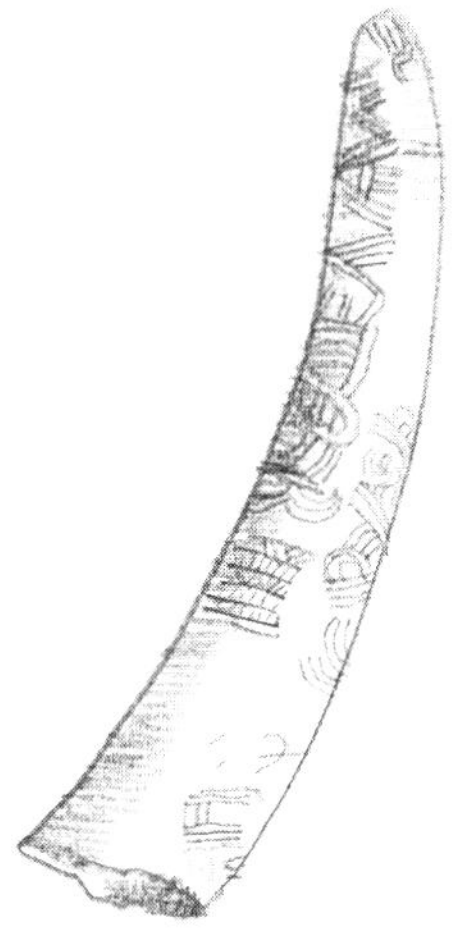

エイラが人垣をかきわけて少女のもとにたどりついたとき、少女はすでに気をうしないかけていた。エイラは少女をかかえあげてしゃがみこみ、膝の上にその体を横たえると、口に指を突き入れて、のどに異物が詰まっていないかどうかを確かめた。これにも効き目がないとわかると、エイラは立ちあがって少女をうつぶせにし、片腕を腹にまわした。ヌビーという少女の頭と両腕が力なく前に垂れさがると、エイラは両肩の骨のあいだを強く押してみた。ついでエイラは、ぐったりとした少女の体に両腕をまわし、ひと思いに強く自分の体に引き寄せた。

だれもがあとじさり、固唾《かたず》を飲んでエイラを見守っていた。生きるか死ぬかの戦いのなか、幼い少女ののどをふさぐ異物を必死でとろうとしているこの女は、自分がなにをなすべきかを心得ているようだ――彼らはそう思っていた。少女はすでに呼吸をしていなかったが、心臓はまだ鼓動を搏《う》っていた。エイラは少女をあおむけに横たえると、かたわらに膝をついた。それから布きれ――少女のパーカ――を目にとめると、手にとって丸め、少女のうなじの下に押しこんだ。これで少女の頭がうしろにのけぞり、口があいた。エイラは小さな鼻をつまんでふさぐと、自分の口を少女の口に重ね、渾身の力をこめて空気を思いきり吸いこんだ。そのまま懸命に空気を吸いこんで肺に溜めこんでいるうちに、エイラ自身が息苦しくなってきた。

そのときだった――くぐもった〝ぽん〟という音とともに、エイラの口になにかが飛びこんできて、あやうくのどに詰まりかけた。顔をあげて、口中の物体を吐きだす――肉がこびりついた小さな軟骨だった。エイラは深々と息を吸いこんで、顔から髪の毛をかきあげると、身じろぎひとつしない少女の口にふたたび口を重ね、動きをとめている肺にみずからの命をわけ与えるつもりで空気を吹きこんだ。小さな胸がふくらんだ。エイラはおなじことを何回もくりかえした。

いきなり少女がごほごほと咳をして、唾を吐き散らし、ついで耳ざわりな音を立てながら、自力で長々と空気を吸いこんだ。

ヌビーが自分の力でふたたび呼吸しはじめると、エイラは手を貸して少女の体を起こしてやった。そのときはじめて、エイラは気がついた。娘が一命をとりとめたことを目にして、安堵のあまり母親のトロニーがむせび泣いていることに。

エイラはパーカを頭からかぶって頭巾を引きおろし、一列にならぶ炉を見わたした。いちばん奥にある〈オーロックスの炉辺〉の炉のそばにディーギーが立っていた。ゆたかな鳶《とび》色の髪をうしろにかきあげるように梳《す》き、髷《まげ》にまとめながら、寝台にいるだれかと話をしている。この数日間でエイラとディーギーは大の仲よしになり、毎朝いっしょに外に出ていくようになっていた。マンモスの牙の髪どめ――牙を削って表面をなめらかに仕上げた細長い棒のような品――を髪に挿しながら、ディーギーはエイラに手をふって合図を送ってきた。「すぐに行くから、待っててちょうだい」

〈マンモスの炉辺〉のとなりの炉辺では、トロニーが寝台にすわってハータルに乳をやっていた。トロニーはエイラに笑みをむけて手招きをした。エイラは〈トナカイの炉辺〉と名づけられた場所に足を踏みいれて、トロニーのとなりに腰をおろすと、赤ん坊に顔を近づけて話しかけ、体を軽くくすぐった。赤ん坊は最初なんの反応も見せなかったが、すぐに笑い声をあげて足をさかんに蹴りだし、それから母親に手を伸ばして、また乳に吸いついた。

「この子はもう、あなたのことを覚えてるのね」トロニーがいった。

「ハータル、よく笑う丈夫な子。どんどん大きくなってる。ヌビーはどこ？」

「マヌーブがさっき外に連れていったわ。あの人、ヌビーの面倒をよく見てくれるの。いっしょに住めるようになってうれしい。トルネクの妹のところにだって身を寄せられたのに。年寄りと子どもの気があうのは当たり前だけど、マヌーブはほとんど一日じゅうヌビーといっしょだし、なんでもあの子の言いなりになってる。前からそうだったけど、このあいだ……危なくあの子をうしないかけてからは、ますます甘くなってる」若い母親は赤ん坊のハータルの頭を肩にのせると背中を叩いてげっぷをうながし、またエイラに顔をむけた。「これまで、ふたりで話す機会がなかったでしょう？　ぜひともお礼をいっておきたくて。ほんとうにありがたく思ってるの……だって、てっきりあの子は……あのまま……いまでも夢でうなされるくらいよ。わたし、おろおろするだけで、なにをすればいいのかもわからなかった。あなたがいなかったら、いったい……どうなっていただろうと思うと……」感きわまったのか、トロニーは言葉につまり、目に涙を浮かべた。

「トロニー、無理して話さなくていい。お礼なんていらない。あれはわたしの……いい言葉、知らない。わたしは知っていた……必要だから……わたしには」

〈鶴の炉辺〉を通り抜けてくるディーギーに目をむけたエイラは、フラリーがこちらをじっと見ていることに気づかされた。フラリーは目のまわりに黒い隈《くま》をつくり、かなり疲れたようすを見せていた。これまでそれとなくフラリーのようすを見ていたエイラは、もう産み月がかなり近づいているのだから、本来ならつわりに悩まされなくなってもいいはずだ、と思っていた。しかしフラリーはいまなお吐いているし、それも朝にかぎったことではない。もっとくわしく診られたらいいのに、とエイラは思っていた。しかし、前にフラリーの体調を診せてほしいといったところ、フレベクは烈火のごとく怒りだした。窒息しかけた人を救ったからといって、癒しの術を知っているというあかしにはならない、というのだ。おまえが口でいっただけでは、おれはそんな話を信じないし、そもそも素性の知れない女がフラリーに見当ちがいな助言をするなんて許さない、と。これはまた、クロジーに新しい言いがかりの口実を与えることになった。結局さいごにはフラリーが口論をおわらせるため、自分は元気だから、エイラに診てもらう必要はない、と宣言した。

エイラは母親とつれあいの板ばさみになっているフラリーに励ましの笑みを送り、途中で空《から》の水袋を手にとって、ディーギーと出入口にむかった。〈マンモスの炉辺〉を通りすぎて〈狐の炉辺〉に足を踏みいれると、ラネクが顔をあげて、通りすぎるふたりをじっと見つめた。〈ライオンの炉辺〉と炊《かし》きの炉辺を抜けて内側のアーチにたどりつくまで、エイラは背中に突き立つラネクの視線をずっと感じていた。ふりむきたい衝動を抑えるのがひと苦労だった。

いちばん外側の帷《とばり》を押しあけたエイラは、予想もしなかった明るさに目をしばたたいた。見ればまっ青に澄みわたった空に、太陽がぎらぎらと輝いていた。秋のさなかにひょっこりと訪れる、数すくない贈り物のような、暖かく穏やかな天気の一日だった。これから先、毎日のように強風が吹きすさび、雪嵐が荒れ狂い、身を切るような寒さに悩まされる季節になれば、人々はこうした一日に思いをはせるようになる。うれしさに顔をほころばせたとたん、あることを思い出した。もう何年も思い出したこともなかったが、ウバが生まれたのもこういう天気の日、ブルンの一族に拾われてからはじめて迎える秋の一日だった。

土廬《つちいおり》とその前の地面がたいらになった部分は、西に面した斜面のなかほどあたりを切りひらいてつくられていた。出入口からは周囲がじつによく見わたせた。エイラはしばしその場にたたずみ、景色に見いった。日ざしをうけてきらめき、輝きながら勢いよく流れくだっていく川が、日ざしと水が協力して織りなす景色に水音という背景音をつけくわえている。そのずっと向こう、うっすらと靄《もや》にけむるあたりには、ここと同じような急な傾斜地が見えた。広大な草原の大地を抉《えぐ》っていく幅の広い急流は、その左右をみずからが浸食した結果の急峻な崖にはさまれていた。

台地の丸みを帯びた肩の部分と、その下に広がる広大な氾濫原のあいだには、黄土と呼ばれる柔らかな堆積土の層があり、ここに深い雨裂《ガリー》ができていた。雨裂は、いってみれば雨や雪どけ水、それに春に北方の氷河から溶けだす水が手ずから彫りあげた彫刻だった。低い地面に薙《な》ぎ倒されたように見える、いまはまったく葉のない灌木の茂みのそこかしこには、ぽつりぽつりと緑色の唐松や松がまっすぐそびえている。下流に目をうつせば、岸にそって葦《あし》や菅《すげ》が茂り、そのあいだに蒲《がま》の穂が突き立っていた。上《かみ》を見わたそうとしても川の屈曲部にさえぎられていたが、ウィニーとレーサーの二頭は目に見えるところにとどまっていた。このうら寂しく荒れはてた光景の残りの部分を占めている草原で、立ち枯れたままの草を食んでいる。

　エイラの足もとに泥の粒がばらばらと落ちてきた。驚いて顔をあげると、ジョンダラーのあざやかな青い瞳が見えた。その横には、満面に笑みをたたえたタルートが立っている。ほかにも何人もの人々が土盧の屋根の上に立っているのを見て、エイラはまた驚かされた。

「あがってこいよ、エイラ。手を貸してやるから」ジョンダラーがいった。

「いまはだめ。あとにして。いま外に出てきたところだし。でも、どうして屋根の上にいるの？」

「煙抜き穴に椀舟をかぶせているんだ」タルートが説明した。

「なんですって？」

「ほっときなさいよ。あとでわたしが教えてあげる」ディーギーがいった。「もう我慢できない、ここで洩らしちゃいそう」

　ふたりの若い女は肩をならべて、もよりの雨裂にむかった。急斜面には大雑把に段が刻まれており、そこをおりていくと、干あがった雨裂の一段と深くなった部分に、たいらな大きいマンモスの肩胛骨《けんこうこつ》がいくつか張りわたされていた。肩胛骨のまんなかには穴があけてある。エイラは肩胛骨のひとつの上に踏みだすと、腰紐をほどいてズボンをずりさげ、ディーギーとならんで穴の上にしゃがんだ。用を足すときの服のあつかいに四苦八苦していたのに、どうしてこの姿勢を思いつかなかったのだろうか、という疑問がまたぞろ頭をもたげてくる。ディーギーが用を足すのを一回見たあととなれば、あまりにも簡単でわからなかったのが不思議なくらいだった。夜のあいだに室内便器にたまった汚物も、ほかのごみといっしょに雨裂に捨てられる。春になれば、洪水がすべてをきれいに洗い流してくれるはずだ。

　そのあとふたりはまた階段をあがっていき、幅の広い峡谷のわきを流れている川のほとりまでおりていった。ずっと北にある水源はもう凍りついているはずだが、ここではまだ河床のまんなかに細く水が流れていた。季節がめぐって春になれば、この峡谷には荒れ狂う急流が出現する。土手の近くに、マンモスの頭蓋骨のいちばん上の部分を切り落としてひっくりかえした洗面器がいくつか積み重ねてあり、その横には足の骨をざっと削ってつくられた、柄の長い柄杓《ひしゃく》も何本かおいてあった。

ふたりの女は柄杓で川の水をすくって、マンモスの頭蓋骨の洗面器に満たした。エイラはもってきた小袋のなかから、乾燥させた花びらを自分とディーギーの手のひらにふりだした。よく泡立つサポニンという成分を多くふくんだ、セアノサスの淡い青色の花びらである。濡れた手で花弁を揉みつぶすと、ちょっとざらついた感じのある泡が立って手や顔を洗うことができるし、きれいになった手や顔にはほのかな芳香がのこる。それがすむと、エイラは小枝を一本へし折り、折った部分を口にくわえて歯をきれいにした。これはジョンダラーに教わった習慣だった。

「さっきの椀舟というのはなに？」水が通らないバイソンの胃でつくった水袋に、きれいな川の水をいっぱいに汲んでふたりで運び、住まいにむかって引きかえしていきながら、エイラはたずねた。

「川があんまり荒れていないとき、向こう岸にわたるのにつかう小さな舟よ。まず骨と木でお椀のような枠組みをつくる。ふたりか、せいぜい三人が乗れるくらいの大きさの枠ね。そこに皮を張るの。たいていはオーロックスの皮ね。毛皮が外側になるように張ったら、たっぷりと油をすりこむ。大角鹿の枝角は、うまく刈りこめば使い勝手のいい櫂《かい》になるわ……その櫂をつかって、水の上を進んでいくわけ」ディーギーは説明した。

「その椀舟、どうして屋根の上に？」

「つかわないときには、いつも椀舟を屋根の上においておくの。でも冬のあいだは舟をひっくりかえして、煙抜き穴にかぶせておく。雨や雪がはいってこないようにね。椀舟を穴にくくりつけておくから、風に吹き飛ばされる心配はない。でも、煙を出すための隙間はつくっておかなくちゃいけないし、雪が積もったら、家のなかから動かして払い落とせるようにしておく必要もあるの」

ふたりで歩きながら、エイラはディーギーと知りあえた幸運を噛みしめていた。ウバという妹はいたし、心から愛してもいたが、なんといっても年下で、しかもイーザの実の娘でもあった関係で、どこかしっくりとこないものを感じてもいた。なにを話しても理解してくれ、さまざまな共通点をもっている同年代の友人となると、これまでひとりもいなかった。ふたりはずっしりと重い水袋をいったん地面におろして、ひと休みした。

「ね、『あなたを愛してる』といいたいときの手ぶり言葉を教えてもらえる？」ディーギーがいった。「こんどブラナグに会ったときに、その言葉をいってあげたいから」

「氏族には、そんな言葉ない」エイラは答えた。

「あの人たちは愛しあわないの？　あなたの話をきいていると、わたしたちとまったくおなじ人間みたいに思えていたのに。だから、愛しあうこともあるだろうって思ってた」

「ある、氏族も愛しあう……でも、もっと静か……いいえ、静かというのとはちがう……」

「もしかして〝控えめ〟といいたいんじゃない？」とディーギー。

「控えめ……胸の裡《うち》を見せるのに。母親なら子どもに、『おまえのおかげで、わたし幸せいっぱいの気分』みたいなこと、いってもおかしくない」エイラはそういいながら、いまの言葉を手ぶりで実演した。「でも女は、胸の裡をあまりひらかない……いや、あからさまにしない、といったほうがいい？」エイラはふたつめの単語の適否をたずね、ディーギーがうなずくのを待ってから話をつづけた。「女、男への気持ち、あまりあからさまにしない」

ディーギーは興味をもっていた。「だったら女はどうするの？〈夏のつどい〉でブラナグにじっと見つめられて……わたしも気がついたら、あの人をじっと見つめてて……あの人をどう思っているのか、その気持ちを本人に話さないではいられなくなったわ。思いのたけを口に出せなかったら、なにをしでかしていたか、わかったものじゃない」

「氏族の女、気持ちを言葉にしない。代わりに態度で、気持ち、あらわす。女は愛する男のため、いろいろな仕事をする。男の好きな食べ物をこしらえる。朝、男が起きるとき、男の好物のお茶をいれる。とっておきの服をつくる――外衣の裏に、とっても柔らかい毛皮をつけたり、履き物の内側に毛皮を張って、うんとあったかくしたり。もっといいのは、男がなにもいわなくても、なにを望んでいるか、察すること。男の癖や気分を知りたい一心で、女が真剣に男を見ているしるしになる。男のことを知っている、男のことを気にかけているしるしに」

ディーギーはうなずいた。「愛してることを相手に伝えるには、とってもいい方法ね。愛しあうふたりが、おたがいのために特別なことをしてあげるのってすてきだと思う。でも、女は相手の男が自分を愛していることをどうやって知るの？　男は女にどういったことをしてくれるわけ？」

「あるときグーブ、命を張ってまで雪豹を殺した。オブラが、雪豹を怖がってたから。雪豹、洞穴のすぐそばをうろついてた。あとでグーブ、雪豹の皮をクレブにあげた。でもオブラは知ってた、グーブが自分のために雪豹を殺してくれたこと。イーザ、その毛皮でわたしに外衣、つくってくれた」エイラは説明した。

「たしかに控えめね！　わたしだったら、相手の気持ちが通じなかったかもしれない」ディーギーは笑った。「でも、その男の人が愛する女のために雪豹を殺したことが、どうしてあなたにもわかったの?」

「あとでオブラ、教えてくれた。そのときはわからなかった。まだ小さかった。言葉、まだ勉強中だったから。氏族の言葉、手ぶりだけじゃない。顔や目や体も、手に負けないくらい話す。歩き方、頭の動かし方、肩の筋肉の緊張……どれも読みとり方を知っていれば、言葉よりももっと深くしゃべる。氏族の言葉を覚えるの、とてもとても長い時間がかかった」

「あなたのマムトイ語があっという間にうまくなってて、わたしは驚いてるのよ。いつも見ているでしょう? 日に日に上手になってるわ。わたしにも、あなたのような言葉の才があればいいのに」

「わたし、まだ上手でない。知らない言葉、まだたくさん。でもわたし、口で話す言葉を、氏族の言葉におきかえて考えてる。言葉を耳でききながら、その人の顔つきを見る。言葉がどういう響きをもつか、どう組みあわさるかを感じて、体の動きを見る……そして覚えるようにする。ライダグやほかの子どもに、手ぶり言葉を教えながら、わたしも学ぶ。あなたたちの言葉、もっと学ぶ。学ぶしかないから」エイラは熱意もあらわな強い調子でいった。

「言葉を覚えるのは、あなたにとっては遊びではないのね? わたしたちが手ぶり言葉を覚えるのは、遊びのひとつみたいなものだけど……。みんなで〈夏のつどい〉に行ったら、まわりの人にはまったく気づかれないまま、仲間うちだけで話ができると思うと、いまからわくわくするわ」

「みんな、遊びで楽しんで、もっと知りたいと思ってくれればうれしい。ライダグのために。あの子はいま楽しんでる。でも、やっぱりあの子には遊びじゃない」

「ええ、わたしもそう思う」ふたりはまた水袋をもちあげたが、ディーギーはふっと足をとめて、まじまじとエイラを見つめた。「最初のうちは、どうしてネジーがあの子を手もとにおいておきたいといいだしたのかがわからなかった。でも、だんだんあの子に慣れてきたら、どんどん好きになっていったの。いまではライダグはわたしたちの仲間だし、もしここからいなくなったりすれば、きっと寂しく思うわ。それでも、あの子が話したがってるなんて、いっぺんも考えなかった。あの子本人だって、自分が話せるとは思っていなかったんじゃないかしら」

ジョンダラーは土盧の出入口前に立って、近づくふたりの若い女を見つめていた。ふたりの女はこちらにむかって歩きながら、なにやら熱心に話しこんでいる。エイラが簇《むら》になじんでいるのを見て、ジョンダラーはうれしかった。あらためて考えなおすと、自分とエイラがどんな人々に会っても不思議はなかったのに、霊がまじりあった子どもを一員としている人々と出会ったというのは驚くべきことだ。そういう子どもがいるからこそ、ここの人たちはほかの人々よりも、エイラをすんなり受け入れたのかもしれない。ただし、予想が的中していたこともあった。エイラは自分の出自を、だれにでもためらいなく話している。

とはいえ、まだ息子のことまでは話していない。ネジーのような人が孤児《みなしご》に同情しているからといって、平頭の霊とみずからの霊をまじわらせて畜人《ちくじん》を産み落とした女を歓迎するかといえば、それはまたべつの話だ。おなじことが起こるのではないかという恐怖は、つねに人々の心の底を流れている。エイラが忌まわしい霊を引き寄せているのなら、おなじ霊が近くにいるほかの女にも広がるかもしれない、という恐れが。

いきなり、ジョンダラーはさっと顔を赤らめた。エイラは自分の息子を畜人とは思っていない――そう考えると自分が恥ずかしくなった。最初に話をきいたときジョンダラーが嫌悪に跳びすさったのを見て、エイラは激しく怒った。あれほど激しく怒ったエイラは見たことがない。息子はあくまでも息子。その息子を恥じる気持ちはエイラには一片もない。エイラのいうとおりだ。それに夢で女神ドニがおれに告げたではないか。平頭……いや、氏族もまた母なる大地の女神の子らである、と。ライダグを見るといい。あの子は、最初おれが想像していたのと大ちがいで、たいそう頭がいい。見た目はちょっと変わっているが、人間であることに変わりはないし、おまけに好感をもたずにはいられない子どもだ。

これまでライダグと何回かいっしょに過ごしてみて、ジョンダラーはこの少年がかなりの知性をそなえ、大人びた性格をもっていることを肌で感じていたし、それればかりか、なかなか辛辣な機知のもちぬしであることも知らされていた――そうした機知がいちばん発揮されるのは、ライダグ本人の他人とちがう点や病弱さが話題に出たときだった。ジョンダラーはまた、エイラを見るライダグの目に、いつも賛嘆の光が浮かんでいることにも気づいていた。そういえばエイラは前に、氏族ではライダグぐらいの年齢の子どもたちはすでに一人前の男に近くなっている――この族でいえばダヌーグに近い――と話していた。しかし、体が弱いせいで年齢以上に大人びた性格を身につけたのも事実だろう。

エイラのいうことは正しい。連中についてはエイラの話が正しいことは知っている。それでも……できれば、エイラにはあの連中のことを話題にしてほしくない。そのほうが話が簡単だ。エイラが自分から話をしなければ、ここの人たちにはなにひとつ知られずにすむ……。

おいおい、エイラはあの連中を自分の仲間だと思っているんだぞ――ジョンダラーは自分を叱った。ふたたび頬が火照ってきた。こんなことを考えた自分への怒りがこみあげる。育ててくれた人たち、世話をしてくれた人たちの話を人前でするなといわれたら、いったいどんな気持ちになると思う？　当のエイラが恥じていないのだから、おまえが恥じる道理がどこにある？　これまでは、そうわるい首尾ではない。フレベクの一件があるにはあったが、あの男はもともと悶着野郎だ。しかし、エイラは知らない――人はいきなり態度を変えて敵意をむけてくることがあるし、その敵意は相手といっしょにいる人間にもむけられるということを。

エイラが、そんなことを実地に知る機会が来ないのがいちばんいい。そんなことにはならないかもしれない。それにエイラはもうライオン簇のほぼ全員に——くわえて、このおれにまで——平頭の話し方を教えていることだし。

この簇のほぼ全員が本気で氏族の手ぶり言葉を覚えたがっていることを目のあたりにして、ジョンダラーも即興の勉強会に参加してみた——このごろでは、だれかが手ぶり言葉についての質問を口にすると、その場がすぐに勉強会になるかのようだ。そうこうするうちにジョンダラーは、いつしかこの新しい遊びに夢中になっていた。離れていても手ぶりで合図を送ったり、声を出さずとも冗談をかわしあったりできる。たとえば口でなにかを話しながら、まわりに気づかれないように手ぶり言葉でまったくちがう話をすることもできるのだ。ジョンダラーは、声をつかわないこの言葉の奥深い豊かさに驚嘆していた。

「ジョンダラー、顔がまっ赤よ。なにを考えていたのかな？」ふたりで出入口のアーチ前にたどりつくと、ディーギーがからかう調子でそういった。

不意討ちのようにむけられた質問に、ジョンダラーは自分を恥じていたことを思い出し、困惑の思いにさらに顔を赤らめた。

「ああ……どうも火の近くにいすぎたみたいだな」ジョンダラーは口のなかでもごもごとつぶやいて、顔をそむけた。

どうしてジョンダラーは、ほんとうではないことをいうのだろう？　エイラはいぶかしく思った。ひたいに愁《うれ》い皺が刻まれていたことにも気づいていたし、ジョンダラーが顔をそむける前には、深みのある青い瞳に深刻な悩みの色があることも見てとれた。火のそばにいたから顔が赤かったのではない。なにか考えて顔を赤くしていたのだ。ようやくあの人のことがわかりかけてきたと思ったとたん、あの人は決まってわからないことをする。わたしはあの人のようすを、いつも真剣に見守っている。なにもかもすばらしく思えることもある……それなのに、なんの前ぶれもなくあの人は怒る。いまだって、あの人が怒っているのはわかる。でも、なぜ怒っているのかがわからない。まるであの遊びのよう——あることを口で話しながら、手ぶり言葉でまったくほかのことをいう遊び。たとえば、あの人がラネクに口では愛想のいいことをいいながら、体では怒っていることをあらわにしているときのよう。どうしてあの人は、ラネクに怒っているのか？　さっきは、なにかが心に引っかかっていたはずなのに、顔が赤いのは火のせいだと話していた。わたしが、なにかいけないことをしたのか？　どうしてあの人の心が理解できないのか？　はたして、わかる日が来るのだろうか？

体の向きを変えて土廬にはいろうとした三人は、ちょうど外に出てきたタルートと鉢あわせしそうになった。

「きみをさがしていたんだよ、ジョンダラー」族長《むらおさ》タルートはそういった。「こんな上天気の一日を無駄にしたくはない。ワイメズが引きかえしてくるとき、その場の思いつきであちこちを偵察してきたといっていてね。その話だと、バイソンの冬の群れと行きあったらしい。だから食事をおえたら、おれたちは狩りに出ようと思う。どうだ、いっしょに来るか？」

「はい。行かせてもらいます！」ジョンダラーは顔をほころばせた。

「マムートに空模様を読んでもらい、〈遠見《とおみ》〉で群れをさがしてもらったんだ。お告げは上々で、群れも遠くへは行っていない。ほかにも、こんなことをいっていたんだが、おれにはさっぱり意味がわからん。

『外に通じている道は、なかにはいる道でもある』とね。きみには意味がわかるか?」

「いいえ。でも、珍しいことじゃありません。女神に仕える者は、よくおれには意味がわからない言葉を口にします」ジョンダラーは笑った。「女神に仕える者の舌には影が宿る、といいますし」

「たまに、連中には自分で自分の言葉の意味がわかっているのかどうか、不思議に思えてくるよ」タルートはこぼした。

「狩りに行くのなら、ちょっと役に立つ物をお見せしたいんですが」ジョンダラーはそういいながら先に立って〈マンモスの炉辺〉の自分たちの寝台にむかい、軽いつくりの槍を何本かつかむと、タルートには見なれない仕掛けをも手にとった。「これはエイラの谷でおれがつくった品です。それからはずっと、これをつかって狩りをしてました」

エイラは一歩うしろに立って見守りながら、身の裡に緊張が恐ろしいほど高まってくるのを感じていた。いっしょに狩りに行きたくてたまらなかったが、女が狩りをすることを簇の人々がどう思っているかがわからない。かつて狩りは、エイラにとって大きな悩みのたねだった。氏族の女は狩りはおろか、狩りの道具に手をふれることすら禁じられていた。しかしエイラは氏族の禁をやぶって、ひとり投石器の練習にはげんだ。露見すれば、厳しい罰が待っていた。罰をうけてもなお生きのびたエイラは、その強力な守護トーテムをなだめるために、制限つきで狩りを許されるようになった。しかし狩りを許されたことで、ブラウドがエイラを憎む理由がひとつ増えてしまい、さいごには一族からエイラが放逐される理由のひとつにもなった。

それでも投石器で狩りができたおかげで、ひとり谷で生きぬくことができたのだし、これが技能の幅を広げる動機や励みにもなった。エイラがひとりでも生きぬけたのは、ひとえに氏族の女として手わざを身につけていたうえ、知性や勇気に恵まれてもおり、身のまわりのことをすべて自力でこなす力を得ていたからである。しかし狩りはエイラにとって、自分だけを頼りに生きていくことや、自分のことはすべて自分が背負うということ以上の象徴にもなっていた。狩りは、そこからの当然の帰結ともいうべき独立不羈《ふき》の精神や自由の象徴にもなっていたのだ。それだけのものを、エイラはあっさりあきらめる気にはなれなかった。

「エイラ、きみも投槍器《とうそうき》をもってきたらいい」ジョンダラーはいい、タルートにむきなおった。「槍を投げる力はおれのほうが上ですが、エイラのほうが正確に投げられますから、おれよりエイラにやって見せてもらったほうが、この道具の真価もわかる。いや、狙いの正確さを実地に見たかったら、エイラに投石器をつかってもらったらいい。投石器を巧みにつかいこなす力があったればこそ、エイラは槍投げも巧みになったと思います」

エイラはほっとため息をつくと――息をとめていたことにさえ気づいていなかった――ジョンダラーがタルートと話しているあいだを利用して、投槍器と槍をとりにいった。狩りをしたいというエイラの意向やその能力をジョンダラーがあっさり認めたことや、当たり前のようにエイラの狩りの能力を褒めたことが、いまなお信じられない。おまけにタルートもライオン族の人々も、エイラの狩りを認めて当然だと考えているふしさえあった。女の人はどう感じるのだろう？　そう思ったエイラは、ちらりとディーギーに目をむけた。

「狩りで新しい武器をつかうのなら、そのことを女神にお知らせしなくてはね。女神もごらんになりたいと思うわ」ディーギーはそう簇長タルートにいった。「わたしも槍と背負子《しょいこ》をもってきたほうがよさそうね。それに天幕も。泊まりがけの狩りになりそうだもの」

朝食をおえるとタルートはワイメズを手招きし、ふたりは炊きの炉辺にある小さめの炉のひとつのそば、地面が軟らかくなっている場所に腰をおろした。煙抜き穴から明るい日ざしが射しこんでいた。壁ぎわに近い地面には、鹿の足骨からつくられた道具が突き立っていた。ナイフとも先細りの短剣とも見える。膝関節の部分から下がまっすぐな鈍い刀身に削られ、先端は尖っていた。タルートはその膝関節の部分を握ると、たいらな刀身で軟らかな土をひらたくならし、ナイフをもちかえ、尖端で地面にしるしや線を描きはじめた。まわりに何人かがあつまってきた。

「ワイメズの話によれば、バイソンの群れはここの北東にある三つの岩が突きでた露頭からほど遠くないあたり、ここの川の上《かみ》にそそぐ小川の支流の近くにいたという」簇長はそう説明しながら、話に出たあたりのおおざっぱな地図をナイフの先で描いていった。

タルートが描く地図は、じっさいの地形の正確な縮図ではなく、かなり簡略化した絵といったおもむきだった。しかし、位置を示すのにあえて正確さにこだわる必要はない。ライオン簇の人々は周囲の地理を知りつくしている。だからタルートの地図は、人々がすでに知っている場所を思い起こさせるための道具にすぎなかった。地図には、だれもが知っている特徴のある場所や衆目の一致した見解をあらわす簡単なしるしや線が描かれていた。

タルートの地図には、この土地を二分して流れている川は描かれていなかった。彼らには、鳥のように土地を上から見る目がなかったからだ。地図では川はいくつもの山形模様で描かれ、左右に引かれた直線が支流のしるしだった。平坦なこの地域を地面に立った人間の目で見わたせば、川は大量の水に見え、それがあちらこちらでつながっているように見えているのである。

川がどこから流れてきて、どこにむかっているのかは知っていたし、川をたどっていけばいくつかの目的地に行けることも知っていた。しかし、川以外の道しるべになる特徴もまた、その点ではおなじだった。岩が突きでた露頭は、そう簡単に変化しない。これほど氷河に近い土地であっても、緯度が低いこのあたりでは、季節によって土地が変化する。氷と永久凍土が、地形を大幅に変えてしまうこともあるのだ。最大級の川はともかくとして、氷河が溶けた水によってつくられるそれ以外の川ともなれば、季節によってちがう場所を流れることもあり、ピンゴ——氷の膨張によってできた永久凍土層の小山——が、夏になると溶けて泥沼に変わったりもする。彼ら〈マンモスを狩る者〉たちは、地形をさまざまな要素の組みあわせとして見ており、川もまたその要素のひとつにすぎなかった。

　またタルートは川の長さを表現するのに線を引くことはしなかったし、道を距離や歩数であらわすこともしなかった。長さの単位には、ほとんど意味がなかった。彼らにとって距離とは、どれだけ離れているかという数字の問題ではなく、そこにいたるまでにどれだけの時間がかかるか、という問題だった。だから地図でも、何本かの線を引くなり、ほかの記号をつかうなりして、行きつくまでにかかる日数や時間が描きこまれた。それでも目的地によっては、人によって所要日数に長短の差が出ることもあれば、季節によって経路が変わるので、おなじ目的地でも差が出ることはある。簇全体が移動するおりには、簇人《むらびと》のなかでいちばん足の遅い者を基準にして距離が表示された。タルートの地図はライオン簇の人々にはすっきりと読みとれたが、食いいるように見つめてもエイラには意味がさっぱりわからなかった。

「ワイメズ、群れがどこにいたのかを教えてもらおうか」タルートがいった。

「この支流の南側だな」ワイメズが骨のナイフを受けとり、地図に何本かの線を描きそえながら答えた。

「岩が多いところだ。露頭が高くそびえている。しかし、氾濫原《はんらんげん》は広々としているな」

「群れがこのまま上《かみ》にむかうとすれば、川の南側には外に出ていけるような道がほとんどないわね」トゥリーがいった。

「マムート、あんたはどう思う?」タルートがたずねた。「たしか、群れはあまり遠くには行っていないという話だったね」

老兕法師《じゅほうし》は骨ナイフを手にとり、しばし目をつぶったまま考えこんだのち、「第二の露頭といちばんさいごの露頭のあいだに、一本の支流があるな」といって、地図に線を描いた。「群れはおそらくその方向をめざすだろう……そこを行けば、ひらけた場所に出ると考えて」

「そこなら知ってるぞ!」タルートがいった。「そのまま上《かみ》に進むと氾濫原がどんどん狭まって、やがて切り立った岩崖に左右をはさまれて身動きできなくなるんだ。バイソンの群れを追いこむには絶好の場所だな。何頭くらいの群れだ?」

ワイメズが絵を描くためのナイフを手にとり、地図のへりに近い部分に数本の線を引いた。それからちょっとためらったのち、線を一本追加した。「見たのはこれだけ、これだけはいたと断言できる」いいながらワイメズは、骨のナイフを土に突き立てた。

トゥリーがナイフを受けとり、さらに三本の線を引いた。「群れのうしろから、よろよろ歩いていくバイソンがこれだけいたわ。うちの一頭はまだかなり若そうだった。もしかすると病気で弱っていたのかも」

ダヌーグが骨のナイフを手にとって、あと一本線を描きくわえた。「あれは双子だったと思うな。あと一頭、遅れて群れを追ってるバイソンがいたよ。ディーギー、あの二頭を見たかい?」

「覚えてないわ」

「まあ、ディーギーはブラナグばかり見ていたからな」ワイメズが穏やかな笑みを見せながらいった。

「ここだとなると、だいたい半日ほどの距離か?」タルートがたずねた。

ワイメズはうなずいた。「ああ、半日だ。かなりの強行軍で歩いてな」

「だとしたら、いますぐ出発したほうがいい」簇長タルートはちょっと口をつぐんで、考えをまとめた。

「このあたりには、しばらく足を運んでない。だから、あらかじめ土地のありさまを知っておきたい。となれば……」

「足自慢の者にひと足先にようすを見に行かせて、すぐに引きかえさせたら? あとから追うわたしたちと途中で合流すればいいし」トゥリーは兄タルートの考えを察して、そういった。

「かなり遠くまで走ることになる……」タルートはいい、ダヌーグに目をむけた。ひょろりと背の高いこの若者が口をひらきかけたが、エイラがその機先を制した。

「馬なら、それほど遠い距離でもない。馬、速く走れる。わたし、ウィニーに乗っていってもいい……でも、その場所、知らない」

タルートは最初驚いた顔を見せていたが、すぐ満面の笑みになり、「それなら、あんたに地図を描いてやろう。これとおなじような地図を」といって、地面の地図を指さした。ついでまわりを見まわし、焚きつけ用に積んである骨の山のそばに落ちていたマンモスの牙のかけらを目にとめ、フリント加工用の鋭いナイフを手にとった。「いいか、まずまっすぐ北にむかうと、大きな川がある」そういって、牙のかけらに大量の水を示すジグザグの線を刻みはじめる。「最初に小さな川に出会うが、この川はわたらなくてはならん。大きな川とまちがえないようにな」

エイラは眉を曇らせた。「わたし、地図わからない。地図、見たの、きょうがはじめて」

タルートは失望した顔になり、牙のかけらをまた焚きつけの山に投げもどした。

「だれか、エイラといっしょに行けませんか？」ジョンダラーが提案した。「馬にはふたりでも乗れます。おれも、前にエイラといっしょに乗ったことがありますし」

タルートはまた笑顔になった。「それは名案だな！　だれか行きたい者は？」

「わたしが行きます！　道は知ってますから」ひとりが声をあげ、そのすぐあとにべつの者が名乗りをあげた。

「おれが道を知ってます。このあいだ通ったばかりだし」

声をあげたのはラティとダヌーグだった。すぐにでも出発したい顔の者が、ほかに何人もいた。

タルートはひとりずつ顔を見つめていったが、結局両手を上にむけて肩をすくめ、エイラにむきなおった。「あんたが選ぶといい」

エイラは若者ダヌーグを見つめた。背丈はジョンダラーにならぶほど、タルート譲りの赤毛で、口のまわりにはひげになりかけた濃い産毛が生えていた。それから、背の高い痩せた少女ラティに視線をうつす。まだ一人前の女ではないが、その域に近づいているところ。髪は黒っぽい金髪で、母ネジーよりもわずかに薄い色あい。ふたりとも、熱意に目をきらめかせていた。どちらにすればいいのか？　ダヌーグはもうほとんど一人前の男だ。だから連れていくべきだと思ったが、ラティのようすにはどこかしら昔の自分を思わせるところがあったし、最初に馬を見たとき、少女の顔に浮かんでいた切望の表情も思い出されてきた。

「あまり重くないほうが、ウィニー、速く走れると思います。ダヌーグは男です」エイラは真心のこもった笑みをダヌーグにむけながら、そういった。「今回は、ラティのほうがいいと思います」

ダヌーグはうろたえた顔を見せながらもうなずき、うしろにさがった。予想もしなかったいくつもの感情がいっぺんにこみあげてきたせいで、いきなり顔が熱く火照ったのを、なんとか鎮めようと必死だった。自分が指名されなかったことには、いたく失望していた。しかしエイラから輝くような笑顔をむけられて〝男〟と呼ばれたことで、顔がかっと熱くなり、心臓の鼓動がいきなり速くなった――おまけに、下腹部が固く突っぱったことにも当惑していた。

ラティは急いで走っていき、旅行用の薄手で暖かいトナカイ皮の服に着替えると、雑嚢《ざつのう》に必要な品を詰めこみ、ネジーが用意してくれた食べ物や水袋も荷物にくわえた。エイラが支度をととのえるのが待ちきれない気分で外に出たラティは、ジョンダラーがエイラを手伝って、ウィニーの左右のわき腹に荷籠を吊るしているのを見まもった。荷籠を馬の体にくくりつけている馬具は、エイラの考案した品だった。ネジーからもらった旅行中の食べ物と水袋を片方の籠におさめる。籠の下のほうには、エイラの品がいくつかおさめてあった。それからエイラはラティの雑嚢を手にとり、反対側の荷籠に入れた。それがすむとエイラはウィニーのたてがみをつかみ、ひらりと跳んで馬の背にまたがった。ジョンダラーはラティの体をもちあげて、エイラの前にすわらせてやった。灰褐色の馬の背に乗って、まわりにあつまった簇の人々の姿を見おろしていると、ラティの目が幸せに満ちてきた。

ダヌーグがいくぶん恥ずかしそうに近づいて、ラティに牙のかけらを手わたした。「タルートの地図をここに刻んでおいたよ。場所がわかりやすいように、ちょっと手を加えてある」

「ありがとう！」ラティはそういうと、ダヌーグの首に両腕をまわして抱きついた。

「ほんと。ありがとう、ダヌーグ」エイラに笑顔でそういわれ、またしてもダヌーグの心臓の鼓動が速まった。

ダヌーグの顔は、本人の赤毛に負けないほどまっ赤だった。雌馬の背に乗ったエイラとラティが斜面をのぼっていくと、ダヌーグは手のひらを自分のほうにむけ、大きく手をふって見おくった――〝無事に帰ってこい〟という意味の動作だった。

ジョンダラーは子馬が大きく伸ばした首に片腕をまわし――子馬は母馬とエイラたちのあとを追おうとするかのように頭を高くかかげて鼻づらを空にむけ、体を前に乗りだそうとしていた――もう一方の腕を少年の肩にかけた。

「地図をわたすなんて、ずいぶん気がきくんだな。きみが行きたかったのはわかってる。このつぎの機会には、きみも馬に乗れるとも」ジョンダラーはいった。

ダヌーグはなにもいわずにうなずいた。しかしいまこの瞬間、ダヌーグが考えていたのは馬に乗ることではなかった。

草原までやってくると、エイラは足でわずかに馬の体を押すと同時に体を動かすことで、ウィニーに合図を送った。ウィニーは全速力で北に走りはじめた。宙を駆けているかのような蹄の下を見ると、地面がぼやけるほどの速さでうしろへと流れ去っていた。いまもまだ、ラティは自分が馬の背に乗って草原をひた走りに走っていることが、現実だとは信じられなかった。出発のときは高鳴る期待に思わず笑みがこぼれたし、いまでも高揚した気分は残っていたが、ときおりは目を閉じて前に身を乗りだし、顔にあたる風を楽しみもした。いまラティは天にも昇る心もちだった。これほど胸がときめくことがあるとは、夢にも思っていなかった。

ほかの狩人たちも、エイラたちが出発してからさほど間をおかずに出発した。狩りができて、参加を申し出た者は全員が参加した。〈ライオンの炉辺〉からは三人が参加した。ラティはまだ小さく、つい最近タルートやダヌーグへの同行を許されたばかりだ。前々から狩りに行きたがっていたのは、若いころの母親とおなじだが、そのネジーも最近ではめったに狩りに同行しない。住まいにとどまって、ルギーやライダグをはじめとする幼い子どもたちの世話をしていることが多かったし、ライダグを引きとってからは、めったに狩りに行かなくなっていた。

〈狐の炉辺〉には男がふたりしかおらず、そのワイメズとラネクはどちらも狩りに出るが、〈マンモスの炉辺〉から出たのは、客人のエイラとジョンダラーだけだった。マムートは高齢すぎる。

行きたい気持ちはあったが、狩猟隊の足を引っぱるのではないかという気づかいから、マヌーブは同行を辞退した。トロニーもまた、幼いヌビーとハータルとともに簇にとどまった。小さな子どもでも役に立つ仕事がある大規模な狩りの場合はともかく、トロニーももう狩りには行かなくなっていた。〈トナカイの炉辺〉からはトルネクだけが、同様に〈鶴の炉辺〉からはフレベクだけが狩りに参加した。フラリーとクロジーは、年少のクリサベクとタシャーとともに簇にとどまった。

トゥリーはまだ年端もいかない子どもがいるころから、なにやかや口実を見つけては狩りに参加していた。トゥリーのいる〈オーロックスの炉辺〉からは、大勢が参加した。女長《おんなおさ》であるトゥリーのほか、バルゼクとディーギー、それにドルウェズの三名である。八歳のブリナンは母親にかけあって、なんとか参加を認めてもらおうとしたが、もうすこし我慢すれば狩りにいける年になるからという約束でなだめられ、妹のトゥジーともども〈ライオンの炉辺〉のネジーにあずけられた。

一団となって斜面をのぼった狩人たちが平坦な草原に達すると、タルートは足どりを速めた。

「こんなに天気のいい一日を無駄にしたら申しわけないね」ネジーはそういって、きっぱりした動作で茶碗を下においた。狩人たちが出発したあと、簇に残った者たちは戸外にある炊きの炉辺にあつまって茶を飲みながら、朝食のあまり物を片づけていた。「穀物がちょうど実って、よく乾いてる。だから出かけていって、丸一日かけて収穫したらいいと前から思ってたんだよ。小川のほとりにある笠松の林を目ざしていって、うまく時間がとれたら、ほどよく熟した松の実があつめられるだろうしね。いっしょに行きたい人はいる?」

「フラリーがそんな遠くまで歩いていくのは感心しないね」クロジーがいった。

「母さんったら」フラリーがいった。「ちょっとは歩いたほうが体にいいのよ。それにお天気がわるくなったら、どのみちほとんど外に出られなくなるんだし。じきにそんな季節が来るわ。わたしも行かせて、ネジー」

「ま、そういうことなら、子どもたちの面倒を見るために、あたしも行かなくちゃいけないね」クロジーは大変な犠牲を払っているかのような口ぶりだったが、内心ではちょっと外に出るのもわるくないと思っていた。

トロニーは、一も二もなくネジーの提案に飛びついた。「いい思いつきね! ハータルを背負子に入れていけば、ヌビーが疲れても抱いてやれるから。お天気のいい日には、外で過ごすのがなによりだもの」

「ヌビーなら、わしが抱いてやろう。おまえがふたりを抱かんでもいいようにな」老マヌーブがいった。

「だが、わしはまず松の実をあつめよう。穀物あつめは、おまえさんがたにまかせておく」

「わしも行かせてもらうかな」マムートがいった。「ライダグなら、わしのような老いぼれが道づれになっても、いやな顔はするまいて。エイラの手ぶり言葉を教えてもらうのもいいな。ライダグはもう達人だからの」

「あなたもとてもお上手ですよ」ライダグはマムートに手ぶり言葉でそういった。「手ぶり言葉をどんどん覚えてますしね。逆にぼくが教えてほしいくらいだな」

「だったら、教えあうのもわるくないね」マムートは手ぶりで返事をした。

ネジーは笑みをのぞかせた。マムートが、霊のまじりあった子であるライダグに簇のほかの子どもたちとちがう接し方をしたことはいちどもない。体が弱いことに格別の配慮を見せるだけだ。それにライダグの面倒を見るネジーにも、よく手を貸してくれた。ふたりのあいだには、特別な絆があるかのようだった。ほかの者が仕事で忙しいあいだ、ライダグをひとりにしないように同行を申し出てくれたのだろう——ネジーはそう思っていた。それにマムートのこと、だれかがライダグにむかって、もっと速く歩けなどと無理じいをしないように確実を期してもくれるはずだ。ライダグが無理をしているように見えたら、マムートはわざと足どりをのろくして、自分の高齢のせいにするはずだ。前にも、そういうことがあった。

全員が収穫物を運ぶための籠や敷物用の皮、水袋、昼食用の食料を用意しおえて土盧の前にあつまると、マムートがマンモスの牙製の豊満な女神の小像をとりだし、入口前の地面に突き立てた。それからマムートは、自分以外にはだれにも理解できない言葉でなにかつぶやき、意味ありげなしぐさをした。簇の全員が外に出れば、土盧はそのあいだ無人になる。そこでマムートは母なる女神ムトの霊に、自分たちが不在のあいだ、この住まいを守ってくれと祈願したのだ。

出入口の前に女神像がおいてある住まいに、その禁をおかしてまで勝手にはいってくる者はいない。だれしも、禁をおかした者にわざわいがふりかかると信じているために、よほど火急でないかぎり、そんなことを慎むものだ。やむにやまれぬ事情であっても——たとえば怪我人が出たとか、猛吹雪にあって一時の避難所が必要になったとかいう場合でも――守護神は怒って罰を与えようとしているかもしれないので、ただちになんらかの埋めあわせをしなくてはならない。なにか品物がつかわれれば、つかった当人か家族、あるいは当人の属する簇によって、それ以上の価値のある品物ができるかぎり早いうちに代償として支払われるのがつねだった。寄進の品や贈り物は、大いなる女神の霊の怒りをなだめるため、寛恕《かんじょ》を乞い、事情を説明する言葉とともに〈マンモスの炉辺〉の住人にとどけられる。同時に、これからは善行を心がけ、あやまちの埋めあわせにつとめるという約束もなされる。つまりマムートのいまの行為は、後世のいかなる錠前よりも効果的なのだ。

マムートが出入口に背中をむけると、ネジーは背負い籠をかつぎあげて、ひたいにかけた負い革の位置を調節してから、ライダグに斜面をのぼる苦労をさせないために抱きあげ、肉づきのいい腰の部分でささえるようにした。それからネジーはルギーとトゥジーとブリナンの三人を先に歩かせ、草原を目ざして出発した。ほかの面々もつづいた。かくして簇に残っていた者たちは、母なる大地の女神が種を蒔《ま》いて彼ら人間に与えてくれる穀物や種子を一日かけてあつめるために、大きくひらけた草原をわたっていった。こうして採集した収穫で簇全体の暮らしに貢献する仕事は、狩りとくらべても決して軽んじられてはいなかった。それに、どちらもただの仕事ではなかった。仲間意識をはぐくみ、収穫をわかちあうことで、仕事が楽しみになっていたからである。

馬に乗ったエイラとラティは、水しぶきをはねあげながら浅瀬をわたったが、それよりはいくぶん大きな川に行きあたると、エイラは馬の足どりをゆるめた。

「この川にそって進む?」エイラはたずねた。

「ちがうと思うわ」ラティはいい、牙のかけらに刻まれた地図に目を落とした。「うん、やっぱりちがう。ほら、ここを見て。これが、さっきわたった浅瀬。で、こっちの川もわたるのね。つぎの川に行きあたったら、向きを変えて上《かみ》をめざすんだわ」

「ここ、あまり深くなさそう。わたりやすい場所、どこかある？」

ラティは上流と下流に目を走らせた。「すこし上《かみ》に行けば、いい場所があるわ。あそこなら、履き物を脱いで脚絆《きゃはん》の裾をめくりあげるだけですむみたい」

ふたりは上流にむかった。しかしいざ、川が広くなって水が浅くなっている場所にたどりつくと、あちこちに突きだした岩のまわりで水が白く泡立っていた。エイラはとまらなかった。ウィニーをそのまま川に進め、わたりやすい場所をさがすにまかせたのだ。対岸にわたりきってウィニーがまた速駆けをはじめると、ラティの笑顔がもどってきた。

「ぜんぜん濡れなかった！」少女はうれしそうに大声をあげた。「ちょっと水しぶきがかかっただけ！」

つぎの川にたどりついて東に方向を転じたあと、エイラはウィニーにひと息つかせるために、しばらく馬の足どりをゆるめさせた。しかし馬がのんびり歩いたとしても、人間が歩くよりは――いや、走りづめに走った場合よりも――ずっと速い。おかげでエイラたちは、たちまち距離を稼いでいた。進むにつれて、あたりの地形が変化してきた。地面が岩がちになり、しだいに標高も高くなってきた。エイラが馬をとめ、川の対岸にべつの川が流れこんでいる箇所を指さした――この川と、これまで流れにそって進んできたほうの川が合流して、幅の広いV字をつくっている。ラティは驚いた。こんなに早く支流を目にできるとは思っていなかったからだが、エイラは先に乱流に目をとめて、合流点の近いことを察していた。いま立っている場所からでも、三つの大きな御影石《みかげいし》の露頭が見えた。対岸には切り立ったけわしい崖がひとつ、さらにこちらの岸の上流には、ここから見ると川からちょっとずれたように見える形で、ふたつの岩の露頭があった。

これまでたどってきた支流にそってさらに上流にむかったエイラたちは、ふたつの露頭にむかって川が曲がっていることに気がついた。最初の露頭が近づいてくると、川がふたつの露頭のあいだを流れていることがわかった。川が両側から露頭にはさまれているこの場所を抜けてしばらく行くと、数頭の毛足の長いバイソンが、いまだに緑色をたもっている岸辺近くの菅《すげ》や葦《あし》を食んでいる姿が見えてきた。エイラはそちらを指さし、ラティの耳もとでささやいた。

「大きな声、だめ。見て」

「あ、いた！」ラティは昂奮に我を忘れそうになる心を引き締め、口をついて出かけた歓声を飲みこみ、低い声でいった。

エイラは前後に目をむけてから、指を舐めて濡らし、風向きを確かめた。「風、バイソンのいるほうから、こっちに吹いてる。都合いい。狩りの準備ができるまで、バイソンを騒がせたくないから。バイソン、馬は知ってる。ウィニーに乗ったまま、あとすこしなら近づける。でも、あまり近くは無理」

エイラは馬をあやつってバイソンの群れを迂回し、さらに上流のようすを確かめた。心ゆくまで調べおわると、また来た道を引きかえす。年をとった雌のバイソンがふっと頭をあげ、口で草を反芻《はんすう》しながらエイラたちをじっと見つめていた。左の角の先端が折れている。エイラはウィニーの足どりをゆるめ、自然な動きをとらせた。エイラもラティも息を殺していた。ウィニーは足をとめ、頭をさげて数本の草を口に入れた。ふつう馬は、不安を感じているときには草を食べない。それゆえ馬のこの行動にバイソンは安心したようで、馬にならって草を食べはじめた。エイラは群れの近くから精いっぱいの速さで遠ざかると、ウィニーに速駆けをさせて下流にむかった。最前目にとまった道しるべとなる場所にたどりつくと、こんどは南をめざす。つぎの川をわたったところでいったんとまって、ウィニーに水を飲ませ、ふたりも水を飲んだが、それ以外はひたすら南に急いだ。

狩猟隊が最初の小川を越えたところで、ジョンダラーはレーサーが急に端綱《はづな》を引っぱりはじめたことに気がついた。レーサーは、近づきつつある土埃のほうに行こうとしていた。ジョンダラーはタルートの肩を叩き、その方向を指さした。簇長が目をむけると、速駆けしているウィニーに乗って近づいてくるエイラとラティが見えた。狩人たちがさほど待つ間もなく、馬とふたりの乗り手が隊のなかに駆けこんできて、二、三回足踏みをしてからとまった。天にも昇る心もちの笑顔で目を輝かせ、頬を昂奮で薔薇色に染めているラティを、タルートが助けおろした。ついでエイラが大きく片足をふりあげてウィニーから飛びおりると、全員がまわりにあつまってきた。

「見つからなかったのか？」タルートが、全員の懸念を代表して質問した。同時におなじことをいった者がいたが、口ぶりはまったくちがった。

「見つけられなかったのか。わざわざ馬を走らせたところで、しょせんは役立たずということだな」フレベクがそうせせら笑ったのだ。

ラティが驚きと怒りもあらわな声でいいかえした。「〝見つけられなかった〟ってどういうこと？　ちゃんとその場所は見つけたわ。バイソンだって、この目で見てきたんだから！」

「まさか、もう群れのいる場所まで行って、ここに引きかえしてきたと？」フレベクは、話にならない嘘だといいたげにかぶりをふった。

「で、いまバイソンはどこにいるんだ?」ワイメズはフレベクを無視して、妹の娘にあたるラティにそうたずねた。このひとことで、フレベクの意地のわるい言葉は封じこめられた。

ラティはウィニーの左わき腹に吊られた荷籠に歩み寄ると、刻み目のついた牙のかけらをとりだした。ついで腰の鞘《さや》からフリント加工用のナイフを抜きだして地面にしゃがみ、牙の地図にいくつかしるしを追加しながら話しはじめる。

「南の支流をさかのぼっていくと、ここのふたつの露頭のあいだを川が流れてる場所があるの」ラティはいった。ワイメズとタルートはラティの隣にしゃがみ、そのとおりだとうなずいた。エイラをはじめとする数名は、この三人のうしろやまわりに立っていた。「バイソンは、ふたつの露頭の先にいたわ――氾濫原がひらけていて、水辺の菅や葦がまだ枯れていないあたり。わたしが見たのは、小さなバイソンが四頭……」いいながらラティは、四本の短い線を平行に刻んだ。

「五頭だったと、思う」エイラが口をはさんだ。

ラティはエイラの顔を見あげて、ひとつうなずき、短い線をもう一本刻んだ。「双子のことは、あなたのいったとおりだったわ、ダヌーグ。まだうんと小さな子どもね。それから雌が七頭……」ラティはエイラを見あげ、ここでも確認を求めた。エイラがうなずくと、ラティは先ほどよりいくぶん長い七本の線を、これも平行に刻みこんだ。「……そのうち子もちの雌は四頭だけだったと思う」いってから、ちょっと考えこむ。「もっと遠いところにも、まだ何頭かいたわね」

「若い雄が五頭」エイラがいいそえた。「それから、あと二、三頭。数、わからない。わたしたちが見なかったところにも、バイソン、いるかも」

ラティは、これまでの線とちょっと離れたところにいくらか長い線を五本刻みつけ、そのあと両者のあいだにいくぶん短めの線を三本追加した。それから、さいごの線の横に小さくYの形を刻みこむ。これでおわり、自分たちが数えたバイソンの頭数は以上だ、というしるしだ。頭数を数えるためにラティが刻んだ線で、前から刻まれていた線がいくつか消されたが、それはかまわなかった。牙の地図は、すでに用を果たしていたからだ。

タルートは牙のかけらをラティから受けとると、じっと見つめて、おもむろにエイラを見やった。「バイソンの群れがどちらの方角を目ざしているのかはわかったかな?」

「上《かみ》……だと思います。わたしたち、群れを驚かせないよう、大まわりして先に行ってみました。そっちには、足跡、ありません。草食べたあともありません」

タルートはうなずき、考えこんでいる顔でしばし黙っていた。「大まわりして、先に行ったんだね? つまり、ずっと上《かみ》まで行ったわけかな?」

「はい」

「おれの記憶だと、上《かみ》に行くにしたがって氾濫原がどんどん狭くなって、そのうちすっかりなくなり、川を両側から切り立った崖がはさむようになっていた。つまり、出口がなくなるんだな。そうだったろう?」

「はい……でも、出口があるかも」

「出口がある?」

「高い崖の手前、両側は切り立ってます。木や、棘《とげ》のある小さな木、いっぱい生えてます。岩のすぐ近く、水が干あがった河床がある。けわしくて細い道みたい。でも、出口になると思います」

タルートは顔をしかめてワイメズに、それからトゥリーに目をうつすと、いきなりからからと笑いはじめた。「外に通じている道は、なかにはいる道でもある。まさしくマムートの言葉どおりではないか！」

ワイメズは一瞬だけ、意味がわからないという顔を見せたが、すぐに事情が飲みこめたらしく、しだいに笑顔になってきた。トゥリーはワイメズとタルートの顔を見くらべるうち、意味がわかった表情を見せはじめた。

「なるほど！　まず上《かみ》にまわりこんで、バイソンの群れを追いこむための罠をつくる。そのあと下《しも》に引きかえして、バイソンを追いたてるのね」トゥリーは、ほかの面々にも話がはっきりわかるようにいった。「見張りに立つ者が必要だわ。こっちが罠をつくってるあいだ、バイソンに気配を勘づかれて下《しも》に逃げられたりしないように」

「ダヌーグとラティにあつらえむきの仕事に思えるな」とタルート。

「ドルウェズにも手伝わせたらいい」バルゼクがいった。「それでも人手が足りなけりゃ、おれが行ってもいいぞ」

「よし、話は決まりだ！」タルートがいった。「バルゼク、あんたはダヌーグたちといっしょに行き、川にそって上《かみ》を目ざすんだ。罠をつくる上《かみ》の場所に行くための近道なら、おれが知ってる。ここから、その近道をつかっていこう。あんたやダヌーグたちはバイソンの群れを取り巻いていてくれ。おれたちもあっちで罠をつくったら、すぐに引きかえしてくるから、いっしょに群れを追いたててやろう」

7

木が立ちならび、灌木がからみあう急斜面を抜けている干あがった河床では、乾ききった泥のあいだに岩がごろごろと転がっていた。この河床をたどっていくと、平坦だが狭い氾濫原に出た。かたわらを勢いよく流れくだる川が、狭い岩の隙間から押しだされるようにほとばしるさまが、いくつもの小さな滝がつらなっているように見えた。エイラはいったん徒歩で下におりてから、馬たちのところに引きかえした。ウィニーもレーサーも谷にあったエイラの洞穴に出入りしていたので、急斜面には慣れている。いまも、それほど手間どらずに谷底におりることができた。

エイラはウィニーから荷籠と馬具をはずして、自由にあたりの草を食べられるようにしてやった。しかしジョンダラーは、レーサーの端綱《はづな》をはずすことには慎重だった。端綱がなくては、エイラもジョンダラーもこの馬を完全にはあやつれないからだし、ずいぶん大きくなったいま、むら気を起こしたときなどは手に負えなくなるからだ。端綱をつけていても草を食むことはできるので、エイラは綱をとかないことに同意したものの、できればレーサーを完全な自由の身にしてやりたかった。このひと幕でエイラは、レーサーとその母馬とのちがいを意識させられた。ウィニーはいつでも意のおもむくままにエイラから離れ、また帰ってきた。しかしそれは、エイラがいつもそばにいたからだ――エイラ以外にはだれもいなかった。レーサーには母ウィニーがいたが、エイラと過ごした時間はすくない。やはり自分かジョンダラーがレーサーと過ごす時間を増やすとか、いろいろ躾《しつ》けるとかしたほうがいいのだろう。

エイラが手伝いにいったときには、囲いこみ柵をつくる作業がすでにはじまっていた。柵は手近にあるあらゆる材料でつくられていた。大石、骨、木の幹や枝……それらが積みあげられ、たがいに縛りあわされていた。寒冷な気候の平原に住む多種多様でゆたかな野生動物たちはたえず世代交代をしており、大地に散乱した古い骨が流れの変わりやすい川に流されて、そこかしこにうずたかく積もっていた。下流をちょっとさがしただけで、すこし離れた場所にこうした骨の山が見つかった。狩人たちは、大きな足の骨や胸郭を選びだし、囲いこみの場にするための干あがった河床近くに運んでいった。柵はバイソンの群れを囲いこめるほど頑丈でなくてはならないが、長年つかうほどの強度は必要ない。つかうのは一回だけ。それに、どのみち春になれば荒れ狂う水流がこのあたりに大洪水を引き起こすのだから、そのあとまでもちこたえることはあるまい。

エイラは、タルートが巨大な石斧を軽々と、まるでおもちゃのようにあつかうようすを見ていた。シャツを脱ぎ捨て、しとどの汗をかきながら、まっすぐに伸びた若木の木立ちを切りひらいていた。斧を二、三回ふるうだけで木を同時に断ち切っていく。切り倒した木をトルネクとフレベクが運んでいくのだが、運びだすのが追いつかないほどの仕事ぶりだった。トゥリーは運ばれてきた木をどうやって置くかを指図していた。トゥリーも兄タルートに負けないほど大きな斧を手にし、兄にもひけをとらないほど軽々と斧をつかって木をふたつに断ち切ったり、大きな骨を砕いて具合のいい大きさにしたりしていた。この女《おんな》長《おさ》に力でかなう者は、男にも稀だと思われた。

「タルート！」ディーギーが大きな声をあげた。見るとディーギーは長さが五メートル近い反り返ったマンモスの牙の先端をもっていた。牙の中央と後端をもっているのは、ワイメズとラネクだ。「マンモスの骨の山を見つけたの。この牙を切ってもらえる？」

赤毛の巨人タルートはにやりと笑い、三人が地面におろした牙の上に馬乗りになった。「これはまた、相当長生きしたマンモスの牙だな！」

タルートは大槌ほどの大きさの斧をふりあげた。筋肉が逞《たくま》しく盛りあがった。斧がふりおろされると衝撃で空気がびりびり振動し、同時に牙の破片や粉が四方八方に飛び散った。屈強な男が巨大な道具をたしかなわざで軽々とふるいつづけるようすに、エイラはすっかり目を奪われた。ジョンダラーもタルートの仕事ぶりにはエイラ以上に驚いていたが、エイラが驚いた理由はジョンダラーには考えつかないようなところにあった。エイラは、氏族の男が逞しい筋肉の力で骨の折れる大仕事をこなしていくのを見なれている。身長ではエイラがまさっていたが、氏族の男たちは筋肉が発達した頑健な体格のもちぬしだ。氏族は女でさえ、かなりの力をそなえているし、エイラも大きく育つにつれて氏族の女としての仕事をこなすようになった。そのため氏族よりも骨が細いにもかかわらず、エイラの筋肉は驚くほど発達することになった。

タルートは斧をおろし、半分に割った牙のうしろ半分を肩にかつぎあげると、いまつくっている囲いこみ用の柵のほうに歩いていった。エイラは斧を動かそうとして手にとりかけたが、どうにも動かせないとわかっただけだった。ジョンダラーでさえ、簡単にはあやつれないほどの重さがあった。これは巨漢の簇《むら》長《おさ》専用につくられた道具なのだ。ふたりは残った半分の牙をかつぎあげると、タルートのあとを追った。

ジョンダラーとワイメズはその場にとどまり、柵をつくる丸石のあいだに不ぞろいな形の牙の破片を楔《くさび》の要領で押しこめはじめた。こうすれば、バイソンが突き進んで体当たりしてきても倒れない柵になる。エイラは、ディーギーとラネクのふたりといっしょに骨をさがしにいった。ジョンダラーは体の向きを変えて、歩いていく三人を見おくった。褐色の肌の男はエイラと肩をならべて歩いていた――そのラネクがなにかいうと、ふたりの女が声をあげて笑った。そんな光景にこみあげてきた怒りを、ジョンダラーは無理やり飲みくだした。タルートとワイメズは、男前の若い客人が顔をまっ赤に染めていることに目をとめ、なにかいいたそうな視線をかわしあったが、どちらも無言だった。

囲いこみの柵の仕上げは門だった。そのために枝を切り落とした太い若木の幹が、柵の入口部分の片側に垂直に立てられた。幹が接するあたりの地面に穴を掘り、そこに石を積んで幹を補強する。さらにずしりと重いマンモスの牙を皮紐で縛りつけて、強度を増す。門そのものは、おなじ長さに切りそろえた若枝を編みあわせ、隙間に動物の足の骨や木の枝、マンモスのあばら骨をしっかりとはめこんでつくってあった。完成すると数人が門を立てて所定の場所にあてがい、さらに何カ所にも皮紐をたがいちがいにかけ、うまく後世の蝶《ちょうつがい》番とおなじ役目を果たせるようにして、先ほど立てた柱に縛りつけていく。柱と反対側のあたりには、丸石や大きな骨が積みあげられた。門を閉めたら、ただちにその前に押し転がして門が二度と開かないようにするためだ。

すべての準備がととのうと、すでに時刻は午後だったが、まだ太陽は高かった。全員が協力したこともあって、罠は驚くほど短時間で完成していた。一同はタルートを囲んで腰をおろして携行用の乾燥食料で昼食をとりつつ、狩りの計画をさらに練りつづけた。

「いちばんの難関は、群れにうまく門を通させることだな」タルートがいった。「とりあえず一頭を追いこめば、群れの残りもついてくるだろう。だけど、群れが門の前を素通りして、突きあたりになっている狭い場所をうろつきはじめたら、いずれは水を飲みに降りていくだろうな。このあたりは流れが急だから、川をわたれないバイソンも出てくる。しかし、おれたちがそれで得をすることはないね。狩りはおじゃんだ。せいぜい下《しも》で、溺れ死んだバイソンを一頭見つけるくらいが関の山だな」

「だったら進路をふさがなくちゃ」トゥリーがいった。「罠の前を素通りさせないようにするのよ」

「どうやって？」ディーギーがたずねた。

「そっちにもうひとつ柵をつくる手があるな」フレベクが提案した。

「柵の前まで来たバイソン、そこで川のほうに向きを変えないと、どうしてわかる？」エイラがたずねた。

フレベクが見くだすような目をエイラにむけたが、タルートがすかさず口をひらいて、この男の発言を封じた。

「いい質問だな、エイラ。それに、新しく柵をつくるだけの材料はここにはないことだし」

フレベクは憎々しげな怒りの表情をエイラにむけた。みんなの前でエイラに赤っ恥をかかされた気分だった。

「なんであれ、適当な物で道をふさいでおけばそれなりに役には立つだろうが、ここはやはり柵のなかに群れを追いこむ役目の者が必要だな。危険な役目だが」タルートはいった。

「おれがやります。さっき話した投槍器《とうそうき》をつかうには、絶好の場面ですから」ジョンダラーは、ほかの者が見なれていない道具を示しながらいった。「こいつをつかうと、槍をいつもより遠くまで飛ばせるだけじゃありません。手で投げるときよりも、槍に力をこめられます。うまく狙いをつけて近いところから槍を撃ちこめば、一撃必殺ですよ」

「ほんとうかね?」タルートは、またしても興味をかきたてられた顔でジョンダラーを見つめた。「それについては、またあとでゆっくり話しあいたいが、そうだな、あんたには追いたて役をやってもらおう。おれもやろうと思う」

「おれも手伝うよ」ラネクがいった。

ジョンダラーは、褐色の肌の男の笑顔を見て眉をひそめた。エイラに露骨なほど興味を見せている男と協力して仕事をしたいのかどうか、われながらさだかではなかった。

「わたしもここに立ってるわ」トゥリーがいった。「だけど、新しい柵をつくるよりは、あちこちに小さな山をこしらえて、そのうしろに隠れていたらどうかしら?」

「走って逃げこむのにもってこいだな」ラネクが辛辣にいった。「逆にバイソンの群れが、おれたちを追いかけまわさないともかぎらないじゃないか」

「追いかける話のついでにいっておけば、首尾よく群れをここに追いたてた場合にどうすればいいかは定まった。こんどは、どうやってここまで追いたてるかを話しあおうじゃないか」タルートはそういって、太陽の位置をたしかめた。「ここから群れのうしろにまわりこむには、かなり遠くまで行かないとならん。いまからだと、日が暮れてしまうかもな」

これまでの話を、エイラはただならぬ関心をもってきいていた。狩りの計画を立てている一族の男たちの話しあいが記憶によみがえった。投石器で狩りに参加できるようになってからは、話しあいに参加したいという思いがさらに強くなった。しかし、いま自分は狩猟隊の一員だ。先ほど意見を口にしたときにもタルートはちゃんときいてくれたし、狩猟隊よりもひと足先に偵察にいくという話を、みんながあっさり受け入れたことを思い出すにつけても、ここでも考えを口にしようという気分が高まってきた。

「ウィニー、動物の群れを追うのがうまい」エイラはいった。「ウィニーに乗って動物の群れを追いかけたこと、なんどもある。ウィニーならバイソンの裏にまわって、バルゼクたちを見つけ、ここまで時間かけずに追いこめる。あなたたちはここで待っていて、群れを罠に追いこめばいい」

タルートはまずエイラを、それから狩人たちの顔を順番に見まわし、さいごにまたエイラに視線をもどした。「ほんとうにそんなことができるのかな?」

「はい」

「群れの裏にまわりこむのはどうするの?」トゥリーがたずねた。「いまごろ群れは、わたしたちがいることに勘づいてるかもしれない。群れがどこかに動いてないのは、ただバルゼクや子どもたちがまわりを囲んでいるからよ。バルゼクたちが、あとどのくらい群れを引きとめておけるかどうか、わかったものじゃないわ。こっちから行くと群れの正面に出ることになるから、群れが反対方向に逃げだしてしまわない?」

「そうはならないと思う。バイソン、馬をあまり警戒しない。でも、遠まわりのほうがよかったら、そうする。馬なら、人間が歩くよりもずっと速く進めるから」

「そのとおり! エイラが馬に乗れば、おれたちが歩いていくよりもずっと速く群れの裏にまわりこめる――だれにも否定はできまい?」タルートはそういって眉を寄せ、一心に考えはじめた。「トゥリー、これについては、エイラにやらせてみるべきだと思うよ。だいたい、この狩りが成功するかどうかを深刻に考えることはないいんだ。成功すれば御《おん》の字だ――これから長くて厳しい冬になるのなら、なおさらありがたい。食べ物の種類が増えるからね。しかし、うちの簇《むら》にはもう冬越えに充分な食べ物のたくわえがある。きょうの狩りに失敗しても、困らないんだ」

「それはそうだけど、準備にこれだけ労力をかけたのよ」

「労力をかけたあげくに、から手で簇に帰るのも、これがはじめてではあるまい?」タルートはまた口をつぐみ、こう言葉をつづけた。「最悪なのは群れを見うしなうことだ。ただし、もしうまくいけば、あたりが暗くなる前にバイソンの肉にありつけるし、一夜を明かして、朝には簇に帰れる」

トゥリーがうなずいた。「わかったわ、タルート。あなたの考えどおりにしましょう」

「エイラの考えどおりというべきだな。では、出発してくれ、エイラ。バイソンの群れをここに追いこめるかどうか試してほしい」

エイラは笑みを見せ、口笛でウィニーを呼んだ。雌馬はひと声いななき、速駆けでエイラに近づいてきた。レーサーがあとを追ってくる。

「ジョンダラー、レーサーをここに引きとめておいて」エイラはそういうと、馬のほうに走っていった。

「投槍器を忘れるな」ジョンダラーが大声でいった。

エイラは足をとめて投槍器を手にとり、荷物いれの側面についている袋から数本の槍を引き抜くと、慣れたしぐさでひらりと馬に飛び乗り、そのまま走り去った。たちまち昂奮したレーサーが母馬のあとを追って走りたいのに引きとめられているのが気にくわず、ジョンダラーは馬をなだめるのに手いっぱいだった。それでよかったのかもしれない——馬に乗って走り去るエイラを見つめるラネクの表情を見ずにすんだからだ。

エイラは馬具をつけずにウィニーにまたがり、白く泡立って逆巻く奔流の横に伸びる氾濫原をひた走りに走っていた。川はくねくねと折れ曲がってつづく谷底を流れ、その谷は両側から切り立った崖にはさまれている。山腹にへばりつくように生えたまま立ち枯れた草や、強風のせいで成長を阻まれた灌木で地形がおおい隠されているせいで、岩がちな地面は一見なだらかそうだが、風で吹き寄せられて岩の裂け目を満たしている黄土の層を一枚剝《は》がせば、その下は巨大な岩山だ。山腹のそこかしこに突きだしている岩を見れば、このあたり一帯が本来は花崗岩層であることが知れた。そしてこの地域を支配している高峰群の頂《いただき》では、岩が剝《む》きだしになり、天を刺す露頭をかたちづくっていた。

午前中にバイソンの群れを見かけたあたりに近づいて、エイラはウィニーの足どりをゆるめたが、群れはいなくなっていた。柵をつくっている気配を感じとったか、その音をききつけたかして、方向転換をしたらしい。しかし午後の日が投げかける露頭の影に踏みこんでいくと、バイソンの群れが見えてきた。頭数のすくないこの群れの先、小さな石塚のように見える物の裏に、バルゼクが身をひそめているのも見えた。

水辺には葉がすっかり落ちた木々がならんでいるが、あいまに緑の残った草が生えている。バイソンの群れはこの草に誘われて、狭い谷間にはいったらしい。しかし、川を両側からはさみこむ一対の露頭の前を通りすぎたら、あとは引きかえす以外に逃げ道はない。バルゼクと若い狩人たちは、バイソンの群れが川ぞいに広がって、おりおりに足をとめて草を食べてはいるものの、じりじりと谷から引きかえしてくるのを目にしていた。そこで群れを谷に追いもどしはしたが、それもいっときの足止めにすぎなかった。そのあと群れは、ひとつところに寄りあつまった。群れはさらにあと一回谷から出ようとしたが、その動きには固い決意のようなものが感じられた。決意を固めながらも思いどおりにならない場合、群れは暴走を起こしやすくなる。

四人はとりあえず群れをこの場に押しとどめていたが、いったん群れが暴走したら、もうとめられないことはわかっていた。だからといって、もう谷に無理やり押しかえすこともできない。谷にとどめておくには多大な労力が必要だし、なによりバルゼクは罠の用意がまだととのわないうちに、群れが上流にむかって暴走しはじめてはことだと思っていた。先ほどエイラがバルゼクの姿を目にしたとき、その横にあった石塚は、太い幹を立てて、まわりに丸石を積みあげた物だった。幹に縛りつけられた服が、風にひるがえっていた。ついでエイラは、そのほかにも枝や骨を立てて周囲に石を積みあげた同様の石塚が、露頭と川のあいだに狭い間隔で、いくつもならんでいるのを目にとめた。そのそれぞれに、寝るときにつかう毛皮や衣服の一部、天幕の垂れ布など、風が吹くとひるがえるような品物がくくりつけてあった。小さな木や灌木までもが利用されていた。

　バイソンの群れは、この奇妙な吹き流しを不安げにちらちら見ていたが、どのくらい危険なのかは判断がつかないようだった。来た道を引きかえしたくはないが、だからといって上流に進むのも気がすすまないといった風情。おりおりにバイソンのうちの一頭が石塚に近づいていくが、布がぱたぱたとはためくと、あわてて後退していく。バルゼクの狙いどおり、群れは足止めされて動けなくなっていた。エイラは、この巧妙な仕掛けにすっかり感心した。

　エイラは露頭にじりじりとウィニーを近づけていった。いまの絶妙な釣りあいをぶち壊しにすることなく、バイソンの群れのまわりを静かに迂回していくつもりだった。と、片方の角が折れている雌の老バイソンが、じりじりと前に進んでいくではないか。閉じこめられているのが不愉快で、隙をついてここから走り出ようとしているらしい。

　バルゼクがエイラを目にとめ、いったん背後にいる狩人仲間をふりかえってから、また前をむいてエイラに渋面を見せた。いままでさんざん苦労してきたのに、エイラが原因で群れが反対方向に走り出したりしたら困る。ラティがバルゼクに近づき、ふたりは声を殺して話しはじめた。しかしバルゼクの目は、ゆっくりと時間をかけて近づいてくるエイラを心配そうにじっと見つめていた。

「ほかの連中はどこにいる?」バルゼクはたずねた。

「みんな、あっちで待ってる」エイラは答えた。

「なにを待ってるんだ? わしらだって、いつまでもバイソンを足止めさせてはおけないぞ!」

「どうやって追いたてろと? とても手が足りないね。このままじゃ、いつ群れがどっと走りだしてもおかしくない。あいつらを谷に追いもどすことはおろか、この先どれだけ足止めしておけるかもわからない。いっそ暴走させるしか手がないかもな」

「ウィニー、群れを追いたてられる」

「馬がバイソンの群れを追いたてるだと!」

「前にも追いたてたことある。でも、みんなもいっしょに追いたてれば、もっとうまくいくと思う」

それまでダヌーグとドルウェズはそれぞれ離れたところで群れを見守り、ときおり勇を鼓したバイソンが風にはためく布という見張り番に近づいてくると、石を投げて追いもどしていたが、話をきこうとして近づいてきた。エイラの話をきいてふたりはバルゼクに負けないほど驚いたが、見張りの陣容が手薄になったことでバイソンに逃げだす機会が生まれ、一同はあわてて口をつぐんだ。

エイラは一頭の若い大きな雄バイソンがいきなり前に走りだし、つづいてそのあとを数頭が追いはじめたのを視界の隅で見てとった。これまで我慢を重ねてきたバイソンの群れのこと、このままではあっという間に一頭残らず走りだして、すべては水の泡になる。エイラはすかさずウィニーを反対に向かせて槍と投槍器を地面に落とすと、雄バイソンのあとを追いはじめ、途中で一本の枝から風にはためくチュニックをむしりとった。

　エイラは雄バイソンに走り寄ると、馬の背から身を乗りだし、バイソンにむかってチュニックをふった。バイソンはチュニックをよけて進もうと、体をかわした。ウィニーはまたもすかさず方向を転じ、エイラは同時にチュニックでバイソンの顔をはっしと打ちすえた。バイソンがまた方向を転じた――雄バイソンは狭い谷のほうに、あとからついてきた仲間たちのほうに突き進んでいく。ウィニーとエイラもそのあとを追い、雄バイソンのすぐうしろで皮のチュニックをふりつづけた。

　またべつの一頭が進路を変えて飛びだしてきたが、エイラはこれも方向転換させることに成功した。ウィニーは、つぎにどのバイソンが逃げだそうとして飛びだしてくるかを事前に察しているかのように俊敏に動いた。たしかに馬は、この毛足の長い動物の前にまわろうという直観で動いてもいたが、エイラが自分でも意識せずに送っている合図に呼応している部分も大きかった。最初からウィニーを狩りにつかおうと考えて訓練してきたわけではない。はじめて馬の背にまたがったのも、衝動のおもむくままのことにすぎなかったし、馬を思いどおりに動かそうとか進む方向を指示しようとは考えもしなかった。エイラとウィニーが相手をそれぞれ理解していくにつれ、だんだんいまのような乗り方ができるようになったにすぎない。馬をあやつっているのは、エイラが足で馬の体にくわえる圧力や、わずかな姿勢の変化だった。やがてエイラも意識して馬をあやつるようになったが、それだけではなくエイラと馬のあいだの相互作用がつねにはたらいて、人馬一体という言葉そのまま、人と馬が一体となったかのように動くことも珍しくなかった。

エイラが行動を開始したとたん、ほかの者もなにが起こっているのかをすかさず察しとり、群れをおしとどめるべく走りだした。これまでにもウィニーをつかって動物の群れを追いこんだ経験はあったが、エイラひとりではバイソンに方向転換させることはできなかったはずだ。背中が大きく盛りあがった巨大なバイソンに向きを変えさせるのは、予想以上の難事だった。これまで、無理やり足止めされていた群れである。それに、動物たちを行きたがっていない方向に無理に追いこんだ経験はない。前方に罠が待ちかまえていることを、バイソンたちが本能の力で察しているとしてもおかしくない雰囲気だった。

ダヌーグがエイラの手伝いのために走り寄ってきて、最初に飛びだしてきたバイソンを追いたてようとした。しかしエイラは若い雄バイソンを押しとどめようと必死になっていて、すぐにはダヌーグに気がつかなかった。ついで双子の子バイソンの片割れが走り出てきたのを見て、ラティが石塚から枝を引き抜き、その進路に立ちはだかった。ラティが鼻先を枝で打ちすえると、バイソンは急いで逆もどりした。一方バルゼクとドルウェズは、ふたりがかりで一頭の雌バイソンに石を投げつけたり、毛皮をふったりして押しもどそうとしていた。角の片方折れた雌の老バイソンをはじめ、二、三頭は逃げてしまったが、残ったバイソンは蹄の音も高らかに氾濫原にそって走り、上流を目ざしはじめた。

小さな群れが御影石《みかげいし》の露頭の前を通りすぎると、一同はいくらか安堵した。しかし、このあともさらに追いたてる必要がある。エイラは一瞬だけ馬をとめて背から滑り降り、槍と投槍器を拾いあげるなり、すぐまた馬上の人となった。

水袋からひと口水を飲んだそのとき、タルートは遠雷のような低い地響きめいた音がきこえてくることに気づいた。下流側に首をかたむけて、しばし耳をすませた。こんなに早くなにか音がきこえるとは思ってもいなかったし、音がきこえてくることを期待していいのかもわからなかった。タルートはうつぶせに横たわり、耳を地面に押しあてた。

「バイソンが来るぞ！」タルートはいきなり大声で叫んで、ひらりと飛び起きた。

狩人たちは大あわてでそれぞれの槍を手にとり、あらかじめ決まっていた持ち場に急いだ。フレベクとワイメズ、トルネク、それにディーギーの四人が片側の急斜面にそって散開した。バイソンの群れに背後から襲いかかり、いったん門が閉じたら、あかないように石などをおくためだ。反対側、ひらいたままの門にいちばん近いところにはトゥリーが陣どり、バイソンの群れが囲いにはいったら、すかさず門を閉める手はずになっている。

囲いこむための柵と逆巻く急流のあいだには、トゥリーから数歩離れたところにラネクが立ち、さらに数歩離れたところ、あと一歩で川の水に足がつかる場所にジョンダラーが立っていた。タルートはジョンダラーのわずか前方、地面の濡れた土手に位置を定めていた。だれもが皮の切れ端や服を手にしていた——突進してくるバイソンの顔の前でふり、方向転換させるためだ。しかし、だれもが槍を手にしてもいた。狩人たちは槍の柄をまわして手になじませてから、しっかりと握りしめ、いつでも投げられるようにかまえた。しかし、ジョンダラーだけはちがうことをしていた。

ジョンダラーは右手に、細長くてひらべったい木の道具をかまえていた。長さは、肘から手の指先までとおなじくらいで、中央部分に溝が彫ってある。片方の端には鉤状の槍受けがあり、前端には指を通すための皮紐の輪が左右についていた。ジョンダラーはこの投槍器を水平にかまえ、軽い槍——先端には先細りに削られて鋭く尖らされた骨が穂先としてとりつけてある——の鳥の羽根がついた後端部を、うしろの鉤状の槍受けに押しあてた。それからふたつの輪に通した二本の指で槍を軽くその場に押さえたまま、腰帯に皮の端切れを押しこめ、左手で二本めの槍をとる。一本めを投げたら、間髪をいれずに二本めを投げられるようにするためだった。

それから、彼らは待った。だれもが無言だった。期待に満ちた静けさのなかでは、小さな音さえも大きく響いた。鳴きかわす鳥のさえずり。風に騒ぐ枯れ枝。岩の上を流れ落ちてしぶきを散らし、泡立つ水。蠅の羽音。大地を蹴立てる蹄の音がぐんぐんと大きくなってきた。

ついで近づく雷鳴のごとき蹄の音にかぶさって、バイソンのうなり声や荒い息づかいの音がきこえてきて、さらに人間の叫び声もきこえてきた。狩人たちは目を凝らし、下流の川の屈曲部をまわりこんで出現したバイソンの最初の一頭の姿をとらえた。しかし、いざその一頭が近づいてきたときには、ほかのバイソンの姿も見えていた。と思う間もなく、群れのすべてが蹄を鳴らしながら屈曲部をまわりこんでいた。毛足の長い巨大な焦茶色のバイソン、死をもたらすほどに尖った黒々と長い角をもつバイソンの群れが、まっしぐらに狩人たちのいる方向に走ってくる。

狩人の全員が体に力をこめ、襲撃にそなえた。先頭を走っているのは、この長い追跡劇がはじまったあのとき、最初に囲いこみを突破しようとした若い大きな雄のバイソンだった。いまもこの雄は前方の柵を目にとめるなり、大きく進路を横にそらして川にむかおうとした——しかし、狩人たちがその進路に立ちふさがっていた。

頭数のすくない群れをすぐうしろから追いたてていたエイラは、追撃のあいまに投槍器を手にかまえていたし、さいごの屈曲部をまわりこむときに、槍を所定の位置において投げる準備をととのえてもいた。といっても、なにかをするあてがあったわけではない。そしていま、雄バイソンが方向を変え、まっすぐジョンダラーにむかっていくのが見えた。ほかのバイソンも、あとにつづいている。

タルートはこのバイソンに走り寄って、顔の前でチュニックをふった。しかし濃いたてがみの雄バイソンは、さんざん顔の前で布をふられて慣れきっており、もう驚いて進路を変えたりしなかった。エイラはためらいもせず前に身を乗りだし、ウィニーに全速力で前に走れとうながした。ウィニーが走っているバイソンを右に左にかわしながら追い越していき、大きな雄バイソンとの距離が詰まると、エイラは投槍器で槍を投げた。ジョンダラーも同時に槍を投じていた。この二本とともに、三本めの槍も空《くう》を切っていた。

雌馬は狩人たちのあいだを縫って走り、蹄が川にはいると盛大に水しぶきを散らしてタルートを濡らした。エイラは馬の速度を落としてとまらせ、すばやく引きかえした。そのときにはもう、狩りはおわっていた。バイソンの巨体が地面に横たわっていた。後続のバイソンたちは走る速度を落とし、斜面に近いほうのバイソンたちは柵にはいっていくほかはなかった。最初の一頭が門を通り抜けると、あえて追いたてる必要もなく、ほかのバイソンもそれにならった。仲間からちょっと離れたしんがりの一頭が門を通り抜けるなり、あとを追っていたトゥリーが門を閉ざした。門が閉まったその瞬間、トルネクとディーギーが大石を転がして門にぴったりと寄せた。ワイメズとフレベクが、しっかりと固定されている柱と門を皮紐で縛り、トゥリーがもうひとつ丸石を転がして最初の石の横においた。

エイラはウィニーから滑り降りた。先ほどの動揺のせいで、体のふるえがまだわずかに残っていた。ジョンダラーはタルートとラネクのふたりとともに、倒れた雄バイソンのかたわらで膝をついていた。

「ジョンダラーの槍は首の横に刺さって、のどを貫いている。これだけでも雄バイソンの命を奪うには充分だったはずだ。しかし、エイラ、あんたの槍にもおなじことがいえるぞ。おれはあんたが近づいてきたのにも気づかなかった」タルートはいった。この客人の女の伎倆《ぎりょう》がそら恐ろしいほどだった。「あんたの槍は、あばら骨のあいだに深々と刺さってるぞ」

「それにしても、危ないまねだったぞ。怪我をしたっておかしくなかった」ジョンダラーがいった。怒っているような口調だったが、それもエイラがなにをしたかを見さだめたため、その身を案じる不安がいまさらながらこみあげてきたせいだ。ついでジョンダラーはタルートに目をむけ、三本めの槍を指さした。

「これはだれが投げたんです？ 狙いは見事で、胸に深々と突き立ってる。これだけでも、こいつを倒せたはずですよ」

「ラネクの槍だな」タルートはいった。

ジョンダラーは褐色の肌の男に顔をむけた。ふたりの男は力量を見さだめあった。なるほど、ふたりにはいくつも相違点があったし、敵愾心《てきがいしん》から対立することもあるだろうが、どちらもまず人間――美しくも、生きぬくには苛酷な原始世界で、ともに生きる人間だ。だからこそふたりとも、生きぬくためには相互の協力が不可欠だとわきまえてもいた。

「礼をいわせてもらわないと」ジョンダラーはいった。「おれの槍がそれていたら、おまえを命の恩人として感謝したところだ」

「それはエイラの槍もそれていたらの話だな。あのバイソンは三回殺されたんだ。あんたを敵にまわしたら、まず生き残る見こみはないってことだ。あんたは生き残る定めなんだろうな。運のいい男だよ。女神に贔屓《ひいき》されているにちがいないね。ほかのことでも、なにかにつけ運に恵まれてるのかい？」

ラネクはそういってから、エイラに目をむけた――その目にあるのは賛美の光だけではなかった。

タルートとはちがって、ラネクは突き進んでくるエイラの姿を目にしていた。長く鋭い角がはらむ危険をものともせず、髪を風になびかせ、両目を危惧と怒りに燃えあがらせながら、馬を自分の体の延長のように自在にあやつっていたエイラは、復讐の女神そのままだった。いや、わが身をもかえりみずにわが子の命を守りぬいてきた、あらゆる生き物の母すべての象徴といえた。馬もエイラ自身もバイソンの角で腹を引き裂かれてもおかしくなかったが、そんなことは気にもかけていないようすだった。それどころか、馬だけではなくバイソンさえ意のままにあやつる、母なる大地の女神の霊のようにさえ思えた。こんな女にはこれまで会ったことがない。女へのおれの望みを一身にそなえた女。美しく、力強く、恐れを知らず、情け心があり、人を守る気概もある。そう、エイラこそ完璧な女だ。

ラネクがエイラをまじまじと見つめていることに気がつくなり、ジョンダラーのはらわたは煮えくりかえった。あんな目で見られたら、エイラも見つめかえすしかないのでは？　あんな目で見られたら、応えるしかないのでは？　もしやあの褐色の肌の魅力的な男にエイラを奪われるかもしれない……そんな恐れを感じても、どうすればいいのか途方にくれるばかりだ。ジョンダラーは歯を食いしばり、眉間に皺を寄せ、おのれの感情のたかまりを悟られまいとエイラから顔をそむけた。

いまの自分とおなじような反応を見せている人間なら、男女を問わず何人も見てきたし、彼らのことを哀れに思い、いくぶん蔑《さげす》んでさえいた。まるで子どものふるまいだ――世の習いをまるで知らず、世智も足りず、経験の場数も踏んでいない子どものふるまいだ、と思っていた。自分はそんなに世智もない、とも思っていた。ラネクはおれの命を助けるために行動した。男であるおれのために。ラネクがエイラに心を引かれて、なにがいけない？　エイラにも、相手の男を選ぶ権利があるのでは？　こんなふうに感じる自分がたまらなくいやだったが、どうしようもなかった。ジョンダラーはバイソンから自分の槍を引き抜いて、その場をあとにした。

早くも柵のなかの獲物を屠《ほふ》る作業がはじまっていた。狩人たちは柵の外側の安全な場所に立ち、うろたえきって囲いの内側を右往左往しつつ吠えているバイソンめがけて槍を投げていた。エイラはすわりやすい場所をさがして柵の上に腰かけると、ラネクが力強く、狙いをあやまたずに槍を投げるさまを見守った。巨大なバイソンががっくりとよろけて、地面に膝をついた。ドルウェズがおなじバイソンに槍を投げこむ。さらにべつの方角からも——だれがはなったのかエイラにはわからなかった——槍が飛んできて突き刺さった。背中の盛りあがった毛足の長いバイソンの巨体がどうと倒れ、それまで低く垂れていた巨大な頭が力なく転がって膝についた。ここでは投槍器をつかう利点はない、とエイラは思った。手で槍を投げるだけで、てきぱきと仕事をこなすことができる。

　いきなり一頭の雄バイソンが柵に突進し、その巨体で柵に体当たりを仕掛けてきた。木がめりめりと裂け、皮紐がほどけ、柱が地面から抜けた。エイラは柵が震動するのを感じて、すかさず飛びおりた。しかし、震動はやまなかった。バイソンの角が柵のあいだにはさまって、抜けなくなっていたのだ！　角を引き抜こうとバイソンがもがくたびに、柵全体が揺れた。このままでは柵が壊れてしまう——エイラは思った。

　タルートがぐらぐら揺れている門を乗り越えていき、大きな斧の一撃で巨大なバイソンの頭蓋骨を叩き割った。タルートの顔に鮮血が噴きかかり、脳漿《のうしょう》がどろりと流れだした。バイソンの体は沈みこんだが、角がひっかかったままだったので、壊れかかっていた門がタルートめがけて倒れこんできた。

　タルートは倒れてくる門の下敷きになる直前に、すばやく飛びのいて難を逃れた。それから数歩進んで、まだ一頭だけ息があったバイソンにも痛烈な頭蓋骨割りの一撃を見舞った。門は充分に役目を果たしおえた。

「さて、これからが仕事の本番よ」ディーギーがいい、間にあわせの柵のまわりに広がる地面を指さした。あちこちに転がっているバイソンの死骸は、どれも焦茶色の毛織物の山のようだった。ディーギーはいちばん手前のバイソンに歩み寄ると、鞘《さや》から後世の剃刀ほどにも鋭いフリント製のナイフを抜きはなち、頭部をまたぐと、ひと思いにのどをかき切った。頸静脈からまっ赤な鮮血がほとばしりでてきた。しばらくすると出血の勢いもおさまって、バイソンの口と鼻のまわりに赤黒い血だまりができた。血はしだいに丸く広がって、じわじわと地面に滲《し》みこんでいき、褐色の土をどす黝《ぐろ》く変えていった。

「タルート！」つぎの毛むくじゃらの動物の前に立つと、ディーギーは大きな声で簇長を呼んだ。横腹に突き立った槍が、いまもまだ小刻みに揺れていた。「こっちに来て、こいつを楽にしてあげてくれる？でも今度は、脳みそを残すように気をつけてね。あとで役に立てたいから」

タルートは手早く、バイソンを苦しみから解放してやった。

そのつぎは、わたぬきや皮剝ぎ、肉の切りわけなどの血まみれ仕事の番だった。エイラはディーギーを手伝って一頭の大きな雌バイソンの体を転がし、柔らかな腹部をあらわにしようとした。ジョンダラーが近づいてきたが、ラネクのほうがもっと近かったし、バイソンのところにもひと足先にたどりついた。ジョンダラーは足をとめ、さらに人手が必要なのか、それとも四人めは邪魔なだけかを見さだめようとした。

まず刃物で、肛門からのどまで腹部を一直線に切り裂く。つづいて、乳がたっぷり詰まった乳房を切り落とした。それがすむとエイラとラネクがそれぞれ腹部を左右に引きあけ、胸郭を剝きだしにした。そのあとあばら骨をへし折ってひらくと、ディーギーがまだぬくもりの残るバイソンの腹にはいって、主要な臓器をとりだしはじめた――胃、腸、心臓、それに肝臓などだ。この作業は手早くすませる必要があった。ぐずぐずしていると腸にこもった瘴気《しょうき》が膨張して死骸をふくらませ、悪臭が肉に滲みついてしまう。

これがすむと、一同は皮を剝ぐ仕事にかかった。

三人に手伝いが必要ないことは明白だった。もうすこし小さなバイソンの胸郭を相手に、ラティとダヌーグが悪戦苦闘しているのが目にはいった。ジョンダラーはラティをその場からどかせると、腹だちまぎれの力を両手にこめて、あばら骨を一気に左右に押しひらいた。しかし、そのあとの肉の切りわけはかなりの重労働で、ようやく皮剝ぎにたどりつくころには、ジョンダラーの怒りもかなりおさまっていた。

エイラはこの仕事をまんざら知らないわけではなかった——それどころか、たったひとりで何回もこの作業をすませた経験があった。動物の皮は肉から切りとるのではなく、引き剝がす。最初に足のまわりの皮を切ると、あとはさほどの手間もかからず筋肉から剝がすことができる。最初に内側を引いたり、皮を引っぱったりして剝がすほうが手間もかからず、汚れずにすむ。腱があるため切ったほうが早い箇所では、特別な皮剝ぎ用ナイフをつかった。骨の柄にフリントの刀身がとりつけてある。刀身は左右ともに鋭くなっているが、先端は皮に穴をあけることのないよう丸く加工されていた。エイラはこれまで柄のないナイフに慣れていたので、この柄つきナイフがつかいにくく感じたが、いざ慣れてくれれば、もっと巧みにつかいこなせるはずだとも思った。

バイソンの足と背中の腱は引き剝がされた。腱には裁縫用の縫い糸から罠まで、さまざまな用途がある。皮は毛をとりさって鞣《なめ》すことも、そのまま毛皮として利用されることもあった。バイソンの長い毛は撚《よ》りあわされて種々の紐や縄に加工されたほか、魚とりの網や、鳥をはじめとする季節の小動物をつかまえる罠にも加工された。脳はそっくり残されたし、蹄もいくつかとっておかれた。骨や皮の切れ端といっしょにぐつぐつと煮て、膠《にかわ》をつくるためだ。長い角——大きいものだと一メートル八十センチ近くあった——はとりわけ貴重な品だった。根もとから三分の一の部分は中身が詰まっており、ここは梃子《てこ》や釘や穴あけ器、楔や短剣の材料になった。根もとの固い部分をとりさると、角の中空になった円錐形の部分は、息を吹きかけて火を熾《おこ》すときにつかわれるほか、液体や粉や種子を皮袋に入れたり、袋から出したりするときの漏斗《じょうご》につかわれた。根もとに近い中身が詰まった部分がうまく底になるように角の中央部分を切ると、そのまま椀として利用できた。細く輪切りにすると、いろいろな締具や腕環、止め輪などになった。

バイソンの鼻と舌――肝臓とならんで極上の珍味とされる部位――がとりわけられたのち、死骸は七つに切りわけられた。前半身と胴体、それに後半身を左右ふたつに切りわけた物と、巨大な頭部である。腸や胃や膀胱は水洗いされたのち、皮とともに丸められた。こうした臓器はあとでしぼまないよう空気を入れて膨らませたうえで、調理具として、あるいは油や液体の容器、さらには漁網の浮きとしてもちいられる。バイソンの体はあらゆる部分が役に立つが、どんな動物でもすべてを運んでいくわけではなかった。とびきりうまい部分か、いちばん役に立つ部分だけ。人間に運べる量には限界があるからだ。

これに先だってジョンダラーはレーサーが狩りの邪魔にならないよう、また危険な目にあわないようにと、急斜面のなかほどまで連れていき――若馬にとっては不本意だろうが――しっかりと綱で木につないでおいた。バイソンの群れが柵のなかに追いこまれたあと、エイラから解放されたウィニーは、すぐにレーサーを見つけていた。最初のバイソンの始末をするラティとダヌーグを手伝ったあと、ジョンダラーはレーサーを連れてきたが、若馬はあたりに散乱するバイソンの死骸が気になるのか、そわそわと落ち着かないそぶりだった。ウィニーもこの景色が気にくわないようだったが、それでも慣れていることは慣れている。エイラは近づく二頭の馬に目をむけ、その拍子にバルゼクとドルウェズがまた下流をめざして歩いていくことに気がついた。それで彼らが、先ほどバイソンの群れを罠にまで追いたてるのを急いだあまり、荷物を下流におきっぱなしにしてきたことに思いあたった。エイラはふたりのあとを追った。

「荷物をとりに、あっちにもどる?」エイラはバルゼクにたずねた。

バルゼクは笑みを見せた。「そうだよ。それに着替えの服ももってこないとな。いや、あわててあっちを出発したものだから……といっても、悔やんではいないぞ。あのときあんたが群れを追いたててくれたからよかったが、そうでなかったら残らず逃げられていたに決まっているからね。いやはや、馬を上手にあやつるものだな。この目で見ていなかったら、まず信じなかっただろうよ。それはともかく、いろんな荷物をあっちにおいておくのは心配だ。あれだけバイソンの死骸が転がっていれば、ありとあらゆる屍肉《しにく》食らいの動物があつまってくるはずだ。さっきも待っているあいだに、狼の足跡を見つけたぞ。まだ新しい足跡だったな。狼は皮を見つけると、よく嚙みつくんだ。クズリもおなじことをするし、やり口も汚いが、なにせ狼は遊び半分に皮を嚙むんでね」

「わたし、馬であっちに行って、荷物運んでこられる」エイラはいった。

「その手は思いつかなかった! こっちの仕事がすっかり片づけば、動物にくれてやる食い物がたんと出る。だけどあっちには、狼やクズリに食いちらかされたくない品があるんだ」

「でも、荷物は隠してきたじゃないか」息子のドルウェズがいった。「この人じゃ見つけられないよ」

「たしかに」とバルゼク。「ここはやはり、わしらが行かんとだめか」

「ドルウェズ、隠し場所、知ってる?」エイラはたずねた。

少年はエイラを見あげて、うなずいた。

エイラはにっこりと笑っていった。「いっしょに、馬に乗って行きたくない?」

少年は満面の笑みを浮かべた。「乗ってもいいの?」

エイラは離れたところにいるジョンダラーの視線を目でとらえると、二頭の馬を連れてくるように手招きをした。ジョンダラーは早足でやってきた。

「これからドルウェズといっしょに向こうに行って、バイソンの追いたてがはじまったときに残してきた荷物をとってこようと思うの」エイラはゼランドニー語でいった。「レーサーもいっしょに連れていくわ。ちょっと走れば気分も落ち着くと思うから。馬は動物の死骸がきらいなの。ウィニーも、最初のうちはそうだったわ。レーサーに端綱をつけておいたほうがいいというあなたの意見には賛成よ。でも、そろそろウィニーみたいにふるまえるように教えはじめたほうがいいとも思うし」

ジョンダラーはほほえんだ。「名案だな。だけど、どうやって教えるつもりだい?」

エイラは眉をひそめた。「まだ決めてない。ウィニーがわたしのためになにかするのは、自分がやりたいからなの。どうしてそう思うかというと、わたしたちが親しい友だち同士だから。でも、レーサーのことはよくわからない。あの子はあなたのことを好いているわ。だから、あなたのいうことならきくかもしれない。どちらにしても、ためしてみる価値はあると思う」

「それがいいと思うな。おれもいつかは、きみがウィニーを乗りこなすように、馬に乗って走ってみたいと思っていたからね」

「そうなれば、わたしもうれしいわ」エイラはいった。記憶がよみがえってきた……当時すでに感じていた、温かい愛の気持ちもそのままに。あのころエイラは、この金髪をもつ異人の男がウィニーの産んだ子馬に愛着をいだいたら、谷に残ってもいいと考えるかもしれない、という希望に胸を焦がしていた。そんな気持ちがあったからこそ、ジョンダラーに子馬の名づけ親になってほしいと頼んだのだ。

バルゼクは、ふたりの客人が自分には理解できない言葉で話しているあいだ、じっと話がおわるのを待っていたが、いささかじれったくもなっていた。やがて我慢できず、バルゼクはこういった。「あんたが荷物をとりにもどってくれるのなら、わしはあっちにもどってバイソンの始末を手伝いたいんだが」

「ちょっと待ってくれ。ドルウェズを馬に乗せるのを手伝ったら、おれもいっしょにもどるから」ジョンダラーはいった。

それからふたりはドルウェズを馬に乗せてやり、エイラとともに出発するのを見おくった。


エイラたちが荷物をもって引きかえしたときには、すでに日がかたむいて影が長く伸びていた。エイラとドルウェズは急いで作業の手伝いにかかった。そのあと、小川のほとりで細長い腸を洗いながら、エイラは氏族の女たちといっしょに獲物の皮を剝ぎ、解体処理をしていたころのことを思いかえしていた。そして突然、自分が狩猟隊の正式な一員として狩りに参加したのは、きょうがはじめてだということに思いあたった。

氏族では女の狩りが禁じられていることは知りながら、エイラはずっと幼いころから男たちと狩りにいきたくてたまらなかった。男たちは狩りの腕前を重要視していたし、なによりもその話しぶりから狩りが胸おどる体験に思えたので、狩人になった夢想にふけることもしばしばだった——とりわけそう夢想したのは、悲しいことがあったり、つらい目にあったりして、そこから逃げたいときだった。なにげない思いつきではじめたことだが、やがてエイラは想像もしなかったつらい立場に立たされた。また、投石器での狩りが許されたのちは——それ以外の方法での狩りは、あいかわらず禁じられていたが——狩りの戦略について男たちが語りあっているのを、無言でじっと耳にいれるようにした。氏族の男たちは、狩り以外の仕事をほとんどしない——あとは狩りについて話しあい、狩りの道具をこしらえ、狩りの儀式に参加することくらいだ。獲物の皮を剝いだり解体したりするのも、皮を衣服や寝具に加工するのも、肉を貯蔵して料理するのも女の仕事だ。そのほか、貯蔵容器、いろいろな縄や筵《むしろ》、家事の道具をつくるのも女、食べ物や薬など、さまざまな用途につかう草木をあつめるのも女の仕事だった。

ブルンの一族は、ここライオン簇とほぼ同数の人々で構成されていたが、狩人たちが一回の狩りで一、二頭以上の獲物を仕留めることはめったになかった。そのため、男たちはひんぱんに狩りに出た。一年のいまごろの季節ともなれば、毎日のように狩りに出た——近づく冬にそなえて、食料のたくわえをすこしでも多くしたいからだ。いっぽうライオン簇では、エイラがやってきて以来、狩りに出たのはきょうがはじめてだ。エイラにはいぶかしかったが、冬のあいだの食料を心配している顔は見うけられなかった。エイラは仕事の手を休め、小さな群れのバイソンの皮剝ぎや解体作業をしている男女に目をむけた。バイソン一頭あたりにつき、ふたりか三人が協力して仕事を進めているため、作業はエイラが考えている以上に素早くおわっていた。これを見るにつけても、ライオン簇の人々と氏族のあいだのちがいが意識させられた。

マムトイ族は女たちも狩りをする。つまり——エイラは考えた——狩人の数も多い。なるほど狩人のうち男は九人で、女はわずかに四人だ。子どものいる女はめったに狩りに出ない。しかし、これが大きなちがいをつくる。狩人が多ければ、それだけ手ぎわよく多くの獲物を倒せる。みんなが協力しあえば、獲物の解体作業が手早くすませられるのとおなじことだ。そう考えれば筋の通った話だ。しかしエイラは、ここにはそれ以上のなにかがあると感じていた。自分はなにか本質的なことを見のがしている……いちばん根幹の部分にひそんでいる意味を引きだせずにいる。それにマムトイ族は、氏族とはものの考え方がちがっていた。氏族は、適切だと考えられているいろいろな規則や、さまざまな前例に縛られているが、この人たちにはそういう縛りがない。個人の役割もきっかり定められてはいないし、男女それぞれのふるまいも氏族ほど厳格に定められてはいない。ここではそれよりも、各人の個性やいちばんいい結果を出せる方法などが重視されているようだ。

前にジョンダラーから、ゼランドニー族では狩りを禁じられている者がいないという話をきいたことがある。狩りは重要だし、ほとんどの者が狩りに参加するが、幼いうちから狩りに出ることを強要されることはない、という話もあった。マムトイ族が、おなじような習わしをもっていることはまちがいない。さらにジョンダラーは、狩り以外のわざや能力をもつ人もいるし、そうした人々の働きは狩りとおなじくらい大事にされるという話をし、自分を例にした。フリントを加工して石器をつくるすべを身につけ、すぐれた匠《たくみ》だと評判になってからは、自作の石器や穂先と引き換えに必要な物はなんでも手にはいるようになったという。だから、狩りをしたい気分のとき以外は狩りに出ずともよくなった、と。

しかし、エイラにはこれが理解できなかった。男にとって狩りに行くか行かないかということが重要でないのなら、男たちは一人前になったことを認められるために、どんな儀式をしているのだろう？ 自分たちにとって狩りが男の本質ではないなどといわれたら、氏族の男たちは途方にくれてしまう。少年は大きな獲物を殺して、はじめて一人前の男になることができる。ついでエイラは、クレブのことを思い出した。あのモグールは狩りに出たことがない。片目と片腕をなくし、足が不自由だったので、狩りには出られなかったのだ。もっとも偉大なるモグール、一族ではならぶ者なき聖なる男だったが……獲物を殺したことはなく、したがって一人前の男にはなれなかった。クレブ自身の心の目には自分が一人前の男に見えていなかった。しかしエイラは、クレブが一人前の男であることを知っていた。

仕事がおわったときには、あたりはすっかり薄暗くなっていたが、全身に血を浴びた狩人たちはためらいも見せずに服を体から剝ぎとって、川へと急いだ。女たちは、男よりもいくぶん上流で水浴びをしたが、それでもたがいの姿が目で確認できる範囲を出ることはなかった。剝がした皮は丸められ、切りわけられた肉類とともに積みあげられていた。そのまわりのそこかしこには、四本足の肉食獣や屍肉を食らう動物が近づかないようにするために、焚火が熾されていた。流木や倒木、それに囲いこみ用の柵をつくるのに刈られた緑の木々が、薪として近くに積みあげられていた。焚火のひとつでは、串に刺したバイソンの関節部分が焙られており、そのまわりに低い天幕がいくつか張られていた。

闇の帷《とばり》が一同をつつみこむと、あたりは一気に肌寒くなった。トゥリーとディーギーのふたりから借りた服は、ちぐはぐなうえに大きさが体にあわなかったが、それでもエイラにはありがたかった。自分の服は血の染みを落とすために川で洗い、ほかの人たちの服といっしょに焚火のそばで干してあった。馬のそばでも時間をすごし、二頭がのんびりとくつろぎ、気分も落ち着いていることを確かめた。ウィニーは、バイソンの肉を焙っている焚火の光がとどく範囲ぎりぎりにとどまっていたが、土廬《つちいおり》に運ばれるのを待っている肉の山や、焚火が守っている範囲の外にある骨や肉の屑の山からは、精いっぱい距離をとっていた。屑の山のあたりからは、ときおり動物のうなり声や吠えたてる声がきこえている。

バイソンの肉――外側はかりかりに焦げ、骨の近くだけは生肉同然だった――で腹を満たすと、狩人の面々は焚火に薪をくべたして、輪になってすわり、熱い薬草茶を飲みながら話に花を咲かせた。

「エイラが群れの向きを変えさせたところを、みんなにも見せたかったよ」バルゼクがいった。「あのまわしらだけで、どのくらい長く群れを引きとめておけたかはわからん。やつらはだんだん浮き足だっていたしね。雄がいきなり走りだしたときには、もうこれで一頭も倒せないと思ったくらいだ」

「今回の狩りが上首尾におわったのは、ひとえにエイラのおかげだといっていいな」タルートがいった。

褒め言葉に慣れていないエイラは、たちまち顔を赤く染めた。しかし、顔が赤らんだ理由は気恥ずかしさだけではなかった。みんなが自分を狩人として受けいれたばかりか、いまの褒め言葉にもうかがえるように、狩人としてのわざや能力を認めてもらえたことがうれしく、胸に熱いものがこみあげた。思えば、生まれてからずっと、こんなふうに受けいれてもらうことこそが望みだった。

「考えてもみろ――〈夏のつどい〉で、これがどれだけ語り草になることか！」タルートはいいそえた。

会話が一段落した。タルートは一本の枯れ枝を拾いあげた。倒木の一部で、長いこと地面に転がっていたせいだろう、皺だらけの老人の皮膚のような樹皮が浮きあがっていた。タルートは膝で枝をふたつにへし折ると、二本とも焚火にくべた。一陣の火の粉が舞いあがって、炎の近くにすわっている人々の顔が明るく照らされた。

「狩りがいつでも上首尾におわるとはかぎらないわ。覚えてる……白バイソンをあと一歩で仕留めそこなったときのことを？」トゥリーがいった。「あれを逃したのは、かえすがえすも残念だったわ」

「あの白バイソンは、女神に愛されていたんだろうな。まちがいなく仕留められると思っていたんだが」バルゼクがそういって、ジョンダラーにたずねた。「きみは白バイソンを見たことがあるかい？」

「話にはきいているし、一回だけ皮を見たことがあります」ジョンダラーは答えた。「おれたちゼランドニー族は、白い獣を聖なる存在と見なしてます」

「狐や兎も？」ディーギーがたずねた。

「ああ。しかし、ほど高く見られてはいないな。雷鳥でさえ、羽が白いときには聖なる存在として見られる。白い獣は女神ドニがふれたもの――おれたちはそう信じてる。最初から白い体で生まれた獣、一年を通して白い体のままでいる獣となれば、さらに聖なる存在だ」ジョンダラーはそう説明した。

「わたしたちマムトイ族にとっても、白い獣は特別な意味をもってるわ。だからこそ、〈鶴の炉辺〉があれだけ高い地位にあるわけ……ふつうはね」トゥリーはそういって、蔑みのこもった視線をちらと、いま名前の出た炉辺の住人であるフレベクにむけた。「北方に住む大きな鶴はまっ白だし、そもそも鳥は女神ムトの特別な使いだから。そして白マンモスには特別な力があるわ」

「白マンモス狩りのことは一生忘れられんな」タルートがいった。まわりの人たちから期待に満ちた表情をむけられて、簇長は話をつづけた。「偵察隊の者から白マンモスを見たという話をきかされたときには、だれもが大喜びしたものだよ。雌の白マンモスともなれば、母なる大地の女神がわれらに授けたあまたの物のうち、最高の誉《ほま》れだからな。それにあれは〈夏のつどい〉がはじまってから最初の狩りだったから、もしも首尾よく仕留めれば、だれにとっても幸運になるはずだった」

タルートはふたりの客人に事情をこう説明して、話をつづけた。

「狩りに行こうという者は、みな女神に受けいれてもらえるかどうかを確かめるため、浄めの儀式と断食という試練に耐えなくてはならん。さらに〈マンモスの炉辺〉の命で、おれたちはいろいろなことを禁じられた――狩りのあとでも禁じられていたことがあったくらいだよ。しかし、おれたちは全員選ばれたかった。当時はおれも若かった。いまのダヌーグと変わらないくらいだよ。それでもダヌーグとおなじように、そのころから体は大きかったたな。だからこそ、狩りの一員に選ばれたんだろう。白マンモスに刺さった槍のひとつは、おれが投げた槍だった。ジョンダラー、あんたにむかってきたバイソンのときとおなじで、だれの槍が白マンモスの命を奪ったのかはわからなかった。だれかひとりの人間や、どこかひとつの簇にだけ過分な誉れが行くことのないようにという女神のはからいだったんだろう。白マンモスは全員の手柄だった。そうしておくほうがいい。ねたみや恨みを生まないようにね」

「そういえば、ずっと北のほうに白い熊が住んでいるという話をきいたことがあるな」フレベクが話しあいのけ者にされたくない一心で、そう口をはさんだ。白マンモスを倒した功績はひとりの人間やひとつの簇だけのものではなかったのかもしれないが、ねたみや恨みをそっくり消し去りはしなかったと見える。それだけの狩りに選ばれて参加したとなったら、その人間はフレベクの生まれついての身分よりも高い身分を得ることができるのだ。

「それはおれもきいたことがあるよ」ダヌーグがいった。「フリント鉱の近くに寝泊まりしていたときだよ。サンガエア族の連中がフリントの交易のために来たんだけど、そのなかに語り部の女がいてね。達者な語り部だったよ。母なる大地の女神にまつわる話……夜になると太陽を追いかけていくという茸男の話……それに、いろんな珍しい動物の話をきかせてもらった。で、そのなかに白い熊の話もあった。女の話だと、白い熊は氷の上に住んでいて、海の生き物しか食わないんだって。それでも気性は、肉を食わない大きな洞穴熊《ケーブ・ベア》とおなじく穏やかだという話だった。羆《ひぐま》とは大ちがいだ。あいつらは兇暴だから」

そう話すダヌーグは、フレベクの不愉快そうな表情にはまったく気づいていなかった。フレベクの話をさえぎる意図はまったくなかった。おもしろい話があるので披露してみたくなっただけだ。

「前に氏族の男たちが狩りから帰ってきて、白い犀《さい》の話をしてたこと、ある」エイラはいった。フレベクはまだ不機嫌の虫がおさまらず、渋面をエイラにむけた。

「たしかに、白い獣は珍しい」ラネクがいった。「しかし、黒い獣も特別な存在だぞ」

ラネクは焚火をかこむ輪からちょっと離れたところにすわっており、黒い影に包まれて顔の表情はほとんど見えなかった。しかし、白い歯と目にのぞくいたずらっぽい光だけは見えた。

「ええ、あなたも珍しいわね」ディーギーが口をはさんだ。「〈夏のつどい〉では、あなたがどのくらい珍しいかを確かめたがってる女の人たちに、喜んで答えを教えてあげてるんでしょう?」

ラネクはからからと笑った。「おいおい、女神の娘たちから知りたいといわれたら、ほかにどうしようもないだろう? もしや、女たちの頼みを断わって悲しい思いをさせればいいとでも? いや、おれが話そうとしたのは自分のことじゃない。黒豹の話がしたかったんだ」

「黒豹?」ディーギーがいった。

「ワイメズ、おれはずっと小さいころ、大きな黒豹を見たという記憶がぼんやりとあるんだ」ラネクはそういって、おなじ炉辺に住むワイメズに向き直った。「あんたはなにか知らないかな?」

「それじゃ、あのときのことはよっぽど強く心に焼きついていたんだな。おまえが覚えているとは思わなかった」ワイメズはいった。「あのころ、おまえはまだ赤ん坊同然だった。おまえの母さんが、とんでもなく大きな悲鳴をあげていたっけ。おまえがよちよち歩きで母さんから離れたんだ。母さんがおまえのほうに目をやると――一本の木の上に大きな黒豹がいて、いまにもおまえに跳びかかるかまえだったんだ。体は雪豹そっくりだが、毛がまっ黒でね。母さんは、黒豹がおまえを狙っていると思ったようだ。だけど黒豹も母さんの悲鳴に恐れをなしたか、はなからおまえを狙っちゃいなかったのか……そのまま行ってしまった。でも母さんは走っておまえを助けにいったし、それからしばらくは、おまえから片時も目を離そうとはしなかったよ」

「住んでいた土地には、その手の黒豹がたくさんいたのかい?」タルートがたずねた。

「数はそれほどじゃなかったが、いるにはいたな。いつも森のなかで暮らし、狩りは夜のあいだと決まっていたから、めったにお目にかかれなかったよ」

「だからこのあたりじゃ白が珍しいけれど、黒だって珍しいことになるだろう?」ラネクがいった。「バイソンの毛は黒に近いし、おなじような色のマンモスもいる。だけど、すっかり黒というわけじゃない。黒は特別な色なんだ。まっ黒い動物となると、どれくらいいる？」

「きょう、ドルウェズとあっちに行ったとき、わたしたち、黒い狼を見た」エイラはいった。「これまで黒い狼見たこと、いっぺんもなかった」

「ほんとうにまっ黒だったのか？　ただ黒っぽいというだけじゃなく？」ラネクは興味をかきたてられたとみえ、気負いこんでたずねた。

「黒かった。腹のあたりは、色が薄かったけど、でも黒。はぐれ狼だった、と思う」エイラはつづけた。「ほかの狼の足跡、なかった。群れのなかにいたら、その狼、きっと……み、身分低いと思う。たぶん、群れを出た狼。これから、ほかのはぐれ狼見つけて、新しい群れをつくるのかも」

「身分が低い？　なんでまた、そんなに狼のことをくわしく知ってるんだ？」フレベクがたずねた。その声には嘲りの調子がまじっていた。エイラの話を信じたくないといいたげな声音だが、関心を引かれていることは明らかだった。

「狩りを学んだとき、狩ったのは肉食らいの動物だけだった。投石器しかつかわなかった。わたし、長いこと、動物たちをじっくり見てた。それで狼のこと、学んだ。あるとき、群れのなかに一頭だけ、白い狼がいるのを見た。ほかの狼、まったく毛色がちがってた。白い雌狼、群れを去った。ほかの狼たち、毛色のちがう狼が好きじゃなかった」

「あれは黒狼だったよ」ドルウェズがいった。エイラの味方をしたい一心だった――馬に乗せてもらって胸おどる体験をしたいまでは、その気持ちはなおのこと強かった。「ぼくだって見たんだ。最初はよくわからなかったけど、そのうち狼だとわかった。たしかに黒かったよ。それに、一匹狼だと思う」

「狼の話がでたついでにいっておけば、今宵は目を光らせていたほうがいいぞ。この近くに黒狼がいたとなれば、それだけで目を光らせる理由になる」タルートがいった。「順ぐりでもかまわないが、夜が明けるまではだれかがかならず起きていて、番をする必要があるな」

「みんな、体を休めなくちゃいけないしね」トゥリーがいった。「あしたはまた、たくさん歩くことになるから」

「おれが最初の番をしよう」ジョンダラーがいった。「どうにもこうにも眠くなったら、だれかを起こすよ」

「だったら、おれを起こしてくれ」タルートがいい、ジョンダラーはうなずいた。

「わたしも番、します」エイラはいった。

「だったら、ジョンダラーといっしょに起きて番をしているといい。寝ずの番に相棒がいるのはいいことだぞ。おたがい相手が寝ないように、起こしあっていればいいんだからな」

8

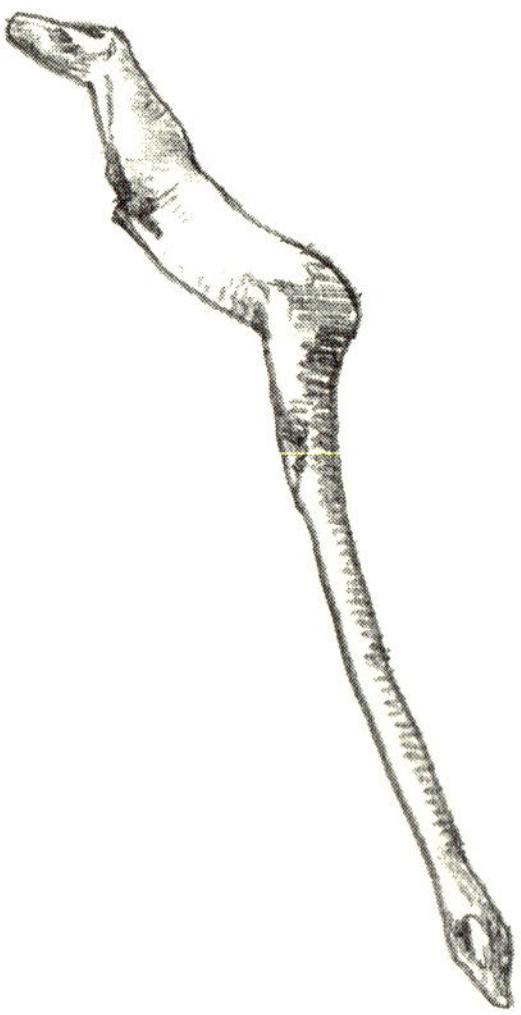

「夜のあいだに、ずいぶん冷えこんだのね。ほら、肉が凍りかけてる」ディーギーはそういいながら、バイソンの後半身の肉を半分に切りわけた塊を背負子《しょいこ》に積みこみ、紐をかけた。

「寒くてよかったわ」トゥリーがいった。「でも、この量じゃ、とてもいっぺんには肉を運べないわね。どうしても、ここに残していくほかはないみたい」

「柵につかった石を運んできて、肉の上に石塚をつくって隠したらどう?」ラティがいった。

「いい考えだし、そうするべきだと思うわ。ええ、名案よ」トゥリーは自分の荷物を用意しながらいった。かなりの量の荷物だ。いくらトゥリーが屈強だといっても、あれだけの荷物をひとりで運べるのだろうか? エイラは心配になった。「だけどお天気が変わったら、つぎにここに来られるのが春になっても不思議じゃないわ。土廬《つちいおり》にもっと近い場所ならよかったんだけどね。動物たちは、あのあたりにあまり近づかないし、こっちの目も行きとどくから。だけど、こんなにひらけた場所に肉をおいといてごらん。

洞穴《ケーブ》ライオンはいうにおよばず、クズリみたいな小さな動物だって、肉を食べたいとなったら、本気で石塚を崩そうとするに決まってるわ」

「上から水をかけておけば、かちんかちんに凍るんじゃない？　それなら動物よけになるわ。凍りついた石塚を壊すのは、鶴嘴《つるはし》や鍬《くわ》をつかってもひと苦労だもの」ディーギーはいった。

「たしかに動物よけにはなるね。でも、お日さまの光はどうやってよける？」トルネクがいった。「凍ったままだとはかぎらないぞ。冬はまだすこし先なんだから」

　話をききながら、エイラは人々が運べるだけの肉を運び出していき、バイソンの肉の山がすこしずつ低くなるのを見守っていた。収穫があまりにも多いため、そこから最上の部分だけをえりわける余裕があるうえに、残った部分が出るのは、エイラにとって見慣れない光景だった。氏族とともに暮らしていたときにも、食べ物は豊富にあったし、服や寝具をはじめとするさまざまな用途をまかなうだけの皮もあったが、なにかが無駄に捨てられることはほとんどなかった。この肉のうち、どれだけが残されていくのか、エイラには見当もつかなかった。しかし、すでにかなりの量の骨や肉が屑の山をつくっていることを思えば、このうえさらに肉を残していくことが気がかりでならなかった。しかも、肉を残していきたいと思っている者がひとりもいないことも明らかだった。

　見るとダヌーグがトゥリーの斧を拾いあげ、女長《おんなおさ》に負けないほどやすやすとふるって、一本の丸太をふたつに割ると、さいごに残る焚火にくべたしていた。エイラはダヌーグに近づいた。

「ダヌーグ」と静かな声で呼びかける。「手伝ってもらえる？」

「ああ……そうだな……いいよ」ダヌーグはどぎまぎして、口ごもった。たちまち顔が赤くなるのがわかる。エイラの声は低く、ゆたかな響きをもっているうえに、ふつうにしゃべっているときでも遠い土地を思わせる訛りがある。不意に話しかけられたせいもあった――エイラが近づいてくるのに、まったく気づいていなかった。そもそも、この美しい女性のそばに立っているだけで、ダヌーグはいやでもあがってしまう。

「柱が必要……二本の柱が」エイラはいいながら指を二本立てた。「川の下《しも》の若い木。切ってもらえる?」

「ああ……もちろん。あんたのために、木を二本切り倒してこよう」

小川の屈曲部にむかって歩くうちに、ダヌーグは落ち着きをとりもどしてきた。それでも肩をならべて、わずか半歩先を歩いているだけのエイラの金髪からは、どうしても目が離せなかった。エイラは、ほとんどおなじ太さのまっすぐな若い榛《はん》の木を二本選びだした。二本を切り倒したダヌーグに、エイラは小枝を落とし、さらに先を落として長さをそろえてほしい、と頼んだ。このころには、背の高い若者も当初ほど恥ずかしがってはいなかった。

「で、この二本をどうしようと?」ダヌーグはたずねた。

「いまお手本、見せてあげる」エイラはそういうと、高らかな命令の口笛でウィニーを呼び寄せた。雌馬が速駆けで近づく。これに先だってエイラは出発準備のため、ウィニーに馬具と荷籠を負わせていた。馬の背に皮が敷いてあることも、馬の両わき腹に籠が紐で吊りさがっていることも、ダヌーグには奇妙に思えたが、馬が意に介するふうでもなく、足どりにもまったく影響がないことにも気づかされた。

「どうやって、馬にあんなことをさせるんだい?」ダヌーグはたずねた。

「あんなこと?」

「口笛を吹いて、馬を呼び寄せたじゃないか」

エイラは顔をしかめて考えこんだ。「自分でもよくわからない。ベビーが来るまで、谷にいた仲間、ウィニーだけ。ほかに友だちはひとりもいなかった。ウィニー、わたしといっしょに育った……わたしたち、学んだ……おたがいのことを」

「じゃ、馬と話ができるというのはほんとうなんだね？」

「わたしたち、おたがいのこと、学んだ。ウィニー、あなたたちみたいにしゃべれない。だからわたし、学んだ……ウィニーの身ぶり……それに合図を。ウィニー、わたしのを学んだ」

「ライダグの手ぶり言葉みたいなもの？」

「すこし似てる。動物、人間、みんなそれぞれの合図をもってる。あなたにもある。あなたたち、口で言葉を話す。でも、体のしぐさ、もっとたくさんのことを話す。あなたたち、話していないと思っているときでも、しぐさで話してる」

ダヌーグは顔をしかめた。会話の風向きがなんとなく気にいらない。ダヌーグは横をむいて、こういった。「よくわからないな」

「いまもわたしたち、話してる。口から言葉は出ていなくても、あなたのしぐさが話してる……あなたは馬に乗りたいと思ってる。そうでしょう？」

「ええと……うん……乗りたいと思ってるよ」

「だったら、馬に乗せてあげる」

「ほんとうかい？　ほんとにおれが馬に乗ってもいいのか？　ラティやドルウェズみたいに？」

エイラはほほえんだ。「こっちに来て。はじめて馬にまたがるとき、大きな石の台必要だから」

エイラはウィニーを撫でたり、やさしく叩いたりしながら、馬とのあいだでいつしか自然にできあがってきた独特の言葉で話しかけていった。氏族の手ぶり言葉と口の言葉、エイラが息子とつくりあげた無意味な音に意味を与えたもの、それにエイラが完璧に物まねをする動物の声を組みあわせた言葉。その言葉でエイラはウィニーに、ダヌーグが馬に乗りたがっていることや、胸おどるひとときにしてあげるのはいいが、危険な目にあわせてはいけないことなどを伝えた。ダヌーグは、エイラがライダグや族《むら》の人々に教えている氏族の手ぶり言葉がすこしわかるようになっていた。そのためエイラと馬とのやりとりのなかにも理解できる部分があるとわかり、われながら驚かされたが、一方ではエイラへの畏《おそ》れがさらに高まった。この人はほんとうに馬と話をしている……マムートのように、謎めいて力強く、その道の達人にしかわからない秘密の言葉で。

ウィニーがエイラの言葉を完全に理解したのかどうかはわからなかったが、エイラが背の高い若者に手を貸して背にまたがらせてやったときには、エイラの身ぶり手ぶりから特別なことをするように期待されていることをわきまえていたようだった。ウィニーにはダヌーグが、エイラが信頼している知りあい――ジョンダラー――と似ているように感じられた。長い足をただ垂らしているところも似ていたし、行き先や動き方をまったく指示してこない点も似ていた。

「たてがみをつかむ」エイラはそう教えた。「前に進みたいときには、体をちょっと前にかたむける。ゆっくり歩かせたくなったら、背すじをまっすぐに伸ばす」

「いっしょに乗ってくれないのかい?」そうたずねるダヌーグの声は、わずかな不安にわなないていた。

「わたし、いっしょに乗らなくて大丈夫」エイラはそういって、ウィニーのわき腹を平手でぴしゃりと叩いた。

ウィニーはいきなり、かなりの速度で走りはじめた。ダヌーグはがくんとうしろにのけぞったが、すぐにたてがみをつかんで体を前にかたむけ、命が惜しい一心で馬の首に両腕でしがみついた。しかしエイラが乗るときには、体を前にかたむけるのは速度をあげて走れという合図だ。寒冷な気候の大草原で育ったたくましい雌馬は、すっかり勝手がわかっている平坦な氾濫原を全速力で突っ走っていき、丸太や灌木を軽々と躍り越え、突きだした岩やそこかしこの木立ちを軽やかによけていった。

最初のうちダヌーグは恐怖のあまり、ただ目をぎゅっと閉じて、馬にしがみついているだけで精いっぱいだった。たしかにウィニーが大きく足をふりだして進むたびに体が浮きあがり、馬のたくましい筋肉の躍動がありありと下から伝わってきたが、やがて馬からふり落とされる心配がないとわかって、ダヌーグは細く目をあけた。木や灌木や下の地面が、目にもとまらぬほどの速さで後方へと飛び去っていく光景を目にするなり、胸が高鳴ってきた。馬の首にしがみついた腕はほどかず、ダヌーグは頭をもちあげて、まわりを見まわした。

早くもこんなに遠くまで来ていたとは信じられなかった。川を左右からはさみこんでいる、ふたつの大きな露頭がすぐ目の前に迫っていた！　どこか背後から鋭く響く口笛がきこえた。即座に、馬の足どりが変わった。ウィニーは川を守っているような岩を飛び越えると、すこしだけ速度を落とし、大きな円を描いて方向転換をして、来た方向に引きかえしはじめた。いまもしがみついてはいたが、すでに恐怖はずいぶん薄らいでいた。これからむかう場所を目にしておきたい。そう思ってダヌーグが体をわずかに起こすと、ウィニーはこの動作を速度をすこし落とせという合図だと解釈した。

馬が帰ってきて、ダヌーグの満面の笑みを見たエイラは、そこにタルートの——それも満足しきって笑っているタルートの——面影を見てとった。ダヌーグのなかにいるタルートが見えたといえる。ウィニーが足どりをさらに落とすと、エイラはダヌーグが降りられるように馬を石のそばまで引いていった。天にも昇る心もちのダヌーグは言葉もままならず、頰はゆるみっぱなしだった。これまでは馬の背にまたがることなど考えもしなかったが——想像力の範囲を越えていたからだ——現実の体験は、それまでのどんな期待をもはるかに上まわるものだった。一生忘れられそうになかった。

ダヌーグに目をむけるたび、この若者がのぞかせている笑顔にエイラは笑みをさそわれた。エイラはウィニーの馬具に二本の柱を結びつけた。ふたりで野営地に引きかえしたとき、ダヌーグはまだうれしさにほほえんでいた。

「なにかあったの?」ラティがたずねた。「どうして、そんなふうににやにや笑ってるのよ?」

「馬に乗ったんだ」ダヌーグが答えると、ラティはうなずいて笑顔になった。

狩場から回収できる品物のほぼすべてが運びだされて、背負子に縛りつけられたり、皮につつまれたりしていた。後者の皮につつまれた荷物は頑丈な柱に吊床《ハンモック》の要領でくくりつけられ、ふたりの人間が前後で肩にかついで運ぶ。まだ肉や丸めた皮がいくらか残っていたが、エイラの予想ほどの量はなかった。狩りやその後の解体作業とおなじく、全員が力をあわせて協力すれば、これから冬越えをする簇にそれだけ多くの食料をもち帰れるのだ。

何人かの人はエイラがもち帰るための荷物を用意していないことに目をとめていたし、どこに行ったのかといぶかってもいた。しかし、もどってきたエイラがウィニーに二本の柱を牽《ひ》かせているのを見て、ジョンダラーはその思惑を察しとった。エイラは二本の柱をならべかえた——馬の左右に吊るした荷籠のちょっと上で、二本の柱の太いほうの端を交差させ、馬具にくくりつけて固定した。細いほうの端が馬のうしろに延び、地面にしっくりと落ち着くようになった。ついでエイラは二本の柱のあいだに天幕用の帷《とばり》を張って台の代わりにし、その下に小枝を張りわたして補強材にした。人々が足をとめて、エイラのすることをいぶかしげに見ていたが、やがてエイラがこの橇《そり》の荷台に釣りあいよくバイソンの肉を載せていくにいたって、だれの目にもその意図が明らかになった。さらに荷籠にも肉を詰めていき、さいごに残ったぶんは自分がかつぐ背負子にくくりつけた。これがすっかりおわると、だれもが驚いたことに積みあげられていた肉や皮がすっかりなくなっていた。

トゥリーはまずエイラを見つめてから、橇をひいて荷籠を吊るしている馬をながめやった。心の底から感心しきった顔を見せている。「馬に荷物を運ばせるなんて、いっぺんも考えつかなかったわ。それだけじゃない……馬は食べ物だって思ってただけで、ほかの仕事につかおうなんて考えもしなかった――いまのいままではね」

タルートが焚火に土をかけ、さらにかきまわして完全に火が消えたことを確かめた。それから見るからに重そうな雑嚢《ざつのう》を左肩にかつぎ、槍を手にして歩きはじめた。ほかの狩人たちが、そのあとにつづいた。最初にマムトイ族と出会って以来、ジョンダラーはなぜこの人たちが雑嚢を片方の肩にしかかけないのか不思議に思っていた。しかしいま、自分の背負子が背中にしっくりとなじむように調節し、雑嚢を肩にひっかけたとたん、合点がいった。これなら、たっぷりと荷物を積みこんだ背負子が楽に背負えるのだ。おそらくここの人々は、たくさんの荷物をひんぱんに運んでいるのだろう。

ウィニーはエイラのすぐうしろから、頭をエイラの肩に近づけて歩いていた。その横を、レーサーの端《は》綱《づな》を手にしたジョンダラーが歩く。タルートは足どりをゆるめ、いまはエイラたちのすぐ前を歩いていた。歩きながら三人は言葉をかわした。だれもが重い荷物を背負って、一歩また一歩と足を進めているあいだ、エイラは人々がおりおりに自分と馬の方向に視線をむけていることを意識していた。

しばらくたつと、タルートが調子のいい鼻歌を低く歌いはじめた。まもなくタルートは、鼻歌に言葉をつけ、一同の足どりにあわせて歌いはじめた。

ハスナ、ダスナ、ティーシュナ、キーシュナ、
パクナ、セクナ、ハナーニャ。
ハスナ、ダスナ、ティーシュナ、キーシュナ、
パクナ、セクナ、ハナーニャ！

ほかの狩人たちも、この調べにあわせておなじ言葉で唱和しはじめた。これが何回かくりかえされたのち、タルートはいたずらっぽい笑みでディーギーの顔をのぞきこみ、そのままの節まわしと調子でこんな即興の歌詞をつけていった。

かわいいディーギー、願いはなあに？
ブラナグ、ブラナグ、あなたと床をともにしたい。
かわいいディーギー、どこへ行く？
ひとりの寝床が待つわが家。

ディーギーはさっと顔を赤らめたが、まわりの人々がわけ知り顔でくすくす笑っても、にこやかにほほえんでいるだけだった。タルートが最初の行の質問の部分を歌うと、ほかの狩人たちは答えの部分を歌った。二回めがおわると、また最初からくりかえし。そのあとタルートが、最初の意味のないはやし文句の部分を歌った。

ハスナ、ダスナ、ティーシュナ、キーシュナ、
パクナ、セクナ、ハナーニャ！

一同はこの部分を数回くりかえした。それからタルートが、また新しい歌詞を即興でつくっていった。

ワイメズ、冬はなにして過ごす？
道具をつくって、楽しみ待って。
ワイメズ、夏はなにして過ごす？
自前の道具で冬のぶんまでお楽しみ！

だれもが笑いをさそわれたが、ひとりラネクだけはけたたましく馬鹿笑いをあげていた。この歌詞が一同によってくりかえされると、いつもはめったに感情を外に出さないワイメズが、この邪気のないからかいの文句に顔を赤く染めていた。腕のたつ匠《たくみ》が冬はほとんど禁欲生活を送って道具づくりに励み、〈夏のつどい〉にはここぞとばかりに羽を伸ばして遊んでいることは、みなよく知っていたのだ。

ジョンダラーもまた、ほかの面々に負けないほど、からかいや冗談の歌を楽しんでいた。ゼランドニー族の人々も、こうしたおりにはおなじように歌う。しかしエイラには最初のうち歌の意味がさっぱりわからなかったし、なにが愉快なのかもわからなかった。ディーギーが恥ずかしさに顔を染めているのを見たときには、狐につままれた思いだった。やがて歌っている人々がみな陽気にほほえんで、楽しげに笑い、

からかわれた当人もうれしそうにしていることに気がついた。それでようやく、言葉のおかしさがわかってきたし、笑い声には伝染力があった。歌詞がワイメズへの揶揄《やゆ》になるころには、エイラも笑みを誘われていた。

ほかの者が歌をやめると、タルートがまたしても、歩調にあわせたかけ声の歌詞を歌いはじめた。だれもがつぎなる歌詞を期待しながら、その声に唱和した。

ハスナ、ダスナ、ティーシュナ、キーシュナ、
パクナ、セクナ、ハナーニャ！

タルートはエイラに顔をむけると、歯をのぞかせてにやりと笑い、こう歌いはじめた。

エイラの愛はだれのもの？
ふたりの男に寝床はひとつ。
おいしいごちそう、どっちを食べる？
黒いか白いか、選ぶはエイラ。

冗談の輪に参加させてもらえたことが、エイラにはうれしかった。歌詞の意味がすっかり理解できたかどうか心もとなかったが、自分のことが歌われていることが面はゆく、顔が赤らんだ。ゆうべの会話を覚えていたので、〝黒と白のごちそう〟がラネクとジョンダラーのことにちがいないと察しはついた。ラネ

クがうれしそうに笑ったので、この推測が正しいと裏づけられたが、ジョンダラーが引き攣《つ》った笑みを見せたのが気がかりだった。このときばかりは、冗談がすこしもおもしろくないらしい。

つぎに歌の音頭をとったのはバルゼクだった。こうした歌をきき慣れていないエイラでさえ、その朗々と深みを帯びて響く歌声のすばらしさを感じとることができた。そしてバルゼクもまたエイラに笑みをむけ、自分がつくったのもエイラにまつわる歌詞だと告げてきた。


エイラは選ぶ、どっちの色を？

黒いも白いもおいしいごちそう。

エイラは選ぶ、どっちの色男？

いっそまとめてお床いり！


全員がこの歌詞をくりかえし歌っているあいだ、つくった当人のバルゼクはつれあいのトゥリーにちらりと目をむけた。トゥリーはやさしさと愛しさの目つきで応じた。しかし、ジョンダラーは顔をしかめていた。からかいの風向きがこうなると、もはや冗談を楽しんでいる顔をよそおうこともできなかった。エイラをだれかと――とくにあの魅力的な彫り師と――わかちあうなどとは、考えるだけでも耐えられない。

つぎに歌の音頭をとったのはラネクだった。ほかの面々がすぐに唱和した。


ハスナ、ダスナ、ティーシュナ、キーシュナ、

パクナ、セクナ、ハナーニャ！

最初ラネクは、だれの顔も見ていなかった。みんなの期待感をわざと高めたかったからだ。それからラネクは白い歯のこぼれる笑みを、からかい歌をはじめたタルートにむけた。それだけで、だれもが笑いはじめた。ほかの面々にきまりのわるい思いをさせる歌をはじめた当人に、ラネクがどんな辛辣な歌をかえすのか、みなは早くも期待に胸をふくらませた。

でっかい体に力もち、そんな智恵者どこにいる？
ライオン簇の赤毛の簇長《むらおさ》、タルートさ。
でっかいお道具、軽々ふるえる男はだれだ？
どんな女もうっとりさせるタルートさ！

大柄な簇長はこの邪気のないからかいの歌詞に呵々大笑《かかたいしょう》し、一同がこの歌詞をくりかえしたのち、こんどは自分が音頭をとって歌いはじめた。こうしてライオン簇に歩いて引きかえすあいだ、一同は歌で足どりをあわせた。背中に狩りの成果である荷物がずっしり重くのしかかっていたが、楽しく笑うと重荷のつらさが薄らいだ。

ネジーは土盧から外に出ていき、出入口の帷をもとどおりに垂らすと、川の対岸に目をこらした。太陽は西の空にずいぶんかたむいて、いましも地平線近くによどむ低い雲の陰に姿を隠そうとしている。ネジーはこれといった理由もないまま、ふっと山腹に目をむけた。狩猟隊がもどってくると思っていたわけではない。出発したのはきのうだし、すくなくとも現地で二夜を明かしてくるはず。しかし勘が働いたのか、ネジーはまた山腹に視線をむけた。草原に通じる道のいちばん先のあたりに……わずかに動いているような人影があるのでは？

「タルートよ！」空を背景にして、見なれたつれあいの影が浮かびあがったのを見て、ネジーは歓声をあげた。それから土廬の出入口に顔をつき入れて、大声でみんなに知らせた。「あの人たちが帰ってきたよ！　タルートと狩人たちが帰ってきたんだよ！」

それからネジーは急ぎ足で山腹を駆けあがって、一行を出迎えにいった。

残りの者も残らず土廬を走り出てきて、帰ってきた狩人たちを迎えに走っていった。彼らは、狩りをしたばかりか、その努力の成果をもち帰ってきた狩人たちの背から、ずしりと重い背負子を降ろしてやった。しかし、彼らがいちばん驚かされたのは、馬がどんな力もちの男よりもはるかに多い荷物を引きずって運んできたことだった。エイラがウィニーの背の荷籠からも肉をとりだすのを見て、人々がまわりにあつまってきた。肉をはじめとするバイソンの各部位はただちに土廬に運びこまれ、手から手へとわたされて庫《くら》にしまいこまれた。

やがて全員が住まいにはいっていってからも、エイラは馬たちが楽にしているかを確かめ、ウィニーの馬具やレーサーの端綱をはずしてやった。エイラなしで夜を外で過ごしても、二頭にはこれといった不都合はないようだったが、それでもエイラは毎晩馬を残して住まいにはいっていくたびに、一抹の不安を感じないではいられなかった。過ごしやすい天気がつづくかぎりは、なんの困ったこともない。多少冷えこむくらいではエイラも気にしないが、いまは天候がいきなり変わる季節だ。急に大嵐にでもなったら？

馬はどこに逃げれば難を逃れられると？

エイラは憂いをたたえた顔で空を見あげた。頭上の空の高いところでは、輝くような色をした細い雲が筋になって走っている。太陽はついいましがた沈んだばかりで、天空に壮麗きわまる鮮やかな色あいの残照を残していた。エイラはつかのまの光が薄れ、澄みきった青空が灰色になるまで、たたずんで空を見あげていた。

土盧にはいって炊《かし》きの炉辺に通じている帷を押しあげようとしたそのとき、自分と二頭の馬のことを話題にしている声がきこえた。人々が炉をかこんで輪をつくり、ゆったりとくつろいで食事をしながら、話の花を咲かせていた……しかし、エイラが顔を見せるなり、だれもが口をつぐんだ。全員にまじまじと見つめられて居ごこちのわるい思いをしながら、エイラはこの最初の炉辺にはいっていった。ネジーが骨の皿をわたしてよこすと、また会話がはじまった。エイラは自分の皿に料理をとりはじめたが、その手を休めて見まわした。そういえば、みんなで運んできたバイソンの肉はどこにあるのだろう？　どこにも見あたらなかった。となると、どこかにしまいこまれたにちがいないが……さて、どこだろう？

エイラはずっしりと重いマンモスの皮を押しあげると、まず馬の姿を目でさがした。馬に変わりがないのを確かめてから、つぎはディーギーの姿をさがす。と、近づくディーギーが見えて、口もとがほころんだ。とってきたばかりのバイソンの皮をつかって、マムトイ族の皮の鞣《なめ》し方や処理の方法を教えると約束してもらっていた。エイラがとくに興味をもっていたのは、ディーギーのチュニックのように皮を赤く染める方法だった。ジョンダラーは、自分にとって白が聖なる色だと話していた。エイラにとって聖なる色は赤だった。氏族にとって聖なる色だからだ。命名式には赭土《あかつち》と獣脂――できたら洞穴熊《ケーブ・ベア》の獣脂が望ましい——を捏《こ》ねあわせたものを肌に塗りつける。また、守護トーテムが定められるさい、お守り袋に最初におさめられるのは赭土の塊だ。人の一生のはじまりからおわりまで、赭土はさまざまな儀式につかわれる。さいごの儀式、すなわち埋葬にも。エイラの手もちの品で赤い色をしているのは、聖なる飲み物の材料となる木の根をおさめた袋だけだ。これはお守りについで、エイラがいちばん大事にしている品だった。

　ネジーがつかい古して変色した大きな皮を手に土盧から出てくると、いっしょに立っているエイラとディーギーに目をとめた。「あら、ディーギー。ちょうどよかった。手伝ってくれる人をさがしてたんだよ。今夜はみんなのために、シチューをたんとこしらえようと思ってね。バイソン狩りが上首尾におわったから、みんなで盛大に食べてお祝いをしようとタルートがいってるから。料理の下ごしらえをしてもらえない？　いま大きな炉の横の穴に燃えてる炭をいれて、その上に枠をすえたところ。その横にマンモスの糞を乾かしたのを詰めた袋があるからさ。炭にくべるんだよ。ダヌーグとラティのふたりには、水を汲みにいかせるつもり」

「ネジーのシチューづくりだったら、喜んで手伝うわ」とディーギー。

「わたし、なにをすればいい？」エイラはたずねた。

「おれにも手伝わせてくれ」ジョンダラーがいった——いま土盧から出てきて、エイラたちのやりとりを小耳にはさんだのだ。

「じゃ、食べ物を外に運びだすのを手伝っておくれ」ネジーはそういうと体の向きを変えて、また土盧にはいっていった。

　三人はネジーのあとから、住まいにはいっていった。ネジーは壁にあるマンモスの牙のアーチのひとつに近づき、ずっしりと重く、いくぶん堅く毛を抜かれていないマンモス皮の帷を引きあげた。赤っぽい一重の毛皮——羽毛に似た下毛と毛足の長い外被毛——が外側になっている。その先に、さらにもう一枚の皮の帷がかかっていた。この毛皮が引きあげられると、内側からふわりと冷気が吹きつけてきた。内側の薄暗いところをのぞきこむと、そこは小部屋程度の広さの室《むろ》になっていた。こちら側よりも床が一メートル弱低くなっており、壁は剝《む》きだしのままの斜面の地面がつかわれていた。しかもそこには、厚板状の物やぶつ切りにした物、もっと小さな塊など、凍った動物の肉がほとんど隙間なく詰めこまれていた。

「食べ物庫か！」ジョンダラーはそういい、ネジーが通り抜けるあいだ、重い皮の垂れ布をおさえてやった。「おれたちも冬のあいだは肉を凍らせて保存しておく。だけど、こんなに便利で近い場所じゃない。おれたちは、崖に張りだした岩棚の下とか、洞窟を出たところとかに隠し場所をつくる。ここのような場所だと、肉を凍らせたままにしておくのはむずかしい。だから、肉は外におくことになるんだ」

「氏族も寒いとき、穴蔵《あなぐら》で肉を凍らせて保存しておく。上に石を積みあげて」エイラはいった。みんなが運びこんだバイソンの肉がどこに行ったのか、これですっかりわかった。

ネジーとジョンダラーは、ともに驚きを顔にうかべていた。氏族の人々が冬にそなえて肉をたくわえておくとは、ふたりとも考えもしていなかったし、エイラが話した方法がなかなか巧みな人間らしい智恵の産物であることに驚嘆していた。しかし、その一方で、エイラはジョンダラーが自分の属する人々なりの方法について語った言葉に驚かされていた。これまでは、すべての異人がおなじ形の住まいをもっているものと決めてかかっていた。だから、半地下を利用したこの土廬が自分だけでなくジョンダラーにも目新しいものだとは気づきもしなかった。

「このあたりには、穴蔵をつくれるほど石がたくさんないのでね」タルートの大声が響いた。三人が顔をあげると、赤ひげの巨漢がのしのしと近づいてくるところだった。タルートはジョンダラーがささえていた帷の一枚を自分でおさえると、うれしさのにじむ笑顔をネジーにむけた。「ディーギーから、おまえがシチューをこしらえるつもりだと話をきいてね。それなら手伝いにいこうと思ったんだ」

「この人ったら、まだ煮炊きもしてないうちから食べ物のにおいを嗅ぎつけるんだからね！」ネジーはくすくすと笑いながら、一段低くなった室のあちこちをさがしていた。

この食料貯蔵庫へのジョンダラーの興味は、まだつきてはいなかった。「肉があんなふうに凍ったままになっているのはなぜなんです？　土盧のなかは暖かいのに」

「冬になると、このあたりの土は岩のように固く凍るんだが、夏にはいくぶん溶けて掘りかえせるようになる。土盧をつくるときに一年じゅう凍っているところまで深く掘って、そこに庫をつくるんだよ。いつでも土が凍っているとはかぎらないが、夏のあいだでも食べ物を冷たいところにしまっておける。秋になって外がひんやりしはじめれば、地面も凍りはじめる。室の肉も凍りはじめるから、冬越えにそなえて肉を貯めこみはじめるわけだ。マンモスの皮の帷は、土盧のなかの暖かさが庫にはいりこむのを防ぎ、外の寒さが土盧にはいってくるのを防いでくれる」タルートはそう説明し、にやりと笑ってしめくくった。

「マンモスが生きているときとおなじ役目を毛皮にさせるわけさ」

「さあ、タルート、これをもっていって」ネジーがそういって、霜におおわれた赤褐色の肉の塊をさしだしてきた。肉の片側を、ぶ厚い黄色の脂肪がおおっている。

「わたしが運ぶわ」エイラはそういって肉に手を伸ばした。

タルートはネジーの両手をつかんだ。ネジーはどう見ても小柄だとはいえないが、力強いタルートはまるで子どもを抱きあげるように、一段深い室から軽々とつれあいの体を引きあげた。

「こんなに体が冷えきってるじゃないか。おまえを温めてやらなくちゃな」タルートはそういって両腕でネジーを抱きしめて体をもちあげ、首すじに顔を埋めた。

「およしよ、タルート！　おろして！」口では叱っている口調ながらも、ネジーの顔はうれしさにはなやいでいた。「仕事があるんだもの。いまはこんなことをしてる場合じゃない……」

「じゃ、いつならいいんだ？　教えてくれたら、下におろしてやろう」

「お客さんの前じゃないか」ネジーは叱りつけるような声でいいながらも、つれあいの首に両手をまわし、耳もとでなにかささやいた。

「よし、約束だぞ！」タルートは大声でいうと、静かにネジーの体を下におろし、肉づきのいいお尻を平手で軽く叩いた。ネジーは顔を赤らめながら服をととのえ、威厳をとりもどそうとしていた。

ジョンダラーがにやりと笑って、エイラの腰に手をまわしてきた。

これもまた、遊びのようなものだ、とエイラは思った。タルートもネジーも、口で話していることと、しぐさが話すことが異なっている。しかしこのときにはエイラは、そこにほほえましさがあることを感じていたし、底流に流れているタルートとネジーの強い愛を感じもした。ふっと、ふたりがあからさまではない方法で、たがいに愛を見せあっていたことが飲みこめた。氏族の人々も、本音とは異なる意味の言葉で本音を伝えあっていたが、あれとおなじだ。またひとつ新しいことに目をひらかれ、重要なことが理解できたため、これまで頭を悩ませていた多くの疑問が晴れわたるように解決し、ユーモアも前よりいくぶんわかるようになった。

「まったく、タルートときたら！」ネジーはいかめしい声を出していたが、裏腹に顔には喜びの笑みがのぞいていた。「ちょいと、ほかに仕事がないんだったら、木の根をとってくるのを手伝っておくれよ」そういってエイラに向きなおる。「木の根のしまい場所を教えてあげる。今年は女神もうんと太っ腹でね。気候がとてもよかったものだから、木の根をたくさん掘りだせたんだよ」

一同は寝台を迂回していき、おなじような帷のかかったアーチの前に行った。

「木の根や果物は、室のなかでも高い場所に保存しておくんだ」タルートはふたりの客人に説明しながら、垂れ布を引きあけた。褐色でごつごつとした外見の塊芋《ほどいも》が盛られた籠があった。ほかにも淡い黄色の小さな人参《にんじん》、水気をたっぷりとふくんだ蒲《がま》の茎、それに藺草《いぐさ》をはじめ、さまざまな食料が盛られた籠が見えた。そのどれもが、一段深くなった室を囲む部分においてあった。「冷やしておけば長もちするが、ひとたび凍らせてしまうと、あとでぐずぐずになるんだよ。人手が足りなくて処理できないうちは、皮もこの庫にしまっておく。道具をつくるための骨だの、ラネクがつかう小さなマンモスの牙だのもね。ラネクがいうには、凍らせておいたほうが牙が古びないし、彫りやすくもなるんだそうだ。よぶんな牙だの火を熾《おこ》すのにつかう骨だのは、ここの入口と、外の地面に掘った穴にしまってある」

「それで思い出した。シチューにつかうから、マンモスの膝の骨が欲しかったんだ。あれを入れると、味にこくが出て香りもよくなるからね」ネジーは大きな籠にいろいろな野菜を入れながら、そういった。「さてと……干した玉葱《たまねぎ》の花はどこにしまっておいたかね？」

「これまでおれは、冬を乗り切るには石の壁がなくてはならないと思ってました。強い風や吹雪から身を守るために」ジョンダラーは賞賛の気持ちもあらわな声でいった。「おれたちは洞窟のなかに隠れ場所をつくります。でも、ここには洞窟はない。隠れ場所をつくる木だってそんなに多くない。だけどあんたたちは、マンモスをうまく利用してますね！」

「だからこそ、〈マンモスの炉辺〉が聖なる炉辺になっているんだよ。ほかにも動物はいるが、おれたちはマンモスのおかげで暮らしているんだな」タルートはいった。

「前に、ここの南にある柳《やなぎ》ノ簇《むら》のブレシーのところに身を寄せたことがありますが……そのときには、こういった建物はひとつも見ませんでした」

「おや、ブレシーのことを知っているのか?」タルートがたずねた。

「おれと弟が流砂にはまったとき、助けてくれたのがブレシーとその簇の人たちだったんです」

「ブレシーは、おれの妹のトゥリーと古くからの友人なんだよ」タルートはいった。「トゥリーの最初のつれあいを通じての親戚でもあるな。子ども時分はいっしょに暮らしていたよ。あの連中は夏のあいだの住まいを柳ノ簇と呼んでいるが、ほんとうの根城は大鹿簇だ。こことはちがって、夏の住まいは仮住まいさ。ライオン簇は冬越えのための簇だよ。柳ノ簇の人たちはちょくちょくベラン海にまで出かけていっては、魚や海老や蟹をとったり、交易用の塩をとったりしている。ところで、そんなところであんたはなにをしていた?」

「弟のソノーランといっしょに、母なる大河の三角洲をわたっていたんです。ブレシーはおれたちの命の恩人ですよ……」

「その話は、おりを見てみなにきかせてやってくれ。ブレシーの話なら、みなききたがるからな」

そういえば、おれの話のほとんどは弟のソノーランがらみだ……ジョンダラーはふとそんなことを思った。好むと好まざるとにかかわらず、おれはこれからも弟のことを話しつづけるのであれば、いっそ慣れてしまうべきだ。しかし、これからも弟のことを話しつづける。つらくないといえば嘘だ。しかし、これからも弟のことを話しつづけるのであれば、いっそ慣れてしまうべきだ。

一同は〈マンモスの炉辺〉を通り抜けた。ここもほかの炉辺とおなじように、中央の通路以外は、マンモスの骨をつかった間仕切りとマンモス皮の帷で区切られている。タルートは、ジョンダラーの投槍器《とうそうき》に目をとめていった。

「あんたたちは、じつに見事な実演を見せてくれたよ。突進しているバイソンを、その場で倒したんだから」

「いや、あんなのはまだ序の口ですよ」ジョンダラーは足をとめ、投槍器を手にとった。「これをつかえば、槍をもっと遠くまで、しかももっと強い力で投げられます」

「ほんとうか？　だったら、ぜひともまた実演してもらわないとな」タルートはいった。

「ぜひ見せたいところですが、どれほど遠くまで槍を投げられるのかを見てもらうなら、草原まであがっていかないと無理ですね。きっと、みなさんは腰を抜かしますよ」ジョンダラーはそういうと、エイラに向きなおった。「きみの投槍器ももってくるといい」

外に出たタルートは、妹で女長のトゥリーが川にむかっていく姿を目にとめて、これからジョンダラーに槍の新しい投げ方を見せてもらいにいくんだ、と大声で告げた。トゥリーもいっしょになって山腹をのぼっていき、やがてひらけた草原にたどりついたころには、簇のほとんどの面々がやってきていた。

「タルート、あんたはどのくらい遠くまで槍を投げられます？」実演にもってこいの場所にまで来ると、ジョンダラーはたずねた。「じっさいに投げて、見せてもらえますか？」

「ああ、いいとも。しかし、どうしてそんなことを？」

「おれのほうが遠くまで投げられることを実地に見せたいからです」

この言葉に一同が笑い声をあげた。

「槍投げで力くらべをするんなら、ほかの相手にしたほうがいいぞ。きみはたしかに大男だし、力だってかなりのものだろうが、タルートよりも遠くまで槍を投げられる男なんかいるものじゃない」バルゼクがそう口を出し、タルートに話しかけた。「いっそ投げてみせてやれ。どんな相手と競わなくてはならんかを、きっちりと見せてやるのが公平な話だからな。それを見たあとで、ジョンダラーも腕に見あう相手をあらためて選びなおせばいい。わしとて、まだ手ごわい相手だと思うぞ。いや、ダヌーグだってな」

「だめです」ジョンダラーは目をきらきらさせて答えた。実演のはずが腕くらべになってきた。「タルートが、簇いちばんの槍投げの名手なら、おれの相手はタルートひとりですね。おれのほうが遠くまで槍を投げられます——賭けてもいいが、あいにく賭ける物がひとつもありません……。だけど、断言してもいい」ジョンダラーは細長い板状の道具をかかげた。「こいつをつかえば、エイラだってタルートよりも遠くに槍を投げられるはずだし、狙いだってうんと正確になる、とね」

この発言に、あつまった簇人《むらびと》たちのあいだから驚きのざわめきがあがった。トゥリーは、エイラとジョンダラーに目を走らせた。ふたりともあまりにのんびりとかまえ、あまりに自信満々に見える。自分たちがタルートに負けるはずがないと思いこんでいるのだろう。でも、このわたしが相手だって、ふたりに勝ち目はないのではなかろうか？ 背の高さでも金髪の男にひけはとらない。たしかにあの男のほうが腕が長いぶん有利かもしれないが、力ではわたしが勝つかもしれない。ふたりは、わたしが知らないことを知っているのだろうか？ そう思いながら、トゥリーは前に進みでていった。

「だったら、わたしが賭けに乗ってあげる」トゥリーはいった。「あなたが勝ったら、よほど無茶でないかぎり、わたしになにを要求してもいいということにしましょう——わたしにできることなら、あなたの要求にしたがうわ」

「じゃ、おれが負けたら？」

「わたしの要求にしたがってもらうの」

「トゥリー、なんでも要求をのむなんて軽々しく口にしていいのかい?」バルゼクが不安そうに眉を曇らせて、つれあいにたずねた。無条件の要求を認めたら、例外なく法外な代償を支払わされることになる。賭けに勝った者がとんでもない要求をふっかけるからではない――とはいえ、そういう例もあるにはあったが――逆に負けたほうが、追加で要求を出されないよう、相手に満足してもらうことに腐心するからだ。客人ジョンダラーがどんな要求を口にするかはわかったものではない。

「ええ、なんでも要求をのむつもりよ」トゥリーは答えた。もしジョンダラーが勝ったら……ということは、あにはならはないという内心の思いは口にしなかった。しかし、どちらに転んでも自分が負けることの道具がふれこみどおりの働きをするなら、簇は貴重な新しい武器を手にいれることになるかもしれない。あの男が負けたら、こちらがなんでも要求できるからだ。「どうするの、ジョンダラー?」

トゥリーは抜け目がない。しかし、ジョンダラーは笑みで応じた。なんでも要求をのむことを条件に賭けをした経験もある。賭けがあれば腕くらべがひときわ楽しくなるし、まわりの見物人の興味も格段に増す。ジョンダラーは、自分の発明品の秘密をここの人々に教えてあげたかった。どう受けいれられるかを確かめたかったし、簇人が協力して狩りをするときに、この武器がどんな働きをするかを確かめたくもあった。狩りのための新しいこの武器を試すとなれば、当然つぎはそうなるだろう。ほんのちょっと練習をするだけで、だれでもあつかえるようになる。それが、投槍器の最大の美点だ。しかし練習して習得するには時間が必要だし、まず学ぼうとする熱意がなくてはどうしようもない。賭けは、その熱意をつくりだす助けになる……それに、トゥリーになんでも要求する権利を手にいれられることはまちがいない。そこには確信があった。

「受けて立とう」ジョンダラーは答えた。

エイラはこのやりとりを注視していた。賭けの詳細はよく理解できなかったが、なにか腕くらべのようなものがあるらしいことはわかったし、なにかが底流にひそんでいるらしいことも感じられた。

「では槍を突き立てるための的《まと》をいくつか立て、さらに槍をどれだけ遠く投げたかを見さだめるための目印もおこう」バルゼクが、この腕くらべの仕切役を買って出た。「ドルウェズ、ダヌーグといっしょに行って、地面に立てて目印の柱にできるような長めの骨を何本かもってくるんだ」

バルゼクは、山腹を駆けくだっていくふたりの少年を笑顔で見おくった。父タルートにそっくりなダヌーグは、ドルウェズよりひとつしか年が上ではないのに、もうくらべものにならないほどの身長がある。しかし十三歳を迎えたドルウェズは、そろそろ父バルゼクに似てきたらしく、小柄ながらもがっしりとした体格の片鱗をうかがわせはじめていた。

バルゼクは、このドルウェズとまだ六歳のトゥジーのふたりが自分の霊の子だと確信していたし、ディーギーとタルネグはダルネブの霊の子だと確信してもいた。ブリナンについては、よくわからない。ブリナンが生まれてもう八年になるが、いまだにはっきりと見きわめがつかなかった。女神ムトは〈オーロックスの炉辺〉のふたりの男の霊ではなく、ほかの男の霊を選んだにちがいない。顔だちはトゥリーに似ているし、兄タルートの赤毛を受けついでもいるが、独特の風貌をもってもいる。ダルネブもおなじように感じていた。かつて、おなじトゥリーのつれあい仲間だった男のことに思いがおよんだとたん、バルゼクは悲しみで胸がいっぱいになった。ダルネブがいなくなって、すべてが一変してしまった……と、バルゼクは思った。ダルネブの死から早二年、しかしいまもバルゼクはトゥリーに負けないほど、この男の死を悼んでいた。

マンモスの足の骨が何本も柱として立てられて――ちなみに骨には赤狐の尻尾が結びつけられ、いちばん上にはあざやかな色に染めた草で編まれた籠がさかさまにかぶせてあった——槍投げの距離の目安となるものができるころには、すでにあたりは祭りのような雰囲気になっていた。まだ枯れていない丈の長い草の束が紐でそれぞれの柱にくくりつけられて柵になり、その内側が幅の広い道になった。子どもたちがこの槍投げ場を走って何回も往復し、草を踏みつけてたいらにしていった。槍を運びだしてくる者もいた。またたれかが思いついて古い蒲団のなかに草と乾燥したマンモスの糞をいれ、消し炭でその上に動物の絵を描きこみ、動かすことができる標的をつくった。

こうして、ますます入念に凝ったものになりつつある準備が着々ととのえられているあいだ、エイラはジョンダラーとマムートト、それに自分のために朝食をととのえていた。しかしネジーがシチューづくりに専念できるよう、〈ライオンの炉辺〉全員の朝食づくりもエイラの仕事になった。タルートは、夕食のときに特製の酒《ボウザ》をふるまおうといいだし、この言葉に一同はきょうが特別な一日であることを意識させられた。ふだんタルートは、客人があったときや祝宴のときにしか酒をださないからだ。それからラネクが、自慢の特別料理をつくろうといいだした。この男に料理ができるとわかってエイラは驚き、ほかの面々は喜んでいた。さらにトルネクとディーギーが、今夜はお祭りなら自分たちふたりも……なにかをするとロにした。エイラには意味が理解できない単語だったが、この提案はラネクの特別料理よりもさらに熱烈な歓迎を受けていた。

朝食がすみ、片づけもおわるころには、土廬のなかは無人になっていた。さいごに住まいから出たのはエイラだった。外に通じる出入口の帷を押しあげて外に出ると、早くも午前中のなかばになっていた。二頭の馬は土廬のすぐ近くを歩いていた。エイラが姿を見せると、ウィニーが頭をふりあげて歓迎のいななきをあげた。槍は草原においてきたが、投石器はもち帰ってきている。いまエイラの手には、川の屈曲部に近い、石の多い河原で見つくろってきた丸い石とともに、投石器が握られていた。いま着ているぶ厚いパーカには腰紐がないので投石器を吊るすこともできず、外衣には石つぶてをおさめるのに好都合な隠し袋もない。チュニックもパーカも大きさがあわず、かなりだぶついていた。

いまや簇全体が、槍投げの腕くらべに興味津々だった。ほぼ全員が早くも草原にまでのぼって、いまや遅しと腕くらべを待っていた。エイラも斜面をのぼりかけたが、そこでライダグに気がついた。ライダグは、斜面を運びあげてくれる人が自分に目をとめるのを辛抱づよく待っていた。しかし、いつもなら少年を運んでいくはずの人々――タルート、ダヌーグ、それにジョンダラー――は、すでに草原へとあがっていったあとだった。

エイラはライダグにほほえみかけ、少年を連れていってやろうと足を踏みだしたが、すぐにもっといい案を思いついた。体の向きを変えて、ウィニーを呼ぶ口笛を吹く。母馬と子馬はいっさんに走って近づいてきた。そのうれしそうなようすに、エイラはこのところ二頭の馬と過ごす時間がすくなかったことに思いあたった。人づきあいが多くて、そちらに時間をとられてしまったからだ。これからは――せめて天候が許すあいだだけでも――毎朝この二頭と遠乗りをしよう、と心に決める。ついでエイラはライダグを抱きあげてウィニーの背に乗せ、上の草原まで少年を運ばせることにした。

「うしろに倒れて落ちないように、しっかりと馬のたてがみをつかんでいてね」エイラはそう注意した。

ライダグは了解したしるしにうなずくと、枯れ草色の馬の首にたっぷりと生えている黒っぽいたてがみをつかみ、うれしさのあまり大きなため息めいた声をあげた。

エイラが槍投げ場に近づくころには、人々の期待感が手でさわれそうなほど色濃く立ちこめていた。それでエイラにも、これが一種のお祭りであることは確かながらも、槍投げの腕だめしが真剣勝負になっていることがわかった。賭けがなされたことで、ただの実演以上になっていたのだ。馬の背に乗っていたほうが腕くらべのようすがよく見えるので、ライダグはそのままウィニーの背中にまたがらせておき、エイラは二頭が気を昂ぶらせないよう、すぐそばに立っていた。いまでは二頭とも簇の人たちの存在にずいぶん慣れてきたが、母馬がここに立ちこめている緊張感を察しとっていることがエイラにはわかったし、レーサーはつねに母馬の気分を敏感に察知していた。

期待顔の人々があたりを歩きまわっていた。よく踏み固められた槍投げ場で、自分の槍を投げている者もいた。腕くらべがはじまる時間が決められているようすはなかったが、それでもまるでだれかが合図でも出したかのように、だれもがいっせいに適切な瞬間の到来を察知して槍投げ場から離れ、静まりかえった。タルートとジョンダラーは二本の柱のあいだに立って、槍投げ場を見わたした。その横にはトゥリーが立っている。当初ジョンダラーは、投槍器をつかえばエイラもタルートより遠くまで槍を投げられると明言していた。しかし、あまりにもとっぴに思えたせいだろう、この発言は無視されたようで、エイラは出番を求められることもないまま、槍投げ場の横で食いいるようにようすを見つめていた。

タルートの槍は、ほかの者がつかっている槍よりも大きくて長かった。その屈強な筋肉ゆえに、投げる槍も一段とずっしり頑丈でなければ手ごたえがないのだろうか。しかし——エイラは思った——氏族の人たちがつかっている槍は、長さはともかくも、あの槍よりもずっと重くて、つくりも武骨だ。それ以外のちがいにも気がついた。氏族の槍はあくまでも手でかまえて前に突きだすための武器だが、ここの人たちの槍は——エイラやジョンダラーの槍とおなじく——空中に投げるための武器であって、そのため羽根がとりつけてあった。ジョンダラーは槍の後端に二枚の羽根をつけているが、ライオン簇の人たちの好みは三枚のようだ。エイラが谷でひとり住まいをしていたときに手ずからつくった槍は、氏族のもとで暮らしていたおりに見た槍と同様、先端を鋭く削りあげ、さらに火で焼いて頑丈にしたものだった。ジョンダラーは動物の骨を削って尖らせた穂先をつくり、それを槍の柄にとりつけていた。〈マンモスを狩る者〉であるマムトイ族の人々はといえば、フリントを削って尖らせた穂先をつかっているらしい。

いろいろな人がもっている槍の観察に没頭していたせいで、エイラはあやうくタルートの第一投を見逃すところだった。タルートは二、三歩うしろにさがってから助走しはじめ、ついで渾身の力で槍を投げあげた。槍は空を切って見物人の前を飛びすぎていき、鈍く低い音とともに地面に突き立った。穂先はほぼ土に埋もれて見えなくなり、槍本体が衝撃でまだ小刻みに揺れている。簇人たちの賛辞をきけば、彼らが簇長の妙技をどう考えているかは手にとるようにわかった。ジョンダラーでさえ驚いていた。タルートのことだから遠くまで槍を投げるだろうとは思っていたが、じっさいの距離はジョンダラーの予想をも上まわっていた。先ほどのジョンダラーの言葉をだれもが疑ったのも当然だといえた。

ジョンダラーはタルートの槍の着地点まで歩いて、自分がどれだけ遠くまで槍を飛ばさなくてはならないのかを足で確かめてから、また投擲《とうてき》点まで引きかえした。投槍器をまっすぐ水平にかまえ、その中心にそって刻まれた溝に槍のうしろ半分をはめこむ。ついで槍のいちばんうしろの部分に穿《うが》たれた穴を、投槍器の後端にとりつけてある鉤にひっかけた。投槍器の前端についているふたつの皮の輪に、それぞれ人さし指と中指を通す。これは、槍と投槍器の双方を釣りあいよくかまえるためだ。ジョンダラーは、地面に突き立っているタルートの槍に目をむけてから、投槍器をかまえた手をうしろにふりあげ、腕を一気に前方へと突きだした。

ジョンダラーが腕を前に突きだすと、その反動で投槍器の後端部が前にはねあがっていく。これで、ジョンダラーの腕が投槍器の長さ――約六十センチ――だけ長くなった効果がもたらされ、投槍器が梃子《てこ》のように跳ねることで槍を前方に押しだす力に勢いがくわわる。槍は口笛のような音を出して空を切り、見物人の前を飛んでいったかと思うと、だれもが仰天したことに簇長の槍の上を越え、さらにそのずっと先にまでたどりついた。槍は地面に刺さらず、水平のまま地面に落ち、勢いでわずかに先まで滑ってからとまった。投槍器をつかうことで、ジョンダラーはそれまでの倍の距離にまで槍を投げられるようになった。それでも、さすがにタルートの槍の二倍の距離とまではいかなかったが、かなりの差をつけたことは事実だった。

そして簇人たちが驚きに息をのんだまま、二本の槍の飛んだ距離の差をはかることもできずにいたそのとき、いきなり三本めの槍が槍投げ場にはなたれた。驚いたトゥリーがふりかえると、投擲点にエイラが立っていた。その手にはまだ投槍器が握られていた。あわてて顔を前にもどしたトゥリーは、ちょうどエイラの槍が地面に落ちるところを目にした。ジョンダラーの槍にはかなわなかったが、エイラの槍もまた力強く投げたタルートの槍よりも遠くに達していた。トゥリーの顔には、とても信じられないという驚愕の表情がのぞいていた。

9

「欲しい物があったら、なんでもいってちょうだい」トゥリーはジョンダラーにいった。「たしかに、万が一あなたが勝つ場合を想定しておくべきだったわ。でも、エイラがタルートに勝つかもしれないなんて、最初から考えもしなかったの。よかったら見せてもらえる？……ええと……その仕掛けはなんという名前だったかしら？」
「投槍器《とうそうき》です。槍を投げる道具だから、そう呼んでいるだけで、ほかに名前があるのかどうかは知りません。エイラを見ていて思いついたんです。ある日、投石器をつかっているエイラを見ていてね。エイラが投石器で石を遠くまで、すばやく、正確な狙いで投げられるように、おれも槍を遠くまで、すばやく、正確な狙いで投げたいとずっと考えてました。で、あれこれ方法を考えはじめたんです」
「前にも、エイラの石投げの腕前がかなりのものだと話していたわね。ほんとうに、それほど上手なの？」

ジョンダラーはにっこりと笑った。「エイラ、投石器をもってきて、トゥリーに見本を見せてやってくれないか?」

エイラはひたいに皺を寄せた。人前で実演をした経験はない。腕を磨いて完成させるまではずっと秘密にしていたし、一族の男たちから不承不承狩りを認められたあとでさえ、エイラはひとりで狩りに出かけていた。女であるエイラが狩りの武器をつかえば、その姿を見せられる一族の者はもちろん、エイラ本人までもが落ち着かない気分にさせられたからだ。いっしょに狩りをした相手はジョンダラーがはじめてだったし、エイラがみずから修練で身につけたわざを披露した相手もまた、ジョンダラーがはじめてだった。笑みをたたえている男の顔を、エイラはしばし見つめた。その顔にはなんの屈託もなく、自信の念をのぞかせていた。この誘いを断わったほうがいいという警告の表情は、どこにも見うけられなかった。

エイラはひとつうなずくとライダグに近づいて、投石器と石のはいった袋をうけとった。先ほど槍を投げようと思ったとき、この少年にあずけていたのだ。ウィニーの背にまたがった少年は笑顔を見せていた——この場に立ちこめた昂奮の気配を感じ、エイラが一躍注目の的《まと》になったことをうれしがっているのだろう。

エイラはあたりを見まわして、標的になりそうな物をさがした。地面に突き立てられたマンモスのあばら骨が目にとまり、最初の狙いをそこに定めた。音楽の音《ね》を思わせる響きのいい音がした——石つぶてが骨に命中した音だった。エイラが狙いどおり石を命中させたことが、この音で明らかになった。しかし、これではあまりにも簡単すぎる。エイラはふたたびあたりを見まわし、的になりそうな物を目でさがした。狩りの獲物として鳥や小さな動物をさがすことには慣れていても、ただ石を命中させるための標的をさがすことには慣れていない。

ジョンダラーは、エイラなら柱に石を命中させられるだけでなく、それ以上のことができるとわかっていた。ふと、このあいだの夏のある日のことが記憶によみがえってきた。あたりを見まわすジョンダラーの笑みが大きくなった。ジョンダラーは地面の土塊《つちくれ》を蹴り、声をかけた。「エイラ」

エイラがふりかえると、ジョンダラーは足をひらき、両手を腰にあてて投擲《とうてき》点に立っていた。左右の肩に土の塊が載っている。エイラは思わず眉をひそめた。前にもジョンダラーが小さな石を肩に載せて、エイラに狙わせたことがあった。ジョンダラーがわざわざ自分の身を危険にさらすのがいやだった。投石器で投げた石は、わるくすれば命とりになりかねない。しかし、よく考えてみれば、これが見かけほど危険でないことも認めざるをえなかった。動かないふたつの標的に石を命中させるのは、エイラにとってはたやすいことだ。もう何年も前から、その手の標的をはずしたことは一回もない。いまになってしくじることがあるだろうか？　標的の品物が、男の肩に載っているというだけの理由で？　その男が愛する男であっても？

エイラは目を閉じて深呼吸をし、もういちどうなずいた。足もとの地面においた袋から小石を二個とりだし、投石器の細長い二本の皮帯をひとつにまとめて、石のひとつをつかいこんですり減っている中央の石受けにおく。もうひとつの石をすぐ投げられるように手に握ってから、エイラはさっと顔をあげた。

あたりには緊張をはらんだ静寂が立ちこめ、見物人たちのまわりの空間をも埋めつくしていた。だれも口をひらかない。それどころか、だれもが息を殺しているかに思えた。水を打ったような静けさのなかで、緊張の気配だけが金切り声のように鳴りわたっていた。

エイラは、両肩に土塊を載せている男に全神経を集中させた。エイラが動きはじめると、ライオン簇《むら》の全員が前に身を乗りだした。しなやかで優美、かつ最小限の身ごなし——修練を積んだ狩人ならではの、自分の意図を獲物に悟られないための身ごなし――で、エイラは腕をうしろに引き、ひとつめの小石をはなった。

最初の小石がまだ標的に達していないうちに、エイラは早くも二発めの小石を用意していた。ジョンダラーの右肩に載っていた固い土塊が、それ以上に固い石の一撃で粉々に砕けちった。ついで、エイラが二発めをはなったことにだれも気づかないうちに、ふたつめの小石が最初の石につづいて飛び、左肩上の灰褐色の堆積土の塊が瞬時に土煙となった。あまりの早業だったので、見のがしたと思いこんだ見物人もいたし、なにやら怪しげな魔法ではないかと思う者もいた。

たしかに魔法だった――だれにもまねのできない卓越したわざという魔法だ。だれかから投石器のつかい方を教わったわけではない。ブルンの一族の男たちを観察し、こっそりと独学で試行錯誤をくりかえしては、ひたすら練習して身につけたのだ。目にもとまらぬ早業で二個の石をたてつづけに打ちこむわざは、もともと自分の身を守るためだった――大山猫を狙って打ちそんじ、逆に襲いかかられて命を落としかけたことを教訓にして修得したのである。たとえ人に話しても無理だといわれるのがおちだが、そのことをエイラは知らなかった――そんなことをいう人間が、まわりにひとりもいなかったからだ。

本人は知らなかったが、この先エイラが投石器のあつかいで自分とならぶ人間と出会える可能性はほとんどないといえた。しかし会えなくとも、エイラにはなんの不都合もなかった。投石器のわざでだれがいちばん腕がたつかを調べるのに、だれかと張りあおうという気など最初からなかった。腕を競いたい相手はたったひとり、ほかならぬ自分だけだったし、望みはただひとつ、自分のわざをさらに磨くことだけだ。自分のわざの範囲はわかっていたし、新しいわざ――二個の石を連続してはなつ方法や、馬に乗って狩りをする方法など――を考えついたときには、いくつものやり方でためしたうえで、いちばん効果のあがる方法を見つけ、さらにわざが身につくまで修練を重ねた。

およそ人間のあらゆる行動についていえることだが、なににつけ他者にまさるわざを身につけられるのは、一心不乱になれる精神力とたゆまぬ修練、および上達したいという一念をもちつづけられる少数の者だけだ。そしてエイラは投石器において、まさにそうした達人のひとりだった。

人々が息をのんでいるあいだ静寂がつづいていたが、やがて驚きのざわめきが広がった。ついでラネクが自分の太腿を平手で叩きはじめた。ほどなく簇人《むらびと》の全員が、ラネクとおなじ流儀で賞賛の意をつたえてきた。この動作の意味がわからなかったエイラは、ジョンダラーに目をむけた。ジョンダラーは輝くような笑みに満面をほころばせていた。それを見て、太腿を叩くしぐさが賞賛をあらわすものだとわかった。トゥリーも太腿を叩いて賞賛の意をあらわしていたが、ほかの人にくらべて態度が控えめだった。あまり感じいったように見られたくないのだろう。しかしジョンダラーには、この女長《おんなおさ》が心底から驚嘆していることがわかっていた。

「いまの早業で驚くのはまだ早いぞ！」ジョンダラーはそういって体をかがめ、またもや固い土塊を二個地面から拾いあげた。エイラを見ると、すでに二個の石を用意して、じっとジョンダラーを見つめている。ジョンダラーは二個の土塊を同時に空中高く投げあげた。エイラがたてつづけに二個の石をはなつと、土塊は空中で粉みじんに砕け、土になってばらばらと地上に落ちてきた。ジョンダラーはさらに二個の土塊を投げた。この二個も、地面に落ちる前に石によって打ち砕かれた。

タルートは昂奮で目をきらきらと輝かせていた。「たいした腕前だ！」

「あんたが土塊を二個投げてくれ」ジョンダラーはタルートにいい、エイラの視線をとらえると、自分もまた二個の土塊を拾いあげて高くかかげ、エイラに見せた。エイラは小袋に手を入れて四個の石をとりだし、左右の手に二個ずつ握った。空中に四個の土塊を投げあげてもらい、それが地面に落ちる前に四個の石を投石器でたてつづけにはなつだけでも、常人には不可能なほど全身を協調させて動かさなくてはならない。そのうえに正確な狙いで土塊に石を命中させるとなれば、エイラのわざの程度をおしはかるにたる難題中の難題になる。バルゼクとマヌーブが賭けをしあっている声が、ジョンダラーの耳にとどいた。マヌーブは、エイラが四つの土塊を砕くほうに賭けている。幼いヌビーの命を救ってもらったこともあって、マヌーブはエイラならなんでもできると思いこんでいるのだ。

ジョンダラーはその強靭な右手で、二個の土塊をひとつずつ空中高くに投げあげた。同時にタルートも、二個の干からびた土塊を精いっぱい高くまで投げていた。

最初の二個の土塊——片方はジョンダラーが、もう一方はタルートが投げたもの——が、ほとんど間をおかずに炸裂した。ばらばらになった土が落ちてくる。しかし、つぎの二個の石を手から手へと移しかえるのに、いくぶん時間がかかった。そのあいだにも、ジョンダラーが投げた土塊のひとつが、地上にむかって落ちはじめた。タルートが投げた土塊が速度を落としながら弧の頂点に達しかけたときになって、ようやくエイラは投石器の用意をととのえおわった。エイラはまず、落ちるにしたがい速度をあげている低いほうの土塊に狙いをつけて、石をはなった。その石の行く末を見さだめたことで、投石器の垂れ下がった皮をつかむのがいくぶん遅くなった。急がなくては……。

エイラは流れるような動作でさいごの石を投石器の石受けにおさめると、だれもが目を疑うほどのすばやさで石をはなち、さいごの土塊を地面に落ちる寸前で見事粉々にした。

簇人たちがいっせいに賞賛と祝福の叫び声をあげながら、太腿を盛大に叩きはじめた。

「すばらしいわざを披露してもらったわ」トゥリーが賛嘆の気持ちもあらわな声でエイラにいった。「あれほどの妙技は、たぶん生まれてはじめて目にしたと思うの」

「ありがとうございます」エイラは自分が難題をやりとげたことだけではなく、いまの女長の賛辞がうれしくて顔を赤らめながら、そう答えた。さらにほかの人々もまわりにあつまってきて、口々に賛辞をおくってきた。エイラははにかんだ笑みを見せながら、ジョンダラーを目でさがした。こんなふうに人の注目の的になるのは落ち着かない気分だった。ジョンダラーは、ワイメズとタルートのふたりと話していた。タルートはルギーを肩車し、わきにラティを引き寄せていた。ジョンダラーはエイラの視線に気がついて笑顔を返してよこしたが、そのままふたりとの話をつづけていた。

「ねえ、あんなふうに投石器をつかいこなすわざをどうやって身につけたの?」ディーギーがたずねた。

「どこで? だれかに教わったのかい?」クロジーがそう質問した。

「おれも身につけてみたいな」ダヌーグが恥ずかしげにいいそえた。この背の高い若者は人の輪から一歩さがったところに立ち、賛美の光をたたえた瞳でエイラを見つめていた。エイラをひと目見たそのとき、ダヌーグの琴線がかき鳴らされ、若者らしい熱い思いが目覚めた。エイラほどきれいな女の人は見たことがない——ダヌーグはそう思っていた。ジョンダラーもダヌーグの賞賛の対象だったし、じつに運のいい男だと思ってもいた。しかし、エイラに馬に乗せてもらい、さらにいまの妙技を目のあたりにしたことで、若者の憧れの気持ちは一気に大きく花ひらき、一途な恋心に成長していた。

エイラはダヌーグに、控えめな笑顔をむけた。

「あなたとジョンダラーでみんなに投槍器のつかい方を教えるとき、ついでに投石器のあつかいも教えたらどう?」トゥリーがいった。

「そうだな。あんなふうに投石器をつかいこなしたい気持ちもないではないが、投槍器のほうはじつにおもしろそうだ。狙いを正確につけられるものならね」トルネクがいった。

エイラはあとずさった。人垣にとりかこまれて質問をつぎつぎにぶつけられたので、ちょっと神経質になっていた。

「投槍器の狙いは正確……あつかう人の手が正確なら」エイラは、自分とジョンダラーが投槍器のつかい方を一生懸命に練習したことを思い出しながらいった。どんな道具であれ、つかう人の手なくしては正確もなにもない。

「そういうものだよ。手……それに目だ。このふたつが芸術家をつくりだす」ラネクがそういってエイラの手に手を伸ばし、目をのぞきこんできた。「さっきのきみがどれほど美しく、どれほど優雅だったか、自分でわかってるのかい？　そう、きみは投石器の芸術家なんだ」

黒い瞳に見つめられて、エイラは目をそらせなかった。黒い瞳は、その奥にある強烈な愛情を正視しろと命じ、エイラの裡《うち》に生命とおなじくらい大昔にまで遡《さかのぼ》る反応を引き起こした。しかし心臓の鼓動は、同時に警告もしてきた。この男は自分の正しい相手ではない。愛している男ではない。ラネクが自分に気持ちの揺れを引き起こしたことはまちがいないが、ジョンダラーへの気持ちとは種類がまったくちがう。

エイラは無理やり目をそらし、あたりを必死に目でさぐってジョンダラーをさがし……当人を見つけた。ジョンダラーはふたりをにらみつけていた——あざやかな青い瞳には炎と氷と苦悩が満ちていた。

エイラはラネクから手をふりほどき、あとずさった。もう耐えられなかった。山ほど質問を浴びせられ、人にとりかこまれたせいで、自分でも手にあまる感情がこみあげ、エイラはなすすべもなかった。胃が緊張にぎゅっとよじれ、胸は激しく高鳴り、のどは痛い。ここから逃げださずにはいられなかった。そのときふと、ライダグをまだ乗せたままのウィニーの姿が目に飛びこんできた。エイラはなにも考えず、まだ投石器をもったままの手で石の小袋を地面からすくいあげると、いっさんに馬めがめて走っていった。

エイラはウィニーの背中に飛び乗って前に体を倒し、ライダグをかばうように片腕を体にまわしてやった。エイラの両足の圧力と体の動きや、エイラとのあいだにある、いわくいいがたい心の通いあいの絆を通じて、ウィニーは逃げだしたいという飼い主の気分を察しとったらしい。大きく跳躍して走り出すと、ウィニーはひらけた草原を全速力で走っていった。レーサーもつづいて走り出し、やすやすと母馬に追いついてきた。

ライオン簇の人々は驚きに目を丸くしていた。大半の人にはなぜエイラが馬に駆け寄っていったのかもわからなかったし、そもそも全力で馬を走らせるエイラを見た経験のある者はすくない。疾駆する馬の背にしがみつき、ゆたかな金髪をうしろになびかせるエイラの姿にはだれしも目を見はり、畏《おそ》れさえ感じていたし、ライダグと場所を代わってもらえるのなら、どんな物でもさしだしたいと思っている者もいた。最初のうちネジーはライダグの身を案じて心配だったが、そのうちエイラならあの少年を傷つけるはずがないと思いなおして、肩の力を抜いた。

そのライダグは、自分がどうしてこんなすばらしい経験をさせてもらっているのかも理解できないまま、両目を喜びにきらきらと輝かせていた。昂奮のせいで心臓の鼓動が激しくなってはいたが、エイラの腕に抱かれているおかげで恐怖はみじんも感じず、馬に乗って風に突っこんでいくことに息さえ忘れるほど有頂天になっていただけだった。

心が千々に乱れた現場から離れ、慣れ親しんでいる馬の感触や声にふれたことで、エイラの緊張はやわらいできた。緊張がゆるむと、ライダグにまわした腕からつたわる心臓の鼓動に気がついた――動悸には、特徴のある低く弱々しい雑音がまじっている。つかのま、エイラは不安を覚えた。いっしょに馬に乗せてきたのはまちがいだったのでは？　しかしすぐに、これが正常とはいえないまでも、異常な緊張をはらむ鼓動ではないとわかった。

エイラはウィニーの速度を落として大きく円を描かせ、もと来た方向へと引きかえしはじめた。槍投げ場のそばを通りかかったとき、丈の高い草に隠れているつがいの雷鳥が目にとまった。まだら模様の夏の羽のまま、まだ完全には冬の白い羽になっていない。二羽は馬に驚いて、草むらから飛び立った。二羽が空に舞いあがると同時に、エイラは習慣からすばやく投石器をかまえていた。と同時に、ライダグが体の前で手にもっていた小袋から石をふたつ出して、手のひらに載せていることにも気づく。エイラは二個の石を受けとると、両足の圧力だけでウィニーをあやつり、低空を飛んでいる太った雷鳥の片割れを打ち落とし、つづいて残る一羽にも石を命中させて仕留めた。

エイラはウィニーの足をとめさせ、ライダグを抱きかかえると、そのまま馬の背から滑り降りた。ライダグを地面に立たせてから、二羽の雷鳥をとりにいく。すばやく首をひねって二羽の息の根をとめると、エイラは立ち枯れている丈夫な草を数本つかって、羽毛のある雷鳥の足を縛りあわせた。雷鳥はその気になればかなり速く、また遠くまで飛ぶことができる鳥だが、冬になっても暖かい南の地にむかうことはない。代わりに、まわりの白い雪に溶けこむような白い羽をたっぷりと身にまとって体を温め、足にも羽毛をまとって雪靴代わりにすることで、厳しい季節を乗り切る。そのあいだは植物の種や小枝が食料だ。猛吹雪に襲われると、積もった雪に小さな穴を掘って、嵐が過ぎるのをじっと待つ。

エイラはライダグをまたウィニーの背に乗せ、手ぶり言葉でたずねた。「雷鳥をもっていってくれる?・」「ぼくにもたせてくれるの?・」ライダグは手ぶりで返事をよこした。その動作ばかりか、全身からたぐいまれな喜びが放射されていた。生まれてこのかた、楽しみのためだけに速く走った経験がなかったライダグが、いま生まれてはじめて、その気分を知ったのである。これまで狩りをしたこともなければ、知力と技術の両方を結集して、自分や仲間のための食べ物を狩りあつめる経験が、人にどんな複雑な感情をかきたてるかを理解したためしもない。その実体験に、これほど近づいたこともなかった――おそらくこの先も、ここまで近づくことはないだろう。

エイラはほほえみ、つないだ二羽の鳥をライダグの前で馬の背に左右にふりわけてやると、向きを変えて槍投げ場の方向に引きかえしはじめた。ライダグを乗せたウィニーがあとをついてきた。それでもエイラは、急いで引きかえしはしなかった。先ほどのジョンダラーの怒った顔を思い出すにつけ、胸騒ぎがした。どうしてあんなに怒っていたのだろう？　ちょっと前まで……みんながわたしのまわりにあつまっていたときには、うれしそうに笑顔を見せていたのに、ラネクが来たとたん……。黒い瞳となめらかな声が思い出され、頬がかっと熱く火照ってきた。異人たちときたら！　そんなことをしても頭がすっきりするはずもないのに、エイラは頭を左右にふった。あの人たちのことがさっぱりわからない！

背後から風が吹きつけ、長い髪のほつれ毛があおられて顔をくすぐった。それがこそばゆく、エイラは片手をかかげて髪の毛をうしろにかきあげた。谷にひとりで暮らしていたころのように、また髪の毛を編むことにしようか――そう考えるのもはじめてではない。しかしジョンダラーは、いまのように長く垂らした髪型が好きなようなので、このままにしておいた。だが、ときにはそれが苛立ちの種にもなる。それに、いまだに投石器を手にもっていることに気づいて、これにも苛立ちを誘われた。しまい場所がない。都合よく投石器をたばさんでおける帯が服にないからだ。こうした服を着ていては、薬袋《やくたい》さえもち歩けない。そして、こうした服を着ているのは、このほうがジョンダラーの好みにあうという理由からだ。以前は薬袋を、いつも服を締めておく帯に吊りさげておいたのだったが。

ふたたび手をあげて髪の毛を顔の前からかきあげた拍子に、投石器が目にはいった。その場に足をとめたエイラは、目の前にかぶさる髪の毛をうしろに押しやり、投石器のしなやかな皮紐を頭にまわして、あまった皮紐を髪の毛の下に押しこめてみた。うまく髪の毛をまとめることができるとわかり、顔に満足の笑みが浮かんだ。いまでも髪が背中に垂れていることには変わりないが、投石器の皮紐のおかげで髪が目にかぶさることはなくなったし、投石器がいつも頭にあるのも好都合だ。

簇人のほとんどは、エイラがいきなり馬に飛び乗って速駆けをし、そのあと早業で二羽の雷鳥を仕留めたことも、投石器の実演の一部だと思いこんでいた。エイラはあえてその思いこみを訂正しなかったが、ジョンダラーとラネクを見ることは避けていた。

ジョンダラーのほうは、突然向きを変えて走り出したのでエイラが気分を害していることを見ぬいていたし、それが自分の責任だとわかってもいた。悔やむ気持ちはあったし、心のなかで自分を叱りつけもしたが、なじみのない複雑な感情をうまくあしらえず、内心をどうエイラに告げればいいかもわからなかった。ラネクは、エイラの悩みの深さをまったくわかっていなかった。自分がエイラの心のどこかを揺り動かしたことはわかったし、エイラがうろたえきった顔で馬のほうに走っていったことの理由の一端は自分にあるのではないかとも思う一方で、妙に幼いエイラのふるまいを魅力的に感じてもいた。気がつけば、これまで以上にエイラに引かれる気持ちが強まっている。あの背の高い金髪のジョンダラーにむけるエイラの気持ちは、どのくらい強いのだろうか……と考えずにはいられなかった。

エイラが引きかえしたときには、子どもたちがまた槍投げ場を行ったり来たり走りまわっていた。ネジーがライダグを迎えに近づいてきて、二羽の雷鳥ももっていった。エイラは二頭の馬を自由にさせた。二頭はその場をすこし離れていき、草を食みはじめた。エイラがその場にとどまって見まもっていると、邪気のない言い争いから即興の槍投げ試合がはじまった。最初は腕くらべだったが、やがてエイラにはさっぱり理解できないことがはじまった。簇人たちが遊戯《ゲーム》をはじめたのだ。腕くらべなら理解できる。だれがいちばん速く走れるかとか、だれがいちばん遠くまで槍を投げられるかとか、生きるために必要なわざを競いあうのだから。しかし、生きるために必要なわざを試したり、わざと向上させたりしながら楽しみのためだけにする活動となると、エイラには理解できなかった。

土廬《つちいおり》からいくつかの輪が運びだされていた。生皮を水に濡らしてから細く切り、それを編みあげて固くなるまで乾燥させたうえ、糸蘭《いとらん》の繊維をまわりにまきつけてある。直径は、だいたい大人の太腿ほどだ。さらにこのゲームでは、羽根をつけて先端を尖らせた槍――軽い槍だが、骨やフリントの穂先はとりつけられていない――が必要だった。

まず輪を地面のあちらこちらに転がし、これをめがけて槍を投げるというゲームだった。だれかの投げた槍がうまく輪を貫通して地面に突き立ち、その場で輪の動きをとめると、みなやんやの声をあげ、賞賛を意味するしぐさである太腿叩きがはじまる。点数を数える言葉がまじるうえ、例の〝賭け〟なるものもからんで、大変な昂奮をかきたてていた。エイラは夢中で見守っていた。ゲームには男も女も参加していたが、男と女は敵同士にあたるのだろうか、輪を転がす役目と槍を投げる役目を交互にこなしていた。

やがて、なんらかの決着がついたようで、何人かの人々が土廬に引きかえしはじめた。そのなかに、昂奮に頬を薔薇色に染めたディーギーがいた。エイラはディーギーに歩み寄った。

「きょうはすっかり、お祭りみたいになっちゃったわね」ディーギーはいった。「腕くらべとゲームをしたし、夜には本物のご馳走が出るみたいだし。ネジー特製のシチューにタルートのとっておきのお酒《ボウザ》、それにラネクのお手製料理。さっきの雷鳥はどうするつもり？」

「とっておきの料理法があるから、それをためしてみたい。わたしがつくっても、大丈夫だと思う？」

「もちろん。そうしてもらえれば、お祭りに特別料理がひとつ増えるじゃない？」

　ふたりが土廬に着く前から、いやがうえにも食欲をそそる料理の香りが鼻をつき、祝宴の準備が進められていることがありありとわかった。いちばんの芳香をただよわせているのは、ネジーのシチューだった。シチューは煮炊き用の大きな皮のなかでぐつぐつ煮えており、いまはラティとブリナンが皮鍋の前に立って中身をかきまぜていたが、見たところこの料理には全員がなんらかの形で参加しているようだった。エイラはシチューの調理法に興味をかきたてられ、先ほどネジーとディーギーが下準備をするさまを見まもっていた。

　まず炉の近くの地面に大きな穴を掘って、前回の調理のときに残しておいた灰をいちばん底に敷きつめたら、その上に熱い炭をおく。炭の上に乾燥させて粉にしたマンモスの糞を撒いたら、マンモスのぶ厚い皮をはめこんだ枠を上において、水を満たす。糞の下で炭がくすぶりだし、水が温まってくる。しかし、いざ糞に火が燃えうつるころには、すでに下の燃料がかなり減っているのでマンモスの皮は直接糞の上ではなく、枠にささえられているだけになっている。湯がゆっくりと皮に滲《し》みとおっていくため、中身が沸騰しはじめても、皮に火が燃えうつるのは避けられる。皮鍋の下の燃料が燃えつきても、炉でまっ赤になるまで焼いた河原の石を入れればシチューは煮えつづける。この焼け石づくりは、子どもたちにまかされる仕事のひとつだった。

　エイラは二羽の雷鳥の羽をむしり、小さなフリント製ナイフをつかってはらわたを抜いた。把手はついていなかったが、片側に再加工をほどこして、つかう人間が手を切らないよう刀を鈍《なま》らせてあり、先端のすこし手前の背の部分に刻み目を入れてある。親指と人さし指で両側からはさみ、人さし指を刻み目にひっかけてつかう。あまり固い物を切るのにはむかず、もっぱら肉や皮を切りわけるための道具だったし、そもそもこのナイフのつかい方はライオン簇に来てから覚えたのだが、かなり便利な道具だということがわかった。

以前は雷鳥を調理するのに、石の内壁のある穴を利用していた。穴のなかで火を燃やし、その火が消えるにまかせたのち雷鳥を入れて、ふたをし、蒸し焼きにするのである。しかし、このあたりでは内壁にできる大きな石が見つかりにくいので、シチュー用の燃料穴のようなものをつくろうと考えた。雷鳥の腹には蕗蒲公英《ふきたんぽぽ》や刺草《いらくさ》、ヒユなどの植物や、雷鳥の卵などを詰めたいところだが、あいにくいまは季節はずれだ。しかし薬袋のなかには、薬効があるばかりではなく、微量ならばすばらしい風味を添えてくれる植物がいくつかあった。雷鳥をつつむのにつかった草も、独自の微妙な味つけになるだろう。仕上がりはクレブの好物とはいささか異なるだろうが、それでも雷鳥は雷鳥、すばらしい味になるはずだ、とエイラは思った。

雷鳥の下ごしらえをすませて土廬にはいっていったエイラは、第一の炉辺にいたネジーに行きあった。ネジーは大きな炉に火を熾《おこ》しているところだった。

「わたし、穴で雷鳥を焼きたいの。あなたたちがシチューを煮るような穴で。炭をもらえる?」エイラはたずねた。

「ああ、いいともさ。ほかになにか入り用な物はあるかい?」

「乾燥した薬草はあるの。雷鳥になにか青物を詰めたいのだけれど、あいにく季節がわるくて」

「だったら庫《くら》を見てみるといい。もしかしたら、あんたがつかえる野菜があるかもしれないし。それに塩もあるよ」ネジーはそういった。

塩――エイラは思った。氏族のもとを去って以来、塩を料理につかったことはない。「そうね、塩があればうれしい。それから野菜も。さがしてみる。燃えている炭はどこでもらえる？」

「こっちの火を熾したら、すぐにあげるわ」

エイラはネジーが火を熾すようすを見ていた。最初はあまり注意を払わずにぼんやり見ているだけだったが、やがて引きこまれて夢中になっていた。たしかに、この付近にあまり木が豊富でないことは知識で知っていたが、そのことを真剣に考えたことはなかった。ライオン簇の人々は骨を燃料にしているが、骨にはなかなか火がつかない。ネジーはほかの炉から小さな燃えさしをもってくると、火口《ほくち》用にあつめてある柳蘭《やなぎらん》の莢のなかの綿毛に火をつけた。燃えあがった炎に、ネジーが乾燥させた糞をいくらかくべたすと、火勢がさらに強まってきた。そこに、骨の削り屑や破片を入れていく。しかし、すぐには火がつかなかった。

ネジーは火にむかって息を吹きかけていたが、同時にエイラがこれまで気がつかなかった小さな把手を動かしていた。ついで、かすかな口笛のような風の音が耳にとまり、あたりにわずかな灰が舞っていることに気づいた。つぎの瞬間、炎がぐんとまばゆく燃えたった。それを見てエイラは、前からなにが自分の頭にひっかかっていたのかを悟った。はっきり意識していたわけではないが、ライオン簇にやってきて以来、なんとなく気になっていたこと。それは……煙のにおいのちがいだった。

エイラも乾燥させた動物の糞を燃料につかうことはあるから、その煙の鼻につんとくるにおいには慣れている。しかしエイラがもっぱら燃料にしていたのは、おおむね植物だった。つまり、草木の煙のにおいに慣れていたのである。ところがライオン簇の人々が燃料にしているのは、もともと動物の体の一部だ。

骨を燃やした煙には、前者とはちがう特徴あるにおいがあった。火の上で長いこと焙りすぎて焦げた肉を思わせるにおい。さらに、大量に燃やされる乾燥糞のにおいが入りまじり、この独特の刺戟臭が簇全体をおおっているのだ。決して不快なにおいではなかったが、慣れていないことは事実で、それがエイラにそこはかとない違和感を覚えさせていたものの正体だった。しかし、いま正体がわかったことで、どことなく落ち着かなかった気分がふっと消えていった。

エイラが笑みをたたえて見守っていると、ネジーはさらに骨をくべたしてから把手を操作した。それで炎がさらに大きくなった。

「それはどういう仕掛け?」エイラはたずねた。「火をうんと熱くするためなの?」

「火だって息をしなくちゃならない。風は火が吸いこむ息なんだよ。女神は女たちを炉の火守り役にさだめたとき、この智恵を女たちに授けたんだ。火に息を吹きこんでみればわかる。空気を吹きかけてやると、火がぐんと熱くなるんでね。この炉の下には外に通じる溝が掘ってあって、そこから空気をとりいれてるんだよ。溝の内張りには動物の腸をつかってある。たっぷりと空気を吹きこんで、乾燥させた腸をね。その上に骨をおいて覆いにしてから、また土をかぶせなおす。ここの炉の溝はあっちに通じてるんだよ——あの草筵《くさむしろ》の下にね。わかるかい?」

エイラはネジーが指さしたほうを見て、うなずいた。

「溝はここに通じてる」ネジーはそう説明をつづけて、床よりも一段掘りさげてある炉の壁のひとつを指さした。壁には穴があり、そこから中空になっているバイソンの角が突きだしていた。「でも、空気の量はいつもおなじでいいわけじゃない。外でどのくらいの風が吹いているかによるし、なによりどのくらい強い火が必要なのかにもよるから。風をさえぎったり、ここにとりいれたりするには、これをつかうわけさ」そういってネジーは、肩胛骨《けんこうこつ》を利用してつくられた節気弁《ダンパー》の把手を指さした。

原理は単純だったが、天才的なひらめきの成果だ。真の技術革新であり、ここで人間が生きのびるのに不可欠な品でもあった。これがなかったら、いくら狩りの獲物が潤沢に手に入れられるとはいえ、この亜北極の草原地帯で〈マンモスを狩る者〉の異名をとるマムトイ族が生き残ることは――若干の孤立した場所でならともかく――不可能だったろう。せいぜい彼らは、住みやすい季節にここを訪れるだけになっていたところだ。大ぶりの樹木がほとんど存在せず、氷河が地表をすっかり覆いつくす時節には苛酷きわまりない冬がやってくるこの土地にいながら、空気を送りこむことのできる炉をつくったことで、彼らは骨を燃料につかえるようになった――骨こそは、ここに一年を通じて定住できるだけの豊富な量がある唯一の燃料だったのである。

ネジーが炉の炎を熾しおわると、エイラは庫を見てまわって、雷鳥の詰め物によさそうな食材をさがした。鳥の卵から生まれる前の雛をとりだして乾燥させた保存食があり、これにはちょっと気をそそられたが、考えれば水でもどす必要がありそうだし、それにどのくらい時間がかかるかがわからない。それなら人参《にんじん》か、蓮華草《れんげそう》の豆をつかうのもいいか……と思いかけて、気が変わった。

きょうの朝自分が焼け石をつかって調理した穀物と野菜の粥《かゆ》が、まだ籠にはいったままであることに気がついた。だれかが昼食に欲しがった場合にそなえて、とっておいてあったのだ。粥はすっかり煮つまって固くなっていた。エイラは味見をした。塩を入れない料理の場合には、香辛料でめりはりをつけた味のほうが好まれる。エイラはこのライ麦と大麦の粥にセージとハッカを入れ、そこにレウィシアと玉葱《たまねぎ》、人参をくわえていた。

これにちょっと塩を足して、庫で見つけた向日葵《ひまわり》の種と乾燥させた酸塊《すぐり》の実を入れてみよう……薬袋にある蕗蒲公英《ふきたんぽぽ》と薔薇の実を足してもいいかもしれない。そうすれば、雷鳥の詰め物としてはちょっとした珍味になる。エイラは食材を用意して、雷鳥の腹に詰め物をほどこし、刈りとったばかりの枯れ草でつつみこむと、骨の消し炭といっしょに火熾し用の穴に入れて、上に灰を埋《か》けた。それからエイラは、ほかの人がなにをしているのかを見にいった。

土廬の出入口付近では、いくつもの活動がにぎやかに進められていた。見たところ、簇人が総出で仕事を進めているようだった。近づいていくと、実をつけたままの穀物がどっさりとあつめられ、積みあげられているのが目にとまった。数人の人々が脱穀作業をしていた――ある者は足で踏み、ある者は道具で叩き、ある者は刈りとられた茎をふりまわしては叩きつけるようにして、茎から実だけをとっている。その近くで、柳の細枝をひらたく編んだ大きな箕《みの》に穀粒を載せて中空にふりあげては、軽い籾殻《もみがら》を吹き飛ばす仕事をしている者もいる。ラネクは、マンモスの足骨を中空にしてつくった臼――下肢骨《かしこつ》の一部がつぎたしてあった――に、籾殻をとった穀粒を入れていた。それからラネクは、マンモスの牙を斜めに切った杵《きね》で臼のなかの穀粒をつぶしはじめた。

まもなくバルゼクが外衣にしている皮のパーカを脱いでラネクの反対側に立ち、ずっしりと重い牙をとりあげ、ラネクと交互に杵をふるいはじめた。トルネクがふたりの仕事の調子にあわせて手拍子を打ち鳴らし、マヌーブがその拍子にあわせておなじ歌詞をくりかえす歌を歌いはじめた。

ヤッホー・ホー、ラネクが杵をふるってる、それ！
ヤッホー・ホー、ラネクが杵をふるってる、それ！

そこにディーギーが、バルゼクのふるう杵のリズムにあわせて、うまく最初の歌に掛けあうような歌を歌いはじめた。

そいつはちがう、バルゼクだってお手伝い、そおれ！
そいつはちがう、バルゼクだってお手伝い、そおれ！

ほどなく全員が太腿を平手で叩きはじめた。男たちがマヌーブにあわせて歌い、女たちはディーギーにあわせて歌う。エイラはその強烈な拍子を肌で感じとり、口のなかで小さく声をあわせて歌ってみた。歌に参加していいかどうかはわからなかったが、楽しい気分だった。
しばらくするとワイメズが自分のパーカを脱いでラネクに近づき、杵打ちを一回もとぎれさせることなく杵を受けとった。マヌーブもこれに負けない早業で新しい歌詞をひねりだし、その新しい歌詞を歌いはじめた。

えんやこら・さあ、ワイメズ杵を手にとった、そおれ！

バルゼクに疲れがのぞきはじめると、ドルウェズがすかさず交替し、ディーギーはこれに応じて歌詞を変えた。そのあとはフレベクが杵打ちを引き継いだ。
それから一同は作業の手を休めて結果を確かめ、穀粒を挽いた粉を蒲《がま》の葉を編んでつくった篩《ふるい》に通した。それがすむと、また穀粒が臼に入れられた。今回、巨大なマンモスの牙の杵をふるったのはトゥリーとディーギーで、マヌーブがふたりのために即興で歌をつくった。しかし女性陣が歌うべきところをマヌーブが裏声で歌い、みんなは笑いころげた。やがてトゥリーの杵をネジーが引き継ぐのを見て、エイラはあまり考えずに思いつきのままディーギーに近づいた。ディーギーが笑ってうなずいた。

ディーギーが杵をふりおろして、すかさず手を離した。ネジーが手を伸ばして杵が倒れないようにささえているあいだに、エイラはディーギーと場所を交替した。ふたたび杵がふりおろされると同時に〝ヤッ！〟という声がきこえた。エイラはわずかに湾曲した太い牙をもちあげた。牙は予想以上の重さがあったが、エイラは高々とかかげた。マヌーブの歌がきこえてきた。

ヤッホー・ホー、エイラの手助けありがたや、そおれ！

エイラは驚いて、マンモスの牙を落としかけた。こんなふうに、みんながいっせいに親しみを見せてくれると予想もしていなかったからだ。つぎに杵をおろすときには、ライオン簇の老若男女の全員が声をあわせて歌いはじめ、エイラは感動のあまりこみあげてきた涙を、目をしばたたいてこらえた。エイラにとってこれは、温かな親しみの表明というだけではなかった。自分をこの人たちが受け入れてくれたということ。自分は異人を見つけた。その異人は、自分をこころよく迎えいれてくれたのだ。

つぎにネジーに代わってトロニーが杵をとり、そのあとしばらくしてフラリーが近づいてきたが、エイラはかぶりをふった。腹に赤ん坊のいるフラリーは、すぐエイラの意図を汲んで引きさがった。そのようすにエイラは喜んだが、この行動はフラリーの具合がわるいのではないかという疑いを裏づけるものでもあった。一同はそのあとも穀粒を挽きつづけた。やがてネジーの命令で杵打ちがおわり、粉が篩に通され、臼に穀粒がつぎたされた。

今回前に進みでて、野生の穀粒を挽くという退屈な重労働に志願したのはジョンダラーだった。みんなが協力し、おもしろおかしくやれば、すこしは仕事が楽になる。しかしラネクも前に進みでてきたのを見て、ジョンダラーは眉を曇らせた。浅黒い肌をもつ男と金髪の客人のあいだの緊張が、この場のなごやかな雰囲気にごくわずかな反目の空気を底流として流しはじめた。

ふたりの男がたがいに重いマンモスの牙を交互にふるいはじめ、その動作がしだいに速まるにつれ、だれの目にも反目が明らかになってきた。杵のふるい方がどんどん速まるにつれて、調子をあわせていた歌声はしだいに尻つぼみになったが、足踏みをはじめる者が出てきた。足踏みの音がどんどん大きく、激しいものになってきた。ジョンダラーとラネクは杵をふるう速さを増したばかりか、杵にこめる力も強くしていった。やがては一致協力して仕事を進めているのではなく、膂力《りょりょく》と意志の力の張りあいの様相を呈してきた。片方がこれでもかという力で杵をふりおろせば、杵は手を伸ばすまでもなく手もとに跳ねあがり、そこに相手がすかさず渾身の力で杵を叩きおろした。

ふたりのひたいに玉の汗が浮きあがってきては、顔に流れ落ち、目にはいった。チュニックを汗でしとどに濡らしながら、ふたりはさらに手を早め、さらに力をこめて大きくて重い杵を前後にふるっては交互に臼にふりおろすことで、相手と張りあいつづけた。永遠につづくかと思われ、まだおわる気配もない。ふたりとも息づかいが荒くなっていたし、そろそろ疲れものぞいていたが、どちらもやめようとはしなかった。ふたりとも、相手に屈するのをいさぎよしとしていなかったからだ——そのくらいなら、死をも選ぶ覚悟のようにすら思えた。

エイラはわれを忘れて見つめていた。どちらの男も無理のうえに無理を重ねている。エイラは狼狽の色を浮かべた瞳でタルートを見やった。タルートはダヌーグにうなずいて合図し、死をも辞さない覚悟を固めたかに見えるふたりの意地っぱり男に近づいていった。

「よし、そろそろ交替する潮時だ！」タルートが雷のような声を響かせながら、まずジョンダラーを持ち場から押しだして、同時にその手から杵を奪いとった。ダヌーグは、跳ねかえってきたラネクの杵をすかさず横から奪いとった。

ジョンダラーもラネクも疲れがひどくて頭もはっきりしていないのだろう、力くらべがおわったことにも気づいていない顔つきのまま、息をあえがせ、よろめきながらその場を離れた。エイラはふたりの手助けに駆け寄りたい気持ちだったが、心を決められずその場に棒立ちになっていた。ふたりの意地の張りあいの原因が自分にあることは、どことなく察していた——どちらの男に駆け寄ったところで、残るもうひとりの男の顔をつぶすことになる。ライオン簇の人々も心を痛めていたが、やはりすすんで手助けをすることに二の足を踏んでいた。うっかり気づかいを面《おもて》に出したりすれば、ふたりの力くらべが一時の戯れではないと認めることになり、だれも真剣に受けとるつもりのない男同士の意地の張りあいに、かえって裏づけを与えかねないと配慮していたのだ。

ジョンダラーとラネクが落ち着きをとりもどしているあいだに、人々の注意はタルートとダヌーグにうつっていった。ふたりはまだ、穀粒を臼で挽きつづけていたし、これを力くらべにしてもいた。対抗意識のないなごやかな力くらべだったが、気合いに不足はない。タルートは、自分の生き写しである若者ににやりと笑いかけながら、牙の杵を足骨の臼に叩きおろした。ダヌーグは笑みのかけらもない顔に一意専心の決意をのぞかせ、杵をふりおろした。

「いいぞ、ダヌーグ」トルネクが声援を送った。

「いや、ダヌーグのかなう相手じゃないな」バルゼクがいいかえした。

「ダヌーグのほうがずっと若いわ」ディーギーがいった。「最初に音をあげるのはタルートよ、きっと」

「そうはいうが、ダヌーグにはタルートほどの体力がないぞ」フレベクが異をとなえた。

「いや、ダヌーグは力ではタルートに及ばないが、体力では勝っているな」ラネクがいった。ようやく息がととのい、まともに意見を口にできる状態にまで回復したのだ。いまだに疲れは消しきれていなかったが、ダヌーグとタルートの張りあいに人々の注目があつまれば、先ほどのジョンダラーとの真剣きわまりない競りあいも、人からはそう思われなくなるのではないかという肚《はら》もあった。

「踏んばれ、ダヌーグ！」ドルウェズがいった。

「きっと勝てるよ！」ラティが昂奮の輪に引きこまれて、そういいそえた。しかし、これがダヌーグとタルートのどちらを指しての言葉なのか、われながらさだかではなかった。

つぎの瞬間、ダヌーグの力強い杵の一撃をうけて、マンモスの足骨の臼がぱっくりと割れた。

「やりすぎよ！」ネジーが一喝した。「臼を壊すほど力を入れる必要なんてないの。新しい臼を用意しなくちゃ。タルート、ここはやっぱり、あんたが臼をつくるのが筋だと思うよ」

「ああ、そのとおりだ！」タルートは喜びに顔を輝かせた。「ダヌーグ、いい勝負だったたな。旅のあいだに、いちだんと逞《たくま》しくなったようじゃないか。この子の力を見たかい、ネジー？」

「それよりこっちを見てほしいわ」ネジーはそういって、臼の中身を外に出した。「穀粒がすっかり粉になっちまったじゃないか。挽き割りにしてもらったら、よく乾かして庫にしまっておこうと思ったのに、これじゃ乾かすこともできやしない」

「穀粒の種類はなにかな？」ラネクがいった。「ワイメズにきこうと思ったんだが、おれの母親の一族では、穀粒の粉でなにかをつくっていたよ。みんながいらないというのなら、その粉をすこしわけてもらおうかな」

「だいたいが大麦だけれど、ライ麦と燕麦《えんばく》がすこしまじってるわ。トゥリーは、みんなが好きな小さいパンを焼くだけの量を手もとにあつめてるし、タルートはお酒《ボウザ》をつくるのに、蒲の根の粉とまぜる穀粒を欲しがってる。でも、あんたが欲しいのなら、粉をぜんぶもっていって、好きな物をつくるといい。それだけの働きはしたんだし」

「だけど、タルートも粉をつくるのにひと役買ってる。そのタルートが欲しいというのなら、もっていけばいいさ」ラネクはいった。

「好きなだけつかうがいいぞ、ラネク。おれは残り物で充分だ」タルートはいった。「水で湿らせた蒲の根の粉が、ちょうど発酵しかけているんだ。あれにこっちの粉を混ぜたらどうなるかは知らんが、ちょっとためしてみるのもわるくないと思うな」

エイラはジョンダラーとラネク双方の姿を注意深く見つめて、ふたりともなんの異状もないという結論に達した。汗まみれのチュニックを脱いで体に水を浴びせかけてから、土廬にはいっていたジョンダラーを見るかぎり、その体にはなんの異変もなかった。ついで、これほどジョンダラーの身を案じていたことがわれながら愚かしく思えた。ジョンダラーは頑健で屈強そのものの男だ。ちょっとくらい重労働をしたからといって、傷つくはずがない。ラネクについてもおなじことがいえる。しかしエイラは、ふたりをともに避けていた。ふたりのふるまいにも、自分の心の動きにもとまどっていたし、なにより考える時間が欲しかった。

トロニーがなにやらせっぱつまった顔で、土廬のアーチ状の出入口から急ぎ足で走り出てきた。片手でハータルを腰のあたりで抱きとめ、籠やいろいろな道具を載せた浅い骨の皿を片手にもっている。エイラは急いでトロニーに近づいた。

「わたし、手伝いましょうか？　ハータル、抱っこしましょうか？」

「助かるわ」若い母親であるトロニーはそういって、赤ん坊をエイラに手わたした。「きょうはみんな総出で料理をつくって、お祝いの宴の支度をしてるでしょう？　わたしもなにかつくりたいんだけど、いろいろ忙しくて集中できなくって。おまけにハータルが目を覚ましちゃったの。お乳をあげるにはあげたんだけど、もうお昼寝の気分じゃないみたいで」

トロニーは、戸外の大きな炉の近くに場所を見つけて道具を広げた。エイラは赤ん坊を抱いたまま、トロニーが籠のひとつを手にとって、そこから殻がまだついたままの向日葵の種を浅い骨の皿に出していくようすを見まもった。ついでトロニーは指関節の骨――おそらく毛犀の骨だろう、とエイラは見当をつけた――を手にとると、種子を揺《す》りつぶしはじめた。さらに数回おなじことをくりかえしたのち、トロニーはべつの籠を水で満たした。それから二本のまっすぐな骨の棒――この作業のために彫って、まっすぐに形をととのえた物だった――を手にとると、片手で器用に二本をあやつって、炉の炎から調理用の焼け石をとりだした。トロニーが水に入れると、焼け石は〝しゅっ〟という音とともに蒸気を噴きあげた。水が温まると、冷えた石を熱い石ととりかえ、沸騰するまでこの手順をくりかえす。その沸騰した湯に、トロニーは先ほどの種を揺りつぶしてつくった練り粉を入れた。エイラは食いいるように見守った。

湯に入れられたことで、種子の成分のうち油だけが分離されて浮きあがってきた。トロニーは大きな柄《ひ》杓《しゃく》で油をすくっては、ちがう容器――こちらは樺の樹皮でつくられている――におさめていった。とれるかぎりの油をすべてすくいとると、トロニーは、エイラには種類の見当がつかない野生の穀物の穀粒と、ヒュの小さな種子を割って、沸騰する湯にいれ、さらに味つけのための薬草を何種類かくわえたのち、また焼け石を入れて、湯を沸かしつづけた。樺の樹皮でつくった容器はわきにおかれ、中身の水が冷えていくにつれて、その表面に向日葵の油が固まってきた。トロニーから味見をしてほしいとさしだされた柄杓に口をつけたエイラは、じつにおいしいと思った。

「トゥリーがつくる焼き菓子にすごくあうの」トロニーはいった。「だから、ぜひともつくっておきたかったのよ。そのあとお湯がまだ沸いているうちに、あしたの朝食もこしらえておこうと思ったわけ。盛大な宴のあくる朝は、みなあまり料理をする気が起きないわ。でも、子どもたちはやっぱりおなかをすかせてるもの。ハータルを見ていてくれて、ほんとに助かったわ」

「お礼なんていわなくていい。わたしも楽しかったから。赤ちゃんをこの腕に抱いたの、ほんとうにひさしぶり」エイラはそういい、自分の言葉が真実であることに気がついた。気がつくとエイラはハータルをしげしげと見つめ、頭のなかで氏族の赤ん坊たちと比較していた。ハータルの目の上には骨が盛りあがっていないが、氏族でも赤ん坊のうちはこの眉弓《びきゅう》が完全には発達していない。ハータルのひたいのほうがまっすぐだし、頭が丸い点もちがうが、幼い赤ん坊のうちは両者の差異はそれほどはっきりしたものではない、とエイラは思った。ただしハータルは声をあげて笑ったり、ふくみ笑いを洩らしたり、のどを鳴らして鳩《はと》のような声を出したりするが、氏族の赤ん坊はそんなにいろいろな声をあげない点だけはちがっていた。

トロニーが道具を洗いにいって姿が見えなくなると、赤ん坊がすこしむずかりはじめた。エイラは膝の上でハータルを飛び跳ねさせてから、赤ん坊を自分にむかせ、正面から顔を見られるようにした。それからハータルに話しかけ、赤ん坊が興味深そうになにか答えてくるさまをながめた。これでハータルもしばらくは満足していたが、それも長つづきしなかった。いましもまた泣きだしそうになったとき、エイラは思いつきで口笛を吹いた。その音にびっくりした赤ん坊は泣かずに、もっと口笛をききたそうな顔になった。エイラはふたたび口笛を吹いた——こんどは鳥の鳴き声の物まねで。

谷でひとり暮らしをしていた当時は、いつ果てるともしれない長い午後の時間を費やしては、口笛で鳥の鳴き声や呼びかわす声などの物まねを練習した。その結果、鳥の歌を本物そっくりに口笛で吹けるまでになっていたし、なかには口笛に引かれてエイラに近づいてくる鳥もいた。しかし、そうした鳥はあの谷だけに住んでいるわけではなかった。

赤ん坊をあやすために口笛を吹いていると、数羽の鳥が近くの地面に降り立ち、トロニーの籠からこぼれ落ちた穀粒や種をついばみはじめた。エイラはその鳥の姿に目をとめて、また口笛を吹きながら指を一本だけ突き立てた。鳥はどれも最初のうち警戒していたが、やがて勇敢な一羽のフィンチがエイラの指の先端にとまった。エイラはこの小さな鳥の心をほぐして興味をかきたてる口笛を吹きながら、そうっと手を動かして赤ん坊に見せてやった。赤ん坊はうれしそうな笑い声をあげながら、丸っこい手を鳥に伸ばした。鳥は驚いて、ぱっと飛び立っていった。

そのときいきなり賞賛の音がきこえ、エイラは驚いた。太腿を平手で叩くその音に顔をあげると、ライオン族の大半の人々が楽しそうな笑みをむけていた。

「そんなこと、どうすればできるの?」トロニーがたずねてきた。「鳥や動物の声を上手にまねる人がいるのは知ってるけど、あなたったら仲間だと思わせるほど上手にまねできるのね。動物を思いのままにあやつれる力をもった人なんて、あなたがはじめてだわ」

エイラは顔を赤らめた。なにやら……そう、よからぬ行為をしている現場を見られたような、ここの人たちとちがう種類の人間になっている現場をつかまったような、そんな気分だった。だれもが笑顔で褒めたたえてくれているのに、落ち着かない気分だった。トロニーの問いに、どう答えればいいのだろう。たったひとりで暮らしていれば、鳥のさえずりそっくりに口笛を吹く練習に好きなだけ時間を費やせることを、どういう言葉で説明すればいいかわからない。頼りになる人が世界じゅうにひとりもいないときには、馬はもちろん、ライオンでさえ仲間になってくれることもある。そして世界に自分の同類がいるのかどうかも知らない境遇にある人は、なんであれ命あるものとのふれあいを求めてやまないのである。

10

昼さがりになると、ライオン簇《むら》のいろいろな活動に小休止が訪れた。ふだんなら一日のうち簇人《むらびと》がいちばん充実した食事をとるのは昼だが、きょうばかりは昼食を抜く者が多かったし、食べた者も朝食の残り物をつまむ程度だった。前々から計画されていたわけではない今宵の祝いの宴が、しかし美味珍味ずくめになることを思って、だれもが期待に胸をふくらませていた。いま人々は、のんびりとくつろいでいた。昼寝をしている者もいれば、おりおりに料理の出来具合を確かめている者もいる。わずかながら低い声で話しあっている者もいる。それでもあたりの空気には昂奮の気配が立ちこめて、だれもが特別な夜の訪れを楽しみにしていることが察せられた。

土廬《つちいおり》のなかでは、エイラとトロニーがディーギーの話にききいっていた。ディーギーはブラナグの簇をたずねたときのようすや、〈縁結びの儀〉の段どりなどをくわしく物語っていた。最初のうち興味深くきいていたエイラだったが、やがてマムトイ族の女同士がそれぞれの親類や友人のことを話題にしはじめ

ると、名前の出た人々をだれも知らないこともあり、雷鳥の料理の出来具合を確かめてくるという口実でその場を離れ、ひとり外に出た。ディーギーの口から、近づくブラナグとの縁結びの話をきいたことで、エイラは自分とジョンダラーの関係に思いを馳せないではいられなかった。口では愛しているといってくれている。しかし、つれあいになろうという話も、縁結びの話も出ていない。いまエイラは、そんなことを思っていた。

自分の獲物である雷鳥を蒸し焼きにしている穴に近づき、手をあてて奥から伝わる熱を確かめていると、ジョンダラーがワイメズとダヌーグのふたりと話しこんでいるのが目にとまった。ふだん人々が作業をする場所から離れたワイメズたちの仕事場だった。声がきこえずとも三人の話題はわかったし、たとえわかっていなくても見当はついた。そのあたりに割れた石塊やフリントの鋭い破片が散らばっていたし、三人の道具師たちの近くの地面には、道具の材料になりそうな大きな石がいくつも転がっていたからだ。前々からいつも、フリントについての彼らの話題がよくつきないものだと不思議だった。あれだけいつも話しているのだから、とうに話題もなくなっているはずなのに。

むろんエイラは道具師ではなかったが、ジョンダラーが谷に来るまでは自分で石の道具をつくっていたし、出来あがった物で用が足りてもいた。幼いころには氏族のもとで道具師ドルーグの仕事ぶりを観察し、見よう見まねでその腕を盗んだ。しかしジョンダラーの仕事ぶりを目にすると、とてもかなわない腕のもちぬしだとわかった。道具づくりにかける情熱や、相対的な能力といった点では氏族もジョンダラーも大差はなかったかもしれない。しかし、ジョンダラーの技法やその手になる道具は、どちらをとっても氏族より格段にまさっていた。前々からワイメズの道具づくりの手法には興味があったし、おりを見てそのわざを見せてほしいと頼むつもりだった。考えてみれば、いまがいい機会だろう。

ジョンダラーは土盧を出てくるエイラの姿にいち早く気づいてはいたが、それを顔に出すまいとしていた。草原での投石器の実演からこっち、エイラに避けられているのはまちがいない。エイラがおれに近づきたくないと思っているのなら、おれもエイラに注意をむけたりすまい。そう考えていたものだから、近づくエイラの姿を見たとたん、胃に大きな不安のしこりができた――思いなおして、よそに行ってしまうのではないか、こっちに歩いているように見えるだけで、ほかに行くところなのではないか。

「邪魔でなかったら、道具づくりを見せてもらいたいのですが」エイラはいった。

「ああ、いいとも。すわりなさい」ワイメズが笑顔で歓迎の意を示した。

ジョンダラーの安堵は、はた目にもわかるほどだった。ひたいの曇りが晴れ、食いしばっていた歯からは力が抜けた。ダヌーグは、せっかくエイラがとなりにすわったので言葉をかけようとしたが、この女性の存在を肌に感じるなり言葉をうしなった。ジョンダラーはそのダヌーグの目に、エイラへの思慕の念を見てとり、ほほえましい気持ちにほころびかけた口もとを引き締めた。すでにこの若者に好意をいだいていたジョンダラーは、いくら愛情を目にみなぎらせているとはいえ、若者が侮《あなど》れない恋敵《こいがたき》になるはずのないことを察していた。それゆえダヌーグには、先輩風を吹かせる兄貴分にでもなったような気持ちさえわずかに感じていた。

「きみのわざだが、あれはゼランドニー族のあいだではありふれているのかね？」ワイメズがジョンダラーにたずねた。どうやら、先ほどの話題のつづきのようだった。

「だいたい共通してます」ジョンダラーは答えた。「たいていの場合、まず石核《コア》を用意して、そこから石刃を削りとって、いろんな道具をつくりだします――鑿《のみ》、ナイフ、掻器《そうき》、それに小さめの槍の穂先などをね」

「大きな槍の場合には？　きみらはマンモス狩りをしないのかな？」

「する者もいます。ただ、あなたたちほどにはマンモス狩りをきわめていません。大ぶりの槍の穂先は動物の骨でつくります。おれが気にいっている材料は、鹿の前足の骨ですね。まず鑿でおおまかな穂先の輪郭にそって、骨に刻み目を入れていきます。これをくりかえしていると、骨の必要な部分だけを残すことができます。そうなったら、石刃の片側だけに刃をつけた搔器で削って、形をととのえます。そのあとさらに濡らした砂岩で研ぐと、じょうぶな槍の穂先になりますよ」

こうした骨をつかった槍の穂先づくりでジョンダラーを助けた経験のあるエイラは、その穂先の性能にいたく感じいっていた。細長い穂先は一撃必殺の威力を秘めている。力強く投げた場合には獲物に深々と突き刺さるし、投槍器《とうそうき》をつかった場合の威力は目ざましいものだった。それ以前にエイラがつかっていたのは氏族のつくり方を踏襲した穂先で、これにくらべるとジョンダラーの穂先はずっと軽かった。手にもって獲物に突き刺すための武器ではなく、離れたところから獲物を仕留めるための武器だからだ。

「たしかに、骨の穂先は動物の体の深くまで刺さるな」ワイメズはいった。「急所にうまく刺されば、手早く獲物を倒せながらも、あまり血を流さずにすむ利点がある。しかし、獲物がマンモスや犀《さい》となると、急所をとらえるのがひと苦労だ。毛皮がぶ厚いうえ、その下の皮膚もまた厚い。あばら骨のあいだにうまく刺さったとしても、脂身と筋肉がたっぷりついていて、穂先がなかなか奥までとどかない。目玉は狙うのに格好の場所だが、ともかく小さいうえに、動物そのものがしじゅう動いている。また槍をのどに突き立てればマンモスも倒せるが、これはたいそう危険なことでもある。マンモスにうんと近づかなくてはならないからだ。ところがフリント製の穂先となると、左右のどちらも鋭い刃になっているからね。固い皮膚も切り裂けるし、それが血をどっさりあふれさせるから、動物たちを弱らせることができる。ひとたび血をあふれさせたなら、つぎに狙うべきは腹か膀胱だ。手早く獲物を倒すわけにはいかないが、これがいちばん手がたい策だな」

エイラは夢中になってきいていた。道具づくりの話だけでも充分興味を引かれていたが、なによりマンモス狩りの経験がなかった。

「そのとおりです」ジョンダラーはいった。「しかし、大きな穂先はどうすればまっすぐにつくれるんです？　どんな方法で石刃を欠《か》きとるにしたって、かならず曲がってしまいます。石というのは、そういうものなんです。穂先が曲がっていては、槍は投げられない。狙いはそれるし、獲物にも突き刺さらない。こめた力の半分が残ればましだ。そんなわけで、フリントの穂先は小さいんです。穂先をまっすぐにするには、上から圧力をかけて下側を削りとっていきますが、どうしても大きくはなりませんからね」

ワイメズはにこやかに微笑し、そのとおりだといいたげにうなずいた。「ああ、たしかにそのとおり。だが、ちょっとこれを見てもらおうか」そういって背後からぶ厚い皮のつつみをとりだして、そのつつみをひらくと、ワイメズは一本の大きな斧頭《ふがしら》をとりだした。一個の大きなフリント塊からつくられた品で、大槌にも負けない大きさだ。太いほうの端は丸みをつけてあり、いくぶん厚手の刃の先端が鋭く尖っていた。「むろん、きみならこの手の品をこしらえた経験もあるだろうよ」

ジョンダラーはほほえんだ。「ええ、斧はつくりましたが、これだけ大きな品はつくっていません。タルート用の斧ですね？」

「そうだ。長い骨の柄をつけてタルートにやろうと思ってね……いや、ダヌーグでもいいかもしれん」ワイメズは、かたわらの若者に笑みをむけた。「これはマンモスの骨を割ったり、牙を切ったりするための斧だよ。屈強きわまる男でなくては、自在にあやつることはできん。タルートなら杖のように軽々とふりまわせる。いまではダヌーグにもあつかえるだろうて」

「できます。ダヌーグ、わたしのために木を切ってくれました」エイラは賞賛の笑みをダヌーグにむけた。若者は頬を染めて、はにかんだ笑みをのぞかせた。エイラも握斧なら自力でつくったし、使用した経験もあるが、これほどの大きさの斧ではそんな経験はない。

「で、斧はどうやってつくる?」ワイメズが先ほどの話をつづけた。

「ふだんはまず、石槌で大きな剝片を割りだします。そのあと、両側を二次加工して刃と先端をつくっていくんです」

「ラネクの母親の一族、アテリア族もまた、石刃を両面から打ち缺くことで槍の穂先をつくっていたよ」

「両面から打ち缺く? 斧のようにですか? その方法でそれなりにまっすぐな穂先をつくろうとしたら、最初は薄い石刃からではなく、板状の剝片からつくっていく必要がありますね。穂先をつくるには、無駄の多い方法だと思いますが」

「たしかに、いくぶん厚く重い穂先ではあったが、斧よりも特段にすぐれた武器だったよ。しかも、彼らが狩る動物に威力を発揮していたね。しかし、さっきの話もほんとうだ。マンモスや犀の体に突き立てるためには、長くてまっすぐ、強靭で、かつ薄いフリントの穂先でなくてはならない。きみならどうするね?」ワイメズはたずねた。

「両面から打ち缺きます。それしか方法はありません。ぶ厚い剝片からつくるのであれば、両面から細い裂片を缺きとるのに、圧力を均一にかける二次加工の手法を採りたいところです」ジョンダラーは考えをめぐらしつつ、自分ならその種の武器をどうつくるだろうかと想像した。「しかしそのためには、力を慎重かつ細心にあやつる必要があります」

「そのとおり。力をうまくあやつるのが勘どころだな」

「ええ、それに、さらには石も掘りだしたばかりの物でなくては。師匠のダラナーは白亜層があらわな崖の近くに住んでいました。崖の地上に近いあたりから、フリントが採れたんです。ダラナーが掘りだした石なら、うまく細工できるかもしれません。しかし、それでも細工はむずかしいでしょうね。おれたちも質のいい斧をいくつかつくりましたが、さっきの方法でまっとうな穂先がつくれるかどうかはわかりません」

ワイメズは、肌理《きめ》のこまかな柔らかい皮の包みをとりだしてきた。注意深い手つきでつつみをひらくと、なかから出てきたのは数本のフリント製の穂先だった。

ジョンダラーの目が驚きに大きく見ひらかれた。はっとして顔をあげ、まずワイメズを、つづいてダヌーグを見つめる。ダヌーグは師匠自慢の気持ちから、満面に笑みを見せていた。ついでジョンダラーは穂先の一本をとりあげ、両手でささげもつと慎重な手つきで裏返した。美しく加工された石を、まるで愛撫せんばかりにさわっている。

フリントの表面はつるつるした手ざわりだった。なめらかだが、油を塗ったように感じるほどではない。打ち欠いた結果のたくさんの彫面に日ざしがあたって煌《きら》めいていた。形は柳の葉に似ており、どこをとっても完璧な左右対称をなしていた。ジョンダラーの手首の付け根から指先まで、たっぷり手ひとつぶんの長さがある。片方の先端は鋭く尖っており、中央部では指四本ぶんの幅にまで広がったのち、もう一方の尖った先端に達する。横向きにして目を凝らしてみると、石刃道具類の特徴である湾曲した形になっていないことが見てとれた。刃の部分は完全にまっすぐになっており、横から見た厚みはジョンダラーの小指ほどしかない。

ジョンダラーは、いかにもその道の達人らしい手つきで側面に指を走らせてみた。きわめて鋭い。そこにあるのは、数多くの微細な剝片が落とされた痕とおぼしき小さなぎざぎざだけ。ひらたい面に指先をすべらせてみると、同様に小さな剝片を欠き落とした痕とおぼしき小さな稜線が感じとれた。これらの加工のすべてがあいまって、この精妙かつ正確な形状がつくりだされていた。

「ここまで美しい品を武器でつかうのはもったいない」ジョンダラーはいった。「これはもう芸術の域です」

「それは武器としてつかう品ではないんだよ」ワイメズは道をおなじくする者の賛辞に気をよくしていた。「この手法を人に説くための、いってみれば見本の品だ」

手をふれるのもためらわれ、エイラは思いきり首を伸ばして、地面に広げられた柔らかそうな皮の上にならぶ精緻な道具類に目を凝らした。ここまで美しく仕上げられた穂先を見るのははじめてだった。大きさも種類もさまざまだった。木の葉の形をした穂先とならんで、左右対称ではなしに先端からくだってきた片側が肩のような形でいきなり細くなり、刀心が突きだしている品もある。刀心を柄にさしこめば、ナイフとして利用できるのだ。刀心が突きでているこの種の穂先には、左右対称の品もいくつかあった。この種の品は、もちろん槍の穂先につかえるほか、ちがう種類のナイフにもなるだろう。

「もっとくわしく調べてみたいのではないかね?」ワイメズがエイラに声をかけてきた。

エイラは驚きに目を輝かせながら、穂先のひとつひとつを貴重な宝石をあつかうような手つきでもちあげた。いや、どれも貴重な宝石のようなものだ。

「フリントが……とてもなめらかで……生きているみたい」エイラはいった。「こんなフリント、これまで見たこと、ありません」

ワイメズはほほえんだ。「早くも秘法に気づいたようだな。こんな穂先をフリントでつくるための秘法にね」

「この近くで、この種のフリントが手にはいるんですか?」ジョンダラーが疑わしげにいった。「いや、おれもこの手のフリントは生まれてこのかた見たこともないので」

「それは当然だろうよ。いや、たしかにすばらしく質のいいフリントを手にいれられるのは事実だ。ここから北のある大きな簇のそばに、すばらしいフリント鉱があってね。ダヌーグが行っていたところだよ。しかし、この石は特別に手をくわえてある――火をつかったんだ」

「火ですか!」ジョンダラーが驚きの声をあげた。

「そう、火だ。熱をくわえると、石の性質《たち》が変わる。熱をくわえることによって、石はよりなめらかになり――」ワイメズはエイラを見つめながらいった。「――より生き生きとしてくる。熱することによって、石にそうした特別な性質がくわわるのだよ」

話しながらワイメズは、火で焼かれたことが一見して明らかなフリントの塊をとりあげた。表面は煤《すす》にまみれて、焦げたあとがある。ワイメズが石槌の一撃で叩き割ると、表面を覆っている表層の白亜質部分の色もまた、ふつうより濃くなっていることがわかった。

「最初はまったくの偶然だったんだよ。小さなフリントがひとかけら、炉に落ちてしまってね。盛大に燃えている熱い火だった――獣の骨を燃やすのに火をどれだけ熱くしなくちゃならんかは、きみも知っているだろう?」

エイラはうなずいて、知っていることを示した。ジョンダラーは肩をすくめた。これまで火の温度などに注意を払ったことはない。しかしエイラが知っているのなら、そのとおりなのだろう。

「火に落ちたフリントを転がしてとりだそうと思ったんだが、ネジーがこういった。そこにフリントがあれば、いま焙っている肉から垂れる脂用の受け皿をうまい具合に支えてくれそうだ、ってね。結局、垂れた脂に火がついて、上等な牙の皿は燃えてしまった。だから、替えの皿をつくってやったよ。だって、こんな幸運のきっかけをつくってくれたのはネジーなんだから。だけど、そのときは焼けた石を捨てるところだった。この石のように焼け焦げていたからね。だから、ほかの材料がまだ残っているうちは、なるべくつかうのを避けていたんだ。それに最初に割ったときには、もうすっかりだめになっていると思いこんだ。これを見れば、わしがそう思った理由もわかるだろう?」

ワイメズはエイラとジョンダラーに、それぞれ問題の石をわたした。

「ふつうのフリントよりも黒っぽくて、手ざわりがなめらかですね」ジョンダラーがいった。

「そのときは、前からの方法をもっとよくしようと思って、アテリア族の穂先を調べていたんだ。新しい思いつきをとりあえず試すだけなら、申しぶんない石を材料につかう必要はない、と思った。しかし、この石で仕事をはじめるなり、ちがいがわかった。あれは、わしが旅からもどってすぐのことでね。ラネクはまだ子どもだった。それからいままでずっと、この手法に磨きをかけつづけているんだ」

「どういう点がちがっていたんです?」ジョンダラーはたずねた。

「なに、自分で試せばすぐわかる」

ジョンダラーは自分の石槌――つかいこまれて、あちこちがくぼみ、欠《か》けているが、いまでは手にしっくりとなじんでいる丸石――をとりあげると、本格的な作業の下準備のために、まず石をとりまいている白亜質の部分を叩き落としはじめた。

「作業にかかる前のフリントが強く熱せられると……」ワイメズはジョンダラーが仕事を進めているあい

まに説明をつづけた。「それ以前とくらべて格段に、素材を思いのままにすることができるようになる。適度な圧力をくわえることで、ずっと薄くて長さもある、鋭く尖ったかなり小さな破片が欠きだせるようになるのだよ。つまり、どんな形でも望みのままに石を加工できるわけだ」

　ワイメズは石の鋭い切り口から肌を守るため、左手に小さな皮を巻きつけると、火で焼いた塊から最近欠きとったばかりのフリントの破片を左手に載せて、いまの話の実例を示した。それから先細りになった骨製の小さな加工具を右手にもつと、尖った骨の先端をフリントの切り口にあてがい、加工具を強く上下に動かして圧力をくわえることで、小さな細長い石の裂片を欠きとり、手にとってかかげた。ジョンダラーはその裂片を手にとって調べたのち、先ほどわたされた石でおなじようにやってみた。その成果に、ジョンダラーが驚きと心の底からの喜びを覚えていることは、はた目にも明らかだった。

「こいつは、ぜひともダラナーに見てもらわないと！　信じられません！　ダラナーもこうした手順をずいぶん改良させてました――ダラナーにも、あなたとおなじく石への天性の勘があるんです。でもあなたは……まるで、石を薄く削《そ》いでいるみたいだった。これが熱のおかげなんですか？」

　ワイメズはうなずいた。「しかし、〝薄く削ぐ〟とまではいえんな。石はあくまで石だ。なにをしたところで骨ほど簡単に形をつくれはしない。しかし、石のあつかいに通じてさえいれば、火で焼くことであつかいが簡単になる部分はあるな」

「では、石を槌で打つときに、あいだになにかをはさむ方法がありますが、この種の石の場合にはどうなんです？　尖らせた骨や、やはり先の尖った鹿の角を石にあてがった上から石槌で打つと、力が一点に集中しますが、その方法はやってみましたか？　そうすれば、もっと長くて薄い石刃がつくれます」

　石を加工する天性の勘ならジョンダラーにもある、とエイラは思った。しかしこの熱中ぶりや、驚くべき発見をダラナーにも教えてやりたいとすぐに思いたったことの裏からは、それ以上の気持ちが感じられた――いますぐ故郷へ帰りたいという、ジョンダラーの強い望郷の念だ。

谷にひとりで暮らし、まだ見ぬ異人と顔をあわせるのを躊躇していたころには、ジョンダラーが旅立ちたい気持ちになっているのも、ただ仲間といっしょになりたいからだろうとしか思っていなかった。つまり、これまではジョンダラーの強い望郷の念を完全には理解していなかったのである。しかしいま、エイラは瞬時に目をひらかれて、すべてを理解した。なるほど、ジョンダラーは故郷以外の場所では本心から幸せを感じることができないのだ。

息子や愛する人たちと会えないいま、エイラは耐えがたいほどの寂しさを感じていたが、ジョンダラーが感じているような切ないほどの望郷の念――慣れ親しんだ土地、顔見知りの人々がいて、習わしにも通じているところに帰りたいという感情――はなかった。一族のもとを去るときには、二度ともどれないことがわかっていた。一族にとって、エイラはすでに死者だ。たとえエイラの姿を目で見ても、彼らはそれが邪霊だと考えるはず。それに、たとえもどれたところで、いまとなっては彼らとともに暮らせるとは思えない。ライオン簇に来てからまだ日が浅いが、それでもエイラは氏族との長い年月の暮らしでも感じなかったほどの居ごこちのよさを感じ、くつろいだ気分を味わっていた。イーザの言葉は正しかった。エイラはしょせん氏族ではない。異人の一員として生まれついたのだ。

もの思いにふけっていたせいで、エイラは話しあいをききのがしてしまっていた。いまジョンダラーの口から自分の名前が出るにおよんで、エイラはもの思いからはっと目覚めた。

「……で、思ったんですが、エイラの方法は彼らの方法に近いんではないか、と。エイラは向こうでわざを身につけましたから。彼らの道具も見せてもらいました。それまでは見たこともありませんでした。あの連中も、まったく腕がないわけではないですが、まだ石核を加工して穴あけ器もどきをつくるとかいう段階にさえ、ほど遠いというところです。重たい剝片の道具と、薄くて軽い石刃道具とのちがいは、そこから生まれてくるんです」

　ワイメズはほほえみ、うなずいた。「あとはただ、もっとまっすぐな石刃をつくる方法がわかればいいのだがね。なにをどうしたところで、二次加工したあとのナイフの刃はどうしても前より鈍《なま》るんだよ」

「おれもそのことを考えてたんだ」ダヌーグがそういって話しあいに参加してきた。「骨でも枝角でもいいけど、そこに溝を彫って、小石刃を膠《にかわ》でくっつけたらどうだろうね？　小さかったら、刃がまっすぐになりそうだけど」

　ジョンダラーはしばしこの案に考えをめぐらせた。「だけど、どんなふうにするつもりだ？」

「小さな石核からはじめたらいいと思うんだよ」ダヌーグはおずおずといった。

「うまくいくかもしれないな。しかし、小さな石核はあつかいがむずかしいぞ」ワイメズがいった。「わしが考えていたのは、まず大きな石刃をつくり、それを割って小さな石刃に仕立てていく手法でね……」

　この三人はまだフリントの話に花を咲かせている、とエイラは思った。この話題に飽きることがないのだろう。道具の材料と、その材料が秘める可能性は果てることなく三人を魅了しつづけている。なにかひとつ新しい知識を得れば、その知識にまたしても向学心を刺戟されている。たしかにエイラにもフリントや道具づくりの仕事のすばらしさはわかっていたし、ワイメズから見せてもらった穂先がこれまで見たこともないほどすばらしい品だということもわかった。しかしそんなエイラでも、ここまで微にいり細をうがった話しあいを耳にするのははじめてだ。ここまで考えて、思いあたったことがある。自分は薬師《くすし》のわざや癒しの術については、つきせぬ魅力を感じているではないか。イーザやウバといっしょに暮らしていたころ、薬師イーザから教えをうけていたころのことは、エイラにとって記憶に残る至福のひとときだった。

エイラはふと、土廬から出てくるネジーの姿に目をとめ、手伝いにいこうと立ちあがった。エイラが離れるときには三人の男たちは笑顔で話しかけてきたが、そのじつなにもいわずに立ち去っても、三人は気づかなかったのではないか、と思った。

ところが、そのエイラの推測はまったくの的はずれだった。声に出して意見を述べた者こそいなかったが、立ち去って遠ざかるエイラを三人が見おくっているあいだ、さしものフリント談議も途切れていた。若くて美しい女だ――ワイメズはそう考えていた。頭も切れるし、たくさんの知識をそなえているうえ、さまざまなことに関心をもっている。マムトイ族の生まれであれば、これまでに例がないほどの花嫁料を簇にもたらしてくれたにちがいない。あの女がつれあいにどれだけ高い身分をもたらすことか。また、どれだけの身分を子どもに受けつがせることか。

ダヌーグの思いもまた師匠と似たものだったが、頭のなかでそれほどはっきりした形をとっているわけではなかった。花嫁料のことや〈縁結びの儀〉のこと、さらにはほかの男といっしょにエイラのつれあいになることまで漠然と夢想してはいたが、実現するとは万にひとつも思えなかった。そんなわけで、できればいつもエイラのそばにいたいと願っているだけだった。

ジョンダラーがエイラを求める気持ちはもっと強かった。もっともらしい口実を思いつけば、すぐに立ちあがってあとを追いたいくらいだった。しかし、ごり押しを避けたい思いもある。思い出されてきたのは、愛を求める女たちからしつこく迫られたときの自分の気持ちだ。そういうときジョンダラーは女に好意をもつどころか、できれば避けたいとしか思わず、さらにはそんな女に哀れみさえ感じた。エイラに哀れな男と思われたくない。欲しいのはエイラの愛だ。

ついで褐色の肌をもつ男が土牘から出てきてエイラに笑顔をむける光景を目にするなり、のどに酸っぱい塊がこみあげてきて胸苦しくなった。こみあげた塊を飲みくだそう、怒りともどかしさを抑えようと煩悶する。これほど激しい嫉妬を覚えたことはない。こんな自分がいやでたまらなかった。おれがこんなふうに感じていると知れば、エイラはおれをきらうだろう。それどころか、哀れんでくるかもしれない。そう思いながらジョンダラーはフリントの塊に手を伸ばし、自分の石槌で塊を叩き割った。疵物《きずもの》だった――外層をつくっている崩れやすい白亜質が内部にまで筋状にはいりこんでいた。しかしジョンダラーはその石をなんども叩き、くりかえし叩いて、際限なく小さな破片にしていった。

フリント工房になっているあたりを離れて近づいてくるエイラを、ラネクは目にとめていた。エイラの姿を見るたびに、それまで以上に胸がときめき、心を引かれていくことは、もう否定しようがない。ひと目あった瞬間から、美しさを見きわめるラネクの目にエイラは完璧な存在として映り、その完璧さにたちまち心を引かれた。といっても、ただ見た目の美しさだけではなく、ごく自然でさりげない優美な身ごなしにひそむ完璧さにも引かれたのだ。こういった細部も見逃さない鋭い目のもちぬしであるラネクにしても、エイラからはいささかの気どりやてらいも感じとれなかった。エイラの挙措《きょそ》はいつも落ち着きはらっており、なにものをも恐れない自信に満ちていたが、これがあまりにも自然な雰囲気なので、ラネクは生まれついての性質だろうと見当をつけていた。そこからかもしだされているのは、ラネクには存在感としか名づけられないものだった。

ラネクはにこやかな笑みをむけた。人が無視できる笑みではない。エイラもまた、負けないほどにこやかな笑みを返した。

「げっぷが出るほどフリント談議をきかされたのかい?」ラネクは、そこはかとない嘲りをこめた口調でたずねた。エイラも、どこか意味深な調子だということまではわかったが、ただの軽口か冗談だろうとしか感じられず、完全には意味をとらえていなかった。

「ええ。あの人たちはフリントのことを話してた。石刃をつくってもいた。道具づくり。槍の穂先。ワイメズ、じつに美しい穂先をつくっている」

「なるほど、じゃあの男はお宝の披露におよんだんだな。そう、あんたのいうとおり。じつに美しい穂先だよ。ワイメズ本人が知っているかどうかはわからないが、あの男は道具づくりの匠《たくみ》というだけじゃない。芸術家だな」

エイラのひたいに皺が刻まれた。先ほど投石器をつかったときにも、ラネクの口からいまの単語が出てきたことが思い出されたが、はたしてラネクがこの言葉にこめた意味をきっちり理解しているかどうかは心もとなかった。

「あなたは芸術家なの?」エイラはたずねた。

ラネクは微苦笑を誘われた。いまの簡潔な質問こそ、ラネクが強い関心をむけている問題の本質にずばりと切りこんだからだ。

ラネクの一族は、母なる大地の女神がまず最初に霊界を創造したと信じていた。霊界に住まうあらゆる生き物の霊は、どれも完璧な姿だった。やがて霊たちは、命あるそれぞれの似姿をこしらえて、ふつうの世界——現世——に住まわせることにした。霊が手本、生きとし生けるすべてのものを創造するための原型になった。しかし、原型がいくら完璧であっても、しょせんは似姿、完璧ではない。霊でさえ、おのれと寸分たがわぬ似姿をつくることはできなかった。だから、生き物にはそれぞれのちがいがある。

人間は、なかでも特異な存在だ。ほかのどんな霊よりもなお、母なる大地の女神に近い姿をしているからだ。女神はおのれの似姿をつくって生命を与え、これを霊女と名づけた。そののち——あらゆる男が女から生まれてくるように——霊女から霊男を生まれさせた。ついで女神は完璧なる女の霊と、完璧なる男の霊とがまざりあうようにした。さまざまに異なる霊の子らを産み落とさせるためである。しかし、どの男の霊をどの女の霊とまぜあわせるかを決めるのはあくまでも女神であり、決めてからでなければ、赤ん坊を胎内に宿す命の力を女の口に吹きこまない。さらに女神はその子らである男女からわずかな者を選び、特別な賜物を授ける。

ラネクはみずから彫り師を名乗っていた。なにかを彫って、生けるものや霊界に住まうものの似姿をこしらえる人間のことだ。彫刻はいろいろな面で役に立つ。生き物の姿をまねてつくった彫刻は、その生き物の霊を目に見える形にして、具体的にあらわすのに役立つし、マムートたちが司《つかさど》る儀式には必要不可欠な品でもある。こうした彫刻をつくる腕をもった者には敬意が払われる。彼らは才能という賜物を授けられた芸術家、女神に選ばれし者たちだ。

たいていの人々は、暮らしに必要なちょっとした道具以上の品をつくる腕をそなえた彫り師なら、みんな芸術家だと考えている。しかしラネクの考えでは、芸術家といっても才能には差があるし、つくりだす作品への愛情でも差があるかもしれない。愛情のない者のつくる作品は粗雑だ。ラネクは、そうした粗雑な似姿は霊たちを冒瀆するばかりか、万物の創造主である母なる大地の女神への冒瀆だと考えていた。

対象がなんであれ、非の打ちどころない完璧な似姿こそが、ラネクの目には美しく見えた。反対に美しいものはなんであれ、非の打ちどころなく完璧な霊の似姿である。本質がみごとにとらえられているからだ。これがラネクの信念だった。それ以上に強く――美を愛するその魂の核で――感じていたのは、美にはそれ自体に最初から値打ちがそなわっており、あらゆるものが美しくなれる可能性を秘めている、という思いだった。人の行動にしても、なにかの品物にしても、たしかに機能一辺倒でしかない場合もあるが、ラネクはどんな行動でも、およそ完璧に近いことを成しとげた人間は芸術家だと考えていたし、その行動の結果には美の精髄があるとも考えていた。しかし芸術は結果だけではなく、その行動そのものの謂《いい》でもある。芸術作品とは、完成された品物ばかりか、その結果をつくりだすにいたった思考と行動までをもふくむものなのだ。

ラネクは神聖なる探索の旅にも匹敵する情熱をかたむけて、美をさがし求めていた。修練を積んだおのれの手でもさがしてきたが、それ以上に鋭敏な目でもって。身のまわりすべてを美なるものにかこまれたいという欲求を感じていた。そんなラネクだからこそ、いまではエイラをひとつの芸術作品だと考えるようになっていた――およそ想像できるかぎり最高に美しい女性の、非の打ちどころなく完璧な似姿そのものだ、と。エイラを美しくさせているのは、たんに見かけだけではない。美は決して動かない絵ではない――美は精髄であり、美は霊のような本質であるからして、活発に動くものである。美がいちばんよく表現されるのは行動や立ち居ふるまい、それに行動からつくりだされる成果だ。そして美しき女性とは、非の打ちどころなく完璧で生き生きと動きやまない女性のこと。饒舌《じょうぜつ》に語ることこそなかったが、ラネクはエイラが原形である霊女の非の打ちどころなく完璧な化身に近づきつつある、と思っていた。つまりエイラは女性の精髄そのもの、美の精髄そのものだ、と。

ラネク……褐色の肌と笑いの光を絶やさぬ瞳、そして皮肉の棘《とげ》をたたえた機知――内心深くの欲求を押し隠すために学んで身につけたものだ――をもつこの男は、みずからの作品において非の打ちどころなく完璧な美を実現したいと胸を焦がしていた。その努力のかいあって、仲間からはすばらしい彫り師、ならぶ者なき真の彫り師だという名声をもらっていたが、世の完全主義者たちの例に洩れず、自分の創造物に満足を感じたためしはなかった。だからこそ、みずから芸術家を名乗る気にはなれなかったのだ。

「おれは彫り師だよ」ラネクはエイラの質問にそう答えた。しかしエイラが怪訝《けげん》な顔を見せたので、こう説明した。「まあ、彫り師をわけへだてせずに芸術家と呼ぶ人もいるからね」ここでいったん口ごもる。エイラはおれの作品をどう思ってくれるのだろうか……。「おれが彫った物を見てもらえるかな?」

「ええ」エイラは答えた。

単純で率直なその答えに、ラネクは一瞬あっけにとられたのち、顔をのけぞらせて大声で笑いはじめた。エイラなら、これ以外にどう答えるというのか? ラネクは喜びに目をきらきらさせながら、土廬にエイラを招きいれた。


ふたりが連れだってアーチ状の入口をくぐっていく姿が見えて、ジョンダラーの心は重く沈んでいった。両目を閉じ、落胆にがっくりとうなだれる。

背が高く男前のジョンダラーは、これまで女から関心をむけられないことで悩んだ経験がなかった。しかし、いったい自分のなにが女にとってそこまで魅力的なのかを理解していなかったので、あまり過信はしていなかった。なんといっても道具づくりの工匠、ややこしい空理空論よりは、手でふれられる物のほうがしっくりとくる性格だったし、そのかなりの知性をそんなことよりも、微晶質石英——すなわちフリントにくわえる圧力や打撃のくわえ方などにむけるほうが得意だった。つまりジョンダラーは、この世界を手でさわれる物質として考える男だったのである。

　また自分の内心を表現するのにも、おなじ流儀をとった――言葉よりも手で語るほうが得意だったのだ。いや、決して言葉に不器用だったわけではなく、言葉の面でぬきんでた才能があるわけではないだけのこと。語り部のように物語を披露するすべは身につけていたが、そつのない受け答えや当意即妙の切りかえしは得意ではない。まじめで、ひとりでいることを好み、自分について語るのは好きではないが、人の話をきちんときく鋭敏な耳をそなえており、それがために人から胸の裡《うち》を打ち明けられたり、大切な秘密を託されたりすることもしばしばだった。故郷にいたころはとびきり腕の立つ道具師として名声を馳せていたが、固い石を慎重にあつかって質のいい道具をつくりだせるその手は、また女の体をあつかうことにも長《た》けていた。これもまた、形ある物を重んじる性格のあらわれでもあり、大っぴらではないものの、この方面でも一目おかれていた。女たちには追いかけまわされ、道具づくりばかりか〝あっち〟のほうも達者なことで冗談をいわれもした。

　これもまた、フリントの形をととのえる技術とおなじく、学んで身につけたわざだった。どこをふれればいいかを心得ており、かすかな合図も敏感にとらえて反応した。女に歓びを与えることこそ、ジョンダラーの歓びだった。これまでに口にしたどんな言葉よりもなお、両手と双眸《そうぼう》と肉体すべてが語る言葉のほうがはるかに雄弁だった。ラネクがもしも女なら、ジョンダラーに芸術家の称号を与えたことだろう。

　これまでにも、まじり気なしの好意や、やさしさをむけた女は何人もいたし、そうした女たちとの交歓を楽しんでもきたが、ジョンダラーは本心から女を愛したことがなかった――その愛をはじめて感じたのがエイラだった。しかしいま、エイラが自分を本心から愛しているのかどうかがわからなかった。そもそも、おれを本気で愛するはずがあるだろうか？　男をくらべるための土台がエイラにはない。この簇に来るまで、エイラが知っていた男はおれだけだ。例の彫り師が傑出した腕のもちぬしであり、それなりの魅力をもった男であることも、そのラネクがしだいにエイラに心を引かれていることもわかっていた。エイラの愛を勝ちとれる男がいるとすれば、それがラネクだということもわかる。おれは世界を半分もめぐる旅をして、ようやく心から愛せる女とめぐりあった。ようやく相手と出会えたというのに、その女をこうもあっけなくうしなってしまうのか？

しかし、うしなうのも当然ではないのか、という思いもある。エイラのような女をみんながどう思うかを知っていながら、それでもいっしょに故郷に連れて帰ることが自分にできるのか？　狂おしい嫉妬を感じている反面、自分がエイラにふさわしい男なのだろうかという疑念も湧いている。自分ではエイラを偏りのない目で見ているといいきかせていながらも、心の奥底の本音の部分では、愛してはいけない女を愛した不名誉に耐えられるのだろうかという疑いを、またしても感じていた。

ダヌーグは、そんなジョンダラーの苦しみもあらわな顔を見てから、不安の目をワイメズにむけた。ワイメズはすべてを心得た顔でうなずいた。自分もまた、かつて他部族の美しい女を愛した経験がある。しかしラネクは自分の炉辺の息子だし、すでにつれあいを見つけて身を落ち着け、一家をかまえてもいい年齢を過ぎていた。

ラネクに連れていかれたのは、〈狐の炉辺〉だった。エイラが毎日何回も通り抜けている場所だったが、これまでは努めてあまりじろじろと好奇の視線をむけないように心がけていた。氏族の暮らしにおける習わしが、そのままライオン簇でも通用した一例である。土廬内には仕切となる壁がないため、後世でいうプライバシーは扉を閉めることで成りたつものではなく、おたがいへの気くばりや敬意、それに寛容といったもので成りたっていた。

「さあ、すわって」ラネクはそういうと、ふわふわの柔らかい毛皮が敷きつめられた寝台を指し示した。好奇心を満足させる許しを得たようなものなので、エイラは大っぴらにあたりを見まわした。ワイメズとラネクは中央の通路をはさみ、ひとつの炉を共有して暮らしてはいたが、それぞれの生活の場は見事なまでに人となりを反映していた。

炉の反対側にある道具づくりの匠ワイメズの暮らしの場は、きわめて質素な雰囲気だった。寝台には蒲団や毛皮が積まれている。その上では皮の帷《とばり》が丸めて紐で縛ってあったが、いまにも落ちそうになっており、もう何年も紐をほどかれたことがないように見えた。釘にかかった衣服もあれば、壁にそった寝台の頭側にある、仕切と壁の隙間に積まれている服も多い。

暮らしの場の大半を占めているのは工房だった。石の塊、破片、フリントの小片などが、椅子と作業台を兼ねているマンモスの足骨のまわりに散乱していた。寝台の足側のさらに先には、石や骨でつくられた何種類もの槌や工具があるのが見える。飾りらしきものはたったひとつ、壁の窪みにおいてあるマンモスの牙の女神像と、その横に吊ってある凝った装飾のほどこされた腰帯だけ。後者には干し草でつくられた腰蓑が吊りさげてあった。わざわざ質問せずとも、それがラネクの母親の品であることがエイラにもわかった。

彫り師ラネクの暮らしの場は、対照的なほどきらびやかに飾りつけがされていた。ラネクは物をあつめて身のまわりにおくのが好きだったが、きわめて好みが厳しくもあった。なんであれ細心の注意を払って選び抜かれた品が、そのいちばんすばらしい面を見せつつ、かつ全体の雰囲気にうまく溶けこんで調和するように配されていた。寝台の毛皮はひと目見ただけで思わず手ざわりを確かめたくなるし、ふれれば極上の感触で指を楽しませてくれる。両側の帷――きれいな襞《ひだ》がつくように工夫されて寄せられている――

は、肌理《きめ》のこまかな焦茶色の鹿の鞣《なめ》し皮で、色をつけるときについた松のここちよい香りをいまもただよわせていた。床には、香りのよい草を編んで精妙な模様をつけた筵《むしろ》が敷いてあった。

寝台の左右には、大きさも形もさまざまな籠が積んであった。大きな籠には、凝った数珠玉の模様や、羽根や毛皮でつくった意匠をうまく見せる配置で衣類がおさめてあった。またマンモスの牙を削ってつくった腕帯や腕環、動物の歯や淡水貝の貝殻、海の二枚貝の貝殻や円筒形の石灰岩、牙の数珠玉——着色した品もあれば自然のままの色あいの品もある——などを組みあわせてつくった首飾りなどが、ある物は籠におさめられ、ある物は壁の釘にかけられていた。ひときわ目だつのは琥珀《こはく》だった。壁には、自然の世界には見かけない規則ただしい模様を刻みこんだ、大きなマンモスの牙の一片がかかっている。釘にかかった狩りの武器や外衣のたぐいでさえ、ここの雰囲気をつくりあげる一助になっていた。

顔をめぐらせれば、それだけさまざまな品物が目にはいってきたが、向こうから手にとってほしいと誘いかけているような品、エイラの興味をとらえて離さない品となると、壁の窪みに飾ってある牙製の女神像や、ラネクの工房としてつかわれている部分にある彫刻類だった。

ラネクはそんなエイラをじっと見つめ、目の動きを追っていた。いまエイラがなにを見ているのかも、すべてわかった。やがてエイラの目が自分の顔にとまると、ラネクはほほえみ、作業台の前に腰をおろした。地面にマンモスの下肢骨《かしこつ》が埋めこまれていた——床の筵にラネクが腰をおろすと、膝関節の骨のわずかにくぼんでいる平坦な上面が、ちょうど胸の高さにくるようにしつらえてあった。かすかに湾曲した上面には、ラネクが彫り物につかうさまざまな種類の鏨《たがね》をはじめ、鑿のようなフリント用の工具類と彫りかけの鳥の彫像がおいてあった。

「いま彫ってるのはこれだよ」ラネクはエイラの表情を見てとり、鳥の彫像を手にとってさしだした。

エイラはマンモスの牙を彫ってつくられた品を、そっと手のひらにのせ、ひっくりかえし、さらに顔に近づけて真剣に見いった。ついで怪訝な表情を顔に浮かべて、またひっくりかえし、おなじようにまた逆向きにした。

「こっちから見ると鳥だけれど……でもこうすると――」エイラは彫像をひっくりかえした。「――女になる！」

「すごい！ そのとおりだよ。そういう彫り物がつくれないかと、おれはずっとあれこれやっていたんだ。母なる大地の女神の変身を……その霊の形をなんとかしてあらわしたくてね。おれが形にしたかったのは、この世から霊界へと飛んでいくときに鳥の姿をとった女神なんだ。ただし、鳥の姿になっても女神は女神、女性だということを表現したくてね。だから、ふたつの姿をひとつの彫り物であらわしたんだよ！」

ラネクは黒い瞳をきらきらと輝かせている。昂奮のあまり、どれほど早口で話しても思いの丈のすべてを言葉にできないようだ。エイラはその熱中ぶりに笑みを誘われた。ラネクにこんな一面があるとは、これまで知らなかった。いつもは、たとえ笑っているときでさえ、どことなく突きはなしたような態度をとっている。

いまのラネクを見て、つかのまエイラは、投槍器を思いついて実現に努力していたときのジョンダラーを思い出し、そんなことを思った自分に眉をひそめた。谷で過ごした夏の日々が遠い昔のように思えた。いまではジョンダラーはめったに笑顔をのぞかせず、たまに笑ったにしても、つぎの瞬間には怒っているしまつだ。ふっと、いま自分がここにいてラネクと話をしていること、ラネクの楽しげで昂奮しきった話ぶりに耳をかたむけていること自体が、ジョンダラーには気にくわないのではないか、という思いが胸をかすめた。それが事実だとしたら……エイラはそう思って気が沈んでいくのを感じるとともに、かすかな怒りを感じた。

11

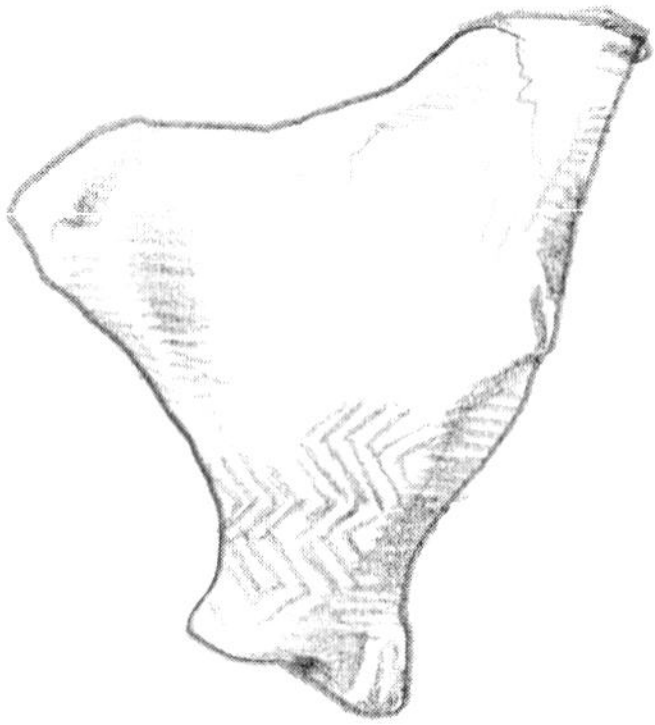

「あら、そこにいたの」ディーギーが〈狐の炉辺〉を通りかかって、エイラに声をかけてきた。「そろそろ音楽がはじまるわ。いらっしゃい。あなたもどうぞ、ラネク」

そんなぐあいに、ディーギーはライオン簇《むら》を歩きながら人々をあつめていった。見るとディーギーはマンモスの頭蓋骨を、トルネクは一定の間隔をあけた赤い線の模様や図形の模様が描かれた肩胛骨《けんこうこつ》をもっていた。それにディーギーは、またもやあのきき慣れない〝音楽〟という単語を口にしていた。エイラとラネクは、一同のあとから外に出ていった。

暗くなりかけた空の北のほうには、うっすらと筋のような雲がかかっていた。立ちはじめた風は頭巾やパーカの毛皮を吹きわけるほどになっていたが、輪をつくってあつまっている人たちが気にしている気配はない。戸外の炉――いまの季節に特有の北風をうまく利用するよう、土を盛って、その上に石をいくつか積んである――にはさらに骨と薪がくべたされて、ますます熱く燃えあがっていたが、西の空を染めあげている夕陽の燦然《さんぜん》たる煌《きら》めきの前には、ほとんど見えない存在でしかなかった。

炉のまわりのあちらこちらに、大きな骨が何本か転がっていた。最初はいいかげんにおいてあるかと見えたが、ディーギーとトルネクがマムートともども骨の上に腰かけたので、目的があって考えられた配置だとわかった。ディーギーはしるしのついた頭蓋骨の前後をほかの大きな骨でささえて、地面に直接つかないようにした。トルネクは模様が描きこまれた肩胛骨を立てるようにしてかまえ、枝角からつくった槌状の道具でさまざまな場所を叩いては、位置を微調節していった。

エイラは、骨がたてる音に驚嘆させられた。土廬《つちいおり》のなかできいたときとは、まったく音色が異なっていた。規則正しく叩かれる太鼓に一脈通じるところはあったが、こちらの音色には独特の響きがあった。これまでにきいた記憶がまったくない音ながらも、なぜか恐ろしいほどに親しみを感じる音。音がさまざまに変化すると、エイラは自分の声の響きを思い出した――おりおりに低く口ずさむときの声に似ているが、もっと音の輪郭がはっきりしている。これが……音楽なるものなのか?

突然、歌声がきこえてきた。エイラがふりかえると、バルゼクが大きく天を仰いで、高らかに響く狼の遠吠えのような声をあげていた。バルゼクが声を低め、小刻みにふるわせはじめるなり、エイラの胸に熱いものがこみあげてきた。そしてしめくくりには、鋭くかん高い声の旋律が炸裂し、なぜかはわからないが、この声が宙にひとつの疑問を残していったように思えた。これに応じて楽器をもった三人が、小刻みにすばやく各々のマンモスの骨を叩いて、バルゼクの声を楽器の音でくりかえした。楽器の音色がひとつに溶けあうと、エイラの胸にいわくいいがたい感情が湧き起こってきた。

すぐに、ほかの面々もこれに参加してきた。といっても、彼らの口から出てきたのは言葉ではない。マンモスの骨の楽器が奏でる楽の音にあわせて、言葉ではない声を出している。ややしばらくして音楽が変わり、これまでとちがう色あいを帯びてきた。それまでよりもゆったりと落ち着いた調子の音楽が、人々の胸に悲しい思いをかきたてた。おもむろにフラリーが甘く高い声で歌いはじめた――それもこんどは言葉で。フラリーは、つれあいを亡くし、さらに子どもに先立たれた女の身の上を語っていった。歌はエイラの琴線にふれ、ダルクを思い出させ、目に涙をこみあげさせた。顔をあげて見まわすと、涙を誘われたのが自分だけでないことがわかった。しかし、なかでもいちばん胸をつかれたのは、クロジーの姿が目にとまったときだった。この老女はなんの感情ものぞかせない顔のまま、ひややかな目つきでじっと前を見つめていたが……両頬には涙がはらはらとつたい落ちていた。

フラリーが歌詞のしめくくりの部分をくりかえしているところに、トロニーが声をあわせ、つづいてラティが参加した。つぎにくりかえしの部分にさしかかると歌詞が変わり、ネジーとトゥリー――女の声としてはもっとも低い部類にはいる、じつに朗々としたよく響く声だった――が唱和しはじめた。歌詞がまたもや変わると、もっと多くの人々が歌いはじめ、ここでも音楽の雰囲気が変わった。やがて歌は、女神の物語や、人間と霊界とのなりたちをいまに伝える伝説になった。女たちの歌が霊男の生誕の部分にさしかかると、男たちが参加してきた。楽器は男の歌と女の歌の伴奏を交互にくりかえし、なごやかな張りあいの雰囲気が生まれてきた。

音楽がますます速く、ますます強い拍子を刻むようになってきた。興が乗ってきて我慢できなくなったのか、タルートが毛皮の外衣をさっと脱ぎ捨て、両足で地面を踏みならし、両手の指を鳴らしながら人々のつくる輪の中心に躍り出た。笑い声や声援、足を踏みならしたり太腿を叩いたりしての賞賛を浴びたことで背中を押されたように感じたのだろう、タルートは音楽にあわせて足を片方ずつ蹴りだしては、空中高く飛びあがる踊りの妙技を披露しはじめた。負けてはならじとバルゼクが飛び出ていく。ふたりが疲れたころ、ラネクが輪の中央に出てきた。ラネクは目にもとまらない足さばきで、ふたり以上にこみいった踊りをあざやかにこなし、これまで以上の声援と喝采を浴びていた。ラネクは踊りをやめる前に、ワイメズに誘いの声をかけた。ワイメズは最初しぶっていたものの、まわりの人々にせっつかれて踊りを披露しはじめた。それは、簇の人々の踊りとはまったくちがう種類の踊りだった。

エイラはまわりの人々といっしょに笑い、歓声をあげていた。楽器の音も歌も踊りも楽しかった。しかしいまその胸が喜びで満たされたのは、もっぱら人々が音楽に熱狂して、心から楽しんでいるというその雰囲気のせいだった。ドルウェズが輪のなかに飛びこみ、すばしっこい軽業のような踊りを披露しはじめた。つづいてブリナンも、見よう見まねで踊りはじめる。その踊りは、まだ兄ほど洗練されてはいなかったものの、その意気やよしとして人々は喝采を送った。これを見て、フラリーの長男であるクリサベクが勇を鼓して踊りにくわわった。さらにトゥジーも踊りたいといいだした。バルゼクはすっかり目尻を下げて娘の両手を片手で握り、いっしょに踊りはじめた。タルートはバルゼクの合図をうけ、ネジーをさがしだして踊りの輪に連れだした。ジョンダラーはいっしょに踊ろうとエイラを誘ったが、エイラは固辞した。ついでエイラは、ラティがあこがれに目を輝かせて踊りの人々を見つめているのに気づき、ジョンダラーを肘でつついて注意をむけさせた。

「足さばきを教えてもらえるかな、ラティ?」ジョンダラーは誘った。

ラティはうれしそうな笑みを、背の高いジョンダラーにむけた――このときもエイラは、少女の笑みにタルートの面影を見てとった。ラティはジョンダラーの両手をとって、ほかの人々のほうへと歩きだした。すらりとした体、十二歳にしては背が高く、身ごなしは優美そのものだった。簇の住民ではない者の目でラティとほかの女たちを見くらべたエイラには、この少女がいずれたいそうな美人になるように思えた。

ほかの女たちもどんどん踊りの輪にくわわり、音楽ががらりと曲調を変えるころには、ほぼ全員が踊っていた。人々が歌いはじめると、エイラは吸い寄せられるように前に進み出て人々と手をつなぎ、大きな輪の一員になった。音楽がますます速くなるなかで、エイラはジョンダラーとタルートにはさまれたまま、前に進んだり、うしろにさがったりし、くるくるまわっては、歌ったり踊ったりした。

そして大歓声とともに、音楽がようやくおわった。人々は——踊っていた者も楽器をかなでていた者もひとしく——笑いさんざめきながら、息づかいをととのえた。

「ネジー！　料理の支度はまだかい？　一日じゅう、うまそうな匂いだけを嗅がされて、ずっとおあずけだったもんで、腹が減って死にそうだ」タルートが声を張りあげた。

「ふざけたことを」ネジーが、つれあいの巨体にむけてあごをしゃくった。「あれが飢えて死にそうな男に見えますか、って」まわりの人々が軽口に笑い声を洩らした。「ええ、支度はできていますとも。こっちはこっちでね、みんなが食べる気になるのを待ってたんだから」

「いや、おれはもう食べる気まんまんだよ」タルートが応じた。

何人かが皿をとりにいき、料理をつくった者は食べ物を運びだしてきた。皿は、それぞれの個人の持ち物だった。皿のほとんどは、バイソンか鹿のたいらな骨盤か肩の骨だった。茶椀や汁物の椀には、水を洩らさないようにきっちりと編みあげた小さな籠か、そうでなかったら枝角を切りとったあとの鹿の前頭骨がつかわれていた。さまざまな二枚貝の貝殻——沿岸地帯を訪れた人々やその地の住人との交易で、塩といっしょに手に入れた品だ——が、小皿や大ぶりの匙《さじ》としてつかわれた。もっと小さな貝殻は小匙として重宝されている。

マンモスの骨盤は、盆や盛りつけ用の大皿に利用されていた。食べ物を皿にとるときには、骨やマンモスの牙、あるいは鹿の枝角やほかの動物の角を削ってつくった柄杓《ひしゃく》をつかうか、まっすぐな二本の棒を器用にあやつって料理をはさんだりした。口に運ぶときには、もっと短い二本のまっすぐな棒をつかうが、フリント製の小型ナイフとともに利用された。塩は内陸部ではめったに手にはいらない貴重品であり、おなじくめったに入手できない貴重な貝殻に入れて、料理とはべつに供された。

ネジーの特製シチューは、そのすばらしい香りから想像されるとおり、こってりと濃厚で深い味わいの品だった。これをさらにすばらしくしていたのは、ぐつぐつと煮えているシチューに落としこまれた、トゥリー特製の挽き割り穀粒でつくった小さな焼き菓子だった。また、わずか二羽では腹をすかせきった簇《むら》人《びと》を満足させるにはほど遠かったが、エイラの雷鳥料理は全員がひと口ずつ味見をした。エイラの味つけはマムトイ族が慣れ親しんでいるものと異なっていたが、簇人たちに好評をもって迎えられ、残らず胃袋におさまった。穀物の詰め物には、エイラ本人も大満足だった。

食事がおわりになるころ、ラネクが特製の一品を出してきた。ラネク定番の特別料理ではないことに、だれもが驚きを喫した。今夜ラネクがみなの前にさしだしたのは、かりかりに焼きあげた菓子だった。エイラはためしに一枚食べ、すぐにもう一枚を手にとった。

「これはどうやってつくったの?」エイラはたずねた。「とてもおいしいわ」

「まあ、毎回あんな力くらべをするのならともかく、そうでなかったら、そう簡単にいつもつくるわけにはいかないだろうね。例の穀粒の粉に、溶かしたマンモスの脂をまぜて、ブルーベリーを足してみた。それからネジーに頼みこんで、とっておきの蜂蜜をちょっともらって、焼け石に載せて焼いたんだよ。ワイメズの話だと、おれの母さんは猪の脂をつかっていたらしいが、つくり方はよく知らない。おれはといえば、そもそも猪を見た覚えさえないからね。それでマンモスの脂で代用してみたわけさ」

「ふたつの脂は、味、ほとんど変わらないわ。でも、こういう物ははじめて食べた。口のなかで、ふわっと溶けて消えていくみたい」エイラはそう答え、なにかをさぐる目つきで目の前の男に目をむけた。肌は褐色で目は黒、髪は縮れ毛だが、遠い土地を思わせる目鼻だちにもかかわらず、ラネクはほかのだれとも変わらずに、ライオン簇のマムトイ族の一員だ。「あなた、なぜ料理をこしらえるの?」

ラネクは笑った。「いけないかい? だいたい〈狐の炉辺〉にはふたりしか人がいないし、おれは料理が好きなんだよ。といったって、ふだんはネジーの炉でつくられる食べ物をいただくほうが好きだけどね。なんで、わざわざそんなことを?」

「氏族の男たち、料理しないから」

「どうしてもしなくちゃならないのならともかく、そうでなかったら料理をしない男がほとんどだぞ」

「そうじゃない、氏族の男たち、料理がまったくできない。やり方をなにも知らないから。料理の記憶がひとつもないから」自分がいいたいことをきちんと説明できているか、エイラには心もとなかった。しかし、ちょうどそのときタルートが近づいてきて、例の発酵した飲み物をすすめてきた。エイラはジョンダラーの目の合図に気づいて、あまりあわてた顔を見せないようにし、骨の椀をさしだしてタルートが酒《ボウザ》をそそぐのを見守った。最初に飲んだときには好きになれそうもないと思ったが、自分以外の全員がこの飲み物を楽しみにしているように思えたので、もう一回試してみようと思っていた。

全員の椀に飲み物をそそぎおわると、タルートは自分の皿を手にして、シチューの三杯めをとりにむかった。

「タルート! まさか、あんた、まだ食べるつもりかい?」ネジーがいった。言葉とは裏腹に、決して叱りつける調子ではなかった。いまではエイラも、これが大男の簇長《むらおさ》に自分のうれしさを伝えるためのネジーなりの方法なのだとわかるようになっていた。

「そうはいうが、おまえはまた腕をあげたじゃないか。いやはや、こんなにうまいシチューは食べたことがないよ」

「もう、お世辞ばっかり上手になって。どうせ、あたしから大食らいっていわれたくないから、そういってるんだろうけどさ」

「そこまでいうのか、ネジー」タルートはそういって皿を下においた。だれもがにやにや笑い、心得顔で目くばせをかわしあっていた。「いいか、おまえは最高だとおれがいったら、世辞でもなんでもない、本心から最高だって思ってるということだ」いうなりタルートはネジーをかかえあげ、その首すじに顔を埋めた。

「タルート！　この熊男ったら。下におろしておくれ」

大男はいわれたとおりネジーの体をおろしたが、ついでに手で乳房を軽くもてあそび、耳たぶを軽く噛んだ。「考えてみれば、おまえのいうとおりだ。これ以上シチューを食べたがる者がどこにいる？　夕餉《ゆうげ》のしめくくりはおまえがいいな。さっき、そういう約束をしたんじゃなかったか？」タルートはわざと無邪気さをよそおった口調でいった。

「まったく！　あんたときた日には暑い日の牛なみに始末に困るよ」

「最初はクズリで、つぎは熊、こんどは牛呼ばわりか」タルートは呵々大笑《かかたいしょう》した。「だけど、それをいうならおまえは雌ライオンだ。さあ、きたれ、わが炉辺へ」

そういってふたたびネジーを抱きあげて、土廬に連れこもうとするそぶりを見せる。

ネジーはついに根負けし、声をあげて笑いはじめた。「しょうがないわね、あんたって人は。ほんと、あんたがいなかったら、毎日がどんなに退屈になったことか！」

タルートは歯をのぞかせて、にやりと笑った。見かわした目と目にともに浮かんだ愛情と理解の色に、まわりの人の心までが温かくなった。エイラは胸が熱くなるのを感じた。そればかりか魂の奥底で、ふたりがここまで親しくなったのは、終生ずっと経験をともにするなかで、おたがいあるがままの姿を受けいれることを学んだからだと感じてもいた。

しかし満ちたりたふたりのようすは、エイラに不安を感じさせもした。自分もいつの日か、だれかにあんなふうに受けいれてもらえるのか？　だれかを、あんなふうに理解できる日が来るのか？　エイラはそんなことを考えながら、川の対岸に目をむけ、ほかの人々とともに、つかのまの静かなひとときを過ごした——はるか彼方にまで、なににさえぎられることもなく広がる大地が、いま人に畏怖を感じさせずにはおかない光景を見せていた。

ライオン簇の人々が祝いの宴をおえたいま、北の空の雲はこれまで以上に領地を広げ、刻々と沈みゆく太陽の光を受けて華やかに煌めいていた。あかあかと燃えさかる炎の色に照りはえる雲は、遠い地平線への勝利を高らかに宣し、その勝利を見せつけようというのか、橙色と緋色の目も綾《あや》な旗をひるがえし、一日の半分を占める暗闇の軍勢を歯牙にもかけない勢いだ。紅蓮の火炎もかくやと思えるような、この燦爛《さんらん》たる色彩の祭典は、しかしつかのまのはかない祭典でもあった。夜の闇のとめようもない進軍がうたかたの輝きをひたひたと侵攻していき、まばゆい炎の色をかすませて、濃淡とりまぜた紅色に変えた。やがて燃えたつ薄紅も色褪せて、煙った藤色に変わり、それがさらにくすんだ藤色に塗りつぶされて、さいごには漆黒がすべてを覆いつくした。

夜の訪れとともに風が勢いを増してくると、人々はぬくもりと安心を与えてくれる土盧に心を引かれはじめた。暮れなずむなか、人々はそれぞれの食器の汚れを砂で掻き落としてから、水で洗った。ネジーのシチューの残りが大椀にうつされ、大きな皮鍋もおなじように洗われたのち、乾燥のため枠にかけられた。人々は土盧に入ると外衣を脱いで釘にかけ、それぞれの炉を掻き熾《おこ》し、燃料をくべたした。

トロニーの赤ん坊のハータルは、乳をもらって腹がくちくなり寝入ってしまったが、三歳のヌビーは〈マンモスの炉辺〉にあつまりはじめた一同の話についていきたい一心で、目もとをこすって寝まいとしていた。よちよち歩きで近づいてきたヌビーをエイラは抱きあげてうまく寝つかせ、トロニーのもとに運んだ。若い母親は、まだ自分の炉辺を離れもしていなかった。

〈鶴の炉辺〉では、フラリーの二歳になる息子のタシャーが――母親の皿から食べ物をわけてもらっていたにもかかわらず――乳を飲みたいとせがみ、思いどおりにならないとむずかって、すすり泣きはじめた。それを見てエイラは、フラリーの乳がつきたにちがいないと察した。やっと寝ついたと思ったら、クロジーとフレベクが口論をはじめ、その声でタシャーはまた起きてしまった。フラリーにはもう怒る気力も体力もないようで、ただ息子を抱きあげ、あやしはじめた。しかし七歳のクリサベクは、不満そうに顔をしかめていた。

そこにブリナンとトゥジーが通りかかり、クリサベクはふたりについていった。三人はさらにルギーとライダグを見つけた。おなじような年ごろの五人がそろうなり、仲間うちで口の言葉と手ぶり言葉をつきまぜた会話がはじまり、おりおりに笑い声があがった。エイラとジョンダラーがつかっている寝台のとなりの無人の寝台に、五人全員が体を押しこめた。

ドルウェズとダヌーグは、〈狐の炉辺〉のそばでひたいを寄せあっていた。ラティがそばに立っていたが、ふたりともラティには目をむけておらず、話しかけてもいない。エイラが見ていると、やがてラティはふたりの少年に背をむけてうつむきながら、重たげな足どりで年下の子どもたちのもとにむかいはじめた。まだ〝若い娘〟ではないが、そうなるのも遠くはない――エイラはそう思った。いまは女の子同士で話をしたい時期だ。しかしライオン族には同年代の少女がいないし、同年代の男の子たちはラティを無視している。

「ラティ、よかったらここにすわっていかない?」そうエイラがたずねると、ラティは顔をうれしそうにほころばせて、となりに腰かけてきた。

〈オーロックスの炉辺〉の残りの面々も、土盧の通路を歩いて近づいてきた。またマムートと話をしているタルートのところに、トゥリーとバルゼクがくわわった。ディーギーがラティの正面にすわって笑顔を見せ、こうたずねた。

「ドルウェズはどこ? あの人の居場所を知りたかったら、あなたにきけばいいってわかってるのよ」

「ドルウェズならダヌーグと話をしてるわ」ラティは答えた。「このところ、いつもふたりで話しこんじゃって。兄さんが帰ってきたときは、積もる話がどっさりあるかと思ってうれしかったのに、いつもあのふたりだけで話をしてるのよ」

ディーギーとエイラは目を見かわし、ともに事情を心得ているしるしの視線を交換しあった。子ども時代につちかった交友関係を新しい目で見なおし、大人としての関係――すなわちおたがいに男と女として認めあったうえでの関係――に組み立てなおすべき時期にさしかかっているのだ。しかしこれは、ともすればとまどいに満ちた、孤独な時期でもある。これまでの人生の大半の時期において、エイラは仲間はずれにされたか、毛色のちがう人間あつかいをされてきた。だから孤独――愛してくれている人々にまわりをかこまれていてさえ感じる孤独——がどういうものかは知りつくしていた。後年、谷にひとりで住んでいた当時には、もっと身を切られるような孤独をなぐさめるすべを見いだした。いまエイラは、二頭の馬を見るたびにラティがあこがれと喜びを目にのぞかせていたことを思い出した。

エイラはまずディーギーを見つめてからラティに視線をうつし、少女を会話の輪に引きこんだ。「きょうはとっても忙しかった。たいていの日が忙しい。だから、手助けが欲しいの。ラティ、わたしを手伝ってもらえる？」

「手伝い？　もちろんよ。なにを手伝えばいいの？」

「前はね、馬の毛を毎日梳いてあげていたの。乗る前にね。いまでは時間が足りなくて、なかなかできないけど、馬の毛は梳《す》いてあげなくてはいけない。だから手伝ってくれる？　やり方を教えるから」

ラティは目を丸くし、「わたしに馬の世話を手伝わせてくれるの？」と驚きもあらわな低い声でいった。

「ほんとに？　ほんとにいいの？」

「ええ。わたしが簇に身を寄せているあいだ、ずっと手伝ってくれたら、とっても助かるわ」

やがて全員が、〈マンモスの炉辺〉に肩を寄せあうようにしてあつまった。タルートとトゥリーをはじめとする数人が、バイソン狩りの次第をマムートに話してきかせていた。狩りに先立って、老マムートは〈遠見《とおみ》〉をした。そこで、ふたたび〈遠見〉で見てもらうかどうかを話しあっていたのだ。バイソン狩りが大成功におわったことでもあり、また〈遠見〉をしてもらえないか——彼らがおうかがいを立てると、マムートは快諾した。

大柄な簇長は、ここでもみなに蒲《がま》の根を発酵させてつくった飲み物、酒《ボウザ》をふるまった。マムートが〈遠見〉の準備をととのえているあいだ、タルートはエイラの椀にも飲み物をついでいった。戸外での宴のときにつがれた酒はあらかた飲んだが、それでもいくばくかのうしろめたさを感じつつ、残りを地面にそっと捨てた。しかし今回はいったん香りを嗅いだのち、椀を二度三度とまわしてから深呼吸をし、中身をひと思いに飲み干した。タルートが笑みをのぞかせ、お代わりをそそいだ。エイラはお義理の笑みをかえして、二杯めもあけた。タルートはいったんとなりの人にうつったが、エイラの椀が空《から》になっているのを見てとり、またお代わりをそそいだ。本心では飲みたくなかったが、断わるにはもう遅い。目を閉じて、きつい飲み物を一気に飲みこんだ。味にはいくぶん慣れてはいたが、どうしてだれもがこの飲み物をあれだけ好きなのかは理解できなかった。

待っているあいだ、エイラはしだいに目がまわる感覚を覚えはじめた。耳鳴りがきこえ、五官のすべてに霞がかかったようになってきた。トルネクがマンモスの肩胛骨を叩いて拍子を打ちだしはじめたが、最初はそのことに気づかず、自分の体内から音がしてくるような錯覚にとらわれた。かぶりをふって、注意を集中しようとする。マムートに目をすえると、この老人がなにかを飲んでいるところが目にとまり、漠然としていながらも、それが危険ではないかという感覚にとらわれた。マムートの行為をおしとどめたかったが、その場にとどまっていた。なんといっても呪法師《じゅほうし》だ、なにをしているかは承知のうえにちがいない。

白いあごひげを伸ばし、白髪を長く伸ばした長身痩軀《そうく》の老人は、べつの頭蓋骨太鼓を前にして胡坐《あぐら》をくんだ。それから枝角の撥《ばち》を手にとって、しばし耳をそばだてたのち、トルネクにあわせて太鼓を叩きはじめ、おもむろに詠歌を歌いはじめた。ほかの者もこの詠歌に唱和し、ほどなくしてほぼ全員が人を陶然とさせる力をそなえた単調な歌に深く没入していった。心臓の鼓動を思わせる拍子にあわせて、ひたすらくりかえしの詞がつづく歌で、音程もほとんど変わらない。そこにときおり、人の声よりもなおさまざまな音色をもつ太鼓がわざと乱れた拍を入れてくる。太鼓叩きがさらに一名増えたが、エイラはただ、ディーギーがとなりから消えていることに気づいただけだった。

太鼓の響きとエイラの頭のなかの響きのふたつが、完璧に調子をあわせていた。ついでエイラは、詠歌と拍を刻む太鼓の音以外の音もきこえることに気がついた。音色の変化、多様な韻律、太鼓の音の高低や大小の揺らぎなどがあいまって、人の話し声のような音がきこえていた。なにかを話している声、あと一歩で理解できそうでいながら、エイラには理解できないことを話す声。心を一点に集中させて真剣に耳をすまそうとしても、頭はどうしても澄みわたらず、人の声のようにきこえる太鼓の音の意味はさっぱりわからないままだ。結局さいごにはすべてをあきらめ、いましも自分を飲みこもうとしている眩暈《めまい》の渦巻に身をゆだねることにした。

ふっと太鼓の音がきこえてきたと思ったつぎの瞬間、エイラはどことも知れないところにさらわれていった。

いまエイラは、荒涼とした凍れる大地の上空をかなりの速度で移動しつつあった。眼下に広がる空虚な風景を見おろしても、目だった特徴のある部分以外は、どこも風で吹きつけられた雪の覆いをまとっていた。しだいに、自分がひとりではないことに気づく。旅の道づれは自分とおなじ景色を目にしており、名状しがたい方法をもちいて、移動の速さや方角を変化させているらしい。

ついでようやく、遠くから場所の指針とするべき音ののろしというべきものがきこえてきた。詠歌の声、語りあうかのごとき太鼓の響き。一瞬、すべてが明瞭になった――その瞬間ばかりは、言葉がはっきりききとれた。気味のわるい途切れ途切れの搏動《はくどう》めいた音。人間の声の音の高さや音色や響きを完璧に再生したものではないにしても、まねた音のように思われた。「ゆうううぅぅぅぅくりぃぃぃ」おなじ音のくりかえし。「ゆうううぅぅぅぅくりぃぃぃ。こぉぉぉこぉぉぉでぇぇぇぇ……」

移動の速度が落ちたことが感じられた。見おろすと高くなった土手の物陰に、数頭のバイソンが寄りあつまっていた。猛烈な吹雪のなか、巨大な獣はすべてをあきらめたような態度で立っていた。毛足の長い毛皮に雪がこびりつき、突きだした巨大な黒い角の重みに耐えられないかのように頭を低くさげている。彼らが命ある動物であって、この平原の岩などではないと見る者に知らせているのは、無表情な顔に位置している鼻孔から噴きだす白い水蒸気の雲だけだ。

エイラはそこに引き寄せられていくのを感じた。やがてバイソンの頭数をかぞえられ、個々を見わけられるまでに近づいた。子バイソンが数歩あるいて母バイソンに身をすり寄せていく。老いたバイソン――残った一本だけの角は先端が折れている――が頭を左右にふって鼻息をたてる。雄バイソンが地面の雪を足でひっかいてとりのけ、下から出てきた萎《しお》れた枯れ草を食む。ずっと離れたところから、遠吠えめいた声がきこえた――風だろう、おそらくは。

エイラと旅の道づれはその場を離れ、視界がまた大きく広がった。エイラの目は忍びやかに音もなく、目的にむかって進んでいく四本足の動物たちの姿をちらりととらえた。寄りあつまったバイソンの下方、突きだしたふたつの露頭のあいだを川が流れていた。上流に目をうつすと、バイソンの群れが吹雪から身を隠すためにしばしば訪れる氾濫原が、左右から迫る高い土手で狭まっていた。川は突きだした岩のつくりだすけわしい峡谷を猛然と流れおち、その先でいくつもの水流の速い小さな滝をつくりだしていた。川の水の出口はただひとつ、両側を急斜面にはさまれた隘路《あいろ》――春の洪水が穿《うが》ったもの――で、そこを抜けると川は草原へとそそいでいた。

「かぁぁぁぁえぇぇぇぇるぅぅぅぅぞぉぉぉぉ」

耳のなかでこの言葉の母音がひときわ殷々《いんいん》と豊かに響きわたったかと思うと、エイラはふたたび移動しはじめ、大平原の上をすさまじい速度で飛翔していった。


「エイラ、エイラ、大丈夫か?」ジョンダラーの声がきこえた。

体を激しい痙攣のようなふるえが刺し貫いていったのを感じて、エイラが瞼《まぶた》をひらくと、不安に顔を曇らせてのぞきこんでいる驚くほど青い一対の瞳が見えた。

「ええ……大丈夫……だと思う……」

「どうしたんだ? ラティの話だと、きみは仰向けに寝台に倒れこんだかと思うと、体をこわばらせて、がくがくふるえだしたというぞ。それから眠りこんだんだが、だれがなにをしても、きみは目を覚まさなかったんだ」

「自分でもわからない……」

「いうまでもないが、おまえさんはわしといっしょにいたんだよ、エイラ」マムートの声がきこえて、ふたりは同時に声の方向に顔をむけた。

「あなたといっしょにいた? どこにいたんです?」エイラはたずねた。

老マムートは内心をさぐる視線をエイラにむけ、この女は怯えていると結論を出した。それも当然、あんなことがあるとは予想していなかったのだから。心がまえがあるときでさえ、最初はだれでも恐怖にふるえる。しかし、この女に心がまえをさせようとは思わなかったし、女が生まれながらにあれほどの才をもっているとも思わなかった。この女はわしとちがって、毒茸ソムーチからつくった薬さえ飲まなかった。そのくらいの天賦の才をそなえているということだ。女がわが身を守れるようにするためにも、修練をほどこす必要がある。しかし、それをどう話せと？　下手に話をした結果、この〈ちから〉を一生背負っていかなくてはならない重荷だと感じられてしまっては困る。重い責任をともなうにしても、大切な賜物だと考えてもらわなくては……しかし女神は、その賜物を受けいれる力のない人間に授けることはない。とすれば、母なる大地の女神はこの女になにか特別の使命を授けたにちがいない……。

「わしらがどこに行ったと思うね？」老呪法師《じゅほうし》はエイラにたずねた。

「わかりません。外……あたりは吹雪で……バイソンが見えました……角の折れたバイソン……川のほとりで」

「はっきり見ていたではないか。わしもおまえさんの存在を感じたときには驚かされたよ。しかし、そうなることとくらい事前に見抜いておくべきだった。おまえさんが秘めた力をもっていることはわかっておった。しかり、おまえさんには才という賜物がある。だが、まだ修練や導きが必要だ」

「賜物？」エイラはそういいながら体を起こした。背すじを寒気が駆け抜け、一瞬のこととはいえ全身を恐怖が貫いた。自分の望みはディーギーやほかの女たちとなんら変わらない。つれあいを得て、子らに恵まれること、それだけだ。「どういう賜物なのですか、マムート？」

ジョンダラーは、エイラの顔が青ざめていることに気がついた。両腕を自分の体に巻きつけたエイラはいかにも怯えきっており、いまにも倒れそうなほど弱々しく見えた。エイラを抱きしめたい、エイラを傷つけるものを遠ざけて守ってやりたい、ひたすらに愛したい……そんな気持ちで胸があふれそうになる。エイラはジョンダラーのぬくもりに体をあずけた。不安がいくぶん薄らぐのがわかった。マムートは、このさりげないふたりの相互作用を目にとめると、自分たちの簇に忽然と姿をあらわした若い女の謎について考えるときの材料に、ふたりの関係をつけくわえた。そう、この女はなぜ、わしらの簇にやってきたのだろう？

エイラがライオン簇にやってきたのが偶然の産物だとは、マムートはまったく信じていなかった。なにかが偶然に起こるとか意味もなく起こるとかいう考えは、マムートの世界観にはあまり存在していない。あらゆる事象にはすべて目的があり、自分に理解できるかどうかに関係なく、すべての物事には目的を指し示す部分もあれば、それが起こった理由もある――それがマムートの考えだった。エイラをここに導いてきた裏には、女神なりの目的があったにちがいない。これまでもエイラについて鋭い洞察でいくつかのことを見抜き、またエイラの生い立ちについて多少の知識を得ているいま、マムートはこの女が簇に送りこまれてきた理由のひとつは自分にあるのではないか、と考えていた。また、だれよりもエイラをよく理解できる人間がいるとすれば、それは自分だ、とも思っていた。

「どのような賜物かは、わしにもわからん」マムートはエイラに答えた。「女神の賜物には、じつにさまざま、数多くの形があるのでな。まずおまえさんは、癒しの術という賜物をもらったようだ。動物たちのあつかい……あれも賜物ではないかな」

エイラは笑みを見せた。イーザから学んだ癒しの術が女神からの賜物だとしても、それはいっこうにかまわない。ウィニーとレーサーとベビーが女神からの賜物ならば、女神に感謝したいくらいだ。これまで動物たちをつかわしてきたのは、偉大なる洞穴《ケーブ》ライオンの霊だと信じていたし、そこに女神がかかわっているのかもしれない、とも思っていた。

「それにきょうわかったことをつけくわえるなら、おまえさんには〈遠見〉の才という賜物もあるようだ。女神はおまえさんに、ずいぶん気前よく賜物を授けたようだの」マムートはいった。

ジョンダラーはひたいに憂慮の皺を寄せていた。ジョンダラー自身いつも人から、女神ドニにあまりにも注目されてしまうのは、決して好ましいことではない。ジョンダラー自身いつも人から、おまえが女神にどれだけ贔屓《ひいき》にされていることか、ときかされつづけていた。しかし、それで幸福になったかといえば、そんなことはない。ふいにジョンダラーは、シャラムドイ族で女神に仕える者であった白頭の薬師《くすし》の言葉を思い出した。あのシャムドはジョンダラーにむかって、おまえは女神からたいそう目をかけられたがゆえに、どんな女にも拒まれない男になった、それこそ女神自身もおまえを拒めないほどであって、それがおまえへの賜物だ、と話していた。しかし――そのあとに警告がつづいた――充分に気をつけよ。女神からの賜物は純然たる無償の賜物ではない。ひとつ賜物を授かるたび、女神にひとつ借りができる、と。となると、エイラは女神への借りなのだろうか？

エイラは、マムートがさいごに話した賜物が自分でも気にいっているのかどうか、さだかではなかった。「わたし、女神のことも、女神の賜物のことも知りません。これまではわたしの守護トーテム、ケーブ・ライオンがウィニーをつかわしてきたと思ってました」

マムートは驚いた顔を見せた。「守護トーテムがケーブ・ライオンだと？」

相手の顔つきを見て、エイラは思い出した――女の身でありながら、強大な男トーテムが守護トーテムであることは、氏族の人々になかなか理解してもらえなかった。「はい。モグールがわたしに教えてくれました。ケーブ・ライオンがわたしを選び、体にしるしをつけたのだ、と。しるし、見せます」エイラはそういうとズボンの腰紐をほどいて前垂れをさげ、太腿をあらわにした。鋭い爪でひっかかれた四本の平行な傷。それは、ケーブ・ライオンと遭遇したことをまざまざと物語る傷痕だった。

かなりの古傷、癒えてから長いことたっている傷だ――マムートはそう見抜いた。だとすれば、傷ができたときには、この女はまだまだ年端もいかぬ幼子だったことだろう。そんな幼い少女が、どうやってケーブ・ライオンから逃れたのか？

「どうして、そんな傷を負わされたのだね？」マムートはたずねた。

「覚えていません……だけど、夢で見ました」

マムートは興味をかきたてられ、先をうながした。「夢……と？」

「おりにふれて、くりかえし見る夢です。わたしは暗くて、すごく狭い場所にいます。小さな入口から光が射しこんでて。それから――」エイラは目を閉じて、ごくりと唾を飲みくだした。「なにかが光をさえぎり、わたしは怖くなります。そして、大きなライオンの前足が穴からはいってくる。ものすごく鋭い爪があって。わたしは悲鳴をあげて……そこで、目を覚まします」

「わしも、ついこのあいだケーブ・ライオンの夢を見たばかりでな」マムートはいった。「だから、おまえさんの夢の話に興味がある。わしが夢に見たのは、ケーブ・ライオンの群れだ。夏まっ盛りの暑い日に、草原で日ざしを浴びておったよ。群れには子ライオンが二頭いた。そのうちの一頭、雌の子が雄ライオンと遊ぼうとしはじめた。赤っぽいたてがみをもった、堂々たる雄だったよ。雌の子は前足をもちあげて、そっと雄の顔をぶった――いや、ちょっとさわってみたかったのかもしれん。大きな雄は雌の子を払いのけると、逞《たくま》しい二本の前足で子を押さえつけ、ざらざらした長い舌で子を舐めはじめた」

エイラもジョンダラーも、夢中になって話にききいっていた。

「ところが、いきなり騒ぎが起こった。トナカイの群れがまっしぐらにライオンの群れを目ざして走ってきたのだ。最初はトナカイがライオンを攻撃してきたのかと思った。いや、夢はしばしば、見た目とはまったく異なる意味をもっているからね。しかし、そうではなかった。トナカイの群れはとり乱して逃げているだけだった。ライオンの群れが目にとまると、トナカイの群れは散り散りになった。この騒ぎで、雄の子がトナカイに踏みつけられてしまってな。騒ぎがおわると、雌ライオンは雄の子に近づいて立ちあがらせようとした。しかし、なにをしても雄の子は二度と立ちあがらなかった。それでしまいに雌ライオンも幼い雌の子だけを連れて、群れの仲間とともに、その場を去っていった……」

エイラは衝撃に茫然としたまま、腰をおろしていた。

「どうかしたのか?」マムートがたずねた。

「ベビー! ベビーがその雄の子。わたし、トナカイの群れを追っていました。狩りたてていたのです。狩りのあとで、幼い雄ライオンの子、見つけました。ひどい怪我、してました。その子を洞穴に連れ帰って、癒しました。ほんとうの赤ん坊のように育てました」

「それでは、おまえさんが手ずから育てたケーブ・ライオンは……トナカイに踏みつけられていたと?」

こんどはマムートが衝撃に茫然となる番だった。ここまで来ては、ただの偶然であるはずも、情況が似ているだけだということもありえない。これには、とてつもなく重要な意味が隠されている。最初、自分が見たケーブ・ライオンの夢はなにかの徴《しるし》としての値打ちがあると解釈しなくてはならないと感じていたが、ここにはこれまで把握していた以上の意味が秘められているのだ。これはもはや〈遠見〉の域を越えている。これまでの経験の範囲ではかれる現象ではない。本腰を入れて深く考えをめぐらせねば。それだけではなく、いま以上の知識も必要である。「エイラ、よかったら教えてもらいたいことがあるのだが……」

その会話は、いきなり大声での喧嘩にさえぎられた。

「フラリーのことをなんとも思ってないくせに！　ああ、そうさ、まっとうな花嫁料も出さなかった男だからね、あんたは！」クロジーが金切り声をあげていた。

「そっちこそ、自分の身分がどうなるかってことにしか気がまわらないくせに！　それに、花嫁料が低かったのなんだの、その手の言いぐさにはもううんざりだ！　いいか、だれひとり花嫁料を出さなかったところ、そっちのいうがままに出したのはおれなんだからな！」

「なんの話だい、だれも出さなかったとは？　あんたは、あの子とつれあいにしてくれって頭をさげて頼みこんできたんだよ。フラリーと子どもたちのことは自分が面倒を見るといってね。あたしのことも、自分の炉辺に喜んで迎えいれるって、そういったはず――」

「そのとおりにしただろう？　約束は守ったじゃないか？」フレベクが怒鳴りかえした。

「これでも、あたしを迎えいれたといえるのかい？　いったいいつあんたが、あたしを敬った？　あたしをいつ、母親として大事にしてくれたっていうんだい？」

「それをいうなら、いつおれを敬ってくれた？　おれがなにかいったって、どうせ嚙みついてくるだけのくせに」

「あんたがまともな話をすれば、だれが嚙みついたりするものか。フラリーには、もっとまともな男が似あいだよ。あの子を見てごらん、女神のお恵みをたんともらって――」

「母さん、フレベク、お願いだから喧嘩をやめて」フラリーが口をはさんだ。「わたしはただ眠りたいだけ……」

　フラリーの顔はやつれ、青白くなっていた。エイラにはそのようすが気がかりだった。口喧嘩がますます激しくなっていくにつれて、エイラのなかの薬師の目は、ふたりの口論が身重のフラリーの心痛になっていることを見てとった。エイラは立ちあがると、引き寄せられるように〈鶴の炉辺〉に近づいていった。

「フラリーの具合がよくないこと、あなたたちにはわからないの?」老女クロジーとフレベクがともにちょっとだけ黙りこんだ隙を逃さず、エイラは口をはさんだ。「フラリーに必要なのは助け。あなたたち、助けになってない。かえってフラリーの具合をわるくしてます。これはよくない。こんな喧嘩は、腹に子のいる女にはよくないこと。赤ん坊をなくすことにもなりかねません」

クロジーもフレベクも虚をつかれ、あっけにとられてエイラを見つめていたが、いちはやく立ちなおりを見せたのはクロジーのほうだった。

「ほうら、いったとおりじゃないか! あんたはフラリーのことを気にかけてやしない。この女ならなにか知ってるかもしれないのに、フラリーがこの女と話をするのさえいやがってる。ああ、あの子が赤ん坊をうしなったら、ぜんぶあんたのせいだからね!」

「この女がなにを知っているっていうんだい?」フレベクがせせら笑った。「汚らわしいけだものに育てられた女が、医術のなにを知っていると? おまけに、簇に動物を連れてきやがった。そうとも、この女が動物そのものなんだよ。あんたのいうとおりだ。フラリーをこんな畜人《ちくじん》に近づけてなるものか。この女がどんな悪霊を土盧に連れこんだか、わかったもんじゃない。フラリーの赤ん坊が流れたら、そいつはこの女のせいだね! この女と、呪われた平頭どものせいなんだよ!」

エイラは顔を平手打ちされたかのように感じて、思わずよろよろとあとずさった。強烈な罵倒の言葉に息もできなくなった。簇人のだれもが言葉をうしなっていた。驚きのもたらしたこの静寂のなかで、エイラはのどの奥から苦しげな嗚咽の声をふりしぼるなり、体をひるがえして土盧の出口めざして走っていった。ジョンダラーはエイラと自分のパーカをつかみあげ、あとを追って走りはじめた。

エイラは外に通じる出入口にかかった厚手の帷《とばり》を押しのけ、猛り狂う牙のような風のなかに飛びだした。昼間からいまにも訪れそうな気配をただよわせていた嵐がついにやってきていた――嵐といっても雨も雪も運んではこなかったが、ぶあつい壁をもつ土廬を一歩外に出れば、強風がこれでもかとばかりに吹き荒れていた。北方に氷河という巨大な氷の壁があるために気圧の高低差が生まれ、さらに風をさえぎるものがなにひとつないため、広大な草原地帯の全域にハリケーン級の烈風が吹いていたのだ。

エイラは口笛でウィニーに呼びかけた。すぐ近くから、応《いら》えのいななきがきこえた。つづいて土廬の側面の闇の奥から、雌馬とその子馬が姿をあらわした。

「エイラ！　こんなに風が強いのに、まさか馬に乗って遠出をしようというんじゃないだろうな！」ジョンダラーは土廬から外に出ると、そう声をかけた。「さあ、パーカをもってきた。外は寒いから着るといい。もう凍えているじゃないか」

「ああ……ジョンダラー……わたし、もうここにはいられないわ」エイラは泣きながらいった。

「とにかくパーカを着るんだ」ジョンダラーは強くいうと、パーカを頭からかぶるエイラを手伝い、そのあと両腕で抱きしめた。いずれは、先ほどフレベクが起こしたような騒ぎが起こるだろうと覚悟していたし、それがもっと早く起こっても当然だと考えてもいた。エイラがみずからの生い立ちを隠さずに話していたのだから、いずれは起こることだった。「だからといって、いまここを立ち去るわけにはいかないぞ。こんな天気なんだから。そもそもどこに行くと？」

「わからない……どこだっていい」エイラはしゃくりあげた。「とにかく、ここから遠く離れたいだけ」

「ウィニーはどうする？　レーサーは？　こんな強い風じゃ、馬を連れだすわけにはいかないぞ」

エイラはその質問には答えず、ジョンダラーの体にしがみついた。しかし意識のべつの部分では、二頭の馬が土盧の外壁のすぐ近くに身を隠す場所を見つけたことに気づいてもいた。こうした悪天候のおりには、以前なら二頭を洞穴でかくまってやったものだし、二頭もそれに慣れている。しかし、いま洞穴に入れてやれないことが気がかりだった。ジョンダラーの言葉にも一理ある。こんな天気の夜に旅立つのは無理だ。

「ここに身を寄せていたくないの」エイラはいった。「天気がよくなったら、すぐにでも谷にもどりたいわ」

「きみが望むのなら、それもいい。いっしょに帰ろう。天気がよくなったらね。だけど、とりあえずいまは住まいにもどろうじゃないか」

12

「こんなにたくさん、氷が毛にこびりついちゃって……」エイラはそういって、ウィニーの長く伸びた毛にまとわりついた氷の粒を払い落とそうとした。馬は鼻を鳴らして、あたりの凍てついた朝の空気に温かな水蒸気を白く噴きだした。白い呼気は激しい風にたちまち吹き散らされた。激しい嵐は過ぎ去っていたが、空にはいまもなお不気味な雲が重く垂れこめていた。

「そうはいうが、冬のあいだも馬はいつも外にいるじゃないか。洞穴で暮らしている馬なんか見たこともないぞ」ジョンダラーは、筋道立った話しぶりを心がけながらいった。

「でも、天気がわるいときに雨風をよけられるところに身を寄せていても、冬のあいだにはたくさんの馬が死ぬわ。それにウィニーとレーサーは、暖かくて乾いた場所が欲しくなれば、いつでもそういう場所にいられたのよ。群れで暮らしたことがないし、いつも外においておかれる暮らしには慣れていない。馬にとって、ここは住みやすい場所じゃないわ……わたしにとっても住みやすくはないし。その気になった

ら、いつでもここを旅立っていいといったわね？　わたし、いますぐ谷にもどりたい」

「エイラ、ここの人たちはおれたちを歓迎してくれたじゃないか？　ほとんどの人から親切にしてもらってると思うぞ」

「ええ、こころよく迎えいれてくれたわ。それにマムトイ族の人たちは、わたしたちに親切にしてくれている。でも、わたしたちはしょせん客人だし、そろそろ引きあげる潮時だと思うの」

ジョンダラーはひたいを憂慮に曇らせて顔を伏せ、落ち着きなく両足を動かした。なんとか言葉をかけたい。しかし、なにをどういえばいいのかわからなかった。「エイラ……ええと……前にも話したような……きみが……ええと……どういう人たちといっしょに……暮らしていたかを明かしたら……いずれこういうことが起こるかもしれない、と。たいていの人たちは……あの……連中のことを、きみとおなじようには考えていないし」ふっと顔をあげて、こうしめくくる。「だから、きみがあんなことを口にしなかったら……」

「氏族の人たちがいなかったら、わたしは幼くして死んでいたのよ！　そんなわたしの世話をして育ててくれた氏族の人たちのことを、恥ずかしいから隠せといいたいの？　もしやイーザはネジーとはちがう、人間よりも劣るといいたいわけ？」エイラは烈火のごとく怒っていた。

「いや、ちがう、そういうことじゃない。恥ずかしいから隠せとか、そんなことをいいたいんじゃない。おれはただ……その……どうせ理解してくれないんだから、そんな人たちにあえて話すことはないじゃないか、といいたいだけさ」

「あなたにだって理解できているかどうか、わかったものじゃないわね。人から生まれ育ちを質問されたら、いったいだれの話をすればいいと？　どこの一族の出身か、とか、どこの土地から来たのか、ときかれたらどう答えろと？　たしかに、わたしはもう氏族の一員じゃない。ブラウドに呪いをかけられて、死者の仲間いりをさせられたから。でも、こんな目にあうくらいなら、いっそほんとうに死んでいればよかった！　氏族の人たちは、なにはともあれ、わたしが薬師《くすし》だということだけは受けいれてくれた。あの人たちなら、助けが必要な女の人を助けるのに邪魔はしないはずよ。あなたにわかるの――苦しんでいる女の人がいるのに助けを禁じられるのが、どれほど胸の痛むことか！　わたしは薬師なのよ！」エイラは、自分ではいかんともしがたいことから来るもどかしさを大声で吐きだすと、怒りもあらわに二頭の馬に向きなおった。

ラティが土廬《つちいおり》の出入口から外に出てきて、エイラと二頭の馬がいっしょにいるところを目にとめた。

「なにをお手伝いすればいい？」ラティは満面の笑みでたずねてきた。

そういえば、きのうの夜この子に馬の世話の手伝いを頼んだのだった――エイラはそう思い出して、気をとりなおそうとしながら、「いまは手伝いがいらないみたい。もうここでは暮らさないから。じき谷にもどるの」と少女にもわかるマムトイ語で話しかけた。

ラティは落胆の顔になった。「そう……だったの……だったら、邪魔になっちゃうわね」少女はそういうと、アーチ状の出入口に引きかえしはじめた。

エイラはその失望ぶりを見てとり、こういった。「でも、馬の毛を梳《す》く仕事があるわ。ほら、氷がいっぱいついているから。きょうは手伝ってもらえる？」

「うん、もちろん」ラティは笑顔をとりもどした。「どうすればいい？」

「あそこを見て。土廬のそば。枯れた草がある」

「この鬼なべなのこと？」ラティはそういって、いちばん上に棘《とげ》のある小さな球がついている、枯れて固くなった草を拾いあげた。

「そう。川の土手でとってきたの。いちばん上の球が毛梳きにちょうどいい具合なのよ。こんなふうに、ここを折る。手は小さな皮を巻くといい。そのほうがもちやすいから」エイラはそう説明してからラティをレーサーのもとに連れていき、鬼なべなをどんなふうに手にもって、どんなふうに若馬の毛足の長い冬用の被毛を梳いたらいいか、実演してみせた。レーサーがこの見なれない少女に慣れるまで、ジョンダラーがそばにいて馬の気をなだめてくれることになり、エイラはウィニーのもとに引きかえして、その体にへばりついた氷を割っては払い落とす仕事にかかった。

ラティが来てくれたおかげで、簇《むら》を出ていくという話が――このときばかりにせよ――中断され、ジョンダラーは内心で胸を撫でおろしていた。いわなくてもいいことまで口にしてしまった、それもひどいことをいってしまったという自覚はあったし、いまはなんの言葉も思いつかない状態だった。こんな状態のまま、ここから旅立ちたくはない。いま引きかえしたら、エイラはもう一生谷から出たくないといいだしかねないからだ。エイラを愛してはいたが、これからの一生をずっとふたりだけで過ごしていけるのかどうかは自信がない。おなじことはエイラにもいえる。これまでのところ、エイラは人々にうまく溶けこんできた。どこだろうと、造作もなく自分の居場所を見つけられるはずだ。たとえ相手がゼランドニー族であっても。せめて、あの話さえおおっぴらにしなければ……とは思うのだが、エイラの言いぶんは正しい。どんな一族の出自なのかを質問されたら、エイラがどう答えればいいと？　エイラをゼランドニー族のもとに連れていけば、だれもがその質問をすることくらいわかりきっている。

「いつもこんなふうに、馬の体から雪を落としてあげてるの？」ラティがエイラにたずねてきた。

「いいえ、いつもではないわ。谷にいたころは、天気がわるくなると、馬を洞穴に入れてあげていたから。でもここでは、馬の居場所がないでしょう?」エイラはいった。「もうすぐみんなと、さよならをしないと。谷にもどるつもり。天気がよくなってきたら」

土盧のなかでは、ネジーが炊《かし》きの炉辺を通り抜け、外に出ようとして玄関の間にたどりついたところだった。外に通じるアーチ状の出入口までたどりつき、エイラとラティの話し声をききつけるなり、ネジーは足をとめて耳をそばだてた。ゆうべあんな騒ぎがあったことで、エイラが簇を出るといいだしはしないかと、ネジーはずっと気を揉んでいた。エイラがいなくなれば、ライダグや簇人《むらびと》への手ぶり言葉教室もなくなってしまう。すでにネジーは、人々のライダグへの接し方が前と変わっており、みんながライダグに話しかけていることに気がついていた。もちろん、フレベクだけは例外だが。タルートに頼みこんで、あの人たちをこの簇に住まわせたことが、いまさらのように悔やまれたが……わたしが頼みこまなかったら、いまごろフラリーはどこにいたのか?　いまフラリーは体調を崩している。赤ん坊を身ごもっていることが体にこたえているのだ。

「なんでさよならしなくちゃいけないの?」ラティがエイラにそうたずねていた。「ここでだって、馬が雨風をしのぐ場所をつくれるのに」

「そのとおりだよ」ジョンダラーがわきからいいそえた。「出入口のそばに、天幕や差し掛け小屋をつくるのはわけないことだ。それがあれば、風や雪がいちばんひどいときにも、馬を守ってやれるしな」

「でも、けだものを住まいの近くにおくのはフレベクがいやがると思うけど」エイラはいった。

「いやがるのはフレベクひとりだぞ」ジョンダラーがいった。

「でも、フレベクはマムトイ族のひとり。わたしはちがうわ」

この発言を否定できる者はひとりもいなかったが、ラティだけは、自分のライオン簇を恥じる思いに顔を赤らめていた。

土廬のなかでは、ネジーがあわててタルートのもとに引きかえしていた。タルートはちょうど目を覚まして毛皮をはねのけ、その大きな足を寝台からふりだして腰かける姿勢をとったところだった。ぼりぼりとひげを掻き、両腕を思いきり上に突きだして大きく口をあけ、派手なあくびをひとつすると、タルートは痛みに顔をしかめて、ひとしきり頭を両手でかかえこんだ。それから顔をあげてネジーに目をとめ、恥ずかしげな笑みをのぞかせた。

「ゆうべは酒《ボウザ》を飲みすぎたようだ」タルートはそういって立ちあがり、チュニックを手にとって身につける。

「タルート、エイラは天気がよくなったら、すぐにでもこの簇を出発するつもりになってるよ」ネジーはいった。

大男タルートは顔をしかめた。「そんな気を起こすのではないかと案じていたんだよ、おれも。まことに残念だ。できれば、いっしょに冬越えをしたかったがね」

「なんとかしてあげられないのかい？　だいたい、ほかのみんなはエイラたちにいてほしいと思ってるのに、フレベクひとりが癇癪を起こしただけで、なんであの人たちが出てかなくちゃならないの？」

「どんな手を打てばいいのやら。もうエイラと話をしたのか？」タルートはネジーにたずねた。

「いいや。外で話してるのを立ち聞きしたんだよ。エイラはラティに、ここでは馬が雨風をよけられる場所がない、前は天気がわるくなると馬を洞穴に入れてやってた、って話してた。それをきいたジョンダラーが、出入口のそばに天幕を張るとかすればいいといったんだけど、エイラは、フレベクが住まいの近くにけだものをおくのをいやがるはずだ、と答えてたわ。〝けだもの〟って、馬のことじゃないと思う」

タルートが出入口にむかって歩きだし、ネジーもつづいた。

「馬のために、なにかつくってやってもいいかもしれないな」タルートはいった。「しかし、ここを出ていきたい気持ちが強かったら、エイラを無理に足止めするわけにはいくまい。エイラはマムトイ族の一員でさえないのだし、ジョンダラーはゼラ……ゼーラ……とかなんとかいう一族の者だからね」

ネジーがタルートを引きとめた。「エイラをマムトイ族にしてあげるわけにはいかない？　あの人は自分で、〝一族をもたぬ者〟だと話してた。エイラをこの一族として認め、そのあとあんたとトゥリーで、あの人をライオン簇の一員だと正式に迎えいれる儀式をするというのは？」

タルートは足をとめ、考えをめぐらせた。「それはどうかな。だれでもかれでも、マムトイ族にするわけにはいくまい？　まず簇の全員が同意する必要があるし、そのあと〈夏のつどい〉の簇長会《むらおさかい》で説明するのだから、それなりにもっともな理由も必要だな。そもそも、エイラは自分で出ていくといっているのだろう？」

タルートはそういって帷《とばり》を押しあげ、用を足すために急いで雨裂にむかった。

ネジーは出入口を出たすぐの場所に立ったまま、遠ざかっていくタルートの背中をしばし見おくったのち、背の高い金髪のエイラに視線をむけた。いまエイラは枯れ草色の馬のぶ厚い被毛を梳いているところだった。その姿をこれまで以上に真剣に見つめながら、ネジーはエイラがほんとうは何者なのだろうかと思った。南方の半島で家族をうしなったのなら、マムトイ族の一員であっても不思議はない。ベラン海近くで夏を越す簇はいくつかあるし、半島はそこからも遠くないからだ。しかし、なぜとはわからないままネジーはそれを疑わしく思った。マムトイ族の人々は平頭の領分をよく知っており、掟の命じるとおり、そのそばには近づかない。それにエイラには、どことなくマムトイ族らしからぬところもある。エイラの一族は、シャラムドイ族――西の川ぞいに住む人々で、ひとときジョンダラーが身を寄せたと話していた一族――なのかもしれないし、北東に住むサンガエア族かもしれないが、彼らが南の海にまで達するほどの遠征をするのかどうか、ネジーは知らなかった。エイラの一族が、まったくちがう土地からやってきた旅の者だとも考えられる。はっきりとは断言できないが、ひとつだけ確実にいえることもあった。エイラは断じて平頭ではない……にもかかわらず、彼らはエイラを受けいれたのである。

バルゼクとトルネクが土廬から外に出て、そのあとからダヌーグとドルウェズがつづいた。四人ともが、エイラから教わったとおり手ぶり言葉でネジーに朝の挨拶をしていった。いつしか、これがライオン簇の習わしになっていたし、ネジーはその風潮を奨励していた。つぎに出てきたライダグも手ぶりでネジーに朝の挨拶をし、笑顔を見せた。ネジーもおなじ手ぶりをして笑みをかえしたが、少年を抱きしめるなり、その笑みがかき消えた。ライダグはいかにも具合がわるそうだった。腫れぼったい顔は青ざめ、いつも以上に疲れたようすだった。体調を崩しているのかもしれない。

「ジョンダラー、そこにいたのか！」バルゼクがいった。「投槍器《とうそうき》をひとつつくってみたんだ。これから上の草原に行って、試してみるんだよ。トルネクはゆうべ飲みすぎて頭が痛いといってたから、すこし体を動かせば頭痛もとれると話したんだ。よかったら、あんたも来てもらえないか？」

ジョンダラーはちらりとエイラに目をむけた。きょうの朝のうちに、ふたりでなにかを決めるような雲ゆきではない。レーサーも、ラティに世話をされることで満ちたりたようすを見せていた。

「ああ、わかった。おれは自分の投槍器をもってくるよ」ジョンダラーはそう答えた。

ジョンダラーを待つあいだ、エイラはラティがダヌーグとドルウェズの気を引こうとしているのに、ふたりともが少女を無視していることに気がついた。ひょろ長い体の赤毛のダヌーグのほうは、恥ずかしげな笑みをエイラにむけている。やがてふたりが男たちと肩をならべて去っていくと、ラティは兄と従兄の背中をつまらなそうな顔で見おくった。

「まったく、わたしを誘ってくれたっていいのに」ラティは小さくつぶやくと、一心不乱にレーサーの毛を梳きはじめた。

「投槍器のつかい方を覚えたい？」エイラはラティにたずねた。いっしょに行きたい気持ちを嚙みしめながら、出発していく狩人たちを見送っていた幼い日の自分が思い出された。

「わたしを誘ってくれてもよかったのに。輪投げでも投げ矢でも、いつもわたしがドルウェズに勝ってるんだし。でも、きょうはあのふたり、わたしを見ようともしなかった」ラティはいった。

「教えてあげてもいいわ。馬の毛を梳きおわったら」エイラはいった。

ラティはさっと顔をあげてエイラを見つめた。エイラが投槍器と投石器の両方で見せた妙技はまざまざと覚えていたし、ダヌーグがエイラに笑みをむけていたことにも気づいていた。ついで、こんな思いが頭に浮かんだ。エイラは人の注目を引こうとしたわけじゃない。前に進みでて、自分のやりたいことをやっただけ。しかし、それがあまりにも巧みだったので、人々はエイラに注目するようになったのだ。

「お手本を見せてもらいたいわ」ラティはいい、しばらく口をつぐんだのち、こうたずねた。「どうやって、あんなに上手になったの？　その……投槍器や投石器が」

エイラはちょっと考えこんでから答えた。「上手になりたいと強く思っていて……それで……いっぱい練習をしたのよ」

タルートが川の方角から近づいてきた。髪の毛とひげが濡れ、目は半分閉じている。

「頭が痛くてたまらん」そういってタルートは、大仰にうめいてみせた。

「タルート、なんだって頭を濡らしたりしたの？　こんな天気なんだから、病気になっちまうよ」ネジーがいった。

「最初っから病気だよ。どうにかして頭痛を追い払いたくて、頭を冷たい水につけてみたんだ。ああ、頭ががんがんする」

「無理じいされて飲んだわけでもあるまいし。さあ、なかにはいって頭を乾かしといで」

エイラは心配しながらタルートを見つめた。そのタルートにネジーがほとんど同情を見せていないことには、わずかながら驚かされた。そういえばエイラ自身も、起きたときに頭痛がして、すこし胃がむかむかしていた。あの飲み物のせいだろうか？　みんなが大好きな酒《ボウザ》のせい？

ウィニーが頭をかかげて、ひと声いななき、エイラに体当たりをしてきた。二頭の被毛は氷で覆われていて、その重みもかなりあったが、それでも馬の体が傷ついていることはなかった。しかし二頭とも毛を梳いて、世話をしてもらうことを楽しんでいるようだった。いまウィニーはエイラが手を休め、物思いにふけっていることに気がついたのだ。

「ウィニー、よしなさい。もっとかまってほしいだけでしょう？」エイラは、馬と心を通わせあうときのいつもの方法でそういった。

前にも耳にしていたとはいえ、エイラがウィニーのいななきを完璧にまねるのを耳にして、ラティはちょっと驚かされた。それに、エイラが手ぶり言葉をつかっていることにも気がついた。いくぶん見なれてきたとはいっても、まだその手ぶりの意味を正確に理解できている自信はなかった。

「ほんとに馬と話ができるんだ！」ラティはいった。

「ウィニーはわたしの友だちだから」エイラは馬の名前をジョンダラーの発音どおりに口にした。名前の由来になった鳴き声をまねするよりも、こうしてはっきりと言葉でいったほうが簇人にはわかりやすいからだ。「ずっとずっと長いあいだ、ウィニーだけが友だちだったの」エイラはまずウィニーの体を軽く平手で叩き、ついでレーサーの被毛に目を走らせてから、こちらの体も叩いてやった。「毛を梳くのは、これで充分。投槍器をもってきて、練習に行きましょう」

　ふたりは土盧にはいっていくと、みじめなようすのタルートの前を通りすぎて四番めの炉辺にむかった。投槍器と数本の槍を手にして外にむかいかけたところで、エイラは自分の頭痛を鎮めるためにつくったヤロウのお茶が残っていることに気がついた。鬼なべなの近くにこの薬草が立ち枯れたままになっていた。花はすっかり乾き、けばのある葉も乾燥してもろくなっていたが、まだ茎についてはいた。新鮮な材料でお茶をつくれば、心地よい刺戟と芳香が楽しめるが、川べりに生えているヤロウは雨風にさらされて、すでに薬効をうしなっていた。しかしこれを見てエイラは、以前に下処理をして乾燥させたヤロウが手もとにあることを思い出した。頭痛だけではなくて胃のむかつきも感じたので、柳の樹皮も入れた。

　これならタルートの頭痛にも効くかもしれない、とエイラは思った。しかしあれだけの痛がりようだと、とりわけひどい頭痛用にと用意してあった麦角《ばっかく》を調合するのもいいかもしれない。ただし、あれはすこぶる強力な薬だ。

「これを飲んでください、タルート。頭痛に効きます」外にむかう途中、エイラはそう声をかけた。タルートは弱々しくほほえんで椀をうけとると、中身の薬草茶を飲み干した。効き目を期待していたわけではない。だれからも同情してもらえそうもないところに、エイラだけが気づかってくれたのがうれしかったのだ。

　金髪のエイラと少女ラティは、いっしょに斜面をあがっていった。目ざすのは腕くらべがおこなわれた場所、草が踏みならされているところだ。平坦に広がる草原にたどりつくと、腕くらべ場の片側で先に出発していった四人の男たちが練習している光景が目にとまった。エイラとラティは反対側にむかった。そのあとから、ウィニーとレーサーがついてくる。ラティが笑みをむけると、焦茶色のレーサーはいななき、頭をはねあげた。しかしエイラがラティに槍の投げ方を教えはじめると、レーサーは落ち着いて母馬のとなりに行き、草を食みはじめた。

「持ち方はこう」エイラはそういって、六十センチほどの長さの細長い木製の器具を、まっすぐ水平にかまえて見せた。先端にあるふたつの皮の輪に、右手の人さし指と中指を通す。「それから、槍をこうおくの」

いいながらエイラは、器具の中央にそって先端から後端まで刻まれている溝に、一メートル八十センチはありそうな槍の柄をはめこんだ。ついで槍の後端部を——矢羽をそこなわないように注意しながら——投槍器の後端に槍押さえとして刻みこまれた鉤にひっかける。それがすむとエイラは槍をしっかりと固定したまま、大きく腕をうしろにふり、ひと思いに前に突きだして槍をはなった。細長い投槍器が反動で跳ねあがって前方に飛びだしたことで長さが増し、梃子《てこ》の力もそこにくわわった。槍はかなりの速さと威力で空《くう》を切って飛んでいった。エイラは投槍器をラティに手わたした。

「これでいい？」ラティは、エイラの説明どおりに投槍器を手でかまえた。「槍はこの溝に入れて……指をこの輪っかに通して槍を押さえる……槍のお尻はこのうしろの飛びでたところにあてるのね？」

「ええ、上手よ。さあ、投げてみて」

ラティの投げた槍は、かなり遠くまで飛んでいった。

「そんなにむずかしくないわね」自分の腕前がうれしくて、ラティはそういった。

「ええ。槍を投げるのはむずかしくない」エイラはうなずいた。「むずかしいのは、思いどおりの場所に槍を当てること」

「狙いをつけて、そのとおりの場所に投げることとね。矢をうまく輪のなかに命中させるようなものでしょう？」

エイラはほほえんだ。「そう。練習が必要ね――矢を……輪のなかにうまく……うまく輪のなかに命中させるには」

急に口ごもったのには理由があった。男たちがなにをしているのかを見にきたのだろう、フレベクの姿が目にはいって、いきなり自分の言葉づかいに気おくれを感じたのだ。いまだにこの言葉をすらすらと話せなかった。これにも練習が必要だ、とエイラは思った。しかし、どうでもいいではないか？　どうせ、ここに住みつくわけではないのだから。

エイラの指導のもとで、ラティは練習を重ねた。ふたりとも没頭していたせいで、男たちがこちらに近づいてきて足をとめ、練習風景に見いっていることにも最初はまったく気がつかなかった。

「いいぞ、ラティ！」少女がはなった槍が的に命中したのを見とどけて、ジョンダラーがそう声をかけた。「このぶんだと、だれよりも上手になるかもしれないな！　若いふたりはもう練習に飽きて、きみの練習を見物したいみたいだぞ」

ダヌーグとドルウェズは身のおきどころのなさそうな顔になった。ジョンダラーの揶揄《やゆ》の文句にも、いくばくかの真実があったらしい。しかし、ラティは喜びに輝くような笑みを見せた。「うん、わたし、だれよりもうまくなってみせる。そうなるまで練習をつづけるわ」

やがて一日ぶんの充分な練習をすませると、一同は土盧へと引きかえした。あとすこしで、出入口にしているマンモスの牙のアーチにたどりつくときに、いきなりタルートが飛びだしてきた。「エイラ！　やっと帰ってきたか。さっきくれたお茶には、いったいなにがはいっていたんだ？」いいながらタルートはエイラに詰め寄ってきた。

エイラはたじたじとなってあとずさった。「ヤロウと、アルファルファをすこし、それから木苺の葉を少々……それに……」

「ネジー！　きいてたか？　つくり方をしっかりきいておけよ。さっきのお茶で、おれの頭痛がすっかり消えちまった！　生まれ変わったような気分だよ！」タルートは周囲を見まわした。「ネジー、どこにいるんだ？」

「さっきライダグを連れて、川のほうに行ったわ」トゥリーが答えた。「けさはライダグが、なんだか疲れているみたいに見えたの。それで、きょうはあまり遠くに行かせないほうがいいとネジーは思ったんだけど、ライダグがいっしょに行きたいといいはって……いいえ、ネジーのそばを離れたくないっていってたのかもしれない……わたしには、手ぶり言葉がよくわからないから。で、いってあげたの。それならわたしも行って、ライダグでも汲んだ水でも、運ぶのを手伝うって。これから、その手伝いにいくところ」

トゥリーの発言にエイラが注意を引き寄せられた理由は、ひとつだけではなかった。幼いライダグの健康が心配だったが、それだけではない。トゥリーのライダグへの態度がわずかに変化していることが感じられたのだ。これまでのようにただ〝あの子〟と呼ぶのではなく、ちゃんとライダグという名前で呼んでいるばかりか、そのライダグがなにを話したのかまでを口にしている。つまりトゥリーは、ライダグをひとりの人間として認めるようになったのだ。

「な、なんだ……」タルートは言葉につまった。ネジーが自分のすぐ近くにいないことに一瞬驚きを感じ、ついで近くにいて当然と思っていた自分が恥ずかしくなって、思わず小声で笑いを洩らす。「じゃ、おれにつくり方を教えてもらえるかな、エイラ?」

「ええ」エイラは答えた。「お教えします」

タルートは喜びを顔に出した。「酒をつくるなら、翌朝飲むための薬のことも知っておくべきだな」

エイラはほほえんだ。雲つくような大男だというのに、簇長《むらおさ》をつとめるこの赤毛の巨漢にはなにがなし愛らしいところがある。しかし、怒りに燃えたときは恐ろしい男にもなれるはずだ。ただ膂力《りょりょく》があるだけではなく、すばやく機敏に動くこともでき、頭の切れはだれにも否定できないほどだが、タルートにはやさしい一面があった。怒りはなるべく抑えようとした。他人をだしにして冗談を叩くことは決してきらいではなかったが、自分の愚かしさを笑いものにすることも多かった。簇人たちが困っていれば心から親身に対処したし、同情の念をむける相手は自分が統《す》べる簇にかぎられなかった。

そこにいきなりかん高い悲鳴が響いて、一同は川の方角に目をむけた。そちらをひと目見るなり、エイラは斜面を駆けあがっていった。そのあとを数人の人々が追いかける。ネジーが地面に横たわる小さな人影の近くに膝をつき、痛ましげな声を張りあげていた。その近くではトゥリーが動顚《どうてん》もあらわに、なにもできないまま立ちすくんでいる。その場にたどりついたエイラは、ライダグが気をうしなっていることを見てとった。

「ネジー?」エイラはそう声をかけ、なにがあったのかを目顔で問いかけた。

「この斜面をのぼってたのさ」ネジーは説明をはじめた。「途中でこの子、息が苦しいといいだしたんだ。だから背負ってやろうと思って水袋をおろしたら……この子が急に苦しそうに叫びだしてね。で、見てみたら、こうやって地面に倒れてたんだよ」

エイラはかがみこんで、注意深くライダグのようすを観察していった。胸に手をあて、耳をあてがって音を確かめてから、あごのすぐ下の首すじを指先でさぐった。それからまず憂慮の目をネジーにむけ、その目を女長《おんなおさ》のトゥリーにうつす。

「トゥリー、ライダグを土盧に運んでちょうだい。〈マンモスの炉辺〉まで。急いで！」エイラはそう命じた。

それからエイラはひとり走って土盧にもどると、アーチ場の出入口から猛然と駆けこんだ。自分の寝台の足側にある段に駆け寄って持ち物をさぐり、川獺《かわうそ》一匹の皮を剝《は》いで形を残したまま つくった珍しい袋を見つけだすと、その中身を寝台に一気にあけた。流れでた数多くの包みや小袋を、つぎつぎに調べていく。入れ物の形や、袋の口を縛っている紐の種類や色、それに紐の結び目の数やその間隔が中身を示していた。

エイラの頭は高速で回転していた。心臓、あの子の病は心臓のもの。音がおかしくなっていた。なにをすればいい？　心臓のことはあまりよく知らない。ブルンの統べる氏族には、心臓を病んでいる者はいなかった。イーザから教わったことを思い出さなくては。氏族会で出会った薬師のなかに、心臓の病をもつ仲間がふたりいるという薬師がいた。まず、どこがどうおかしいのかを考えること——イーザはいつもそういっていた。ライダグはまっ青で腫れぼったい顔をしており、息が苦しそうになっている。痛みを感じており、脈は弱い。となると心臓をもっと働かせて、もっと強く血を押しだすようにさせてやらなくては。となると、なにをつかえばいい？　曼荼羅華《ダチュラ》だろうか？　いや、ちがう。ではヘレボルスの根？　ベラドンナ？　ヒヨス？　ジギタリスは？　効き目の強い薬草だ。ライダグを殺すかもしれない。しかし、心臓をふたたび動かせるほど強い薬をつかわなければ、ライダグはまちがいなく死んでしまう。となると……つかう量はどのくらいだろう？　煎じるのか、それとも水にひたす？　イーザの方法を思い出すことさえできれば！　ジギタリスはどこ？　そもそも、手もとにあったのか？

「エイラ、なにがあったんだね？」その声に見あげると、マムートが立っていた。

「ライダグが……心臓の具合わるくして。あの人たち、ライダグをここに運んできます。わたし……ある草の葉をさがしてます。茎が高くまで伸びて……花は垂れさがる……紫色……花の内側に赤い斑点があります。大きな葉で……裏が毛皮のような手ざわり。心臓を……ぐっと押す効き目がある葉。知っていますか？」エイラは自分の語彙のすくなさに歯がみをしたくなったが、思っていたよりは、相手にうまく伝わったらしい。

「もちろん。狐手袋《きつねのてぶくろ》、別名ジギタリスともいうな。薬効はすこぶる強く……」マムートが見ていると、エイラは目を閉じ、深々と息を吸いこんでいた。

「そうです。でも必要なのです。考えなくては……用量を……あ、この袋！　イーザから、いつももち歩けといわれていました」

ちょうどそのとき、トゥリーが幼い少年を運びこんできた。エイラは寝台から自分の毛皮を剝ぎとると、炉の近くの地面に広げ、少年をそこに横たえるようトゥリーに指示した。そのすぐうしろからネジーがやってきた。まもなく簇人の全員がまわりにつめかけた。

「ネジー、ライダグのパーカを脱がせて。服をひらくの。タルート、これでは人が多すぎます。もっと下がるように」知らず知らずのうちに、エイラは人々に命令を出していた。それから手にした皮の小袋の口をひらいて中身のにおいを鼻で確かめ、不安な面もちで老咒法師《じゅほうし》を見あげた。ついで意識をなくした少年を見おろしたとき、エイラの顔は固い決意に引き締まっていた。「マムート、熱い火がいります。ラティ、焼け石と水のはいった鉢、それに茶椀をもってきて」

ネジーがライダグの服を脱がせているあいだ、エイラはまた毛皮をもってきて枕がわりにし、少年の頭が高い位置にくるようにした。タルートは、ライダグが空気を吸えてエイラが動けるよう、簇人たちに下がっていろと命じていた。ラティは不安な顔でマムートが熾《おこ》した火に燃料をくべたし、すこしでも石を熱く焼こうとしていた。

エイラはライダグの脈を確かめた。簡単にはさぐりあてられないほど弱い。耳を胸にあてる。呼吸は浅く、〝ぜいぜい〟という雑音がまじっていた。いますぐ手当てが必要だ。エイラはライダグの頭を大きくのけぞらせて空気の通り道を確保すると、以前ヌビーにしてやったように、ライダグの唇にみずからの唇を重ね、吸いこんだ空気を少年の肺に送りこんだ。

マムートは、そんなエイラをしばし観察していた。癒しの術をそれほど心得ているようには見えない若さだし、なるほど、心を決めかねて逡巡している瞬間はあったが、それももう過ぎ去っていた。いまエイラは落ち着き、注意をすべて少年に集中させ、静かな威厳をただよわせつつ命令をくだしている。

マムートはひとりうなずくと、マンモスの頭蓋骨の太鼓のうしろに腰をおろし、慎重に計算した間合いで曲を打ちはじめ、同時に低い声で詠歌を歌いはじめた。不思議なことに、これにはエイラが感じていた緊張をいくらかやわらげる効果があった。たちまち簇人たちが、いっしょになって癒しの詠歌を口ずさみはじめた。こんな形で自分たちも助けになっていると実感できたことで、簇人たちの緊張もやわらいでいった。トルネクとディーギーがそれぞれの楽器で参加し、ラネクがマンモスの牙でつくった輪がいくつも組みあわされて、きれいな音をたてる品をもって姿をあらわした。太鼓と詠唱と輪の鳴る音がひとつになった楽の音は、決して大きくもなければ、ほかの物音を圧倒するほどでもなかったが、穏やかな拍を刻みつつ、人の心を鎮めていった。

ようやく湯が沸き、エイラは乾燥させたジギタリスの葉の粉の量をはかって手のひらに載せ、鉢にはいった沸きたつ湯のなかに散らした。薬効成分が湯にしみだすのを待つあいだ、心を落ち着かせようとした。やがて湯の色と天性の勘が、いまこそその瞬間だと告げてきた。エイラは煮炊き用の鉢から湯を椀にそそぐと、ライダグの頭を膝の上に抱きかかえ、いっとき両目を閉じた。軽々しくつかえる薬ではない。分量をまちがえれば、ライダグは死ぬかもしれないのだ。おまけに、効き目の強さは葉の一枚一枚で異なっている。

瞼《まぶた》をひらくと、鮮やかな青い一対の瞳があふれんばかりの愛と気づかいをたたえて、じっとエイラを見かえしていた。エイラはその目のもちぬし、ジョンダラーに感謝の笑みをちらりと送ると、椀を口もとにもちあげて中身に舌先をひたし、薬の濃さを確認した。それから、この苦い液体のはいった椀を幼い少年の口にあてがった。

最初のひと口こそむせたものの、それでライダグはうっすらと目を覚ました。エイラの顔を目にとめると笑みを見せようとしたが、すぐにその顔は苦痛に激しく歪んでしまった。エイラは慎重に薬を飲ませながら、少年の反応を見守った――皮膚の温度や色の変化、目の動き、息の深さ。ライオン簇の人々も固唾《かたず》をのんで見まもっていた。こうしてライダグの命が危険にさらされたいま、簇人たちはこの少年が自分たちにとって、どれほど大切な存在になっているかにはじめて気づかされていた。自分たちのなかで成長し、自分たちの一員である少年。最近になって、この少年が自分たちとそれほど変わらないことにも簇人たちは気づいていた。

太鼓の刻む拍や詠唱がいつやんだのか、エイラはまったく気がつかなかった。しかし、土廬の緊迫した静けさのなかで、ライダグが深々と空気を吸いこむかすかな音は、しかし勝利の雄叫びのごとく響きわたった。

二回めに深呼吸をすると、ライダグの顔色がわずかに回復してきたことが目にとまり、エイラの不安がわずかに減ってきた。太鼓が先ほどとは異なる調子で拍をふたたび刻みはじめ、ひとりの子どもが泣きだし、あちこちから低い話し声がきこえた。エイラは椀を下において、ライダグの首すじで脈を確かめ、つづいて胸に手のひらをあてた。先ほどよりも楽に息ができるようになっていたし、痛みもやわらいでいるようだった。ふっと顔をあげると、ネジーが涙をいっぱいにたたえた目でエイラを見つめ、笑みをのぞかせていた。いや、ネジー以外にもおなじ顔つきをしている者はほかにもいた。

最初のうちエイラはライダグが落ち着きをとりもどすまでと思って抱きかかえていたが、それを過ぎても、ただ抱いていたいという気持ちのまま、少年を抱きしめていた。目を半分でも閉じれば、ライオン簇の人々の存在を忘れることもできた。息子にとても似ているこの少年が、現実にみずからの腹を痛めたわが子だと、そう思いこむことさえ無理ではなかった。いま頬を濡らしていくしとどの涙は、むろん両腕に抱いた少年の無事を喜ぶ涙だったが、それだけではなくみずからの境遇を思って流す涙でもあり、またひと目なりともまみえたいと痛切に願うわが子を思っての涙でもあった。

ようやくライダグが眠りについた。この試練で体力を消耗したのだろう。エイラもおなじだった。タルートがライダグを抱きあげて、寝台へと運んでいった。ジョンダラーは立ちあがるエイラに手を貸してくれた。ジョンダラーはその場に立ったまま、エイラを抱きしめた。体力をつかいはたしたように感じていたエイラは、自分をささえてくれたことをありがたく思いながら、逞《たくま》しい男の体に身をあずけた。

あつまった簇人のほぼ全員が安堵の涙で目を光らせていたが、いまこの場にふさわしい言葉はなかなか見つからなかった。たったいま、ひとりの子どもの命を助けたこの若い女性に、いったいどういう言葉をかければいいのか。人々は笑顔を見せ、よかったといいたげにうなずき、心をこめてエイラの体にふれ、声にならない声でエイラに話しかけた。しかし、エイラにはこれでも充分すぎるほどだった。いまこのとき、あふれんばかりの賞賛や感謝の言葉をかけられたら、かえって困惑してしまったことだろう。

ライダグがすやすやと寝入ったことを確かめると、ネジーがエイラのもとに歩いてきた。「もう、あの子は死んでしまうと思ってたよ。ただ寝てるだけなんて、とても信じられない。ほんとうによく効く薬だね」

エイラはうなずいた。「あの薬、たしかによく効くわ。でも、とても強い薬。それでも毎日飲むといいと思う。すこしずつ。ほかの薬もいっしょに飲んだほうがいいわ。ライダグのために調合してあげる。つくり方はお茶とおなじだけれど、最初にちょっと沸かすようにするの。あとでお手本を見せる。朝と夜寝る前、小さなお椀に一杯。それで夜のあいだにおしっこがたくさん出て、むくみもとれてくるはずね」

「その薬を飲めば、あの子の病がなおるのかい?」ネジーは希望のにじむ声でエイラにたずねた。

エイラはネジーの手をとると、まっすぐに目をのぞきこんで、「いいえ、病まではなおらない。あの子の病をすっかり消す薬は、どこにもひとつもないの」といった。しっかりした声だったが、そこには悲しみの響きがあった。

ネジーは顔を伏せ、認めたくない現実を受けいれた。前々からわかっていた。しかしエイラの薬が信じられない効き目を発揮したので、いやがうえにも期待をかきたてられてしまった。

「薬は力になってやれる。ライダグを楽にしてあげられるし、痛みだってやわらげられる」エイラはつづけた。「でも、手もとにはあの薬があまりないの。ほとんどの薬を谷においてきたから。こんな長旅になるとは思ってなかった。マムートがジギタリスのことを知っていたから、すこしもっているかもしれないけど」

マムートが口をひらいた。「わしの才という賜物は〈遠見《とおみ》〉だけでの。癒しの面での才はほとんどない。しかし、狼ノ簇のマムートはすぐれた薬師でもある。天気がよくなったら、こちらから人をやって、その薬がいくらかなりと手もとにあるかをたずねてみてもよかろう。ただし、それには何日かかかるが」

エイラとしては、だれかが補給してくれるまで、強心作用のあるジギタリスの葉の手もちぶんがもつことを祈るばかりだったが、それ以上に下ごしらえのしてあるジギタリスが残らず手もとにあればよかったのにと思わずにはいられなかった。そもそも、他人がつくった薬には心からの信頼がおけない。ジギタリスの柔毛のある大きな葉を乾燥させるときには、効き目がなるべくうしなわれないよう、日光が射さない、暗くて涼しい場所で時間をかけて乾かすように注意を欠かさなかった。いや、いっそのこと、みずからの手で慎重に下ごしらえした薬草すべてをもってきていればよかった……しかし、そのすべてはいまもなお、谷の小さな洞穴にしまわれたままだ。

イーザの流儀にならって、エイラもまた川獺の皮でつくった薬袋《やくたい》に植物の根や樹皮、葉、花、果実や種子などをしまって、もち運んでいた。しかしエイラにとって、これは応急処置用以上のものではない。たったひとりで谷に住んでいたときにも、まったくつかうあてなどないまま、エイラはあらゆる種類の薬を用意していた。うつろう季節のなかで、おりおりに薬としての効き目をもった植物を採ってあつめることは、エイラにとって訓練でもあり習慣でもあった。それこそ、歩くのとおなじくらい当たり前の行動だった。もちろん、自分の暮らす土地に生えている植物のほかのつかい道——縄をなう糸にするとか、食べ物にするとか——についても知っていたが、いちばん興味があるのは、やはり植物の薬効だった。癒しの力を秘めた植物を見かけたら、それをあつめずに素通りできない性分だったし、またそういった植物を何百となく知ってもいた。

そのくらい植物にくわしいエイラだったから、見たこともない植物には関心をかきたてられた。まず知っている植物と似かよった点をさがし、大きな分類のなかにある小さな分類の枠にあてはめていく。そうすることで、その植物の種類や仲間がわかるが、外見が似ているからといって効き目までが共通するとはかぎらないことを知ってもいたし、みずからの体で慎重に実験し、その豊富な知識と経験をもとに、味見と試用をかかさずおこなった。

さらにエイラは、薬草の量や調剤方法についても細心の注意を払った。いろいろな葉や花や実に熱湯をかけて成分をしみださせ、香りの成分や揮発性の成分をとりだす滲出法の心得もあった。薬草を入れた湯をぐつぐつと煮る煎じ出し法をとると、油性成分や樹脂成分、それに苦みの成分などが抽出できることも、これが樹皮や根や種子といった固い素材からの抽出により効果的であることもわきまえていた。各種のハーブから精油やさまざまな樹脂類を抽出する方法も、脂肪をはじめとする粘り気のあるものを利用して湿布や硬膏、強壮剤や水薬、軟膏や各種の塗り薬をつくる方法も知っていた。成分の調合の仕方も、その効能を強めたり弱めたりする方法も知っていた。

植物を調べるさいに知っているものと比較するというこの方法は、動物の世界でも似たものを見つけだす助けになった。エイラは人間の体やその役割についての知識をそなえていたが、これは長年にわたって試行錯誤から結論をみちびきだしてきたことの集大成だったし、狩りで仕留めた獲物をさばくことでは、動物の体内の仕組みについて広範な知識を得ることができた。動物の体と人間の体が似ていることは、不幸な事故が起こったときや、だれかが怪我をしたときにうかがい知ることができた。

エイラは植物学者であり、薬剤師であり、医者だった。エイラの〝癒しの術〟とは、数百、いや数千……ことによったら数百万年の単位で、自分たちが住む大地の産物についての詳細な知識なくしては生きていけない狩猟民族や採集民族に受けつがれ、そのあいだに改良を重ねられた秘儀秘伝の集大成だといえた。

イーザによる訓練を通じて、記録にのこっていない歴史がもたらす無限の知識を受けとったことに、もちまえの分析面での才能と本能に根づいた洞察力がくわわったことで、いまではエイラは大半の軽い病気や怪我の診断と治療ができるようになっていた。後世の剃刀《かみそり》なみに鋭利なフリントの石刃をもちいて、おりおりに簡単な外科手術をおこなうことさえあった。とはいえエイラの医術の土台になっていたのは、癒しの力をもっている植物についての緻密かつ実践的な知識だった。すぐれた腕をもち、処方する薬はどれも効き目をそなえていたが、そのエイラにも心臓の先天性欠陥を治療するような高度な外科手術は不可能だった。

息子にそっくりな少年の寝顔をながめながら、エイラは心の底からの安堵と感謝の念を覚えた。ダルクが持病ひとつない、健康な赤ん坊として生まれたことを知っているからだ。だからといって、ネジーに、ライダグの病気を完治させる薬はないと告げなくてはならなかった胸の痛みがやわらぐものではなかった。

その日の午後遅く、エイラは薬草のつつみや小袋をよりわけながら、先ほどネジーに約束した薬を調合した。今回もマムートが、そのようすを無言で見つめていた。いまではもう、エイラが癒しのわざを心得ていることを疑う者はひとりもいなかった。いまだに自分からは認めようとはしないが、あのフレベクでさえ認めていたし、表立って口にしないまでも内心ではエイラの能力を疑っていたトゥリーさえ認めていた。見たところエイラはまったくふつうの若い女だし、マムートの年老いた目にすら魅力的に見えた。しかし同時にマムートは、エイラにはまだだれにも知られていない部分がたくさんあることを確信していた――本人でさえ、自分がどれだけの可能性を秘めているのかには気がついていないのかもしれない。

それにしても、エイラはなんと困難つづきの――そして興味をかきたててやまない――暮らしを送ってきたことか。まだまだ若く見えるのに、それでいて簇のだれよりもたくさんの人生経験を重ねている。氏族とは何年いっしょに住んでいたのか？　どうやって、彼らの医術にこれほど通暁《つうぎょう》することができたのか？　ふつうそうした知識は、仲間として生まれついたのではない者に教えられることはない。しかもエイラは、氏族のなかではだれが見ても部外者だったはずだ。それにエイラには、たぐい稀な〈遠見〉の才までそなわっている。いまだ発見されてない才が、あとどれほど眠っているのか？　いまだ活用されたことのない、どんな知識が眠っているのか？　いまだ明かされていない、どんな秘密が隠されているのか？

エイラはここ一番という大事なときに力を発揮する。マムートは、エイラがトゥリーやタルートにてきぱきと命令していた姿を思いかえした。このわしにさえ命令したではないか――マムートはそう考え、ひとり笑った。命令に逆らう者はひとりもいなかった。生まれながらにして指導者としての器をそなえている。あれだけ若くしてあれだけの存在感を身にまとうようになるまでに、どれほどの辛酸を舐めてきたことか。女神はエイラのために、将来の予定を用意しているはずだ。マムートはそう確信していた。しかし、ジョンダラーという若い男についてはどうか？　女神に目をかけられていることはまちがいないが、そのわざは傑出したものとはいえない。女神はあの青年にいかなる思し召しをいだいているのか？

エイラが薬草のはいった多くのつつみを片づけているとき、マムートはいきなりそばに近づいて、川獺の皮でつくった薬袋をまじまじと見つめた。どこかで見覚えのある品だった。目を閉じると、これにそっくりな袋が見えてきて、同時に記憶が奔流となってよみがえってきた。

「その薬袋を見せてもらってもいいかな？」くわしく調べたい一心で、マムートはエイラにたずねた。

「これ？　わたしの薬袋を？」エイラはいった。

「前々から、こうした袋のつくり方を知りたかったのでな」

マムートにこの珍しい袋を手わたしながら、エイラは年老いて痩せ細った両手に関節炎をしめす腫れあがった箇所があることに目をとめた。

老呪法師は、受けとった袋を仔細に調べた。擦り切れた部分があった――この品を、かなり長いこと持ち歩いている証拠だ。袋は皮を縫いあわせたり、あとから縫い足したりしたものではなく、一頭の川獺の皮を丸々剝いでつくられていた。動物の皮を剝ぐふつうの手順なら川獺の腹を裂くところ、切り裂かれていたのはのどだけで、頭部は背中側から紐でつながれていた。骨と内蔵は首の切れ目からとりだされていたし、また脳をおさめていた頭蓋骨も引きだされていたため、頭はいくぶん潰れていた。そのあと全身の皮に処理がほどこされ、首のまわりの皮に石錐で等間隔に穴が穿《うが》たれていた。紐を通し、巾着袋の要領で口を締めるための穴だ。こうしてできあがったのは、なめらかで水を通さない川獺の毛皮製の細長い袋だった――四本の足と尻尾もついたまま、つぶれた頭部が垂れぶたの役目を果たしている。

マムートは袋をエイラにかえした。「あんたが手ずからつくったのかね？」

「いいえ。イーザがつくりました。イーザ……ブルンの一族の薬師……わたしのお母さん。小さなころから、いろいろなこと教わりました。植物の生える場所、薬のつくり方、つかい方も。イーザが病気になって、氏族会に行けなくなって、ブルンに薬師が必要になりました。ウバはまだ幼くて、なれるのはわたしだけでした」

マムートは話がわかったしるしにうなずいていたが、急に鋭い目でエイラを見つめた。「いま口にしたのはなんという名前だった？」

「わたしのお母さん？　イーザです」

「いや、もうひとつの名前だよ」

エイラはしばし考えてから答えた。「ウバ？」

「ウバというのは……何者かな？」

「ウバは……妹です。ほんとうの妹ではない。でも、わたしの妹のようなもの。イーザのほんとうの娘です。いまではウバが薬師になって……その子どもは……」

「ありふれた名前なのかね？」そう口をはさんだマムートの声には昂奮があらわになっていた。

「いいえ……ありふれてるとは思いません……ウバの名前をつけたのはクレブです。イーザのお母さんのお母さんの名前をとって。クレブとイーザはおなじお母さんから生まれました」

「クレブ！　教えてくれ、エイラ。そのクレブという男だが……片腕が萎えており、歩くときには足を引きずっていなかったか？」

「そのとおりです」エイラはそう答えて首をかしげた。どうしてマムートがそんなことを知っているのか？

「そのほかに弟がいなかったかね？　年はずっと若いが、力強くて逞しい男だが」

マムートが気負いこんで質問を繰りだしてくるのに面食らって、エイラは眉をひそめた。「いました。ブルン。族長でした」

「こ、これは驚いた！　いやはや、信じられんぞ！　ああ、これで合点がいったわい」

「わたしにはわかりませんが」とエイラ。

「エイラ、こちらにおいで。さあ、腰をおろして。ひとつ、話をきいてもらいたいのでね」

マムートはエイラをみずからの寝台に近い炉辺に案内し、自分は寝台に腰かけた。エイラは床に敷いてあった筵《むしろ》にすわり、期待のこもった顔で老人を見あげた。

「あれは遠い遠い昔、わしがまだまだずいぶん若かったころの話だ。わしはある奇妙な体験をして、それをきっかけに生きる道ががらりと変わってしまったんだ」マムートはそう話しはじめた。

肌のすぐ下にいきなり形容しがたい〝ちりちり〟というむず痒さが走り、エイラはこれからマムートが披露する話を事前にすべて知っているかのような感覚を覚えた。

「マヌーブとわしはおなじ簇の出身でね。マヌーブの母親がつれあいに選んだ男が、わしの従兄だった。わしらはいっしょに大きくなった。若者の例に洩れず、わしらもともに旅に出ようという話をしておってな。しかしいざ旅立とうと決めていた夏に、マヌーブは病になっての。それも重い病じゃった。何年も前から計画していた旅だけに、わしは是が非でも行きたくて、マヌーブの具合が早くよくなることを念じていたが……しかし、病が長引いたのだ。とどのつまり、夏もおわりに近づいたころ、わしはひとり旅立つ肚《はら》をくくった。だれもが思いとどまらせようとしたが、旅心のついていたわしは聞く耳をもたなかった。

マヌーブとの計画では、ベラン海の沿岸をぐるりとまわり、そのあとのちのワイメズとおなじように、〈南の大海原〉の東海岸づたいに進んでいくことになっておった。しかし旅立ちが夏のおわりになったため、わしは半島を横切る近道をとり、そのあと山々のつらなる地に通じている東の街道に出ようと思った」

エイラはうなずいた。ブルンの一族も氏族会に出るために、その街道をつかって旅をしたことが思い出されてきた。

「ただし、旅の道筋についてはだれにも話さなかった。平頭たちの土地だったから、どうせ反対されるのがわかっていたのでね。注意を欠かさずにいれば、平頭と出くわすこともあるまいと思っていたが、事故にあうことまでは考えておらなんだ。なんでそんなことになったのか、いまだにわからん。わしは高くなった川の土手を歩いておった。土手というよりも崖に近かったな。そこでうっかり足を滑らせ、崖から落ちてしまったんだよ。長いこと気をうしなっていたようだ。気がつくと、もう夕方だったからね。頭がひどく痛んで、見るものすべてぼやけていたが、いちばんひどかったのは腕だ。骨が関節からはずれて、おまけに折れておった。痛みもかなりのものだったよ。

しばらくは、どこへ行こうというあてもないまま、川づたいに歩いていたんだな。荷物はなくなっていたが、さがす気さえなかった。どれだけ歩いたものかは知らん。しかしあたりが暗くなるころ、焚火に気がついた。自分がいま半島にいることも頭になかった。近くに人がいる……そう思って、わしは焚火に吸い寄せられていった……。

いきなり、足をふらつかせたわしが飛びこんできたのだから、彼らの驚きたるや、相当のものがあったろうな。しかし、わしはもう頭が朦朧としておって、自分の居場所さえわかっておらなんだ。驚いたのは、しばらくしてからだよ。目を覚ますと、あたりはまったくなじみがない土地。なんでここに迷いこんだのかもわからん始末だ。頭に湿布が貼られ、腕が三角巾で吊られているのに気がついて、やっと崖から落ちたことを思い出した。腕のいい薬師のいる簇の人々に見つけられて、こんな幸運はめったにないぞ、とわしは思った。と、そこにひとりの女が姿をあらわしてね。エイラ、おまえさんならわしの驚きぶりも想像できるだろう……そう、簇は簇でも、平頭たちの簇だとわかったんだ」

エイラは、驚きに茫然としていた。「あなただったのですか！　あなたがあの、片腕の折れた男だったとは！　ではクレブとブルンに会ったことがあると？」

にわかには信じがたいほどの驚きのなかで、エイラはそうたずねた。さまざまな感情が怒濤となって胸に押し寄せ、両目の隅から熱い涙がこぼれ落ちる。過去からふいに新しい知らせがとどいた気分だった。

「おや、わしの話をきいたことがあるのかね？」

「イーザからききました。イーザが生まれる前、イーザのお母さんのお母さんが、腕の骨の折れた男の手当てをしたことがある、と。異人の男だった、と。クレブからも、おなじ話をききました。クレブがいうには……ブルンがわたしを一族に受けいれたのも、ひとえに腕の折れた男から――つまり、あなたです、マムート――異人もまた人間だときかされていたからにほかならない、と」エイラは口をつぐみ、この尊敬すべき老人の白髪頭や皺だらけの老いた顔を見つめた。「いまイーザは、霊界を歩いています。あなたが来たときには、まだ生まれてもいなかったのに……それにクレブ……そのころはまだ男の子……ウルスに選ばれてはいなかった……。そのクレブ、死んだときにはもう年寄りでした……なのに、あなたはどうしていまも生きているのでしょう？」

「これまでわしは、どうして女神がわしに幾多の季節のめぐりを見せてくれるのかと考えておってな。いや、その女神はついいましがた、わしの問いに答えてくれたようではないか」

13

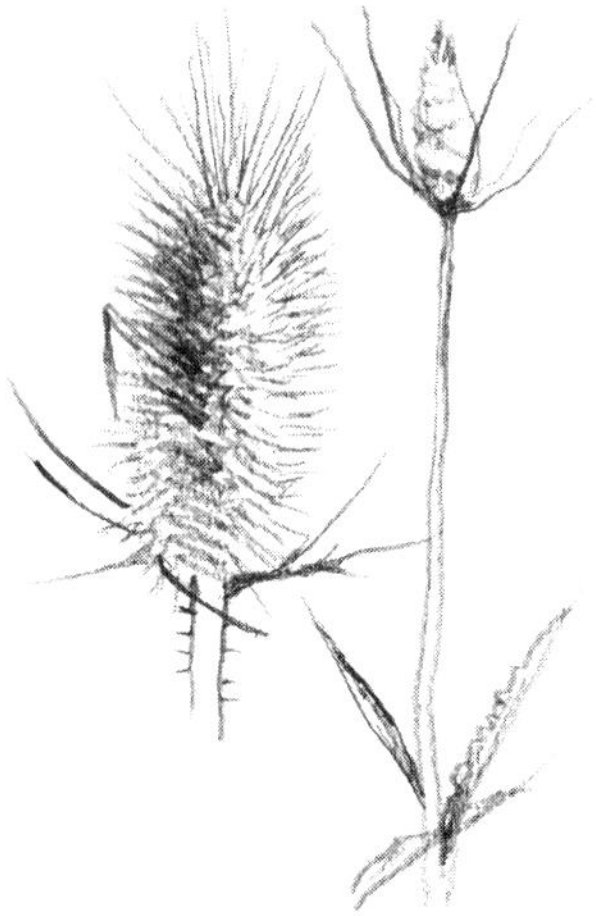

「タルート！　タルート！　寝てるのかい？」ネジーは大柄な簇長《むらおさ》の耳に話しかけながら、体を揺さぶった。

「な、なんだ？　なにかあったのか？」タルートはすぐに目を覚ましていった。

「しいいっ！　みんなが目を覚ますじゃないか。タルート、いまエイラを旅立たせるわけにはいかないよ。このつぎあんなことになったら、だれがライダグの手当てをするんだい？　いまこそエイラをあたしらに受けいれ、家族の一員にして、マムトイ族の者として認めるべきだと思うんだよ」

タルートは起きあがって、ネジーの目を見つめた。その目は埋み火のなかの熾《おき》のきらめきを受けて輝いていた。「おまえがライダグを気にかけているのは知っているよ。おれも気持ちはおなじだ。しかしいくらおまえがあの子を愛しているからといって、それだけで縁つづきでない者を仲間にするというのはどうかな？　〈夏のつどい〉の簇長会《むろおさかい》で、みなの衆にどういえばいい？」

「ライダグのためだけじゃないよ。エイラは薬師《くすし》、それもとびきり腕のいい薬師だ。あれだけ腕のいい薬師をむざむざ手放せるほど、マムトイ族には薬師がたくさんいるとでも？　ほんの二、三日のあいだに、いったいなにがあったと思う？　エイラは息を詰まらせかけたヌビーの命を助けた……ええ、あれは習い覚えた小手先のわざかもしれないと、トゥリーがいってたのも知ってる。でも、ライダグのことについては、いくらあんたの妹さんでもそうはいえないと思う。あれはまちがいなく、癒しのわざを心得た薬師の仕事だね。フラリーについてのエイラの見立ても正しいし。このあたしでも、赤ん坊を身ごもっていることでフラリーがつらくなっているのはわかるし、あれだけしじゅう近くで口喧嘩をされたのではたまったものじゃない。ついでにいえば、あんたの頭痛のことだってあるじゃないの？」

タルートはにやりと笑った。「あれは癒しの術なんてものじゃない——あれは世にも稀なる奇跡だ！」

「しいいっ！　そんな声を出したら、土盧《つちいおり》じゅうが起きちまうじゃないか。いいかい、エイラは薬師っていうだけじゃない。マムートは、エイラは修練を積んでいないにしたって、〈遠見《とおみ》〉の才があるっていってる。それに、あの動物あしらいを考えてみたら、エイラが思いのままに動物を呼び寄せることのできる〈招き手〉だったとしても、あたしはちっとも驚かないね。考えてもごらん。もしエイラが狩りの獲物の動物をさがせる〈遠見者《とおみもの》〉ってだけでなくて、ほんとうに〈招き手〉だったら、うちの簇《むら》にどれほど役立つと思う？」

「そいつはなんともいえんな。おまえの話は当て推量ばっかりじゃないか」

「でもね、狩りの武器の腕前だったら、当て推量なしに話せるよ。わかってるだろう、もしエイラがマムトイ族の一員なら、文句のつけようのない花嫁料が簇にはいってくる。あれだけいろんな才のある女だよ、もしあんたの炉辺の娘だったら、いったいどのくらいの値打ちがあるのか、正直にいってごらんなさいな」

「ふむ。エイラがマムトイ族の一員で……〈ライオンの炉辺〉の娘だとしたら……。だけどな、エイラのほうがマムトイ族になりたくないというかもしれないぞ。それに、あのジョンダラーという若い男はどうする？　ふたりのあいだに強い心の絆があるのは、だれの目にも明らかじゃないのか？」

これについても、しばらく前から思案していたネジーは、ちゃんと答えを用意していた。「あの男にもきいてみたらいい」

「いっぺんにふたりか！」タルートは驚きに声をあげて、がばっと上体を起こした。

「静かになさい！　大きな声を出しちゃだめ！」

「だけど、あの男には自分の一族がある。たしか、そう……ゼル……ゼレ……なんとかいう一族だ」

「ゼランドニー族だよ」ネジーはささやき声で答えた。「でも、ゼランドニー族の住まいは、ここからずっと遠く離れてる。あたしたちのところで住まいをかまえられるとなったら、わざわざ長旅をしてまで帰りたいと思う道理があるかい？　とにかく、ジョンダラーにも話をしてみることだね。あの男が考えだした武器、あの投槍器《とうそうき》ひとつとっても、簇長会で話をするときの立派な理由になるじゃないか。ワイメズも、ジョンダラーは腕ききの道具師だといってるし。兄さんのワイメズが後押しすれば、いくら簇長会だってだめとはいえないはずだよ」

「たしかに……それはそのとおりだが」タルートはそういって、また寝床に横になった。「しかし、あのふたりがここにとどまりたいと思っているのかどうか、どうすればわかるというんだ？」

「さあね。でも、とにかく話をしてみればいいんじゃない？」ネジーはいった。

午前もなかばをすぎたころ、タルートが土廬から外に出ると、エイラとジョンダラーのふたりが二頭の馬を引いて簇から離れるところだった。雪は積もっていなかったが、早朝におりた霜がまだ溶けずに白いまま、そこかしこに点々と残っており、ふたりとも息をするたびに、頭のまわりに白い水蒸気が渦を巻いていた。かなり冷えこんだままの乾燥した空気のなかで、小さな〝ぱちぱち〟という音がきこえる。エイラもジョンダラーも寒さにそなえて頭巾つきの毛皮のパーカを着こみ、頭巾をきっちりとかぶって毛皮の脚絆《きゃはん》を穿《は》いていた。脚絆の下半分は履き物にたくしこみ、上から紐で縛ってある。

「ジョンダラー！　エイラ！　出ていくつもりか？」タルートは大声で呼びかけながら、ふたりに追いつこうと足を速めた。

エイラが肯定するようにうなずくなり、タルートの顔から笑みがかき消えた。しかし、すぐにジョンダラーがこう説明した。「出ていくといっても、馬にちょっと運動をさせにいくだけです。昼過ぎにはもどりますよ」

ただしジョンダラーが、あえて伏せていた事実もあった。自分とエイラが、ひとときふたりきりになれる場所をさがしていることだ。だれにも邪魔をされず、エイラの谷にもどるべきかどうかを話しあうためだった。いや、ジョンダラーの心づもりでいうなら、エイラを説得して、ここを出ていくことをあきらめさせるため、というべきか。

「それはよかった。というのも、いずれ天気がよくなったときのために、例の投槍器の練習会の段どりを決めておきたくてね。あの仕掛けの仕組みを教えてほしいし、どう利用できるのかも確かめたいんだ」

「きっと、びっくりすると思いますよ」ジョンダラーは笑顔で答えた。「あれが、どれだけすばらしい働きをするかを知ればね」

「しかし、道具だけではどうにもならん。きみたちなら、どちらもあの道具を見事につかいこなせるのはわかっているが、それには腕が必要だ。それに春になるまでは、あまり修練を積む時間がないかもしれないしな」タルートは言葉を切って、考えをめぐらす顔を見せた。

エイラはウィニーの肩——短く剛《こわ》いたてがみのすぐ下——に手をかけたまま、ただ待っていた。着ているパーカの袖口からは、ぶあつい毛皮の手袋が紐でぶら下がっている。紐は袖を通って襟首にある輪を通り、反対側の袖口に通じていた。紐がついていれば、素手をつかうこまかい作業が必要になってもすぐに手袋を脱げるし、脱いだ手袋をなくしてしまう気づかいもない。強風が吹きすさぶ寒冷なこの地では、手袋をうしなうことは手をうしなうこと、いや、命までをもうしなうことに直結している。若いレーサーは昂奮に鼻息を噴きだし、足踏みをしては、じれったそうにジョンダラーに体をすり寄せていた。タルートにも、このふたりが早く出かけたがっており、こうして話相手をしてくれているのも、ただ礼儀を重んじているだけだとわかっていた。そこで、だめもとで話をもうすこし先に進めてみることにした。

「ゆうべネジーとも話して、きょうの朝はほかの連中とも話していたことがある。というのも投槍器や投石器といった狩りの武器のつかい方を、おれたちに教えてくれる人がいると大助かりなんだ」

「これまでたいへん親切にしてもらって、おれたちは心から感謝してますよ。もちろん、投槍器のつかい方なら、おれが喜んでみなさんにお教えしましょう。これまでいろいろ心くばりをしてもらったことへの、ほんの心ばかりのお礼にね」ジョンダラーは答えた。

タルートはうなずき、さらに話をつづけた。「ワイメズからきいたが、あんたはフリントの道具師としての腕も立つそうだな。われらマムトイ族は、上等な道具をつくれる者をつねに必要としていてね。おまけにエイラには、それこそどこの簇に行っても歓迎される数々の才がある。投槍器や、自前の投石器の腕が抜群というだけではない——そう、あんたのいうとおりだ」タルートはそういうと、ジョンダラーからエイラに顔をむけた。「この人は薬師でもある。そんなこんなで、できればあんたたちには、この簇にとどまってほしいんだよ」

「おれは、みなさんといっしょにここで冬越えをしたいと思ってます。いまの申し出もたいへんありがたく思いますが……エイラの気持ちがまだはっきりしないんです」ジョンダラーは笑顔でそう答えながら、タルートがいま話をもちかけてきたことは、これ以上ないほど好都合だと感じていた。これをすげなく断わって、エイラが簇を離れられるはずがあるだろうか？　フレベクは意地わるくエイラに接しているが、このタルートの申し出はそれをおぎなってあまりある。

タルートはエイラを見つめたまま、話をつづけていった。「エイラ、あんたはいま〝一族のない者〟だし、ジョンダラーの一族はここからずいぶん遠いところに住んでいる。ジョンダラーがここに住まいを見いだせば、そんな長旅はもうごめんだと思うほどの距離かもしれん。おれとしては、あんたたちふたりに簇にいてもらいたい。それも冬越えをするだけじゃない、この先ずっとだ。ふたりに、われらの一員になってもらいたいんだよ。そう思っているのは、簇長のおれだけじゃない。トゥリーとバルゼクは、ジョンダラーを〈オーロックスの炉辺〉に迎えいれたいといっているし、ネジーとおれは、エイラ、あんたを〈ライオンの炉辺〉の娘にしたいんだ。トゥリーは女長《おんなおさ》で、おれは簇長だから、ふたりともマムトイ族のなかでは高い身分になるぞ」

「じゃ……おれたちを簇の一員にしてくれると？　マムトイ族になれといってるんですか？」ジョンダラーは予想外の話に気負いこんだ口調でたずねかえし、驚きに顔を赤らめた。

「わたしを一員に？　わたしをこの簇の一員にしたいと？」エイラはたずねた。これまで眉根を寄せるほど集中して会話にききいってはいたが、自分が耳にした言葉がどうしても信じられなかった。「一族のない者エイラを、マムトイ族のエイラにしたいのですか？」

大柄な男は笑顔を見せた。「そのとおり」

ジョンダラーは言葉をうしなっていた。客人を親切にもてなすのは、そこの人々の習わしや誇りの問題だ。しかし、真剣に考えることもしないまま、自分たちの一族や家族に赤の他人を迎えいれるような習わしはどこにも存在しない。

「いや……その……どういえばいいのか……」ジョンダラーは答えた。「こんな名誉なことはありません。お申し出をいただき、心からありがたいと思っています」

「もちろん、あんたたちにも考える時間が必要だろうよ。ふたりともね」タルートはいった。「時間が必要じゃないというほうが驚きだな。おれたちも、まだ全員に話をしたわけじゃないしね。これには簇全員の賛成が必要だが、あんたたちがもたらしてくれたものを考えれば、なに、全員の同意はわけなくとりつけられるし、おれとトゥリーはあんたたちを迎えいれる方向で話をするつもりだ。ただ、その前にあんたたちに話をしておきたくてね。あんたたちさえよければ、簇の集会をひらくつもりだよ」

そのあとエイラとジョンダラーは、土盧に引きかえしていく大柄な簇長を無言で見おくった。これまではふたりとも落ち着いて話せる場所を見つけて、ふたりのあいだにもちあがってきたと感じられる問題を解決できればいい、と思っていただけだ。しかしタルートから予想もしていなかったような誘いを受けたことで、ふたりの考え方や、現実的にこの先の人生を定める決断に、まったく新しい要素が飛びこんできた。エイラはひとこともいわずウィニーの背にまたがり、ジョンダラーはそのうしろにまたがった。それからレーサーをしたがえて、ふたりはそれぞれの思いに沈みこんだまま斜面をあがっていき、どこまでも広くひらけた草原にむかった。

エイラはタルートの申し出に、言葉に出せないほど感激していた。ブルンの一族のもとで暮らしていたときには、自分だけが仲間ではないという疎外感をよく味わっていた。しかしそれも、ひとり谷で暮らしていたときに感じた胸がつぶれるような孤独感、どうしようもない寂寥《せきりょう》感にくらべればなにほどのこともなかった。一族のもとを去ってからジョンダラーに出会うまで――といっても、その出会いからはまだわずか季節をひとつ過ぎただけだ――エイラはまったくひとりで暮らしていた。近くにはだれもいなかった。自分がどこかに属している感覚もなければ、わが家と呼べる場所もなく、家族や仲間もいなかった。

かつていっしょに暮らした一族の人々と、二度と会えないこともわかっていた。一族の人々に発見される前、まだ幼かったエイラが孤児《みなしご》になった原因は大きな地震だった。くわえて一族から放逐されたあの日にも大地震があったことで、エイラは彼らとの別離が決定的なものになったと強く感じていたのである。

エイラの心の奥底には、ある根源的な恐怖が流れていた。大地が激しく揺れ動くことで感じた本能的な恐怖に、すべてを――かつて自分が属していた人々の記憶さえ――うしなってしまった幼い少女が感じた身も心も引き裂かれるほどの悲嘆がまじりあった感情である。エイラにとって、大地がうねって引きちぎれていくことほど恐ろしいものはない。地震はいつも予告なく訪れては大地を見る影もなく変えていく――それはまた、人生に予告なく訪れてくる変化のしるしとも思えた。あたかも大地そのものが、来るべき運命をエイラに告げようとしているかのように、あるいは……同情の思いに大地が身をふるわせているかのようにも思えた。

しかし、最初にすべてをうしなったあとは、ブルンの一族がエイラの仲間になってくれた。そしていま、自分さえうなずけば、また仲間ができる。マムトイ族の一員になれる。もう孤独をかこつこともなくなる。

しかし、ジョンダラーのことはどうする？　ジョンダラーの一族とは異なる一族を選んで、その一員になれるか？　ジョンダラーがここにとどまり、マムトイ族になろうと思うか？　疑わしい――エイラはそう思った。故郷に帰りたがっているに決まっている。しかしそのジョンダラーは、ほかの異人たちがフレベクと同様の目をわたしにむけるのではないかと懸念しているし、わたしが氏族のことを話さないほうがいいと思っている。ジョンダラーといっしょに行って、あの人の故郷の人々に受けいれてもらえなかったら？　ジョンダラーの一族全員が、フレベクとおなじ態度をとるかもしれない。だいたい、氏族のことを隠すつもりはまったくない。隠せば、イーザやクレブやブルン、そしてわが息子ダルクを恥じていることになってしまう。愛する人々のことを恥じるつもりはまったくない！

では、動物あつかいされることを覚悟のうえで、ジョンダラーとともにあの人の故郷に行きたいと思うだろうか？　それともここ――自分を必要としている人々、受けいれようとしている人々のもとにとどまるべきか？　ライオン族の人々はわたしの息子に似た子ども、氏族と異人がまじりあった子どもさえ受けいれている……。ふいに、ある思いが脳裡に閃《ひらめ》いた。そういう子どもをひとり受けいれているのなら、ふたりめも受けいれてもらえるのでは？　ライダグほど体が弱くなくて、持病のない子どもなら？　言葉を話すことを学び、身につけられる子どもなら？　マムトイ族の領地は遠くベラン海にまで広がっている。タルートは、そのあたりに柳《やなぎ》ノ簇《むら》という名前の集落があるといっていなかったか？　一族の住む半島は、そこからわずかに先に進んだところだ。ここでマムトイ族の一員になったら、いつの日か、もしかしたら……。だけど、ジョンダラーはどうするだろう？　もしジョンダラーがここを去ったら？　そう考えるだけで、胃の腑の底に鋭い痛みが走った。ジョンダラーがいない生活に耐えられるだろうか？　いくつもの感情のせめぎあいに苦しみながら、エイラは考えをめぐらせつづけた。

一方ジョンダラーも、相反する感情の板ばさみになっていた。自分に寄せられた申し出については、ほとんど考えるまでもなかった――考えているのは、タルートをはじめとするマムトイ族の人々の気分を害さないように断わるための、もっともらしい口実だけだった。自分はゼランドニー族のジョンダラー。死んだ弟ソノーランの言葉が正しいこともわかっている。それ以外の者にはなれっこない。故郷に帰りたいのは事実だが、せっぱ詰まった強い感情というよりは、いつまでもしつこく消えない心の疼きのような感情なのだ。故郷に帰ることはすべての前提になる条件である。その故郷はあまりにも遠い。ここから旅をすれば、ゆうに一年はかかる。

いつまでも悩みがつきないのはエイラのことだった。近づいてくる女に不自由したためしはないし、長つづきのする関係をつくるという話が出れば、その女たちのほとんどがむしろ大歓迎してくれたはずだが、エイラのように心の底から愛せる女はひとりもいなかった。愛せる女に出会った男がどういう状態になるかは見て知っていたが、自分の一族の女であれ、旅の途中で出会った女であれ、ジョンダラーがそういう状態になったり、そんな自分を実感したためしはなかった――しかし、それもエイラに出会うまでのことだった。自分にもこれほど人を愛する力があったのかと、はじめて知らされるほど強い気持ちで、ジョンダラーはエイラを愛していた。エイラは、ジョンダラーが女に望むものすべてをそなえていた。いや、それを上まわるものを。エイラのいない生活は、想像するだけでも耐えがたかった。

しかしジョンダラーは同時に、不名誉な目にあうのがどういうことかも骨身に染みるほど知っていた。さらには、自分が心を引かれているエイラの性格――無垢ではあるが叡知を秘め、裏表がないにもかかわらず謎に満ち、自信に満ちていながらも傷つきやすいという矛盾した性質の組みあわせ――もまた、自分がまたしても不名誉の汚名を着せられて一族から放逐される理由になりかねない環境の産物だとわかってもいた。

エイラを育てたのは氏族――どこがどうと説明はできないが、自分たちとは異なった人々だ。いや、大半の人々にとって、エイラのいう氏族たちは人間でさえない。けだものだ。といっても、母なる大地の女神が人間たちに欠かせない存在としてつくったほかの動物とはちがう。口に出して認める者はいなかったが、自分たちと氏族に多くの似かよった点があることはだれもが知っていた。しかし、氏族と自分たちのあいだに否定しようのない似た部分があるという事実は、決して同胞意識を揺り起こすことはなかった。それどころか彼らは氏族を脅威とみなし、異なる点ばかりをことさらに強調した。ジョンダラーの同胞は氏族を、母なる大地の女神の創造物が居ならぶ大聖堂にさえ入れてもらえない、口にするのもはばかられる野卑な生き物、はかりしれないほど邪《よこし》まな悪から生み落とされたも同然の生物だと見なしていた。

しかし、この両者がおたがいに相手を人間だと見なしていることは、たとえ言葉にされなくても、その行動にあらわれていた。それほど何世代もさかのぼらない昔のこと、ジョンダラーの一族は氏族の領土にはいりこみ、採集や狩猟のゆたかな実りをもたらす場所が近くにあるような土地、すなわち居住地に最適な土地をしばしば奪っては、氏族をほかの土地に追いたてていった。しかし、狼の群れが群れ同士で領地をわけあい、餌となる動物であると捕食動物であるとを問わず、ほかの動物から縄ばりを守るのではなく、おたがいの群れ同士から守っているように、それぞれの領分の境界線を受けいれていること自体、氏族と異人の両者がおなじ種であることを暗黙のうちに物語っている、といえた。

ジョンダラーは、自分のエイラへの思いを自覚したのとほぼ同時に、生きとし生けるものすべてが――たとえ平頭でさえ――母なる大地の女神の創造物だと考えるようになっていた。しかしいくら自分がエイラを愛していても、そのエイラが自分の一族にあっては仲間はずれにされることも、ジョンダラーにはわかっていた。エイラが一族ののけ者にされる理由は、氏族と暮らしたことだけではない。おそらく、口にするのもおぞましい畜人《ちくじん》あつかいされるだろう。畜人、それは女神から呪われた者。それというのもエイラは、人間と動物の霊がまじりあった子どもを産み落とした女だからだ。

これはどこにである禁忌だった。ジョンダラーが旅の途上で出会った人々は例外なく信じていたし、なかにはひときわ強く信じている人々さえいた。そうした卑しむべき子の存在さえ認めようとしない人々もいれば、そういった子が生まれるにいたるいきさつを不快な冗談あつかいする者もいた。ネジーにとって、ライダグを目にしたとき、ジョンダラーがかなりの衝撃を受けた理由もそこにあった。ネジーにとって、ライダグを受けいれるのはたやすいことではなかっただろう……ジョンダラーはそう思ったし、事実ネジーとてこれまで人からさんざん心ない無遠慮な非難や偏見をむけられどおしだった。そうした誹謗をする者を打ち負かしたのは、ひとえにネジーがみずからの立場に物静かながらゆるぎない自信と信念をいだいていたからにほかならず、人の痛みを忘れない人間らしい心がさいごには勝ったからだ。しかしそのネジーも、エイラを受けいれる話をほかの簇人にきかせるにあたって、エイラからきいていた息子ダルクの話を伏せていたのも事実だった。

フレベクが嘲弄の言葉を口にしたとき、それ以上に激しい非難を覚悟していたにもかかわらず、ジョンダラーがどれだけ傷つけられたのか、エイラはまったく知らなかった。しかしその痛みは、エイラに共感したがゆえの痛みだけではなかった。怒りがみなぎる意見の対立を目のあたりにしたことで、かつておのれが激情のおもむくまま道を踏みはずしたときのことを思い出し、それをきっかけに深く埋もれていた心の傷の痛みがよみがえったせいだ。しかしそれ以上にわるかったのは、ジョンダラー自身、思いもよらなかった自分の反応だった。その反応ゆえ、いまジョンダラーは自分に憤りを感じていたし、いまでも思い出すだけで自分を恥じる気持ちに頬が熱くなった。フレベクがあの罵倒を口にしたとき、自分とエイラがいっしょにあつかわれたことに、一瞬とはいえ屈辱を感じたのだ。女を愛していながら、その女を恥じるなどということがあるだろうか？

まだ若く血気盛んだったころに恐ろしい体験をして以来、ジョンダラーはつねに感情を抑えこむことを心がけていた。しかし、いま感じているさまざまな感情のせめぎあいだけは、抑えこんでおけないようだった。エイラを連れて故郷に帰りたい気持ちもある。ダラナーをはじめとする自分の〈洞《ほら》〉の人々——母親のマルソナや兄、妹、いとこたち——にはもちろん、ゼランドニー族の人々すべてに引きあわせたい気持ちも本物だ。みんなにエイラを歓迎してほしいし、エイラといっしょに炉辺をかまえたい。そこでエイラは、おれの霊をもった子どもたちを産む。エイラ以外に、その相手として望む女はいない。それなのに……エイラのような女を故郷に連れて帰れば、どれほどの軽蔑を浴びるかと思って身をすくませてしまう自分もいる。そんな侮蔑にエイラをさらしたくはない。

さらす必要がないのなら、なおさらのことだ。エイラが氏族のことさえ話さなければ、だれにも知られるはずがない。しかし、人からどの一族の出身かをたずねられたとき、エイラはどう答えればいいと？　どこから来たのかときかれたら？　エイラが知っているのは、自分を育ててくれた人たちだけだ……ただし、タルートの申し出を快諾すれば話は変わってくる。そうなれば、いかにもここで生まれ落ちたかのように、〝マムトイ族のエイラ〟になれる。言葉の発音にはいくつかの癖があるが、それも訛りということで説明できよう。それに……こうもいえるだろう。エイラはもともとマムトイ族かもしれない。両親がマムトイ族であっても不思議はない。エイラは両親の素性をまったく知らないのだから。

しかし、もしマムトイ族の一員になったら、エイラはここに住みつくことに決めるかもしれない。もしエイラがそう決めたら？　おれはここに住みつけるか？　ここの人々を〝みずからの一族〟と思えるようになれるか？　ソノーランにはそれができた。ではおれのエイラへの愛以上に、あいつのジェタミオを思う愛が強かったと？　しかし、シャラムドイ族はもともとがジェタミオの一族だ。ジェタミオは彼らのもとに生まれ、彼らのなかで育った。それにひきかえ、マムトイ族はおれの一族でないのとおなじように、エイラの一族ではない。もしエイラがここで幸せになれるのなら、ゼランドニー族のなかでも幸せになれるはず。しかし、もしここの一員になった日には、故郷に帰るおれに同行しないといいだすかも。そうなったところで、エイラならここでの相手を見つけるのに不自由しない……そうとも、そうなったらラネクは大喜びだろう。

エイラは自分の体をつかむジョンダラーの手に力がこもったのを感じ、どうしてそうなったのだろうかと考えていた。前方に、横に広がる低木林が見えてきた。小川が流れているのだろうと思い、エイラはウィニーをその方向にむけた。すでにウィニーは水のにおいを嗅ぎつけていたので、あえて急《せ》かす必要もなかった。川べりにたどりつくと、エイラとジョンダラーは馬から降り、ゆっくりとすわれそうな場所をさがした。

川べりに近い場所にはすでに氷が張っていた。これがまだはじまりにすぎないことは、ふたりともわかっていた。氷は何層にも積み重なって川の白い縁どりになっており、その先、川のまんなかにはまだ黒々とした水流が流れているが、季節がしだいにめぐっていくにつれて白い縁どりの幅も広がっていき、水の流れがとまると同時に完全に川面を覆う。そうなれば、急流は一時停止状態におかれる。ふたたび季節がめぐると、水はまたしても自由を求める奔流となって、ここを流れくだっていく。

エイラは、牛の生皮でつくった小さな袋の口をひらいた。ふたりぶんの食べ物を詰めてきたのだ。オーロックスと思われる乾燥肉、それに乾燥ブルーベリーと、小さくて酸味の強い李《すもも》を詰めた籠。お茶をいれる湯を沸かすための小さな焚火を熾《おこ》そうと、灰色がかった鈍い金色の黄鉄鉱の塊とフリントの小さなかけらも持参してきた。この火熾し石をつかうと簡単に火が熾せることに、ジョンダラーはいまさらながら驚きを禁じえなかった。魔法であり、奇跡だった。エイラと出会うまでは、こんな物にはお目にかかったことがない。

エイラが暮らしていた谷の岩が転がっている川べりには、黄鉄鉱の塊がそこかしこに散らばっていた。この黄鉄鉱とフリントを叩きあわせると、火を熾せるほど長もちする熱い火花が散ることをエイラは偶然発見したばかりか、それを進んで利用したのである。大事にしていた火が消えてしまったときのことだ。大多数の人々が火を熾すのにつかっている、面倒で骨の折れる方法はエイラも知っていた。細い木の棒を、やはり木でつくった板か台のようなものに押しあてて、根気よく回転させてこすりあわせるうち、やがて摩擦の力で熱が発生し、くすぶる熾《おき》ができるほどになる。それを知っていたがゆえに、フリントを加工するための石槌かと思って黄鉄鉱の塊を手にしてフリントに叩きつけてしまったとき、そこから生まれた火花を見て、これを火熾しに流用するという考えが浮かんだのである。

エイラから教わって、ジョンダラーもこのわざを会得していた。フリントを加工する仕事のあいだに小さな火花が散ることは珍しくなかったが、これをジョンダラーは加工のさなかに、石のなかにいる生きた霊が飛びだしたものだと思うばかりで、火花を利用して火を熾そうとは考えたこともなかった。しかし、当時のジョンダラーは――エイラとは異なり――谷にたったひとりで住んで、生きるか死ぬかの瀬戸ぎわにいたわけではなかった。まわりにはいつも仲間がいて、仲間が火が絶えることのないようにいつも目を光らせていた。フリント同士を打ちあわせたときに出る火花も、火を熾せるほど長もちはしない。エイラがたまたま、フリントと黄鉄鉱を偶然打ちあわせたことで、火を熾せるような火花が生まれたのだ。それでもジョンダラーはすぐに、この方法と火熾し石に途方もない値打ちがあることを見抜いたし、これほどすばやく、また簡単に火を熾せれば、そこからどれほどの利益がもたらされるかも見抜いていた。

ふたりは食べ物を口にしながら、レーサーがはしゃいで母馬ウィニーのまわりを跳ね、〝ここまでおいで〟の遊びをしているさまを見て、声をあげて笑った。ひとしきり遊ぶと、二頭はあまり風がこないうえに日ざしで砂が温まっている河原に寝ころがり、足を中空に蹴りあげて遊びはじめた。ふたりとも、いま心にいちばん重くのしかかっている思いについては、口にするのを慎重に避けていた。しかし、笑いを誘われたことで気分がほぐれ、くわえてまわりにだれもいないふたりきりといういまの境遇が、谷で暮らしていたころの親密さを思い起こさせた。食後の熱い茶をすこしずつ口に運ぶころには、ふたりとももっとこみいったことを話しあう気がまえになっていた。

「ラティを連れてきたら、あの二頭の馬が遊ぶところを見て喜んだことだろうな」ジョンダラーはいった。

「ええ。あの子、ほんとうに馬が好きみたい――そうは思わない？」

「ラティはきみのことも大好きだよ。いまでは、心からきみを尊敬している者のひとりになったね」ジョンダラーはいったん口ごもり、話をつづけた。「ほかにも、きみに好意をもっていたり、きみを尊敬したりしている人はたくさんいるんだ。まさか、谷に引きかえして、またひっそりと暮らしたいなんて本気で思ってるわけじゃないだろう？」

エイラは手にした茶椀に目を落とすと、葉の滓《かす》といっしょに残っている茶を椀のなかでまわしてから、すこしだけ飲んだ。「こうしてまたふたりきりになると、ほっと安心できるわ。これまで気がつかなかったけれど、たくさんの人たちから離れると、こんなにも気分がいいのね……。それに谷の洞穴には、手もとにおいておきたい品があるの。でも、ええ、あなたのいうとおり。こうやって異人たちと出会ったいまでは、ほかの人から離れて暮らせるとは思えないし。ラティのことは好きよ。ディーギーも、タルートとネジーも……みんなが大好き……でも、フレベクだけは好きになれないわ」

　ジョンダラーは安堵のため息をついた。最初の、そして最大の難関はなんなく通りすぎることができた。「フレベクはひとりだけの例外だよ。ひとりの人間のせいで、すべてを台なしにしてはならないんだ。タルート……それにトゥリーも……きみのことが好きだからこそ……きみがここの人にとって役立つことをいろいろ心得ているからこそ、きみを一族に迎えたいと誘ってきたんだよ」

「あなたはたしかに、ここの人たちにとってかけがえのないことを心得てるわ。ここにとどまって、マムトイ族になりたいの？」

「ライオン簇の人はみんな親切にしてくれた……ただ客人をもてなす礼儀以上にね。冬のあいだは……ことによったらそれ以上、ここに身を寄せてもいいと思うし、乞われればなんでも教えるつもりもある。だけど、おれのフリント加工のわざは教えるまでもない。ワイメズはおれよりもずっと腕ききの道具師だし、ダヌーグだってじきに巧くなる。それに、ここの人たちにはもう投槍器のことも教えた。つくり方もね。あとは練習すれば、みんなつかえるようになる。あの人たちが欲しいのは投槍器だけだ。それに、おれはあくまでもゼランドニー族のジョンダラーだし……」

　ジョンダラーは言葉を途切らせ、はかりしれない距離でへだてられた場所を見ているかのような、焦点のあわない目つきになった。ついでその目が来《こ》し方《かた》をたどってこの場に立ち帰ってきた。ジョンダラーはひたいに皺を寄せ、顔をしかめつつ、うまく説明する言葉をさがしはじめた。

「いつかは帰らなくては……いつの日か……なにはなくとも、母さんに弟のソノーランが死んだことを教えてやらなくちゃいけないし……巫女ゼランドニに弟の霊を見つけてもらって、来世に導いてもらう必要がある。それを知っていながら、マムトイ族のジョンダラーにはなれない……果たすべき務めを忘れるわけにはいかないんだ」

エイラは真剣な顔でジョンダラーを見つめた。ジョンダラーがここにとどまっていたくないと考えていたことはわかっていた。務めがあると感じているのは嘘ではないだろうが、いちばん大きな理由はそれではあるまい。この男は故郷に帰りたがっているのだ。

「きみはどうなんだ？」ジョンダラーは言葉の調子も顔の表情も、しいてふだんどおりにしようと努めながらたずねた。「ここに住みついて、マムトイ族のエイラになりたいのか？」

エイラは目を閉じ、自分の思いをいいあらわす言葉をさがした。しかし、充分な数の言葉を知らないような……あるいは、ふさわしい言葉を知らないような気がしたし、さらには言葉では気持ちをいいあらわせないようにさえ思えた。

「ブラウドに呪いをかけられて、わたしは〝一族をもたぬ者〟になったわ。それで自分が空っぽになった気分にさせられた。マムトイ族のことは好きだし、敬う気持ちもある。いっしょにいると、心から落ち着けるし。ライオン簇は……ブルンの一族とおなじで……ほとんどはいい人たちよ。あの一族に迎えいれてもらう前、わたしは自分がどの一族にいたのかを知らないし、いずれわかるとも思ってない。でも……たまに夜になるとこんなことを思う……それがマムトイ族であればよかったな、とね」

エイラは真剣な顔でジョンダラーを見つめた――頭巾の黒い毛皮と対照的なまっすぐで黄色い髪の毛、

ととのった顔（エイラには美しい顔に思えたが、ジョンダラー本人は〝美しい〟というのは男の顔を形容する言葉ではないといっていた）、力強さと繊細さをあわせもつ体、表現力ゆたかな大きい手……そして青い瞳、真剣な光ばかりか、いまは苦悩の光をも浮かべている瞳を。

「でもマムトイ族に出会う前に、あなたがやってきて、わたしの空っぽの心を愛でいっぱいにしてくれたわ。わたしの望みは、あなたといっしょにいることよ、ジョンダラー」

男の目から不安の光が消えて、代わりにエイラが谷にいたころに見なれていた光――ゆったりとくつろぎ、見る者の気持ちを温める光――をのぞかせはじめた。つづいてその瞳に、あらがいようのない強い欲望の光が浮かんできた。それを見て、エイラの肉体が独自の意志をもって反応しはじめた。エイラはなにひとつ考えないまま、いつしかジョンダラーに引き寄せられていった。唇が男の唇で覆われ、男の両腕がしっかりと自分をかきいだくのが感じられた。

「エイラ……おれのエイラ……愛しているよ」ジョンダラーはのどを締めつけられているかのような、かすれた嗚咽《おえつ》めいた声を洩らした。苦悩と安堵がふたつながら満ちている声だった。地面に腰をおろしたまま、ジョンダラーはエイラを強く――しかしやさしさをこめて――しっかりと胸もとに引き寄せて抱きしめた。二度と離したくはないが、さりとてエイラを壊したくないとでも思っているような抱き方だった。それからほんのすこし腕の力をゆるめてエイラの顔を上にむかせ、ひたいと瞼《まぶた》と鼻の頭に口づけをしてから、唇に唇を重ねた。欲望が高まってくるのがわかった。あたりは寒かった。寒さをしのげるような場所も、暖かな場所もない。それでもエイラが欲しくてたまらなかった。

ジョンダラーはエイラの頭巾の下にある紐をほどくと、首すじと胸もとをあらわにし、つづいて両手をエイラのパーカとチュニックの下に忍ばせて火照った肌と豊満な乳房を、硬くなって突きだした乳首を手で味わった。男の指がふたつの乳首を弄び、つまんで強くひっぱると、エイラののどから低く甘い声が洩れてきた。ジョンダラーはエイラのズボンの腰紐もほどいて、柔らかな叢《くさむら》のある肉の丘に手を進めた。指先が熱くうるおう肉の裂け目に達すると、エイラはそこが勝手に締まってむず痒く疼くのを感じ、男の手にその部分を押しつけた。

エイラは男のチュニックとパーカの奥に手を入れて紐をほどくと、すっかり硬くなって脈打っているジョンダラーの分身をとらえ、棹を握って手を上下に往復させた。エイラがかがみこんでその部分を口にふくむと、ジョンダラーの口から大きな快楽のため息が洩れた。エイラは舌で男のなめらかな皮膚の感触をさぐり、ぎりぎりまで吸いこんでは口から抜きだし、また吸ってはロから跳ねでるにまかせつつ、そのあいだも熱く反り返った棹を両手で撫でまわしつづけた。

ジョンダラーはうめき声をあげ、それからひと声大きく叫ぶと深呼吸をして、エイラをそっと押し離した。「ま、待ってくれ、エイラ。きみが欲しいんだ」

「でも、それだと脚絆と履き物も脱がないと」エイラはいった。

「いや、そこまで脱がなくていい。それにここは寒いし。おれに背中をむけてくれればいいよ」

「ウィニーと雄馬みたいにね」エイラはささやいた。

エイラはジョンダラーに背中をむけると、両手と両膝を地面につく姿勢をとった。この姿勢をとったせいで、一瞬だけ思い出されたことがあった――ウィニーと血気に逸った相手の雄馬ではない。ブラウド……あの男に地面に叩きつけられ、力ずくで貫かれたときのことだ。しかしジョンダラーの情愛に満ちた手つきは、それとはまったくちがった。エイラは脚絆の腰の部分をさげて、熱く火照るしっかりした尻を剝《む》きだしにした。隙間に息づく入口は、柔らかな花弁と奥深くの紅色の花喉《かこう》で蜂を誘惑する花さながら、ジョンダラーを誘ってやまなかった。その誘いだけでも耐えがたいほどだった。体の奥から圧力が急激に高まって、ジョンダラーは弾けそうになった。一拍の間をおいて衝動を抑えこむと、ジョンダラーはうしろからぴたりと身を寄せてエイラの肌が冷えないようにし、なめらかな尻の丸みをやさしく愛撫してから、誘いかけてくる谷間を、肉の畝《うね》を、熱くうるおった襞《ひだ》を指先でさぐっては、すべてを心得たやさしい手つきで歓びを与えていった。やがてエイラの声がひときわ高まり、泉からまたも熱い蜜が湧きだしてくるにおよんで、ジョンダラーはもう我慢しなくてもいいことを悟った。

尻の双球を左右に押し広げると、ジョンダラーはこれ以上ないほど怒張して準備のととのった男根を、待ちこがれているかのようなエイラの女陰の入口にあてがい、奥へと進めていった。同時にふたりの口から、苦しみにあえいでいるような叫び声がほとばしった。ジョンダラーはいったん抜け落ちかけるほど身を引いてから、エイラを引き寄せて、深い部分にすっぽりとくるみこまれる愉悦に酔った。ふたたび腰を引いて、また突きあげ……くりかえし……さらにもう一回とくりかえしていくうちに、やがてふたりは大爆発と輝かしい解放の瞬間に達した。

そのあとも数回ほど腰を漕いで、さいごの一滴まで放出しおえると、ジョンダラーは分身を深々と熱い部分に埋めたまま両腕でエイラを抱きしめ、ふたりして横向きに大地に寝ころがる姿勢をとった。ジョンダラーはあらためてエイラを強く抱きしめ、その体を自分の体とパーカで覆い、しばしの休息をとった。

しばらくしてふたりは体を離し、ジョンダラーは上体を起こした。風が強くなっていた。ジョンダラーは不安げな顔で、空にあつまりつつある雲を見あげた。

「ちょっと体をきれいにしないと」エイラはそういって身を起こした。「これ、ディーギーにもらった新しい脚絆なの」

「住まいにもどったら、外に干しておけばいい。汚れを凍らせて、はたき落とせばいいじゃないか」

「川にはまだ水が流れてる……」

「もう氷が張ってるんだぞ！」

「わかってる。すぐすませるから」

エイラはそろそろと注意深く氷の上を歩くと、水の近くにしゃがみこみ、片手で水をしゃくって体を清めた。エイラが土手に引きかえすと、ジョンダラーがうしろから近づいてきて、自分のパーカの毛皮で水気をぬぐってくれた。

「ここが凍ったら大変だからね」ジョンダラーはにやにや笑いながらいうと、毛皮でエイラの体をそっと叩きながら、やさしく撫でた。

「これからも、あなたがずっと温めてくれるでしょう？」エイラは笑顔でそう答え、服の紐を結んでパーカをまっすぐにととのえた。

これこそ、エイラが愛しているジョンダラーだった。その目の表情だけで、そのやさしい手の感触だけで、エイラの心にぬくもりと、小さなふるえをもたらしてくれる男。エイラの体を本人以上によく知っている男。自分でも存在を知らなかった感情を引きだしてくれる男。ブラウドによる生まれてはじめての力ずくの行為を忘れさせ、歓びがどんなものなのか、どんなものであるべきなのかを教えてくれた男。エイラが愛しているジョンダラーは遊び心をもち、気くばりにあふれ、惜しみなく愛してくれる男だ。谷にいたときのジョンダラーは、まさにそういう男だったし、いまもふたりきりのときには、そういう男になる。それなのに、ライオン簇にいるときには、なぜちがう男になってしまうのだろう？

「そういえば、きみはあっという間に言葉を覚えてるな。このままじゃ、ゼランドニー語でも、きみに追いつくのに苦労させられそうだな」ジョンダラーはエイラの腰に腕をまわし、愛と誇りがあふれんばかりに満ちた瞳でエイラの目をのぞきこんだ。「きみには言葉の才があるんだ。こんなに早く言葉を覚えるなんて信じられない。なにか秘訣があるのかい?」

「だって覚えなくちゃどうにもならないから。いまはここがわたしの住む場所。わたしは一族をもたないのよ。ブルンの一族からは死者だとみなされている。もうもどるわけにはいかないの」

「一族をもつことだって夢じゃないぞ。マムトイ族のエイラにもなれる。きみが望めばね。そうしたいのか?」

「わたしは、あなたといっしょにいたいだけ」

「これからだって、いっしょにいられるとも。どこかの人たちに迎えいれられても、それだけで……いずれ……旅立つことまで封じられるわけじゃないし。ここにとどまってもいい……しばらくのあいだだけでも。それに、もしおれの身になにかがあったら――そういうこともないとはいいきれないし――そのときは、一族の仲間がいたほうがいい。きみを求めている仲間がね」

「じゃ、わたしがマムトイ族になってもいやではないと?」

「いやだって? そんなことがあるものか――きみがそう望むのならね」

その言葉にはわずかな逡巡の響きがあったような気がしたが、ジョンダラーは心から本心を明かしているようだった。「ジョンダラー、わたしはただのエイラよ。一族をもたぬ者。この簇に受けいれてもらえたら、仲間ができる。わたしはマムトイ族のエイラになるのね」そういってエイラはあとずさって、ジョンダラーから離れた。「よくよく考えてみなくちゃ」

そういうとエイラはジョンダラーに背をむけ、ここまで運んできた荷物のところに引きかえした。まもなくジョンダラーといっしょに旅立つのであれば、タルートの申し出を受けるべきではない。申し出を受けて、すぐ旅立ってしまうのは信義にもとる。しかしジョンダラーは、ここに身を寄せていたいと話していた。しばらくのあいだ。もしかしたら、マムトイ族といっしょに暮らすうちにはジョンダラーの心境も変わって、ここを故郷に定めたくなるかもしれない。しかし、自分は口実をさがしているのではないだろうか、という疑いもあった。

　エイラはパーカの下に手をさしいれてお守りをつかむと、守護トーテムに思いを送った。「洞穴《ケーブ》ライオンよ、どうかわたしが正しい道を見つけだせますように。わたしはジョンダラーを愛していますが、同胞に受けいれてもらいたい気持ちもあります。タルートとネジーはわたしを受けいれたいと……それも……それも……〈ライオンの炉辺〉の娘にしたいといってくれました。しかもライオン族です！　偉大なるケーブ・ライオンよ、これまであなたは、ずっとわたしを導いてくださった……いまわたしは、あなたの導きを見のがしているのでしょうか？」

　エイラは身をひるがえした。ジョンダラーはまだ、先ほどエイラが立ち去った場所に立ったまま、無言でじっとエイラを見守っていた。

「決めたわ。申し出を受ける！　マムトイ族ライオン簇のエイラになるわ！」

　ジョンダラーは笑った――しかし笑みの寸前、気づかわしげな表情がちらっと顔をかすめたのをエイラは見のがさなかった。「よかった、エイラ。おれもうれしいよ」

「でも……ジョンダラー……これは正しいことなの？　これで、なにもかもうまくいくと思う？」

「それに答えられる人間はひとりもいないさ。先のことはだれにもわからないんだ」ジョンダラーはいいながら、片目で暗くなりかけた空を見あげ、エイラに近づいた。「だけど……ふたりにとって、すべてがうまくいくように……祈っているとも」しばし抱きあってから、ジョンダラーは言葉をつづけた。「そろそろ、向こうにもどったほうがよさそうだ」

エイラは牛の生皮でつくった袋を手にとって、もち帰る品を詰めはじめたが、その矢先、ある物が目にとまった。地面に膝をつき、深みのある金色の石を拾いあげ、表面の汚れを払って注意ぶかく観察する。なめらかな石は手でふれているうちに温かみを帯びてきて……しかもそのなかには、羽根のある昆虫が生きているときの姿のまま封じこめられていた。

「ジョンダラー！　これを見て。こんな石を見たことはある？」

ジョンダラーはその石を受けとると、つぶさにながめてから、いくぶん畏敬のこもった目つきでエイラを見つめた。「琥珀《こはく》だよ。母さんがこれに似た琥珀をもってる。とても大事にしているんだ。しかし、こっちのほうがずっと上等な品かもしれない」ここまで話して、ふとジョンダラーはエイラが驚きを隠さない顔で自分を見つめていることに気がついた。それほど相手を驚かせる話をしたつもりはなかったのだが。「どうした？」

「お告げよ。これは、守護トーテムからのお告げだわ。偉大なるケーブ・ライオンの霊が、わたしの決断の正しさを裏づけてくれたのよ。そう、守護トーテムはわたしがマムトイ族のエイラになることを望んでるんだわ！」

エイラとジョンダラーが馬に乗って土廬にもどるあいだも、風は刻々と激しさを増していた。まだ正午をまわったばかりだというのに、凍りついた大地から舞いあがった黄土の土煙が太陽の光をかすませていた。たちまち、風に巻きあげられた土埃で前もろくに見えなくなった。乾燥しきった冷たい空気が満ちている大空のそこかしこで稲妻が閃き、激しい雷鳴が轟きわたった。ひときわ大きな稲光が空を切り裂き、近くに落雷があったことを告げる轟音が響くと、レーサーが恐怖で棹立ちになった。ウィニーも不安げにいなないている。ふたりはウィニーからおりて、浮き足だっている若馬をなだめながら、二頭を引いて残りの道のりを歩いて帰ることにした。

ふたりが簇に帰りついたときには、空を暗くしていた砂塵の嵐を激しい強風が追いたててきて、砂粒が肌に激しくあたってきていた。ふたりが土廬に近づいたとき、烈風の吹きすさぶ薄闇にひとりの人影が飛びだしてきた。人影はなにかを手にしており、それが風にあおられて、まるで生きているかのようにはためき、動いていた。

「ああ、帰ってきたのか。あんたたちの身を案じていたんだよ」すさまじい風の音と雷鳴に負けじとばかりに、タルートが声をはりあげた。

「なにをしてるんです？　手伝いましょうか？」ジョンダラーはたずねた。

「嵐が来て強い風が吹きそうな雲ゆきだったんでね、エイラの二頭の馬のために差し掛け小屋をつくってやったんだ。だけど、雨が降らない風嵐になるとは知らなかった。この風で小屋が吹き飛ばされたんだよ。だから、馬は土廬に入れてやるといい。はいってすぐの出入口の間ならいいだろう」

「この手の嵐はしょっちゅうあるんですか？」ジョンダラーは、風よけにつかわれていたとおぼしき大きな皮の端をつかんでたずねた。

「いいや。もう何年も風嵐が来たことはない。そのうち雪が降りだせば、風も落ち着くはずだ。ただし――」タルートはいった。「――代わりに猛吹雪が襲ってくるわけだがな」

そうしめくくってタルートは大声で笑い、土廬にひと足先に飛びこむと、あとから二頭の馬を引いてくるジョンダラーとエイラのために、ぶあついマンモスの皮の帷《とばり》を手で押さえていた。

二頭の馬は嗅ぎなれないにおいでむせかえりそうな見知らぬ場所にはいっていくことに、最初は不安そうだった。しかし、騒がしい音に満ちた嵐の戸外にくらべれば、こちらのほうがましに思えたようだし、なにより二頭はエイラを信頼していた。風がさえぎられた場所に来るなり、二頭はたちまち安心したようすになって、すぐに落ち着いた。タルートが二頭の馬に気づかいを見せてくれたことに、エイラは多少驚いたものの、深い感謝を覚えていた。ふたつめのアーチをくぐるときになってようやく、自分の体が冷えきっていたことに気づかされた。ちくちくと肌を刺す砂粒に気をとられていたが、戸外の気温は氷点下にまでなっており、激しく吹きつける風がエイラを骨の髄まで冷やしていたのである。

いまなお風は細長い土廬の外で吹き荒れて、煙抜き穴にかぶせてある覆いを揺るがし、ずっしりと重い帷をはためかせていた。ときおり前ぶれもなく強い風が吹きこんできて埃が舞いあがり、炊《かし》きの炉辺の火がいきなり大きくなったりもした。人々は最初の炉辺のまわりにあつまっては、自然にいくつかの人の輪をつくり、夕餉《ゆうげ》の支度の仕上げをしたり、薬草茶をちびちびと飲んだり、おしゃべりをしたりしながら、タルートの話がはじまるのを待っていた。

やがてタルートが立ちあがり、〈ライオンの炉辺〉に大股で近づいていった。引きかえしてきたとき、その手にはマンモスの牙でつくられた杖があった。長さはタルートの身長を超えており、地面についた部分は太く、先端は先細りになっている。頂点から三分の一ばかり下がった箇所には、後世でいうなら輻《や》のある車輪に似た小さな飾りの品が結びつけられていた。飾りの品の上半分には鶴の羽がとりつけられており、それが広がって半円形をつくっていた。また輪の下半分の輻のあいだからは、謎めいた小袋や牙の彫刻や毛皮の切れっぱしなどが紐で吊られていた。さらに近くから見ると、その杖が巨大なマンモスの牙を一本丸ごとつかってつくられた物だとわかった。しかし、牙をまっすぐにした方法はわからない。いったいどうやって、湾曲しているマンモスの牙をあんなふうにまっすぐにしたのだろうか？　エイラは首をかしげた。

全員が口をつぐみ、簇長タルートに目をむけた。タルートが目をむけると、トゥリーがうなずいた。ついでタルートは杖の先端をもちあげて、地面を四回つづけて叩いた。

「これからライオン簇のみなと重大な話しあいをしたい」タルートはそう話しはじめた。「これは簇の全員にかかわる大事だ。それゆえおれは、この〈話の杖〉を手にして話す。だからみなは心しておれの話をきき、途中で口をはさまぬことだ。なにか意見を申し述べたい者があれば、この〈話の杖〉を手にしたいと願いでるように」

人々が背すじを伸ばして注意をむけはじめ、昂奮をみなぎらせた物音がひとしきりつづいた。

「エイラとジョンダラーがこのライオン簇に来てから、まだ日が浅い。ふたりが来てからの日数をかぞえてみたのだが、まだそんなにたっていないことがわかって、たいそう驚かされたしだいだ。それなのに、ふたりはもう昔からの友人、この簇の仲間のようにさえ感じられる。みなのほとんども、そう感じていることだろう。われらの縁者でもあるジョンダラーとその友人のエイラ、この両人にわれらが心からの友情を感じているがゆえに、できたら両名にはわが簇への滞在をさらに延ばして、ともに冬越えをしてもらいたいと願ってみる所存だ。しかし、簇に来てまだ間がないにもかかわらず、ふたりは友情以上のものを見せてくれた。ふたりとも、かけがえのないわざの数々や知識を、われらにもたらしてくれた——しかも、なんの隠しだてもせず……われらの一員であるかのように。

すでにワイメズはジョンダラーのことを、きわめて達者なフリントの匠《たくみ》だと褒めている。ジョンダラーは自分が知っていることを、ダヌーグとワイメズのふたりに惜しみなく披露した。それだけではないぞ。ジョンダラーはわれらに、投槍器という新しい狩りのための武器を教えてくれた。これまで以上に遠くまで、しかも強い力で槍を飛ばせる武器だ」

そこかしこで人々がうなずき、同意の言葉を口にした。このときもエイラは、マムトイ族がめったに静かにすわってはおらず、積極的に意見を口にして話しあいに参加することに気づかされた。

「またエイラは、いくつもの珍しい才をもたらしてくれた」タルートは話をつづけた。「すぐれた投槍器の使い手であり、その狙いは驚くほど正確だが、それぱかりか自分で考えだした武器、投石器の腕もまたすばらしい。またマムートは、エイラが修練を積んではいないものの〈遠見者〉だという意見だし、ネジーはエイラが動物の〈招き手〉ではないかと考えている。これはちがうかもしれないが、エイラが馬を意のままにあつかえることは事実だし、馬もエイラが背に乗るのを許しているな。さらにエイラは、話し言葉をつかわずに話しあう方法を教えてもくれ、われらは前よりもずっとライダグのことがわかるようにもなった。しかし、おそらくいちばん大きいのは、エイラが薬師だということだろう。これまですでに、エイラはふたりの幼い子どもの命を助けた……おまけにどうだ、頭痛のすばらしい特効薬まで知っているんだぞ！」

さいごのひとことが、笑いの大波を引き起こした。

「これだけ多くのものをもたらしてくれたふたりだ、ライオン簇としても、マムトイ族としても、ふたりを手放したくはない。すでにおれは、ふたりに冬越えだけではなく、できればその先もずっと、われらとともに過ごしてはくれないかとたずねてみた。そう、生きとし生けるすべてのものの生みの親である女神ムトの名にかけて――」タルートはもっていた杖を一回だけ――しかし決然と――床に叩きおろした。

「おれは両人にわれらにくわわってはもらえまいか、マムトイ族の一員になってはもらえないかと、そう願いでたのだ」

そういってタルートは、エイラとジョンダラーにうなずきかけた。ふたりは立ちあがり、定められた儀式の作法どおり、しずしずと近づいていった。これまで横に控えていたトゥリーがタルートの横に進みできた。

「〈話の杖〉をわたしに貸してちょうだい」トゥリーはいった。

タルートは大きな杖をトゥリーにわたした。

「ライオン簇の女長として、わたしはいまのタルートの意見にすべて賛成だということを申し述べます。ジョンダラーとエイラは、ライオン簇とマムトイ族に大いなる値打ちをもたらしてくれるでしょう」トゥリーは背の高い金髪の男にむきなおって、「ジョンダラー」と名前を呼びかけ、〈話の杖〉で三回地面を叩いた。「トゥリーとバルゼクは、あなたに〈オーロックスの炉辺〉の息子になってもらいたいと思います。わたしたちの話は以上です。お返事をきかせてください」

ジョンダラーはトゥリーに近づいて、さしだされた〈話の杖〉を受けとり、三回地面を叩いてから、「おれはゼランドニー族〈九の洞〉のジョンダラー、〈九の洞〉の元洞長《ほらおさ》マルソナの息子にして、ランザドニー族の長《おさ》であるダラナーの炉辺の息子として生を享《う》けた男」と話を切りだした。あらたまった席でもあることだし、自分の出生を明らかにするさいにも、かしこまった正式の呼称をつかおうと思ったのである。人々はこれに笑顔をのぞかせて、しきりにうなずいていた。なじみのない土地の人名や地名が出たことで、儀式に異郷の香りや重々しい雰囲気がたちこめてきた。「まことに名誉なお話ではありますが、やはりここは率直に、おれには大いなる義務があることを申し述べておかねばなりますまい。おれは、いつの日にかゼランドニー族のもとに帰らなくてはならない身です。わが母にわが弟ソノーランの死を伝え、われらのマムートである巫女ゼランドニにもそのことを告げねばなりません。というのも、ゼランドニに〈遠見〉の術でソノーランの魂を見つけてもらい、霊界まで導いてもらわなくてはならないからです。おれとて、みなさんとの縁《えにし》を大切に思う気持ちもあり、みなさんの友情には胸を熱くしていますから、ここを立ち去りたくはありません。ですから、できるかぎり長いあいだ、わが友人にして縁者のみなさんのもとに身を寄せたいと思っています」

そういうと、ジョンダラーは〈話の杖〉をトゥリーにもどした。

「あなたがわれらの炉辺のひとりにならないことには悲しみを覚えますが、あなたの務めもよくわかります」トゥリーはいった。「わたしたちは、あなたの心を尊重します。わたしたちは縁者です――あなたの弟は、われらの縁者ソリーの親戚にあたるのですから、あなたが望むかぎりこの簇にとどまることを、わたしたちは歓迎します」

トゥリーはそういって、〈話の杖〉をタルートにわたした。

「エイラよ」タルートはそういって、〈話の杖〉で地面を三度叩いた。「ネジーとおれは、あんたを〈ライオンの炉辺〉の娘として迎えたいと思う。われらの話は以上。返事をきかせていただこう」

エイラは〈話の杖〉を受けとって地面を三回叩き、「わたしはエイラです。一族をもたぬ者です。みなさんの一員にならないかというお誘いは、わたしにはまことに名誉なことであり、たいへん喜ばしく思います。マムトイ族のエイラになるというお話を謹《つつし》んでお受けいたします」と、練習を重ねた返答の言葉をすらすらと口にした。

タルートは〈話の杖〉を受けとり、四回つづけて地面を叩いた。「異をとなえる者なくば、これにてこの特別なあつまりをおわりとする……」
「〈話の杖〉をおれに貸してほしい」聴衆からいきなり声があがった。全員が驚いて見守る前で、フレベクがつかつかと前に進みでた。フレベクは簇長から〈話の杖〉を受けとると、三回地面を叩いてこう発言した。「おれは反対だ。この簇にエイラはいらないと思う」

（中巻に続く）

ジーン・M・アウル　（Jean M. Auel）

1936年、シカゴ生まれ。18歳で結婚、25歳で五人の子の母となる。エレクトロニクスの会社に勤めるかたわら、ポートランド大学などで学び、40歳でMBA（経営学修士号）を取得する。この年に、先史時代の少女エイラを主人公とした物語の執筆を思い立ち、会社を退職して執筆活動に入る。当初から六部構成の予定だった「エイラ―地上の旅人」シリーズは、『ケーブ・ベアの一族』が発売されると同時にアメリカでベストセラーとなり、第五巻まで刊行された現在、世界各国で読み継がれている。現在、第六巻を執筆中。

白石　朗　（しらいし　ろう）

1959年、東京生まれ。早稲田大学第一文学部卒業。主な訳書に、スティーヴン・キング『アトランティスのこころ』『ドリームキャッチャー』（新潮社）、ジョン・グリシャム『法律事務所』『ペリカン文書』（小学館）、ネルソン・デミル『アップ・カントリー―兵士の帰還』（講談社）、スティーヴ・マルティニ『ザ・リスト』（集英社）などがある。

マンモス・ハンター　上

THE MAMMOTH HUNTERS

エイラ―地上《ちじょう》の旅人《たびびと》5

2005年2月28日　第1刷発行

著者　ジーン・M・アウル
訳者　白石朗《しらいしろう》
発行人　玉村輝雄
発行所　株式会社ホーム社
〒101-0051　東京都千代田区神田神保町3-29　共同ビル
電話　［出版部］03-5211-2966
発売元　株式会社集英社
〒101-8050　東京都千代田区一ツ橋2-5-10
電話　［販売部］03-3230-6393
［制作部］03-3230-6080
印刷所　凸版印刷株式会社
日本写真印刷株式会社
製本所　凸版印刷株式会社

© ROU SHIRAISHI 2005, ISBN4-8342-5109-8

Earth's Children

『エイラ―地上の旅人』

ジーン・アウル／作

第１部
『ケーブ・ベアの一族　上・下』

大久保寛／訳　Ａ５判・ハードカバー

☆地震で家族を失い、孤児となったエイラは、ケーブ・ベアを守護霊とする
ネアンデルタールの一族に拾われる。さまざまな試練にたえ、
成長してゆくが、心ならずも洞穴を離れる日がやってくる。

第２部
『野生馬の谷　上・下』

佐々田雅子／訳　Ａ５判・ハードカバー

☆自分と同じ種族と出会うことを夢見て、北に向かってあてどのない旅は続く。
過酷な大自然のなか、生きのびるための技術を身につけ、
野生馬を友としたエイラは、ひとりの男と運命の出会いを果たす。

第３部
『マンモス・ハンター　上・中・下』

白石朗／訳　Ａ５判・ハードカバー

☆男とともに、マンモスを狩る一族と出会ったエイラは、身につけた狩猟の技で
驚嘆されるが、生い立ちをめぐる差別や、一族の男からの思わぬ求愛に悩む。
だが、試練によって、ふたりの絆は深まってゆく。

第４部
『平原の旅〔仮題〕』

金原瑞人／訳　2005年６月／上巻　７月／中巻　８月／下巻

☆故郷をめざす男との旅のなかで、独特な医術で少女を救ったりする一方、
凶暴な女の一族に男が襲われる。死闘の末、危機を脱したエイラは、
難所である氷河越えを果たしたとき、身ごもっていることに気づく。

第５部
『岩の隠れ家〔仮題〕』

白石朗／訳　2005年10月／上巻　11月／中巻　12月／下巻

☆５年ぶりに帰りついた男は歓迎されるが、動物たちを連れたエイラの姿に
人々は当惑を隠せない。岩で造られた住居に住む人々に
本当に受け入れられるのだろうか。身重のエイラを不安が襲う。

刊行予定時期は変更される場合があります。ご了承ください。

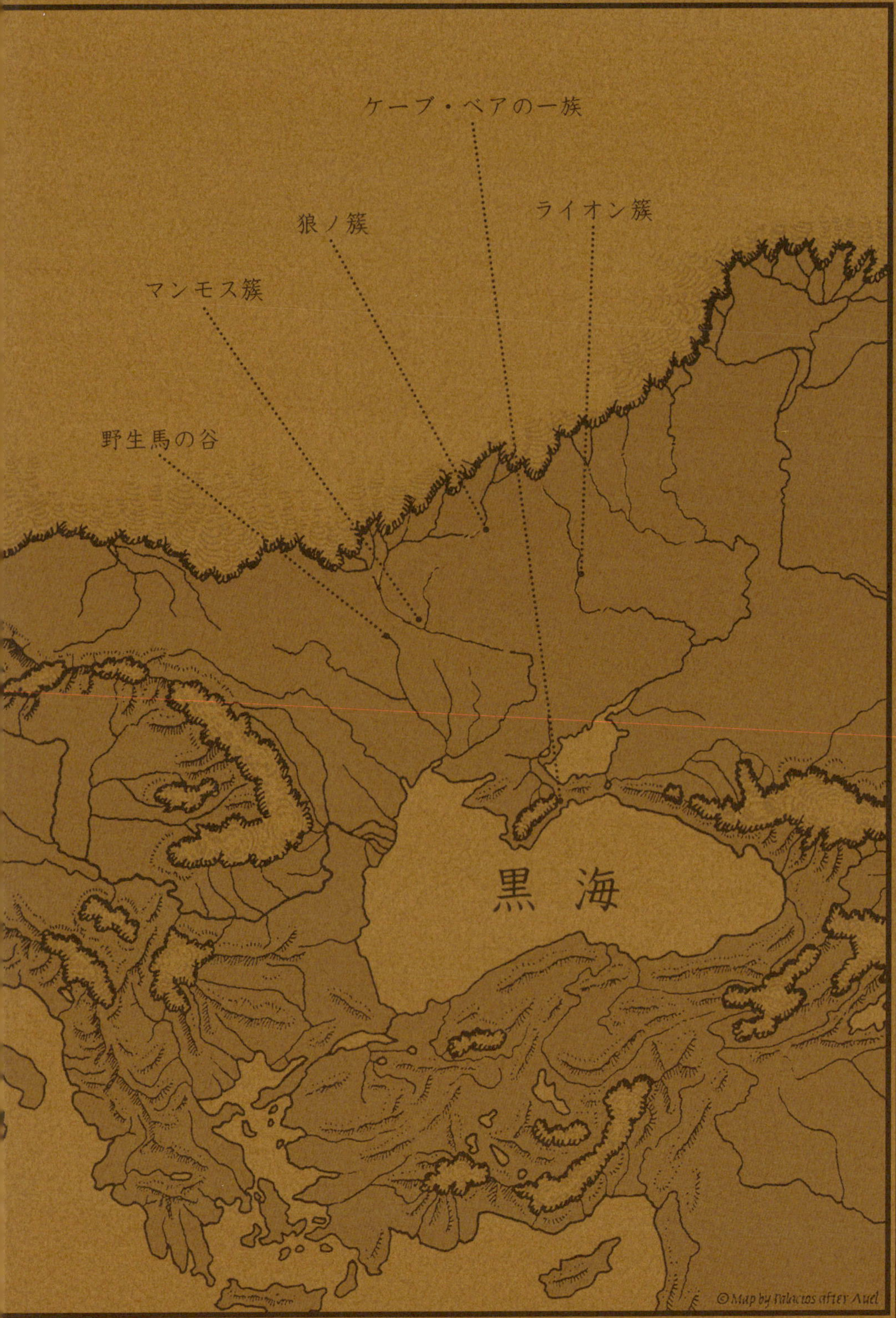
ケーブ・ベアの一族
ライオン簇
狼ノ簇
マンモス簇
野生馬の谷
黒海
© Map by Palacios after Auel